KB151150

스테이션 일레븐

스테이션 일레븐

에밀리 세인트존 맨델 장편소설

한정아 옮김

STATION
ELEVEN

북로드

소설가 백영옥

할리우드 스타 아서 리앤더가 〈리어 왕〉 공연 중 급성 심장마비로 쓰러진다. 바로 그날, '조지아 독감' 보균자를 실은 비행기 한 대가 미국에 착륙한다. 걷잡을 수 없이 독감이 퍼지고 세계는 곧 멸망한다.

그로부터 20년 후, 유랑악단 소속의 한 여자(아서의 〈리어 왕〉 공연 당시 아역을 맡았던 커스틴이다)가 〈스타 트렉〉에 나오는 '생존만으로는 충분하지 않다'라는 문장을 새겨 넣은 채, 북미 대륙을 떠돌며 셰익스피어의 희곡을 공연한다. 우여곡절 끝에 그녀는 쫓기듯 '문명 박물관'이 존재하는 세번시티의 공항에 다다른다. 모두 9개의 '부'로 구성된 이 책의 7부 '터미널'에서 나는 기억할 만한 문장들을 여러 개 찾아냈다.

공항에서 살기 시작한 지 20년이 다 되어갈 무렵, 클라크는 자신이 얼마나 운이 좋은지 생각했다. 생존했다는 단순한 사실 때문만이 아니었다. 물론 그 자체로도 대단한 일이지만, 한 세상이 끝나고 다른 세상이 시작되는 것을 보았다는 점에서 그는 대단한 행운아였다. ······ "아냐, 비행기는 수직으로 날아오르지 않았어. 긴 활주로를 달리면서 속력을 높인 다음에 비스듬히 날아올랐지." 그는 공항에서 태어난 열여섯 살 소녀에게 설명하는 중이었다. "활주로가 왜 필요했어요?" 소녀가 물었다.

이 문장을 읽자 '실연에 관한 박물관'이 떠올랐다. 10년 전 자그레브에서 시작된 이 박물관에는 실제 연인이나 부모를 잃은 사람들이 남긴 기증품들이 모여 있다. 오르한 파묵의 『순수 박물관』에서도 한 여자를 지독히 사랑했던 남자는 그녀가 썼던 물건들을 모아 박물관을 만든다. 이렇듯 인류에게는 잃어버린 것들을 수집하고자 하는 강렬한 열망이 있다.

조지아 독감 때문에 타고 온 비행기가 불시착한 이후 공항에 살게 된 한 남자는 노트북과 아이폰, 턴테이블과 비닐 레코드판, 아멕스 카드, 함께 비행기를 타고 왔던 여자(아서의 두 번째 부인 엘리자베스다)의 여권 같은 것들을 선반에 하나둘 모으기 시작한다. 그는 아서의 가장 친한 친구인 클라크이고, 이것이 '문명 박물관'의 시작이었다.

내가 이 책에서 가장 좋아하는 장면 중 하나는, 멸망 후 공항에 우연히 함께 남겨진 생존자들이 서로 언어를 가르치고 배우는 풍경이다. 80일이 지나자 영어를 모르는 사람들은 영어를 배우고, 영어 사용자들은 루프트한자, 싱가포르 항공, 케세이퍼시픽, 에어프랑스가 싣고 온 언어들 중 하나 이상을 공부한다. 그들은 질긴 사슴고기로 하루하루를 버티고, 기적을 바라며 매일 활주로를 정비한다. 공항 안에서는 강간 사건도 일어나지만, 남겨진 사람들은 곧 전기가 사라진 밤하늘에서 광활한 '빛의 바다'를 보게 된다. 시처럼 아름다운 이 장면은 진짜 빛을 보기 위해 사막의 어둠을 찾아 떠날 필요가 없어진 세상의 희망처럼 읽힌다.

멸망 이후의 세계를 그렸지만, 이 책에는 셰익스피어 희곡을 공연하는 유랑악단과 한 번도 문명을 경험하지 못한 소녀에게 옛날 물건의 아름다움을 설명하기 위해 안간힘을 쓰는 노인이 존재한다. 거의 모든 것이 사라진 폐허 속에서도 말이다. 절망으로 희망을 말하는 순서에 대해 쓴다면 이런 소설을 쓰게 될까. 내일 지구가 멸망해도 사과나무 하나를 심겠다는 스피노자의 말이 소설화된다면 이와 같은 소설이 될까. 세기말을 그린 소설 중 이처럼 아름다운 소설을 본 적이 없다.

행성의 밝은 쪽이 어둠을 향해 나아가고
도시들은 잠들어간다, 각자의 시간에
그리고 나는, 지금도 그때처럼, 너무 벅차다.
세상이 너무나도 벅차다.

체스와프 미워시(폴란드 시인)
『별도의 공책들』

제1부

극장

STATION
ELEVEN

1

왕은 푸른 조명이 만들어낸 동그라미 안에 홀로 서 있었다. 겨울 밤 토론토의 엘긴 극장에서 상연되고 있는 〈리어 왕〉 4막, 왕이 실성하는 장면이다. 조금 전, 관객들이 입장하는 동안 무대 위에서 손뼉을 치며 놀던 어린 공주 역 여자아이 세 명은 지금 환영으로 돌아와 있었다. 왕이 손을 뻗으며 비틀비틀 다가가자 소녀들은 그늘 속에서 요리조리 피해 다녔다. 리어 왕 역할을 맡은 배우는 51세의 아서 리앤더로, 머리에 꽃을 꽂고 있었다.

"저를 아시겠습니까?" 글로스터 역의 배우가 물었다.

"네 눈은 잘 알지." 아서가 어린 코딜리아에게 마음을 빼앗긴 채 건성으로 대답했다. 바로 그때였다. 그의 표정이 변하더니 몸이 휘청했다. 기둥을 잡으려고 팔을 뻗었지만 거리를 잘못 가늠했는지 손 옆면이 기둥에 세게 부딪쳤다.

"허리 아래로는 켄타우로스야." 아서가 말했다. 엉뚱한 대사였을 뿐만 아니라 쌕쌕거리는 목소리로 중얼거려서 잘 들리지도 않았다. 그는 날개가 부러진 새를 쥐듯 손을 살짝 오므려서 가슴에 가

저다 댔다. 에드거로 분한 배우가 그 모습을 유심히 살폈다. 아직 연기하는 거라고 생각할 수도 있는 상황인데, 오케스트라석 맨 앞줄에서 한 남자가 일어섰다. 응급구조사가 되려고 교육을 받는 사람이었다. 여자친구가 그의 옷소매를 잡아당기면서 낮은 목소리로 질책했다. "지반! 뭐하는 거야?" 지반도 처음에는 자기가 뭘 하려는 건지 깨닫지 못했다. 뒷줄에 앉은 관객들이 앉으라고 속삭였다. 좌석안내원이 그를 향해 걸어왔다. 무대에서는 눈이 내리기 시작했다.

"굴뚝새도 그 짓을 한다." 아서가 중얼거렸다. 그 희곡을 달달 외울 만큼 잘 알고 있는 지반은 그가 열두 줄 앞의 대사를 다시 했다는 것을 알아차렸다. "굴뚝새도……."

"선생님." 좌석안내원이 지반을 불렀다. "죄송하지만……."

아서 리앤더를 살릴 수 있는 골든타임이 지나가고 있었다. 그의 눈은 초점을 잃었고 몸은 흔들렸다. 그가 더 이상 리어 왕이 아니라는 사실이 지반에게는 분명히 보였다. 지반은 좌석안내원을 밀치고 무대로 연결된 계단을 향해 뛰어갔다. 하지만 다른 좌석안내원이 복도를 달려오고 있어서 계단을 포기하고 그냥 무대 위로 몸을 던졌다.

무대는 생각보다 높았다. 처음 그를 불렀던 좌석안내원이 옷소매를 붙잡는 바람에 발로 차서 뿌리쳐야 했다. 이 눈, 비닐로 만든 거네. 그 순간 지반이 한 생각이었다. 반투명한 비닐 쪼가리들이 재킷에 들러붙고 피부를 스쳤다. 에드거와 글로스터는 소동에 정신을 뺏겨서 합판 기둥에 멍하니 기대 선 아서를 보지 못했다. 무대 뒤에서 고함 소리가 들리더니 그림자 두 개가 빠르게 다가왔다. 그러나 지반은 이미 아서에게 가까이 다가가 있었다. 그는 의식을 잃고 쓰러지는 아서를 안아 조심스럽게 바닥에 눕혔다. 두 사람 주위로 인공 눈이 푸르고 흰 불빛에 반짝이며 빠르게 떨어졌다. 아서는 숨을 쉬지 않았다. 다가오던 좌석안내원 두 사람은 지반이 광팬이 아니라는 것을 알아차리고 몇 걸음 떨어진 곳에서 멈춰 섰다. 관객들이 웅성거렸다. 여기저기서 휴대전화 카메라 플래시가 터지고 어둠 속에서 불분명한 탄식 소리가 들려왔다.

"오, 하나님." 에드거가 신음처럼 내뱉었다. "오, 예수님." 조금 전까지의 영국식 말씨가 사라지고 앨라배마 말씨처럼 들렸는데, 사실 그는 앨라배마 출신이었다. 글로스터는 얼굴의 반을 가리고 있던 거즈붕대를 풀어버리고—그는 두 눈이 뽑힌 상태를 연기하고 있었다—얼어붙은 듯이 서서 물고기처럼 입만 뻐끔거렸다.

아서의 심장이 뛰지 않았다. 지반은 심폐소생술을 실시했다. 누군가가 큰 소리로 지시하자 막이 쉭 소리를 내며 내려왔다. 관객들이 사라지고 무대의 밝기가 절반으로 줄었다. 인공 눈은 아직도 내리고 있었다. 지반은 마가린색으로 바뀐 불빛 속에서 이따금씩 아서의 얼굴을 살피며 말없이 심폐소생술을 실시했다. 제발, 제발. 그는 속으로 외쳤다. 아서의 눈은 여전히 감겨 있었다. 무대막 밖에서 인기척이 들렸다. 누군가 막을 툭툭 치면서 입구를 찾아 더듬거리더니, 이윽고 회색 정장을 차려입은 노신사가 나타나 지반 맞은편에 무릎을 꿇고 앉았다.

"심장전문의 월터 저코비요." 노신사가 말했다. 눈은 안경 때문에 확대되어 보였고 정수리에는 머리카락이 얼마 없었다.

"지반 차드하리입니다." 지반이 말했다. 시간이 얼마나 지났는지 알 수 없었다. 사람들이 움직이고 있었지만 아서와 조금 전 합류한 노신사를 제외하고는 모두 멀리 있는 풍경처럼 흐릿하게 보였다.

지반은 자신과 월터와 아서가 마치 폭풍의 눈 속에 있는 것 같다고 생각했다. 월터는 열이 나는 아이를 쓰다듬는 부모처럼 아서의 이마를 어루만졌다.

"앰뷸런스를 불렀소." 월터가 말했다.

막을 내리자 뜻밖에도 무대에는 아늑함이 감돌았다. 지반은 여러 해 전 잠깐 연예 기자로 일할 때 로스앤젤레스에서 아서를 인터뷰했던 일을 생각했다. 여자친구 로라가 아직도 맨 앞자리에서 기다리고 있을지 아니면 로비로 나갔을지에 대해서도 생각했다. 제발, 다시 숨 쉬어, 제발. 그는 생각했다. 내려온 막이 제4의 벽이 되어서 무대를 방으로 바꿔놓은 것 같다는 생각도 했다. 머리 위에 천장 대신 무수한 조명과 작업 통로가 얽혀 있는 동굴 같은 방, 그 사이로 한 사람의 영혼이 소리 소문 없이 빠져나가고 있을지도 모른다. 말도 안 되는 소리. 그 따위 생각은 하지 말자. 지반은 스스로를 타일렀다. 하지만 곧 목덜미가 따끔거리기 시작했다. 누가 위에서 지켜보고 있는 것 같았다.

"교대할까요?" 월터가 물었다. 그가 할 일이 없어 민망해하고 있다는 것을 알아차린 지반은 고개를 끄덕이고는 아서의 가슴에서 손을 뗐다. 월터가 리듬을 놓치지 않고 바로 받아서 심폐소생술을 계속했다.

방은 무슨. 지반은 무대를 둘러보며 생각했다. 출입구가 너무 많고, 무대 양끝은 극히 어둡고, 천장도 없어서 급조한 공간 같은 느낌이 들었다. 사람들이 바삐 오가는 게 꼭 버스터미널이나 기차역이나 공항 같기도 했다. 얼마 뒤 앰뷸런스가 도착했다. 응급구조사 두 명이 어이없게도 아직도 내리고 있는 인공 눈을 맞으면서 다가와 아서 옆을 까마귀들처럼 둘러쌌다. 검은색 제복 차림의 남녀 응급구조사 중 여자는 10대 소녀라고 해도 믿을 만큼 어려 보였다. 지반은 일어서서 뒤로 빠졌다. 아서가 쓰러지기 전에 기대 서 있던 기둥을 만져보았다. 부드럽고 매끈했다. 나무를 돌처럼 보이게 페인트칠 한 거였다.

배우들과 클립보드를 든 무대담당자들이 곳곳에 있었다. "아, 진짜, 누가 저 빌어먹을 눈 좀 멈출 수 없어?" 지반은 그중 한 명이 이렇게 말하는 걸 들었다. 리건과 코딜리아는 무대막 옆에서 손을 잡고 울고 있었고, 에드거는 그 옆 바닥에 양반다리를 하고 앉아서 한 손으로 입을 막고 있었다. 고너릴은 휴대전화로 조용히 통화하고 있었다. 가짜 속눈썹이 그녀의 얼굴에 긴 그림자를 드리웠다.

아무도 지반을 보고 있지 않았다. 지반은 이 공연에서 자신의 역할은 끝났다는 생각이 들었다. 응급구조사들의 처치도 성과가 없는 것 같았다. 로라를 찾으러 가고 싶었다. 지금쯤 짜증을 내면서 로비에서 기다리고 있을 것이다. 아니, 어쩌면 그의 행동에 감동했을지도 모른다. 가능성이 그리 크진 않지만.

누군가가 드디어 인공 눈을 멈추는 데 성공했는지 반투명한 눈이 점점 줄어들다가 완전히 사라졌다. 지반이 무대에서 어떻게 빠져나갈까 궁리하고 있는데 훌쩍이는 소리가 들렸다. 돌아보니 아역배우 하나가 왼쪽에 있는 합판 기둥 옆에 무릎을 꿇고 앉아서 울고 있었다. 지반은 〈리어 왕〉을 네 번이나 봤지만 아역배우가 등장한 적은 한 번도 없었던 터라, 이번에는 연출에 작은 변화를 주었나 보다고 생각했다. 소녀는 일고여덟 살 정도로 보였다. 눈물을 닦느라 자꾸만 눈을 비벼서 얼굴과 손등에 화장 얼룩이 묻어 있었다.

"물러서." 그 말에 응급구조사 하나가 뒤로 물러섰고, 그렇게 말한 응급구조사가 아서의 몸에 전기충격을 가했다.

"안녕." 지반이 소녀에게 말을 걸었다. 그는 소녀 앞에 무릎을 꿇고 앉았다. 왜 아무도 이 아이를 데려가지 않았을까? 소녀는 응급구조사들을 바라보고 있었다. 지반은 늘 자식이 한두 명 있으면 좋겠다고 생각했지만, 아이들과 함께 있어본 적이 전혀 없어서 어떻게 말을 걸어야 할지 알 수 없었다.

"물러서." 응급구조사가 다시 말했다.

"저런 거 보면 안 돼." 지반이 말했다.

"아저씨 죽어요?" 소녀가 작게 흐느끼면서 물었다.

"글쎄." 소녀를 안심시킬 만한 말을 해주고 싶었지만, 상황이 좋아 보이지 않는다는 건 명백했다. 아서는 두 번이나 전기충격을 받고도 여전히 꼼짝하지 않았다. 굳은 얼굴의 월터가 아서의 손목을 잡고 먼 곳을 응시하며 맥박이 다시 뛰기를 기다리고 있었다.

"너 이름이 뭐니?" 지반이 물었다.

"커스틴." 소녀가 말했다. "커스틴 레이먼드요." 새삼 아이의 무대분장이 당혹스럽게 느껴졌다.

"커스틴, 엄마는 어디 계시니?" 지반이 물었다.

"11시에 데리러 와요."

"그만하자." 응급구조사가 말했다.

"그럼 여기선 누가 돌봐줘?"

"타냐요, 돌보미." 소녀는 대답을 하면서도 아서를 뚫어지게 보고 있었다. 지반이 몸을 움직여 소녀의 시야를 가렸다.

"사망 시각 밤 9시 14분." 월터 저코비가 말했다.

"돌보미?" 지반이 얼른 되물었다.

"다들 그렇게 불러요." 소녀가 말했다. "여기 있을 땐 그 언니가 돌봐줘요."

정장 차림의 남자가 무대 오른쪽에서 나타나, 아서를 바퀴 달린 들것에 눕히고 끈으로 고정하고 있는 응급구조사들에게 다급하게 뭐라고 말했다. 그러자 한 응급구조사가 어깨를 으쓱하더니 담요를 끌어내리고 아서의 얼굴에 산소마스크를 씌웠다. 지반은 그게 아서의 가족을 위한 제스처라는 것을, 뉴스를 통해 그의 죽음을 통보받지 않게 하기 위해서라는 것을 깨달았다. 거기 담긴 배려에 가슴이 뭉클해졌다.

지반은 일어서서 훌쩍거리고 있는 소녀에게 손을 내밀었다. "자, 타냐 언니를 찾아보자. 타냐 언니도 널 찾고 있을 거야."

사실 그럴 것 같지는 않았다. 타냐가 아이를 찾아다녔다면 벌써 찾아냈을 것이다. 지반이 소녀를 데리고 무대 옆으로 빠져나갔을 때 정장을 입은 남자는 이미 사라지고 없었다.

무대 뒤는 혼란 그 자체였다. 월터가 이끄는 아서의 행렬이 지나가면서 길을 비켜달라고 고함을 지르자 다들 정신없이 우왕좌왕했다. 들것이 복도를 지나 관계자 출입문으로 사라진 뒤에는 더욱 소란스러워졌다. 다들 울거나 전화를 하거나 삼삼오오 모여서 이 충격적인 사건에 대해 이야기하거나—"그래서 쳐다보니까 글쎄 쓰러지고 있는 거야"—떽떽거리며 지시를 하거나 떽떽거리는 지시를 못 들은 척하고 있었다.

"이 중에 타냐 언니가 있니?" 지반이 물었다. 그는 사람 많은 곳을 별로 좋아하지 않았다.

"아니요, 안 보여요."

"그럼 어디 한곳에서 기다리면서 타냐가 우리를 찾게 해야겠다, 그치?" 지반이 말했다. 언젠가 어느 소책자에서 읽은, 숲에서 길을 잃었을 때의 행동요령에 이런 내용이 있었다.

뒷벽을 따라 의자가 몇 개 놓여 있기에 그중 한 의자에 앉았다. 여기서는 페인트칠 하지 않은 합판으로 된 세트 뒷면이 다 보였다. 무대담당자가 인공 눈을 쓸고 있었다.

"아서 아저씨 괜찮을까요?" 지반 옆의 의자에 올라앉은 커스틴이 두 손으로 원피스 자락을 꽉 쥔 채 물었다.

"아까 아서 아저씨는 세상에서 제일 좋아하는 일을 하고 있었어." 지반이 말했다. 한 달 전에 읽은 인터뷰가 생각나서 한 말이었다. 아서는 《글로브앤메일》과의 인터뷰에서 이렇게 말했다. "리어 왕 역할을 할 만큼 나이가 들기를 평생 기다렸어요. 내가 제일 좋아하는 일은 바로 무대에 서는 겁니다. 무대에서 관객과 직접 소통하는 것이……." 하지만 지금 생각해보니 다 빈말이었을 것 같다. 아서의 본업은 영화배우였다. 할리우드에 나이 들기를 바라는 사람이 과연 있을까?

커스틴은 아무 말이 없었다.

"내 말은, 연기가 아저씨가 이 세상에서 마지막으로 한 일이라면, 아저씨가 마지막으로 한 그 일이 바로 아저씨를 행복하게 해주는 일이었다는 뜻이야." 지반이 말했다.

"그게 아저씨가 마지막으로 한 일이에요?"

"그런 것 같아. 정말 슬프다, 그치?"

세트장 뒤에 반짝이는 인공 눈이 작은 산처럼 쌓여 있었다.

"나도 그게 세상에서 제일 좋아요." 시간이 좀 흐른 후 커스틴이 말했다.

"뭐가?"

"연기." 커스틴이 말했다. 그때 얼굴이 눈물로 얼룩진 젊은 여자가 두 팔을 벌린 채 사람들 속에서 나타났다. 여자는 지반은 본체

만체하고 커스틴의 손을 잡았다. 커스틴은 어깨 너머로 지반을 한 번 돌아보더니 여자를 따라갔다.

지반은 일어서서 무대로 걸어 나갔다. 아무도 그를 제지하지 않았다. 로라가 여전히 맨 앞줄 가운데 앉아 자기를 기다리고 있기를 기대하는 마음도 어느 정도 있었다. 대체 시간이 얼마나 지난 걸까? 하지만 벨벳 무대막을 헤치고 나갔을 때 관객은 한 명도 없었다. 좌석안내원들이 비질을 하고, 객석 사이에 떨어진 프로그램을 줍고, 좌석 등받이에 걸쳐져 있는 관객이 잊고 간 스카프를 집어들고 있었다. 지반은 그들과 눈이 마주치지 않게 조심하면서 레드 카펫이 깔려 있는 화려한 로비로 나갔다. 관객 몇 명이 남아서 서성이고 있을 뿐 로라는 보이지 않았다. 로라에게 전화를 걸었지만 공연 시작 전에 꺼놓은 휴대전화를 다시 켜지 않은 것이 분명했다. "로라, 나 로비에 있어. 어디야?" 그는 음성메시지를 남겼다.

지반은 여성 라운지 입구에서 직원을 소리쳐 불러 안에 누가 있느냐고 물었지만 직원은 아무도 없다고 대답했다. 그는 로비를 한 번 더 돌아본 후 외투보관소로 갔다. 그의 외투가 다른 외투 몇 벌과 함께 옷걸이에 걸려 있었다. 로라의 파란색 외투는 보이지 않았다.

—

영스트리트에는 눈이 내리고 있었다. 무대에 내리던 반투명한 비닐 눈을 재킷에 묻힌 채 극장을 나서던 지반은 진짜 눈을 보고 깜짝 놀랐다. 파파라치 대여섯 명이 극장 관계자 출입문 밖에서 진을 치고 있었다. 아서는 전성기가 지난 배우지만 그의 사진은 아직

18

도 꽤 팔렸다. 요즘은 특히 모델 겸 배우인 그의 아내가 어떤 감독과 바람을 피운 일로 진흙탕 같은 이혼 소송을 벌이는 중이라 더 잘 팔렸다.

얼마 전까지는 지반도 파파라치였다. 그는 예전 동료들의 눈에 띄지 않고 조용히 빠져나갈 수 있기를 바랐지만, 그런 사람들을 찾아내는 게 바로 파파라치라는 직업이다. 그들이 순식간에 지반에게 몰려들었다.

"좋아 보이는데." 한 명이 말했다. "외투도 멋들어지게 차려입고." 지반은 짧은 더블 코트를 입고 있었는데, 별로 따뜻하진 않지만 두툼한 파카에 청바지를 즐겨 입는 예전 동료들과 거리를 두는 효과가 있어서 좋았다. "그동안 어디 갔었어?"

"바텐더 일을 좀 했어." 지반이 말했다. "요즘은 응급구조사 교육을 받고 있고."

"응급구조사? 진짜? 길거리에서 술주정뱅이들을 실어 나르는 일로 벌어먹고 살겠다고?"

"그렇게 말할 수도 있지만, 뭔가 의미 있는 일을 하고 싶어서."

"그래, 그렇다 치고. 자네 저 안에 있었잖아, 그치? 무슨 일이 있었던 거야?" 파파라치 두세 명은 통화를 하고 있었다. "내 말이 맞다니까요. 그 사람 죽었다니까 그러네." 지반 옆에 있던 남자가 전화기에 대고 말했다. "눈발에 좀 가려지긴 했지만, 방금 내가 보낸 거 한번 봐요. 앰뷸런스에 실릴 때 얼굴……."

"무슨 일이 있었는지 나도 모르겠어." 지반이 말했다. "4막 중간에 막을 내려버리더라고." 지금은 로라 말고는 어느 누구하고도 이야기하고 싶지 않았다. 특히 이들하고는 더. "앰뷸런스에 실려 간 거야?"

"여기 관계자 출입문으로 끌고 나오던데." 파파라치 하나가 말했다. 그는 담배 끝을 잡고 초조한 듯 연신 담배를 빨아대고 있었다. "응급구조사에, 앰뷸런스에, 올 건 다 왔더라고."

"어떤 것 같았어?"

"솔직히? 송장 다 됐던데 뭐."

"보톡스를 얼마나 맞았는지 얼굴이 아주 탱탱하더라고." 다른 사람이 말했다.

"브리핑은 했어?" 지반이 물었다.

"쫙 빼입은 남자가 나와서 한마디 했어. 탈진에, 또 그 뭐라더라, 탈수가 와서 그렇다더군." 몇 명이 웃음을 터뜨렸다. "이 인간들은 걸핏하면 탈진에 탈수가 온대요, 나 참."

"누가 그러라고 시키는 건지도 모르지." 보톡스 이야기를 한 남자가 말했다. "누가 배우들 귀에다 속삭이는 건지도 몰라. '이봐, 친구, 인터뷰할 때 이렇게 말해, 자넨 시시때때로 물 마시고 틈날 때마다 눈을 붙이지 않으면 큰일 나는 몸이라고.'"

"나보다 훨씬 자세히 봤네." 지반이 말했다. 그러고는 중요한 전화를 받는 척하면서 자리를 떴다. 그는 차가운 전화기를 귀에 대고 영스트리트를 반 블록쯤 걸어가다가 어떤 건물 현관으로 들어가서 진짜로 전화를 걸었다. 로라의 휴대전화는 아직도 꺼져 있었다.

택시를 부르면 30분 안에 집에 도착할 수 있을 테지만, 맑은 공기를 마시면서 사람 없는 거리를 걷고 싶었다. 눈발은 점점 굵어졌다. 사치스럽고 죄스럽게도, 이 순간 그는 살아 있음을 느꼈다. 인생은 얼마나 불공평한가. 아서는 어딘가에 차갑게 식은 채 누워 있는데, 그의 심장은 완전무결하게 뛰고 있다. 지반은 두 손을 외투 주머니에 깊숙이 찔러넣고 얼굴에 부딪치는 눈을 맞으며 영스트리트를 걸어 올라갔다.

지반은 극장에서 북동쪽에 있는 캐비지타운에 살았다. 20대였다면 생각하고 말고 할 것 없이 걸어서 갔을 거리였다. 그때는 빨간 전차가 지나다니는 길을 따라 몇 킬로미터 정도는 걸어 다녔다. 하지만 한동안 그렇게 많이 걸어본 적이 없었다. 망설이면서 칼턴 스트리트에서 오른쪽 길로 접어드는 순간, 한번 걸어보자는 충동이 일어서 첫 번째 전차정류장을 그대로 지나쳤다.

절반 정도 가서 앨런가든에 이르렀을 때, 예상치 못한 기쁨이 갑자기 그를 가득 채웠다. 아서는 죽었고 넌 그를 구하지 못했어. 기쁠 일은 전혀 없다고. 그는 생각했다. 그런데도 가슴이 벅차오른 것은, 어떤 직업을 갖고 살아야 하나 평생 고민했는데 이제 응급구조사가 되고 싶다는 생각이 확고해졌기 때문이다. 그는 사람들이 눈만 멀뚱거릴 때 앞으로 나서서 도움의 손길을 내미는 사람이 되고 싶었다.

그는 엉뚱하게도 공원으로 뛰어 들어가고 싶은 충동을 느꼈다. 공원은 눈보라로 인해 이국적인 풍경으로 변해 있었다. 흰 눈과 그림자, 나무들의 검은 실루엣, 은은하게 반짝이는 반구형 유리온실 지붕. 어렸을 때 그는 마당에 누워서 눈을 맞는 것을 좋아했다. 눈때문에 흐릿해진 팔러먼트스트리트의 가로등 불빛 사이로 캐비지타운이 몇 블록 앞에 보였다. 휴대전화가 주머니 속에서 진동했다. 그는 걸음을 멈추고 로라에게서 온 문자 메시지를 읽었다. **머리가 아파서 집에 왔어. 우유 좀 사다줄래, 자기야?**

갑자기 기운이 쭉 빠졌다. 한 발짝도 뗄 수 없었다. 매일 싸움만 하지 말고 기분 좀 내보자는 뜻에서 표를 사서 연극을 보러 온 건데, 로라는 그를 버려두고 갔다. 죽어가는 배우에게 심폐소생술을 실시하는 그를 두고 집으로 가버리더니 이젠 우유를 사오란다.

걸음을 멈췄더니 갑자기 추위가 몰려들었다. 발가락에 감각이 없었다. 눈보라의 마법은 사라졌다. 조금 전에 느꼈던 기쁨도 시들해졌다. 어두운 밤, 눈은 소리 없이 빠르게 내리고 있었다. 거리에 주차된 차들에 눈이 쌓여 하얗고 부드러운 윤곽이 되었다.

집에 돌아가서 로라를 보면 무슨 말이 나올지 몰라 걱정이 됐다. 어디 가서 한잔하고 들어갈까 생각했지만 아무와도 이야기하고 싶지 않았고 술에 취하고 싶지도 않았다. 잠깐 혼자 있으면서 이다음에 어디로 향할지 결정해야겠다는 생각이 들었다. 그는 고요한 공원으로 걸어 들어갔다.

2

엘긴 극장에 남은 사람은 얼마 되지 않았다. 의상팀 여자 스태프가 옷을 세탁하고 있었고 남자 스태프는 그 옆에서 다림질을 했다. 코딜리아 역을 맡았던 여배우는 무대 뒤에서 조감독과 함께 테킬라를 마시고, 젊은 무대담당자는 아이팟으로 음악을 들으며 리듬에 맞춰 고개를 까딱거리면서 대걸레로 무대를 닦고 있었다. 대기실에서는 아역배우들을 돌보는 여자가 아서가 죽는 것을 본 뒤로 내내 흐느끼는 여자아이를 달래느라 진땀을 빼고 있었다.

남아 있던 관계자 중 여섯 명은 로비에 있는 바로 들어갔다. 다행히도 바텐더는 아직 퇴근하지 않았다. 무대감독과 에드거, 글로스터, 분장사, 고너릴, 그리고 공연 때 객석에 앉아 있었던 제작책임자가 바에 나란히 앉았다. 지반이 눈보라를 뚫고 앨런가든으로 걸어 들어가던 그 순간, 바에서는 바텐더가 고너릴에게 위스키를 따라주고 있었다. 화제는 유족에게 아서의 사망 소식을 전하는 문제로 바뀌었다.

"근데 누가 유족이에요?" 고너릴 역의 배우가 높은 의자에 걸터

앉아 물었다. 눈은 빨갰고, 분장을 지운 얼굴은 대리석처럼 창백했다. 바텐더가 본 중 가장 창백하고 깨끗한 피부였다. 무대 아래에서 그녀는 훨씬 더 작아 보였고 훨씬 덜 악독해 보였다. "누가 있긴 있어요?"

"아들이 하나 있잖아요." 분장사가 말했다. "타일러라고."

"몇 살인데요?"

"일곱 살? 여덟 살?" 분장사는 아서의 아들이 몇 살인지 정확히 알았지만 연예정보 잡지를 읽었다는 사실을 들키고 싶지 않았다. "엄마랑 이스라엘에 살고 있을걸요, 아마. 예루살렘인지 텔아비브인진 몰라도." 물론 그는 예루살렘이라는 것도 알고 있었다.

"아, 맞다. 그 금발 여배우." 에드거가 말했다. "엘리자베스? 엘리자? 뭐 그 비슷한 이름이었던 것 같은데."

"세 번째 전처?" 제작책임자가 물었다.

"애 엄마는 두 번째일걸요."

"애가 불쌍하네." 제작책임자가 말했다. "요즘은 아서랑 가깝게 지내던 여자 없었나?"

이 질문은 불편한 침묵을 불러일으켰다. 아서는 아역배우들을 돌보는 아가씨와 연애를 하는 중이었다. 제작책임자 빼고 함께 자리한 사람들은 모두 그 사실을 알고 있었지만, 다른 사람들도 알고 있다는 사실은 몰랐다. 글로스터가 그 여자의 이름을 입 밖에 냈다.

"타냐는 어딨지?"

"타냐가 누군데?" 제작책임자가 물었다.

"한 아이 보호자가 아직 데리러 오지 않아서 기다리고 있어. 애들 대기실에 있을 것 같은데." 지금까지 사람이 죽는 것을 한 번도 본 적 없는 무대감독은 담배 생각이 간절했다.

"또 누가 있죠? 타냐랑 어린 아들이랑 전처들, 그리고 또? 형제자매? 부모?" 고너릴이 말했다.

"타냐가 누구냐니까?" 제작책임자가 다시 물었다.

"도대체 전처가 몇 명이나 되는데요?" 바텐더가 유리잔을 닦으면서 물었다.

"남동생이 하나 있는데 이름은 기억 안 나네요." 분장사가 말했다. "남동생이 있다고 했던 것만 기억나요."

"세 명인가 네 명인가 될 걸요." 고너릴이 바텐더의 질문에 답했다. "세 명인가?"

"세 명요." 분장사가 눈물을 참으려고 눈을 깜박거리면서 말했다. "근데 세 번째 이혼 소송이 마무리됐는지는 모르겠어요."

"그러니까 아서는 마누라가 없는 상태였단 말이지, 죽은……, 오늘 밤엔?" 제작책임자는 자기 말이 바보처럼 들린다는 것을 알고 있었지만 달리 표현할 방법이 없었다. 아서는 몇 시간 전에 극장으로 걸어 들어왔었다. 내일은 그가 다시 걸어 들어오지 못할 거라는 사실을 받아들이기 어려웠다.

"이혼을 세 번이나 하다니, 말이 된다고 생각해요?" 글로스터가 말했다. 그 자신도 최근에 이혼했다는 것은 생각하지도 못하는 것 같았다. 그는 아서가 자기에게 마지막으로 한 말을 기억해내려고 애를 썼다. 2막 중간에 뭐가 자기를 막는다고 했던 것 같은데, 정확히 뭐라고 말했는지는 기억나지 않았다. "누구한테 알렸어요? 누구한테 전화를 하죠?"

"그 친구 변호사한테 전화하려고." 제작책임자가 말했다.

논란의 여지없는 명쾌한 해결책이었지만, 대단히 우울한 해결책이기도 해서 사람들은 한동안 조용히 술만 마셨다.

"변호사라니." 바텐더가 말했다. "참 기가 막히네요. 사람이 죽었는데 제일 먼저 알려야 될 사람이 그 사람 변호사라니."

"그럼 누구한테 알려요?" 고너릴이 말했다. "소속사? 일곱 살짜리 아들? 전처들? 타냐?"

"알아요, 딱히 마땅한 사람이 없다는 거." 바텐더가 말했다. "그냥 너무 기가 막힌다는 거죠." 그들은 다시 말이 없었다. 누군가 눈이 너무 내리는 거 아니냐고 한마디 했다. 과연 로비 안쪽에 앉아 있는데도 전면유리창 너머로 쏟아붓듯 내리는 눈이 보였다. 바에서는 바깥 풍경이 잘 와닿지 않았다. 인적 드문 거리에 폭설이 내리는 모습은 영화의 한 장면 같았다.

"자, 아서를 추모하며 한잔하시죠." 바텐더가 말했다.

아역배우 대기실에서는 타냐가 커스틴에게 문진을 주고 있었다. "자, 이거." 타냐가 문진을 아이의 두 손에 쥐여주면서 말했다. "엄마 아빠한테 계속 연락해볼 테니까 울지 말고 이 예쁜 거 보고 있어, 알았지?" 여덟 살 생일을 며칠 앞둔 커스틴은 눈물이 그렁그렁한 눈으로 문진을 바라보면서 자기가 이제까지 선물로 받은 것 중에서 제일 예쁘고 멋지고 이상한 물건이라고 생각했다. 그것은 안에 먹구름이 들어 있는 유리 덩어리였다.

바에 모인 사람들은 서로 술잔을 부딪쳤다. "아서를 위하여." 그들은 몇 분쯤 더 술을 마시다가 눈보라를 헤치고 각자의 길을 갔다.

그날 밤 바에 있었던 사람들 중 가장 오래 산 사람은 바텐더였다. 그는 3주 후 도시를 빠져나가는 도로 위에서 죽었다.

3

지반은 홀로 앨런가든을 거닐었다. 온실의 서늘한 불빛에 이끌려 무릎 절반 높이까지 쌓인 눈 속을 걸으면서, 어렸을 때처럼 눈 위에 첫 발자국을 찍는 기쁨을 느꼈다. 온실 안을 들여다보자 낙원 같은 풍경이 그의 마음을 달래주었다. 수증기에 흐릿진 유리창 때문에 흐릿하게 보이는 열대의 꽃들, 오래전 쿠바에서 보냈던 휴가를 떠올리게 하는 야자나무 잎들. 그는 동생을 만나러 가야겠다고 결심했다. 아서의 안타까운 죽음과, 그 일을 계기로 응급구조사가 자신의 천직임을 깨달았다는 것을 프랭크에게 어서 빨리 이야기해주고 싶었다. 오늘 밤까지는 확신이 없었다. 그는 너무도 오랫동안 자신에게 맞는 직업을 찾아다녔다. 바텐더, 파파라치, 연예 기자였다가 다시 파파라치가 되었고 그다음엔 또 바텐더로 일했다. 그렇게 10여 년을 보냈다.

프랭크는 도시 남쪽 끝, 호수가 내려다보이는 통유리로 된 고층 아파트에 살고 있었다. 공원을 나온 지반은 체온을 끌어올리려고 제자리뛰기를 하면서 인도에서 한참 기다렸다가 밤의 도시를 배처럼 떠다니는 전차를 탔다. 전차가 칼턴스트리트를 느릿느릿 운행하며 그가 왔던 길을 되돌아가는 동안 그는 창문에 이마를 대고 밖을 내다보았다. 눈보라 때문에 온 세상이 하얗게 변해 앞이 잘 보이지 않았다. 작동을 거부하는 아서의 심장을 얼마나 눌러댔던 지 손이 뻐근했다. 슬픔이 밀려들면서 여러 해 전 할리우드에서 아서의 사진을 찍었던 기억이 떠올랐다. 화사하게 분장을 한 커스틴 레이먼드라는 어린 소녀와 회색 정장 차림으로 무릎을 꿇고 앉아 있던 심장 전문의와 아서의 얼굴 윤곽과 "굴뚝새도……"라던 그의 마지막 말도 생각이 났다. 이 마지막 말 때문에 새가 연상되고, 몇 번 함께 새들을 관찰할 때 쌍안경을 들고 새들을 바라보던 프랭크의 모습이 떠올랐으며, 뒤이어 로라가 좋아하던 노란 앵무새 무늬의 파란색 여름 원피스가 떠오르더니, 로라에게 생각이 가 닿았다. 두 사람은 앞으로 어떻게 될까? 그가 집에 갈 수도 있고, 언제든 그녀가 전화를 걸어 사과를 할 수도 있다. 그는 이제 처음 출발했던 곳 가까이로 되돌아왔다. 남쪽으로 두세 블록만 가면 문 닫힌 극장이 어둠에 싸여 있을 것이다.

전차가 영스트리트 조금 못 가서 멈춰 섰다. 눈길에 미끄러져 전찻길 한복판에서 공회전하는 자동차가 보였다. 세 명이 달라붙어 차를 밀고 있었다. 주머니에서 휴대전화가 다시 진동했다. 이번에는 로라가 아니었다.

"후아." 지반이 말했다. 자주 만나지는 못하지만 그는 후아를 제일 친한 친구라고 생각했다. 둘은 대학 졸업 후 2년 동안 같이 바텐더 일을 했는데, 그러면서 후아는 의과대학 입학시험을 준비했고 지반은 결혼사진 작가로 자리 잡으려고 애를 썼지만 성공하지 못했다. 그 후 지반은 배우 사진을 찍으러 다른 친구를 따라 로스앤젤레스로 갔고 후아는 의과대학에 진학했다. 지금 후아는 토론 토 종합병원에서 장시간 근무를 하고 있었다.

"뉴스 봤어?" 후아가 묘하게 격한 목소리로 물었다.

"오늘 밤에? 아니, 연극을 보러 갔었어. 근데 무슨 일이 있었는지 알아? 내가……."

"잠깐만, 내 말부터 들어봐. 솔직하게 말해줘. 내가 아주아주 나쁜 소식을 전하면 너 또 공황발작 일으킬 거 같냐?"

"불안발작 증세가 사라진 지 3년이 넘었어. 의사 말로는 스트레스로 인한 일시적인 증상이었대."

"그래, 그럼 너 조지아 독감에 대해서 들어본 적 있어?"

"있지, 그럼." 지반이 말했다. "내가 뉴스는 좀 보거든." 전날 조지아공화국에서 강력한 신종 독감이 유행한다는 뉴스를 봤는데, 치사율과 사망자 수에 대해서는 엇갈린 보도가 나왔다. 지반은 언론 매체들이 붙인 조지아 독감이라는 이름이 마음의 무장을 해제시킬 정도로 예쁘다고 생각했다.

"오늘 중환자실에 입원한 환자가 하나 있어." 후아가 말했다. "어젯밤에 모스크바에서 날아온 열여섯 살짜리 여자애인데 오늘 새벽에 독감 증세가 있다면서 응급실로 내원했어." 이제야 지반은 후아의 목소리에서 지독한 피로를 읽어냈다. "예후가 좋지 않아. 그리고 오전 중에 같은 증세를 호소하는 환자가 열두 명 더 들어왔는데, 다들 같은 비행기를 타고 왔다는 거야. 다들 비행기 안에서부터 몸의 이상을 느끼기 시작했고."

"친척들인가? 첫 번째 환자랑 아는 사이야?"

"아무 관계도 없어. 모스크바에서 출발한 같은 비행기에 탔을 뿐이야."

"예후가 좋지 않다면……?"

"회복될 것 같지 않아. 그러니까 여기 최초의 환자 집단이 있어. 모스크바발 여객기 탑승객들. 근데 오늘 오후에 새 환자가 한 명 들어왔어. 증세는 같은데 탑승객은 아니야. 공항 직원이더라고."

"도대체 무슨 얘길 하……."

"탑승구 직원이야." 후아가 말했다. "탑승객 한 명이 호텔 셔틀버스를 어디서 타느냐고 물어서 대답해 준 게 유일한 접촉이었고."

"어, 느낌이 안 좋은데." 지반이 말했다. 전차는 아직도 눈에 빠진 자동차 뒤에서 오도 가도 못하고 있었다. "그래서 오늘도 늦게까지 근무하는 거야?"

"사스 때 기억나?" 후아가 물었다. "우리끼리 했던 얘기도?"

"너희 병원이 폐쇄됐다는 얘길 듣고 로스앤젤레스에서 전화를 걸었던 건 기억나는데, 무슨 말을 했는지는 기억 안 나."

"흥분해서 떠들어대기에 내가 가까스로 진정시켰지."

"그래, 그러니까 생각난다. 변명을 하자면 사람들이 어찌나……."

"그때 네가 그랬잖아, 진짜 심각한 전염병이 발생하면 꼭 알려달라고."

"그랬지."

"오늘 아침부터 지금까지 입원한 독감 환자가 200명도 넘어." 후아가 말했다. "지난 세 시간 동안 입원한 환자만 160명이야. 벌써 열다섯 명이 사망했고. 응급실은 새로 들어오는 환자들로 북새통이야. 복도에까지 침상을 늘어놨어. 연방보건부가 곧 성명을 발표할 거야." 지반은 후아의 목소리에 담긴 것이 피로만은 아니라는 것을 깨달았다. 후아는 두려워하고 있었다.

지반은 벨을 누르고 뒷문 쪽으로 이동하면서 다른 승객들을 훑끔 쳐다봤다. 젊은 여자가 식료품 봉투를 들고 있었고, 정장 차림의 남자는 휴대전화로 게임을 하고 있었다. 힌디어로 조용히 대화를 나누는 남녀 노인도 있었다. 이 중에 공항에서 온 사람이 있을까? 지반은 사람들이 자기 주위에서 숨을 쉬고 있다는 사실이 새삼스럽게 의식되었다.

"네가 엄청나게 겁먹을 수 있다는 거 알아." 후아가 말했다. "아무것도 아니라고 생각했으면 너한테 이런 전화 절대로 안 했을 거야. 근데……." 지반은 손바닥으로 전차 문의 유리창을 쾅쾅 쳤다. 전엔 누가 이 문을 만졌을까? 운전사가 성난 눈으로 돌아보더니 그를 내려주었다. 지반은 눈보라 속으로 내려섰다. 그의 뒤에서 전차 문이 쉬익 소리와 함께 닫혔다.

"근데 넌 이게 아무것도 아닌 게 아니라고 생각하는 거고." 지반은 아직도 눈 속에서 부질없이 헛바퀴질을 하고 있는 자동차를 지나서 걸어갔다. 영스트리트가 바로 앞에 있었다.

"응, 아무것도 아닌 게 아니라고 확신해. 끊을게. 다시 일하러 가봐야 돼."

"후아, 너 하루 종일 그 환자들을 돌보고 있었던 거야?"

"난 괜찮아, 지반. 앞으로도 괜찮을 거야. 끊어야겠어. 나중에 또 전화할게."

지반은 휴대전화를 주머니에 넣고 영스트리트로 접어들어 동생이 사는 아파트가 있는 남쪽으로 향했다. 너 괜찮은 거냐, 후아? 내 오랜 친구. 앞으로도 괜찮을 거지? 지반은 극도로 불안했다. 바로 앞에 엘긴 극장의 불빛이 보였다. 실내는 어둠에 잠겨 있고, 아직 〈리어 왕〉 포스터가 걸려 있었다. 포스터 속에서 머리에 꽃을 꽂은 아서가 죽은 코딜리아의 축 늘어진 몸을 두 팔에 안은 채 푸른 불빛을 올려다보고 있었다. 지반은 걸음을 멈추고 한동안 포스터를 쳐다보다가 다시 천천히 걸으면서 후아의 이상한 전화에 대해 생각했다. 영스트리트는 적막했다. 지반은 잠시 숨을 돌리기 위해 가방 가게 문 앞에 서서 택시 한 대가 눈길을 느릿느릿 기어오는 모습과 택시 전조등 불빛에 하얗게 빛나는 눈보라를 바라보았다. 엘긴 극장에서 무대효과로 내리던 인공 눈이 잠깐 생각났다. 아서의 텅 빈 눈도 떠올랐지만 고개를 저어 떨쳐버렸다. 그는 지쳐서 멍한 상태로 도시고속도로 아래의 주황색 불빛과 어둠을 통과해 고요한 토론토 남부를 향해 걸어갔다.

퀸즈 부두에 이르자 눈보라가 더 강해졌고 호수에서 세찬 바람이 몰아쳤다. 마침내 지반이 프랭크가 사는 아파트 건물에 도착했을 때 후아가 다시 전화를 걸어왔다.

"안 그래도 네 생각 하고 있었어." 지반이 말했다. "정말……."

"내 말 잘 들어." 후아가 말했다. "너, 빨리 여기서 떠나."

"뭐? 지금 당장? 무슨 일인데?"

"모르겠어, 지반. 짧게 대답하자면 그래. 무슨 일이 일어나고 있는 건지 나도 잘 모르겠어. 독감이야, 지반. 그것만큼은 확실해. 근데 이런 건 처음 봤어. 너무 빨라. 전파력이 너무 빨라서……."

"상황이 악화되고 있어?"

"응급실이 환자들로 넘쳐나고 있어." 후아가 말했다. "그게 문제야. 왜냐면 지금 응급실 의료진 중 절반 정도가 너무 아파서 일을 할 수 없는 상태거든."

"환자들한테서 옮은 거야?"

프랭크의 아파트 건물 로비에서 야간 경비원이 신문을 뒤적이고 있었다. 경비원 뒤쪽 벽에는 회색과 빨간색으로 그린 추상화가 조명등 불빛을 받고 있었다. 반짝반짝 윤이 나는 로비 바닥에 경비원과 추상화가 기다란 줄무늬 형상으로 반사되어 보였다.

"잠복기가 이렇게 짧은 건 처음 봤어. 방금 환자 하나를 진료했는데, 우리 병원 잡역부야. 오늘 오전에 첫 환자들이 들어오기 시작했을 때 근무하고 있었는데 한두 시간 지나니까 몸이 아프더래. 그래서 조퇴하고 집에 갔다가 두 시간 전에 남자친구가 차에 태워서 데려왔어. 지금은 산소 호흡기를 달고 있고. 일단 노출되면 몇 시간 안에 증상이 나타나."

"병원 밖으로 퍼질 거라고 생각해?" 침착함을 유지하기가 힘들었다.

"아니, 이미 병원 밖에 퍼져 있어. 이건 대유행 단계에 접어든 전염병이야. 여기 우리 병원에 퍼지고 있다면, 도시 전역에 퍼지고 있다는 뜻이지. 이런 전염병은 본 적이 없어."

"그러니까 나더러……."

"지금 당장 떠나라는 거야. 떠날 상황이 못 되면, 먹을 거라도 잔뜩 쟁여놓고 아파트에 들어앉아 있어. 전화할 데가 많아서 이만 끊을게." 후아가 전화를 끊었다. 야간 경비원이 신문을 한 장 넘겼다. 다른 사람이 이런 말을 했다면 믿지 않았겠지만, 절제된 표현을 쓰는 데 후아보다 더 큰 재능을 가진 사람은 본 적이 없다. 후아가 전염병이 돈다고 말했다면, 그것은 실로 가공할 위력의 전염병이라는 뜻이다. 지반은 이게 시작이라는 갑작스러운 확신이 들었다. 후아가 말한 이 질병이 그의 생애를 전과 후로 나누는 분수령이 될 거라는 확신이었다.

시간이 별로 없을지도 모른다. 그는 프랭크의 아파트에서 발길을 돌려 불 꺼진 커피숍과 눈이 소복이 쌓인 유람선들이 줄줄이 정박해 있는 작은 부두를 지나 항구 다른 쪽에 있는 슈퍼마켓에 들어갔다. 밝은 불빛에 적응하느라 잠깐 멈춰서서 눈을 깜박거렸다. 안에는 손님 한두 명만 돌아다니고 있었다. 지반은 전화로 이 소식을 알려줘야겠다는 생각이 들었지만 딱히 떠오르는 사람이 없었다. 가까운 친구는 후아가 유일했고 동생은 몇 분 후면 볼 거였다. 부모님은 돌아가셨고 로라와 통화하고 싶은 생각은 아직 없었다. 그는 프랭크의 집에 갈 때까지 기다렸다가 뉴스를 확인한 다음에 휴대전화 주소록에 있는 모든 사람에게 전화를 걸기로 결심했다.

사진 현상 접수대 위에 달린 작은 텔레비전에서 뉴스가 나오고 있었다. 지반은 그쪽으로 천천히 걸어갔다. 토론토 종합병원 밖 눈 속에 서 있는 기자가 보였다. 하얀색 자막이 그녀의 머리 위를 지나갔다. 토론토 종합병원과 시내의 다른 병원 두 곳이 폐쇄되었다. 연방보건부는 조지아 독감 발생 사실을 확인해주었다. 감염자 수를 밝히지는 않았지만, 사망자가 있고 곧 더 자세한 정보가 나올 거라고 했다. 조지아와 러시아 관리들이 사태의 심각성을 감추고 있었던 것이 아닌가 하는 추측도 나왔다. 정부는 시민들에게 최대한 진정하고 침착하게 대응해달라고 부탁했다.

지반이 알고 있는 재난대처요령은 전적으로 액션 영화를 보고 배운 것이었고, 그는 액션 영화를 정말로 많이 봤다. 그는 먼저 물부터 사기로 하고 대형 쇼핑카트에 생수 상자를 꽉꽉 쟁여 쌓았다. 계산대로 밀고 가는데 너무 무거워서 바퀴가 잘 굴러가지 않을 정도였다. 너무 과민반응을 보이는 것 아닌가 하는 의심이 잠깐 들었지만, 어차피 사기로 마음 먹었고 다시 내려놓기에는 너무 늦었다. 쇼핑카트를 본 점원이 놀라서 눈썹을 치켜 올렸다.

"차를 바로 바깥에 주차해놨어요." 지반이 말했다. "카트는 다시 갖다놓을게요." 점원은 피곤한 표정으로 고개를 끄덕였다. 20대 초반으로 보이는 젊은 여자로, 자꾸만 눈을 찌르는 앞머리를 연신 뒤로 넘기고 있었다. 지반은 카트를 힘껏 밀고 밖으로 나왔다. 차까지는 눈이 잔뜩 쌓여 있어서 반은 밀고 반은 미끄러지며 나아갔다. 벤치와 화분이 놓인 작은 공원으로 내려가는 길은 경사로였다. 경사로를 내려가며 가속도가 붙은 카트가 깊은 눈 속에 푹 처박히며 옆으로 미끄러져 화분에 부딪쳤다.

밤 11시 20분, 슈퍼마켓이 문을 닫기까지는 40분 남았다. 지반은 카트를 밀고 프랭크의 아파트로 올라가 짐을 내려놓고 어떻게 된 일인지 설명하고, 정신은 온전하니까 걱정하지 말라고 안심시키는 지루한 절차를 거친 후에 물건을 더 사기 위해 슈퍼마켓으로 돌아오기까지 시간이 얼마나 걸릴지 가늠해보았다. 카트를 여기 잠깐 놔둔다고 해서 크게 문제될 건 없지 않을까? 거리에는 아무도 없었다. 그는 슈퍼마켓으로 돌아가면서 후아에게 전화를 했다.

"지금 상황은 어때?" 지반이 물었다. 후아가 대답하는 동안 지반은 슈퍼마켓으로 들어가 바삐 움직였다. 그는 카트에 물을 한 상자 더 싣고, 선반에 있는 참치와 콩, 수프 통조림을 모조리 꺼내 싣고, 파스타를 비롯해 한동안 비축해놓고 먹을 수 있을 것 같은 식료품도 닥치는 대로 꺼내 실었다. 토론토 종합병원은 독감 환자들로 넘쳐나고 시내의 다른 병원들도 상황은 마찬가지라고 했다. 급증한 환자들을 실어 나를 앰뷸런스가 턱없이 부족했다. 모스크바발 여객기 탑승객 전원과 최초의 환자들이 내원했을 때 근무 중이었던 응급실 간호사 두 명을 포함해 총 서른일곱 명이 사망했다. 지반은 다시 계산대 앞에 섰고, 점원이 통조림과 포장 상품들의 바코드를 찍었다. 후아는 아내에게 전화해서 애들을 데리고 오늘 밤 당장 이 도시를 떠나라고, 비행기 말고 다른 교통수단을 이용해서 떠나라고 했다고 말했다. 몇 시간 전 엘긴 극장에서 일어난 일이 전생에 벌어진 일처럼 느껴졌다. 점원은 느릿느릿 움직였다. 지반이 신용카드를 건네자 그녀는 아까 본 카드인데도 생전 처음 보는 것처럼 한참을 들여다보았다.

"지금 당장 로라랑 동생 데리고 떠나." 후아가 말했다.

"오늘 밤엔 안 돼. 동생을 데리고 갈 수 없어. 지금 이 시각엔 휠체어가 들어가는 승합차를 빌릴 수 없거든."

대답 대신 입을 막고 작게 기침하는 소리만 들렸다. 후아가 기침을 하고 있었다.

"너 괜찮냐?" 지반이 카트를 문 쪽으로 밀고 가며 물었다.

"몸조심해, 지반." 후아가 전화를 끊었다. 지반은 눈 속에 홀로 서 있었다. 무엇에 홀린 듯한 기분이 들었다. 다음 카트에는 화장지를 가득 실었다. 그다음 카트에는 통조림을 좀 더 싣고, 냉동육과 아스피린, 쓰레기봉투, 강력 접착테이프도 챙겨 넣었다.

"자선단체에서 일해요." 세 번짼지 네 번짼지 계산하러 갔을 때 점원에게 그렇게 말했지만 별 관심이 없는 것 같았다. 점원은 그가 가져온 상품들의 바코드를 스캔하면서 사진 현상 접수대 위에 달린 텔레비전을 연신 올려다보았다. 지반은 여섯 번째 카트를 채우면서 로라에게 전화를 걸었지만 곧바로 음성메시지로 넘어갔다.

"로라." 그가 말했다. "로라." 그러다 직접 만나서 얘기하는 게 낫겠다는 생각이 들었다. 벌써 11시 50분이 다 되어가고 있어서 머뭇거릴 시간이 없었다. 그는 이제 곧 문을 닫을, 빵 냄새와 꽃향기가 가득한 매장을 바삐 돌아다니며 카트에 식료품을 가득 채웠다.

그러면서 아파트 21층에서 불면증과 집필 작업과 하루 지난 《뉴욕타임스》와 베토벤의 음악과 함께 잠들지 못하고 깨어 있을 동생을 생각했다. 어서 빨리 동생에게 가고 싶었다. 그는 다시 계산대 앞에 서서 점원과 눈이 마주치는 것을 피하면서 계산이 끝나기를 기다렸다. 로라에게는 나중에 다시 전화하기로 결심했다가, 곧 생각을 바꿔 집 전화로 전화를 걸었다.

"지반, 어디야?" 로라가 힐난하듯 물었다. 지반은 점원에게 신용카드를 건넸다.

"뉴스 보고 있어?"

"봐야 돼?"

"독감이 퍼지고 있어, 로라. 심각해."

"러시아인지 어딘지에서 발생한 거? 나도 들었어."

"지금은 여기에서 퍼지고 있어. 생각보다 훨씬 심각해. 방금 후아랑 통화했어. 여길 떠나, 로라." 고개를 들던 그는 마침 그를 바라보던 점원과 눈이 마주쳤다.

"떠나라고? 왜? 자기 지금 어디야?" 지반은 영수증에 서명하고 끙끙거리며 카트를 출구 쪽으로 밀고 갔다. 밖으로 나가자 상점 안의 질서는 사라지고 매서운 눈보라가 그를 맞았다. 한 손으로 카트를 밀려니 힘이 들었다. 벤치와 화분들 사이에 아무렇게나 놓여 있는 다섯 대의 카트 위에 눈이 살짝 덮여 있었다.

"뉴스 봐봐, 로라."

"자기 전엔 뉴스 안 보는 거 알잖아. 공황발작이야, 자기?"

"뭐? 아냐. 지금 동생이 잘 있나 보려고 그리로 가는 중이야."

"잘 있지 못할 이유가 있나?"

"내 말 안 들었구나. 하긴 언제는 들었나." 지반은 무서운 독감이

급속도로 확산되고 있는 판국에 자기가 옹졸한 말을 하고 있다는 걸 알았지만 참을 수 없었다. 그는 카트를 다른 카트들 쪽으로 밀어놓고 슈퍼마켓으로 다시 달려갔다. "극장에서 어떻게 날 놔두고 혼자 갈 수 있어?" 지반이 쏘아붙였다. "남자친구가 죽은 사람한테 심폐소생술을 하고 있는데."

"지반, 어디냐니까."

"슈퍼마켓이야." 11시 55분이었다. 마지막 카트에는 야채와 과일, 망에 든 오렌지와 레몬, 홍차, 커피, 크래커, 소금, 유통기한이 긴 포장된 케이크 등 생필품은 아니지만 있으면 좋을 것들을 실었다. "말싸움하고 싶지 않아, 로라. 이번 독감은 심각해. 빠르고."

"뭐가 빠르다는 거야?"

"이번 독감 말이야. 진짜 빨라. 후아가 그랬어. 급속도로 확산되고 있대. 그러니까 어서 여길 떠나." 마지막으로 지반은 수선화 한 다발을 카트에 얹었다.

"뭐라고? 지반……."

"아주 멀쩡하게 비행기를 탔는데 그다음 날 죽어버렸대." 그가 말했다. "난 동생하고 있을 거야. 자긴 지금 빨리 짐을 꾸려서 자기 엄마네 집으로 가는 게 좋겠어. 다들 심각성을 알고 뛰쳐나와 도로가 꽉 막히기 전에."

"지반, 걱정돼. 자기 또 피해망상에 시달리는 것 같아. 극장에서 자기를 놔두고 와서 미안해. 진짜 머리가 아파서……."

"제발 뉴스 좀 틀어봐." 그가 말했다. "아니면 인터넷 기사를 찾아보든가."

"지반, 지금 어디 있는지 말해줘. 내가 금방……."

"제발 시키는 대로 해, 로라." 지반은 마지막으로 계산대 앞에 섰고 로라에게 경고를 할 만큼 했다는 생각이 들어 전화를 끊었다. 그는 후아에 대해 생각하지 않으려고 무진 애를 쓰고 있었다.

"이제 문 닫을 시각인데요." 점원이 말했다.

"이게 마지막이에요." 지반이 그녀에게 말했다. "미친놈이라고 생각하죠?"

"더 심한 사람도 봤어요." 지반은 자기가 그녀를 놀라게 했다는 것을 깨달았다. 그녀는 통화 내용을 일부 들었고 텔레비전에서 계속 나오는 심상찮은 뉴스도 들었다.

"그냥 대비하는 겁니다."

"뭐에 대해서요?"

"재난이 언제 들이닥칠지 모르니까요." 지반이 말했다.

"저거요?" 점원이 텔레비전 쪽을 가리켰다. "사스처럼 되지 않을까요?" 그녀가 말했다. "사스 때도 그렇게 난리를 치더니 금방 사그라들던데요." 그러나 전적으로 확신에 찬 목소리는 아니었다.

"사스하곤 달라요. 빨리 이 도시를 떠나세요." 그는 진실을 말해주고 싶었다. 어떤 식으로든 그녀를 돕고 싶었다. 하지만 자신이 실수했음을 금방 깨달았다. 그녀는 충격을 받은 표정이었고, 한편으로는 그가 미쳤다고 생각하는 것 같았다. 그녀는 그를 빤히 쳐다보면서 마지막 상품들의 바코드를 스캔했다. 잠시 후 지반은 다시 눈 속으로 나와 섰다. 농산물 코너에서 일하는, 염소수염이 있는 젊은 남자가 슈퍼마켓 문을 잠갔다. 지반 앞에는 이 폭설을 헤치고 동생네 아파트까지 밀고 가야 할, 물건이 산더미처럼 쌓인 일곱 개의 쇼핑카트가 서 있었다. 땀에 흠뻑 젖은 몸이 꽁꽁 얼어가고 있었다. 왠지 바보가 된 것 같으면서도 두렵고, 또 약간은 제정신이 아닌 것 같은 기분이었다. 그리고 후아가 계속 마음에 걸렸다.

　　　　　—

　지반이 발이 푹푹 빠지는 눈 속을 헤치고 카트를 하나씩 밀어서 동생 아파트 로비를 가로질러 화물용 엘리베이터 앞에 세워놓고 다시 돌아가 다른 카트를 밀고 오기를 반복하며 카트를 모두 21층에 올려놓는 데는 거의 한 시간이 걸렸다. 미리 예약하지 않고 야밤에 화물용 엘리베이터를 이용하기 위해 야간 경비원에게 뇌물을 집어줘야 했다. "생존 연습이에요." 지반이 설명했다.

　"여기서 그런 연습 하는 사람은 못 봤는데요." 경비원이 말했다.

　"그래서 여기가 이 일에 딱 맞는 곳인 겁니다." 지반이 약간 흥분한 목소리로 말했다.

　"뭐에 딱 맞는 곳이란 거죠?"

　"생존 연습에요."

　"그런가요." 경비원이 말했다.

　60달러가 주머니에서 나갔다. 지반은 카트를 죽 세워놓고 동생 집 현관문 밖에 홀로 서 있었다. 슈퍼마켓에서 미리 전화할 걸 그랬다는 후회가 들었다. 목요일 밤 새벽 1시, 복도식 아파트는 문이 모두 닫혀 있고 쥐죽은 듯 고요했다.

　"형." 프랭크가 현관문을 열어주며 지반을 반겼다. "연락도 없이 이 시간에 웬일이야?"

　"저기……." 뭐라고 설명해야 할지 난감해진 지반은 뒤로 물러나 힘없이 팔을 들어 카트들을 가리켰다. 프랭크가 휠체어를 타고 나와 복도를 바라보다 말했다.

　"쇼핑 좀 했네."

4

그 시각, 엘긴 극장에는 1층 로비에서 휴대전화로 테트리스 게임을 하는 경비원과 2층 사무실에서 내키지 않는 전화를 걸기로 결심한 제작책임자만 남아 있었다. 제작책임자는 새벽 1시인데도 아서의 변호사가 전화를 받아서 내심 놀랐다. 로스앤젤레스의 연예인 전문 변호사들은 보통 그쪽 시간으로 밤 10시까지 일을 하는 걸까? 제작책임자는 그 업계도 경쟁이 치열한 게 틀림없다고 생각하며 아서의 사망 소식을 전한 후 퇴근했다.

평생을 일에 미쳐 살았고 낮에 가끔 20분씩 쪽잠을 자는 것으로 며칠은 버틸 수 있도록 자신을 단련시켜온 아서의 변호사는 두 시간에 걸쳐 아서 리앤더의 유언장과 그가 보낸 이메일 전부를 검토했다. 몇 가지 의문이 생겼다. 명쾌하지 않은 부분이 많았다. 그는 아서의 제일 친한 친구에게 전화를 걸었다. 언젠가 할리우드에서 열린 어색한 디너파티에서 만난 적 있는 사람이었다. 다음 날 아침, 갈수록 짜증나는 통화를 여러 번 한 뒤, 아서의 제일 친한 친구는 아서의 전처들에게 전화를 걸기 시작했다.

5

전화가 걸려왔을 때 미란다는 말레이시아 남부 해안에 있었다. 해운업체 이사인 그녀는, 그녀 상관의 표현을 빌리자면 '현지 상황'을 살펴보러 일주일간 출장을 온 거였다.

"현지요?" 그녀는 상관에게 되물었다.

리언이 미소를 지었다. 그의 사무실은 그녀 사무실 바로 옆에 있었다. 두 곳 다 창밖으로 센트럴파크가 내려다보였다. 그들은 오랫동안, 그러니까 10년도 넘게 함께 일했고, 두 번의 구조조정과 토론토에서 뉴욕으로의 기업이전에서도 살아남았다. 그들은 정확히 말하자면 친구는 아니었다. 적어도 사무실 밖에서 따로 만나지는 않았다. 하지만 그녀는 리언을 가장 가까운 사람으로 생각했다.

"맞아, 이상한 단어 선택이었군." 그가 말했다. "그럼 현장 바다 상황이라고 하지 뭐."

그해에는 세계 선박의 12퍼센트가 말레이시아 해안에 정박하고 있었다. 경제 불황으로 컨테이너선들의 발이 묶여 있는 거였다. 낮에 안개가 깔리면 그 거대한 배들은 수평선을 따라 늘어선 흐릿한

회갈색 형체로 보였다. 배마다 2~6명의 최소 인원만 남아 있었고, 그들이 텅 빈 방들과 복도를 걸어 다니는 발소리가 온 배 안에 울려 퍼졌다.

"외로운 일이에요." 미란다가 통역사와 현지 선원 책임자와 함께 회사 헬리콥터를 타고 갑판에 착륙했을 때 한 선원이 말했다. 미란다 회사 소속의 배 열두 척도 이곳 바다에 정박하고 있었다.

"그 사람들 마냥 놀고 있으면 안 돼." 리언이 말했었다. "물론 현지 책임자가 있지만, 회사가 자기들을 확실하게 관리하고 있다는 걸 알려줘야지. 안 그러면 배가 다 떠내려가버릴 수도 있다고."

하지만 가서 보니 선원들은 진지했고 속내를 잘 드러내지 않았으며 해적을 두려워했다. 미란다는 3개월 동안이나 뭍에 올라보지 못한 선원과 이야기를 나눴다.

그날 저녁 미란다는 묵고 있던 호텔 앞 해변에서 무어라 설명할 수 없는 외로움에 사로잡혔다. 그녀는 여기 남겨진 작은 함대에 대해 알아야 할 것은 모두 알고 있다고 자신했지만, 그 배들의 아름다움에는 전혀 대비가 안 된 상태였다. 충돌을 피하기 위해 불을 환히 밝힌 배들을 바라보자 갑자기 옴짝달싹 할 수 없었다. 수평선을 따라 늘어선 휘황찬란한 불빛은 꼭 동화 속 왕국처럼 신비롭고도 비현실적으로 보였다. 휴대전화를 한 손에 쥐고 친구의 전화를 기다리고 있는데, 진동이 왔다. 화면에 뜬 것은 모르는 번호였다.

"여보세요?" 옆에서는 한 쌍의 남녀가 스페인어로 대화를 하고 있었다. 미란다는 지난 몇 개월간 스페인어를 배웠기 때문에 문장마다 한두 단어씩은 알아들을 수 있었다.

"미란다 캐릴 씨?" 남자였다. 왠지 익숙한, 영국식 말씨였다.

"네, 그런데요. 누구시죠?"

"기억하실지 모르겠는데, 몇 년 전에 칸에서 열린 파티에서 잠깐 만난 적 있습니다. 클라크 톰슨이라고, 아서 친굽니다."

"그 후에도 만났어요." 그녀가 말했다. "로스앤젤레스에서 디너 파티에 오셨잖아요."

"네." 그가 말했다. "맞아요, 그랬죠. 그걸 잊다니……." 미란다는 그가 결코 잊지 않고 있었다는 사실을 알 수 있었다. 그는 조심스러워하고 있는 거였다. 클라크가 목소리를 가다듬고 다시 입을 열었다. "미란다, 미안하지만 좋지 않은 소식을 전하려고 전화했습니다. 우선 어디 좀 앉아요."

그녀는 계속 서 있었다. "말씀하세요."

"미란다, 아서가 어젯밤에 심장마비로 죽었어요." 바다 위에 떠 있는 불빛이 흐릿해지더니 빛의 동그라미가 서로 겹쳐지며 한 줄로 늘어섰다. "정말 유감입니다. 이 소식을 뉴스를 통해 알게 하고 싶지 않아서 전화했어요."

"얼마 전에 만났는데요." 그녀가 말했다. "2주 전 토론토에서요."

"받아들이기 힘들 겁니다." 그가 다시 목소리를 가다듬었다. "충격이죠, 정말……. 우린 열여덟 살 때부터 친구였어요. 나도 도무지 믿기지가 않아요."

"어쩌다, 어쩌다 그렇게 된 건가요?" 그녀가 말했다.

"실은, 음…… 불쾌하게 듣지 않으셨으면 좋겠는데, 실은 이런 게 아서가 원하던 죽음이 아닌가 싶기도 합니다. 무대에서 죽었거든요. 〈리어 왕〉 4막 중간에, 급성 심장마비로요."

"연기하다가 쓰러졌다고요?"

"네. 관객 중에 의사가 두 명 있었는데, 무슨 일인지 알아차리고 급히 무대로 뛰어 올라가서 아서를 구하려고 애써봤지만 소용이 없었다고 하네요. 병원에 도착하자마자 사망이 선언되었답니다."

이렇게 끝이 날 수도 있구나. 통화가 끝나고 그녀는 생각했다. 이렇게 시시한 결말이라니. 그러자 마음이 진정되었다. 한때 함께 늙어갈 거라고 생각했던 남자가 이 세상을 떠났다는 사실을, 머나먼 타국에서 전화 한 통으로 알게 될 수도 있는 거였다.

근처의 어둠 속에서는 스페인어 대화가 이어지고 있었다. 배들은 여전히 수평선 위에서 빛을 발했고, 여전히 바람 한 점 없었다. 뉴욕은 아침이겠지. 그녀는 클라크가 맨해튼에 있는 자기 사무실에서 수화기를 내려놓는 모습을 상상했다. 전화기 버튼 몇 개만 누르면 지구 반대쪽에 있는 사람과 이야기할 수 있었던 시대의 마지막 달에 일어난 일이었다.

사라진 것들의 목록:

바닥에서 초록색 불빛이 올라오는 수영장의 염소 처리된 물속으로 다이빙하는 일. 야간 조명등 아래에서 하는 야구 경기. 여름밤 나방이 몰려들던 현관 등. 엄청난 전력을 소비하며 도시 아래를 달리던 지하철. 도시. 영화. 다만 아주 드물게, 발전기를 돌리느라 대사가 절반 이상 안 들리는 영화를 볼 수는 있었다. 하지만 그것도 연료가 완전히 소진되기 전까지였다. 자동차 연료는 이삼 년 지나면 오래되어 못 쓰게 되었고, 비행기 연료는 좀 더 오래가지만 구하기가 어려웠다.

콘서트 무대를 찍기 위해 사람들이 머리 위로 휴대전화를 들어올릴 때 어스름 속에 빛을 내뿜던 액정화면. 다채로운 할로겐 조명이 밝혀주던 화려한 무대, 전자음악, 펑크록, 전기 기타.

의약품. 손을 살짝 긁히거나 저녁을 차리려고 야채를 썰다가 손가락을 살짝 베이거나 개한테 물렸을 때 살아남을 수 있다는 확신.

비행. 하늘에서 여객기 창문을 통해 반짝이는 불빛이 수놓인 도시들을 내려다보는 일. 10킬로미터 상공에서 도시를 내려다보며 그 시각 불을 밝히고 있는 사람들의 삶을 상상하는 일. 비행기. 좌석 테이블을 접어서 잠가달라는 요청. 아니, 사실 비행기는 여기저기 남아 있었다. 활주로와 격납고에, 잠든 채로. 날개에는 눈이 쌓여갔다. 겨울에 비행기는 식품저장고로 안성맞춤이었다. 여름이면 과수원 근처에 있는 비행기는 더위에 말라버린 과일을 담은 쟁반들로 가득 찼다. 10대들은 그 안에 숨어들어가 섹스를 했다. 녹이 꽃처럼 활짝 피고 줄줄 흘러내렸다.

국가. 국경에는 아무도 없었다.

소방서와 경찰. 도로 보수 작업과 쓰레기 수거 작업. 케네디 우주센터와 바이코누르 우주기지와 반덴버그 공군기지, 플레세츠크 우주기지, 다네가시마 우주센터에서 발사되어 솟아오르던 우주선. 그 우주선이 대기층을 통과하며 만들어내던 불꽃.

인터넷. 소셜 미디어. 화면을 스크롤하며 지루하고 장황한 꿈 이야기와 불안한 희망과 음식 사진과 자살 예고와 자기 자랑과 하트 아이콘으로 된 연애 상태 업데이트와 곧 보자는 말과 각종 청원과 불평과 욕망과 할로윈에 곰이나 피망 모양의 옷을 입힌 아기들 사진을 보는 일. 다른 사람의 삶을 읽고 댓글을 다는 일. 그럼으로써 혼자가 아니라고 느끼던 일. 아바타.

제2부

한여름 밤의 꿈

STATION
ELEVEN

7

마지막 항공 여행이 끝나고 20년 후, 유랑악단을 실은 마차들이 작열하는 하늘 아래 느릿느릿 움직이고 있었다. 7월 말이었고, 선두 마차 뒤쪽에 달린 25년 된 온도계는 화씨 106도, 섭씨 41도를 가리켰다. 그들은 미시간 호 근처에 있었지만 그곳에서는 호수가 보이지 않았다. 나무들이 도로 양쪽에 다닥다닥 붙어 서 있었고 깨진 인도 사이에서도 자라고 있었다. 묘목들이 마차에 깔려 몸을 구부리면서 부드러운 나뭇잎이 말과 유랑악단 단원들의 다리를 간질였다. 숨이 턱 막히는 무더위가 무자비하게도 일주일 동안이나 계속되고 있었다.

단원들 대부분이 말에서 내려 걸어가고 있었는데도 말들은 생각보다 훨씬 자주 그늘에서 쉬어야 했다. 잘 모르는 지역이라 빨리 지나쳐 가고 싶었지만 이런 무더위에는 속도를 낼 수 없었다. 그들은 무기를 들고 천천히 걸었다. 배우들은 대사를 연습하면서, 연주자들은 그 소리를 무시하려고 애를 쓰면서, 정찰 당번들은 도로 전후방에 위험이 도사리고 있지는 않은지 살피면서.

"이렇게 다니는 게 나쁜 것만은 아니야." 몇 시간 전에 무대감독이 말했다. 무대감독 길은 72세로, 지금은 두 번째 마차 뒤쪽에 타고 있었다. 다리가 예전 같지 않아서였다. "위험 지역에서 대사가 다 생각난다면, 무대에서는 더 잘할 수 있거든."

"리어 왕 등장." 커스틴이 말했다. 20년 전, 그녀가 거의 기억하지 못하는 그 시절에, 그녀는 토론토에서 상연된 단명한 연극 〈리어 왕〉에서 대사 없는 단역을 맡은 적이 있었다. 지금 그녀는 자동차 타이어를 잘라 밑창을 댄 샌들을 신고 허리띠에는 칼 세 자루를 꽂은 채 걷고 있었다. 그녀는 그 희곡의 문고판을 갖고 있었는데, 지문마다 노란색으로 강조 표시가 되어 있었다. "실성한 상태." 그녀가 말을 이었다. "들꽃으로 멋지게 장식하고 있다."

"그런데 저자는 누군가?" 에드거 역을 연습하고 있는 남자가 말했다. 그의 이름은 어거스트였고 연기는 최근에 시작했다. 제2바이올린을 맡고 있고 은둔시인이기도 했다. 그 말은 악단 내에서 커스틴과 제7기타를 제외하고는 그가 시를 쓴다는 사실을 아는 사람이 아무도 없다는 뜻이다. "정신이 멀쩡한 사람이라면 저…… 저렇게……, 그다음에 뭐였지?"

"옷을 입지 않을 텐데." 커스틴이 말했다.

"고마워, 커스틴. 정신이 멀쩡한 사람이라면 저렇게 옷을 입지 않을 텐데."

마차는 픽업트럭 몸체에 철과 나무로 된 바퀴를 달아 만든 것으로, 말이 팀을 이뤄 끌고 있었다. 휘발유가 사라지면서 소용없게 된 부품들은—엔진과 연료 공급 장치, 20세 이하는 작동하는 것을 본 적 없는 모든 부품들은—다 떼어버렸고, 운전석에는 마부들을 위해 긴 의자를 설치했다. 운전석에서도 무게가 많이 나가는 것들은 모두 떼어버렸지만 양쪽 문과 강화 유리로 된 창문은 그대로 두었다. 위험 지역을 여행할 때 아이들을 보호할 곳이 필요하기 때문이었다. 트럭 짐칸은 프레임을 세우고 방수포를 뒤집어씌워 텐트처럼 만들어놓았다. 세 대의 마차는 전부 암회색으로 페인트칠한 방수포가 씌워져 있었고 그 양쪽 측면에 흰색 페인트로 '유랑악단'이라고 적혀 있었다.

"아니, 그들은 내가 동전을 위조했다고 비난하지 못할 것이다." 디터가 어깨 너머를 돌아보며 말했다. 나이가 그리 많진 않지만 리어 왕 역을 익히는 중이었다. 디터는 다른 배우들보다 약간 앞서 걸으면서 자기가 좋아하는 말을 상대로 대사를 중얼거렸다. 그의 애마 번스타인은 제1첼로가 지난주에 활의 줄을 바꾸는 바람에 꼬리의 절반이 싹둑 잘려 있었다.

"아, 이 얼마나 애끓는 광경인가!" 에드거의 대사였다.

"정말 애끓는 게 뭔지 알아?" 제3트럼펫이 중얼거렸다. "이런 무더위에 〈리어 왕〉을 세 번 연속으로 듣는 거."

"더 애끓는 게 뭔지 알아요?" 유랑악단의 최연소 배우인 열다섯 살의 알렉산드라가 말했다. 아기 때 도로에 버려져 있었던 것을 악단이 데려다 키웠다. "마을이랑 마을 사이 허허벌판을, 그것도 위험 지역 가까이를 나흘이나 돌아다니는 거."

"애끓는 게 뭐야?" 올해 여섯 살인 올리비아가 물었다. 린이라는 여배우와 튜바 사이에서 태어난 딸인데, 테디베어 인형을 안고 길 감독과 함께 두 번째 마차 뒤칸에 타고 있었다.

"두 시간 뒤면 물가의 세인트데버러에 도착할 거야." 길이 말했다. "걱정할 거 하나도 없어."

—

독감이 핵폭탄처럼 지구 표면을 강타한 후 충격적인 문명의 몰락이 이어졌다. 입에 담기조차 힘든 처음 몇 년 동안 사람들은 이리저리 떠돌아다녔다. 그러다가 아무리 걸어도 과거와 같은 삶이 지속되고 있는 곳을 찾을 수 없다는 것을 깨달으면서 다들 정착 가능한 곳을 찾아 정착했다. 그들은 안전을 위해 화물트럭 휴게소나 대형 레스토랑, 낡은 모텔 같은 곳에 함께 모여 살았다. 유랑악단은 완전히 바뀐 세계의 정착지들을 돌아다녔다. 악단이 처음 결성된 것은 문명이 몰락하고 5년이 지나서였다.

지휘자가 군악대에서 근무하던 동료 서너 명을 모았고, 그들은 그때까지 살던 공군기지를 떠나 미지의 풍경 속으로 길을 떠났다. 그때쯤엔 대다수의 사람들이 어딘가에 정착했는데, 문명 몰락 후 3년이 되자 휘발유가 다 못 쓰게 된 데다 계속 방랑만 하고 다닐 수는 없었기 때문이었다.

마을에서 마을로 옮겨 다닌 지 6개월이 흐른 후—네다섯 가족이 화물트럭 휴게소였던 곳에 모여 사는 것도 마을이라고 부를 정도로 '마을'이라는 단어는 막연하게 사용되었다—지휘자가 이끌던 교향악단은 길이 이끌던 셰익스피어 극단을 우연히 만났다. 단원들은 모두 시카고에서 도망친 사람들로, 몇 년 동안 농장을 일구다가 3개월 전부터 여기저기를 전전하던 중이었다. 교향악단과 극단은 전격적으로 합병했다.

문명이 몰락하고 20년이 지난 후에도 그들은 여전히 길 위에 있었다. 휴런 호와 미시간 호를 따라 이동하면서 서쪽으로는 미시간의 트래버스시티까지, 동쪽과 북쪽으로는 위도 49도선을 넘어 캐나다 킨카딘까지 갔다 왔다. 세인트클레어 강을 따라 남쪽으로 마린시티와 앨고낙 같은 어촌까지 내려갔다가 다시 올라오기도 했다. 이 지역은 현재 대체적으로 평온했다. 다른 여행자들과 마주치는 경우는 극히 드물었다. 그나마 만나는 사람들은 주로 수레에 잡다한 물건들을 싣고 마을을 찾아다니는 행상들이었다.

유랑악단은 클래식과 재즈, 몰락 이전의 대중가요를 관현악곡으로 편곡해서 연주하고 셰익스피어 희곡을 상연했다. 처음 몇 년 동안은 현대 희곡도 종종 무대에 올렸지만, 놀랍게도 관객들은 셰익스피어의 작품을 가장 선호했다. 누구도 예상하지 못한 일이었다.

"사람들은 예전 세상에서 제일 좋았던 게 다시 보고 싶은 거야." 디터가 말했다. 그 자신도 현재에 살기가 힘이 들었다. 대학 때 펑크록 밴드를 했던 그는 전기기타 소리가 너무도 그리웠다.

—

악단은 물가의 세인트데버러에서 두 시간 정도 떨어진 곳에 있었다. 다들 지치고 더위에 신경이 날카로워져서 〈리어 왕〉 리허설은 4막 중간에 흐지부지되었다. 그들은 말을 쉬게 하기 위해 잠깐 멈춰 섰지만, 쉬고 싶지 않았던 커스틴은 나무에 칼 던지는 연습을 하려고 좀 더 걸어갔다. 그녀는 나무에서 다섯 걸음, 열 걸음, 스무 걸음 떨어진 곳에서 칼을 던졌다. 칼날이 나무에 꽂히는 소리가 만족스러웠다. 악단이 다시 이동하기 시작하자 커스틴은 두 번째 마차 뒤칸으로 올라갔다. 거기에선 알렉산드라가 쉬면서 의상을 수선하고 있었다.

"그래요?" 알렉산드라가 앞서 누군가 한 말에 대꾸했다. "그러니까 트래버스시티에서 컴퓨터 화면을 봤을 때…….”

“그게 뭐?”

그들이 최근에 떠나온 트래버스시티라는 마을에서 한 발명가가 전기 시스템을 고안했다. 거창한 것은 아니고, 실내운동용 자전거 페달을 열심히 밟으면 노트북 컴퓨터에 전력을 공급할 수 있었다. 그런데 발명가는 대단히 큰 야망을 갖고 있었다. 그의 목표는 전기 시스템 자체가 아니라 인터넷을 찾아보는 거였다. 그가 그 이야기를 하자 비교적 젊은 단원들 몇몇은 가벼운 흥분을 느꼈다. 와이파이와 상상하기도 힘든 클라우드라는 것에 대해 들은 이야기들이 떠올랐고, 인터넷이 아직도 어딘가에 있는지, 보이지 않는 입자처럼 그들 주위를 떠돌고 있는 게 아닌지 궁금해졌다.

“언니가 기억하던 대로였어요?”

“컴퓨터 화면이 어떻게 생겼는지 사실 기억이 안 나.” 커스틴이 고백했다. 두 번째 마차는 특히 심하게 흔들려서, 안에 타고 있으면 뼈가 덜그럭거리는 것 같은 느낌이 들었다.

“어떻게 그런 걸 기억 못 할 수 있어요? 그렇게 예뻤는데.”

“그땐 여덟 살이었다고.”

알렉산드라가 불만스러운 표정으로 고개를 끄덕였다. 자기가 여덟 살 때 켜져 있는 컴퓨터 화면을 봤다면 기억했을 거라고 생각하는 게 분명했다.

트래버스시티에서 커스틴은 컴퓨터 화면에 뜬 ‘이 웹페이지는 이용이 불가능합니다’라는 메시지를 물끄러미 바라보았다. 그녀는 발명가가 인터넷을 찾아낼 수 있을 거라고는 생각하지 않았지만, 전기는 분명 매혹적이었다. 그녀는 예전에 보았던 것들을, 침대 옆 탁자에 있던 분홍 갓을 씌운 램프와 침실을 밝히던 통통한 반달 모양의 조명, 식당의 샹들리에와 화려하게 불을 밝힌 무대를 떠올렸다. 발명가는 컴퓨터 화면이 꺼지지 않도록 열심히 페달을 밟으면서 인공위성에 대해 설명했다. 알렉산드라는 완전히 홀린 듯한 표정이었다. 그녀에게 컴퓨터 화면은 아무런 기억도 덧붙여지지 않은 마법의 물건이었다. 반면 어거스트는 슬픈 표정으로 컴퓨터 화면을 멍하니 보았다.

—

커스틴과 어거스트가 폐가에 침입할 때마다—이것은 그들의 취미였는데, 때때로 유용한 물건을 찾아냈기 때문에 지휘자가 용인해주고 있었다—어거스트는 갈망하는 눈빛으로 텔레비전을 쳐다보곤 했다. 어렸을 때 그는 조용하고 숫기가 없었으며 클래식 음악에 푹 빠져 있었다. 스포츠에는 전혀 관심이 없고 사교적인 성격도 아니어서, 형제들이 밖에 나가 야구를 하거나 친구랑 노는 동안에도 홀로 육군기지 관사에 틀어박혀 있었다.

텔레비전 프로그램의 장점은 부모님이 메릴랜드에 배치되든 캘리포니아나 텍사스에 배치되든 어디에서나 똑같은 프로그램을 볼 수 있다는 거였다. 그는 문명 몰락 전에 엄청나게 많은 시간을 텔레비전을 보거나 바이올린을 켜면서, 때로는 두 가지를 동시에 하면서 보냈다. 커스틴은 아홉 살, 열 살, 열한 살 때 어거스트의 모습을 충분히 상상할 수 있었다. 창백하고 깡말랐고, 눈을 찌르는 짙은 갈색 앞머리에, 진지한 표정으로 푸른색 텔레비전 불빛을 받으며 아동용 바이올린을 연주하는 소년.

지금 어거스트는 폐가에서 《TV 가이드》가 있는지 찾고 있었다.

그 세계적인 전염병이 창궐할 무렵에는 인기가 떨어질 대로 떨어져서 찾는 사람이 거의 없었던 잡지지만, 끝까지 애독한 고정 독자도 있긴 했다. 어거스트는 사방이 조용해지면 그 잡지를 뒤적이는 것을 좋아했다. 그는 모든 프로그램이 생각난다고, 우주선이, 거대한 소파가 놓여 있던 시트콤 속 거실이, 뉴욕 거리를 내달리던 경찰관들이, 엄숙한 표정의 판사들이 앉아 있던 법정이 다 기억난다고 했다. 그는 시집도 찾아서—《TV 가이드》보다 더 찾기 힘들었지만—밤에 혹은 이동할 때 읽곤 했다.

커스틴은 폐가에 들어갈 때마다 연예잡지가 있는지 찾아보았는데, 열여섯 살 때 먼지를 뒤집어쓴 탁자 위에 놓인 잡지를 뒤적이다가 자신의 과거를 발견한 적이 있기 때문이었다.

행복한 재회 : LA 공항에서 아들 타일러를 안고 있는 아서 리앤더
후줄근한 모습의 아서가 일곱 살 난 타일러를 반갑게 맞이하고 있다.
타일러는 모델 겸 여배우인 어머니 엘리자베스 콜튼과 함께 예루살렘에 살고 있다.

사진 속에서 사흘은 면도를 거른 듯한 턱수염에 구겨진 옷을 입고 야구 모자를 눌러 쓴 아서가 어린 소년을 안고 있었다. 소년은 아버지를 바라보며 환하게 웃고, 아서는 카메라를 보면서 미소 짓는 모습이었다. 조지아 독감이 상륙하기 1년 전이었다.

"나, 이 사람 알아." 커스틴이 깜짝 놀라 숨을 헐떡이며 어거스트에게 말했다. "전에 보여줬던 만화책, 이 사람이 나한테 준 거야." 그러자 어거스트는 고개를 끄덕이더니 그 만화책을 다시 보여달라고 했다.

커스틴은 문명 몰락 전의 일을 잘 기억하지 못했다. 집 주소도, 어머니의 얼굴도, 어거스트가 쉴 새 없이 떠들어대는 텔레비전 프로그램도. 그러나 아서 리앤더는 분명히 기억했다. 잡지에서 그를 발견한 뒤로는 잡지만 보면 뒤적이며 그를 찾았다. 그녀는 그의 사진이 나온 기사들을 찢어서 지퍼백에 넣어 다녔다. 아서가 여위고 수심 가득한 얼굴로 해변에 홀로 있는 사진도 있었고, 첫 아내인 미란다와 함께 찍힌 사진도 있었다. 두 번째 아내 엘리자베스와 찍은 사진도 있었는데, 영양실조에 걸린 듯 깡마른 몸매에 금발인 그녀는 카메라를 보고도 전혀 웃지 않았다. 아들과 찍은 사진도 있었다. 아들은 커스틴과 비슷한 또래인 것 같았다. 세 번째 아내와 찍은 사진도 있었는데, 그녀는 두 번째 아내와 많이 닮아 보였다.

"너 꼭 고고학자 같아." 커스틴이 모아둔 것들을 자랑 삼아 보여주었을 때 찰리가 말했다. 제2첼로이자 커스틴의 가장 친한 친구 중 하나인 찰리는 어렸을 때 장래희망이 고고학자였다고 했다.

커스틴이 수집한 그 어떤 사진도 그녀가 기억하는 아서 리앤더의 모습을 담고 있진 않았다. 사실 자신이 기억하는 게 뭔지 딱 꼬집어 말할 수도 없었다. 언젠가 만화책 두 권을 그녀의 손에 쥐어준, 친절한 아저씨라는 단편적인 인상만 남아 있을 뿐이었다. "너한테 줄 선물이 있다." 그녀는 그가 그렇게 말했다고 거의 확신했다. 그 뒤의 기억 속에서 그녀는 정장을 입은 남자와 이야기하고 있었다. 아서는 무대에 누워 있고 응급구조사들이 그 위로 몸을 숙이고 있었다. 여기저기서 고함 소리와 울음소리가 들리고 사람들이 모여들었던 것도 기억났다. 분명히 실내였는데도 웬일인지 눈이 내리고 있었고 전기 불빛이 따갑게 내리쬐고 있었다. 그것이 그녀에게 남아 있는 문명 몰락 전의 가장 선명한 기억이었다.

아서 리앤더가 커스틴에게 준 만화책은 『닥터 일레븐 1권 1호 : 스테이션 일레븐』과 『닥터 일레븐 1권 2호 : 추격』인데 악단의 다른 단원들은 전혀 들어본 적 없는 시리즈였다. 문명 몰락 후 20년이 되었을 무렵 커스틴은 이 두 권을 몽땅 외우다시피 했다.

닥터 일레븐은 물리학자다. 그는 작은 행성과 유사하게 설계된 첨단 우주정거장에 산다. '스테이션 일레븐'이라는 이름의 그 우주정거장에는 깊고 푸른 바다와 바위섬들이 있으며 섬들은 다리로 연결되어 있다. 수평선에는 두 개의 달이 떠 있고 하늘에는 붉은 노을이 진다. 문명 몰락 전에 인쇄업에 종사했던 콘트라바순 연주자는 커스틴에게 이 만화책은 인쇄 질이 아주 좋고 기록용 보관용지를 사용한 것으로 보아 대량 생산된 것이 아니고 누군가가 사비를 들여 출간한 것 같다고 말했다. 그 누군가가 누구였을까?

책에는 작가 정보가 실려 있지 않고 작가 이름 대신 "지은이 : M. C."라고 이니셜만 나와 있었다. 1호 표지 안쪽에는 누가 연필로 "열 부 중 두 번째"라고 써놓았다. 2호에는 "열 부 중 세 번째"라고 적혀 있었다. 각 호가 딱 열 부만 세상에 존재한다는 게 가능한 일일까?

커스틴은 그 만화책을 애지중지했지만, 이젠 책장 모서리가 여기저기 접혀 있고 가장자리는 너덜너덜해져 있었다. 1호를 펼치면 두 페이지에 걸친 그림이 나온다. 황혼녘, 닥터 일레븐이 거무스름한 바위에 서서 쪽빛 바다를 바라보고 있다. 작은 배들이 섬들 사이를 오가고 수평선 위에서는 풍력발전기가 돌아가고 있다. 그는 중절모를 들고 있다. 작은 하얀색 동물이 그의 곁에 서 있다. 악단의 나이 든 단원들이 개라고 했지만, 커스틴이 본 어떤 개와도 닮지 않았다. 개의 이름은 루리이고, 여우와 구름의 잡종처럼 생겼다. 그림 아래쪽에 다음과 같은 문장이 적혀 있다. **나는 파괴된 내 집을 바라보면서 달콤했던 지구에서의 삶을 잊으려고 노력했다.**

유랑악단은 서너 시쯤 물가의 세인트데버러에 이르렀다. 문명 몰락 전에는 마을이라고 할 수 없었던 곳이다. 좁은 도로를 따라 모텔과 월마트, 주유소, 레스토랑 체인점 두세 곳이 늘어서 있는 것이 전부였다. 이곳은 유랑악단이 오가는 지역의 남서쪽 끝으로, 그 너머에는 별게 없는 것으로 알려져 있었다.

2년 전 그들은 이곳에 찰리와 제6기타를 남겨두고 떠났다. 찰리와 제6기타의 아기가 길 위에서 태어나는 일이 없도록 주유소 옆에 있는 예전 웬디스 햄버거 가게를 두 사람이 머물 수 있게 꾸며주었다. 마을 북쪽 끝에 다다른 유랑극단은 보초와 맞닥뜨렸다. 15세 정도 된 소년이 무지개색 비치파라솔 아래 앉아 있었다.

"여러분 기억나요." 그들이 다가가자 소년이 말했다. "월마트에 짐을 풀어도 돼요."

악단은 의도적으로 천천히 마을을 지나갔다. 제1트럼펫이 비발디 협주곡에 나오는 독주 부분을 연주하기까지 했지만, 이상하게도 모여드는 구경꾼이 거의 없었다. 트래버스시티에서는 도착한 순간부터 사람들이 모여들더니 점점 더 불어나 나중에는 100여 명이 따라왔는데, 지금은 너덧 사람만이 집에서 나와 전혀 웃음기 없는 얼굴로 그들을 빤히 쳐다볼 뿐이었다. 그중에 찰리나 제6기타의 모습은 보이지 않았다.

마을 남쪽 끝 월마트 주차장에서는 더위 때문에 아지랑이가 피어오르고 있었다. 악단은 부서진 출입문 옆에 마차를 세우고 말들을 돌보며 오늘 밤엔 어떤 공연을 할지 논쟁하는 익숙한 의식을 치렀지만, 그러는 동안에도 찰리나 제6기타는 나타나지 않았다.

"어디 가서 일하고 있나 본데." 어거스트가 말했다. 커스틴의 눈에는 마을이 텅 비어 있는 것만 같았다. 저 멀리 도로에 마치 수영장이 있는 것처럼 신기루가 보였다. 외바퀴 손수레를 밀고 가는 남자는 마치 물 위를 걷고 있는 것 같았다. 빨래를 한 보따리 들고 건물 사이를 걸어가는 여자도 있었다. 그 두 사람 말고는 아무도 보이지 않았다.

"오늘 밤엔 〈리어 왕〉을 올리는 거 어때?" 배우인 사이드가 말했다. "그렇게 했다가 이 동네가 더 우울해지지 않을까 걱정이 되긴 하지만."

"이번엔 나도 찬성." 커스틴이 말했다. 다른 배우들은 의견이 분분했다. 일주일 내내 연습해온 〈리어 왕〉을 올리자는 의견도 있었고—어거스트는 긴장한 표정이었다—한 달 이상 공연을 안 한 〈햄릿〉을 올리자는 의견도 있었다.

"〈한여름 밤의 꿈〉으로 하지." 길이 상황을 정리했다. "오늘 밤엔 왠지 요정들이 필요할 것 같아."

"다들 모였나?"

"거 하나씩 불러보면 되잖수, 적힌 대로." 10년 동안 보텀 역할을 해온 잭슨은 이 자리에 있는 단원들 중에서 유일하게 대본 없이 대사를 외워서 연기할 수 있었다. 커스틴조차도 대본을 두 번이나 봐야 했다. 몇 주째 티타니아 역을 하지 않은 탓이었다.

"여기 오늘은 되게 조용한데?" 디터는 리허설하는 사람들에게서 조금 떨어져서 커스틴과 함께 서 있었다.

"어째 으스스하네요. 지난번 왔을 때 기억나요? 열댓 명이나 되는 애들이 도착한 순간부터 졸졸졸 따라다니면서 리허설을 구경하고 난리였잖아요."

"네 차례 다 됐어." 디터가 말했다.

"내가 잘못 기억하고 있는 거 아니죠?" 커스틴이 리허설하는 단원들에게로 걸어가며 말했다. "애들이 우리를 빙 둘러싸고 구경했잖아요."

디터가 얼굴을 찌푸리며 텅 빈 도로를 바라보았다.

"……야, 비켜!" 퍽 역할을 맡은 알렉산드라가 말했다. "우리 대왕 오신다."

"흥, 비켜. 우리 여왕 오신다." 요정 역할의 린이 말했다. "그는 가버리면 좋겠는데!"

"달밤에 재수 없이 만났군." 사이드는 왕답게 근엄하게 말했다. 한때 커스틴은 그런 그를 사랑했다. 지금 숨이 턱턱 막히는 무더위에 티셔츠 겨드랑이는 땀에 젖고 무릎이 찢어진 청바지를 입은 채 월마트 주차장에 서 있어도, 그는 완벽하게 왕처럼 보였다.

"뭐야, 질투하는 거야, 오베론?" 커스틴은 최대한 침착하게 앞으로 나섰다. 그녀와 사이드는 2년 동안 사귀다가 4개월 전에 헤어졌다. 삶이 무료해진 그녀가 떠돌이 행상과 잤기 때문이었다. 아무리 연기라고 해도 그의 눈을 똑바로 쳐다보기가 힘들었다. "가자. 질투쟁이 대왕하곤 동침도, 상종도 안 하리라." 그러자 옆에서 비웃는 소리가 들렸다. 사이드가 히죽거리고 있었다.

"참 나." 디터가 뒤에서 작은 목소리로 툴툴거렸다. "꼭 비웃어야 직성이 풀리지?"

"멈춰라, 이 뻔뻔하고 난잡한 여자야." 사이드가 필요 이상으로 말을 질질 끌었다. "내가 남편이거늘."

10

유랑악단의 문제는 문명이 몰락하기 전부터, 아니 역사가 처음 기록되기 전부터 모든 곳에 있었던 모든 집단이 겪어온 문제와 똑같았다. 먼저 제3첼로를 예로 들어보자. 제3첼로는 수개월 전에 디터가 위험 지역에서는 악기 연습을 하지 말라고, 화창한 날엔 소리가 1.5킬로미터 이상 퍼져나갈 수도 있다고 경솔하게 한마디 한 것에 발끈해서 줄곧 그와 소모전을 벌여왔다. 하지만 디터는 그 사실을 알아채지 못했다. 디터는 제2호른에게 상당한 반감을 품고 있었는데, 그녀가 언젠가 디터의 연기를 악평했기 때문이었다. 이 반감은 제2호른에게 들키고 말았고 그녀는 디터가 속이 좁다고 생각했지만, 그녀가 싫어하는 사람들 순위에서 그는 제7기타보다 훨씬 아래쪽에 있었다.

사실 악단에 기타리스트가 일곱 명이나 있지는 않았지만, 기타리스트들은 다른 기타리스트가 죽거나 떠나도 번호를 바꾸지 않는 전통이 있었다. 현재 악단에는 제4, 제7, 제8기타가 있었고 제6기타는 소재가 불분명했다. 〈한여름 밤의 꿈〉 리허설을 마치고 마차들 사이에 무대 배경막을 걸기까지 벌써 몇 시간째 물가의 세인 트데버러에 머물고 있는데도 그가 왜 아직도 나타나지 않는지 도무지 모를 일이었다. 어쨌든 제7기타는 시력이 너무 나빠서 수리와 사냥 같은 꼭 해야 할 일상적인 일을 대부분 할 수 없었고, 그렇다면 도움을 줄 만한 다른 방법을 찾아야 할 텐데 그렇게 하지도 않아서 제2호른에게는 아무 쓸모없는 짐짝 같은 존재로만 보였다. 게다가 제7기타는 거의 맹인에 가까운 시력 탓인지 지독히도 예민했다. 예전에 굉장히 두꺼운 안경을 낄 땐 그래도 꽤 볼 수 있었는데, 6년 전에 안경을 잃어버린 뒤에는 계절에 따라 순색으로—여름에는 주로 초록, 겨울에는 주로 회색과 흰색으로—증류된 혼란스러운 풍경 속에 살았고, 흐릿한 형태의 사람들이 헤엄치듯 그의 시야로 들어왔다가 누군지 알아보기도 전에 사라지곤 했다. 보려고 안간힘을 써서 두통이 생겼는지, 아니면 뭐가 다가오는지 볼 수 없다는 불안감 때문에 두통이 생겼는지는 알 수 없었지만, 상황을 개선하는 데 제1플루트가 전혀 도움이 안 된다는 사실은 분명했다. 제1플루트는 제7기타가 악보가 보이지 않아 물어보느라 리허설을 중단시킬 때마다 큰 소리로 한숨을 쉬는 버릇이 있었다.

그러나 제1플루트는 제7기타보다는 제2바이올린인 어거스트 때문에 더 짜증이 났다. 그가 자꾸만 리허설을 빼먹고 항상 커스틴과 함께, 그리고 최근까지는 찰리와 함께, 버려진 집을 뒤졌기 때문이었다. 악단을 음악은 부업으로 하고 쓰레기나 뒤지고 다니는 게 주업인 집단으로 생각하는 것 같았다.

"그렇게 쓰레기가 좋으면 그런 집단을 찾아갈 것이지, 왜 여기 있는 거야?" 제1플루트가 제4기타에게 말했다.

"바이올린 하는 인간들이 다 그렇지 뭐." 제4기타가 대꾸했다.

어거스트는 제3바이올린이 영 마음에 안 들었는데, 그가 어거스트와 커스틴의 관계를 넌지시 떠보는 말을 즐겨 했기 때문이었다. 어거스트와 커스틴은 친구 사이일 뿐이었고, 영원히 친구로 남기로 비밀협정까지 맺은 상태였다. 어느 날 밤 휴런 호수 남쪽 끝에 있는 폐허가 된 버스 차고에서 그 마을 사람들과 함께 술을 마시다가 맹세했다. 한편 제3바이올린은 오래전에 마지막 남은 로진을 누가 사용했느냐를 놓고 언쟁을 벌인 후로 제1바이올린에게 반감을 가지고 있었고, 제1바이올린은 사이드에게 쌀쌀맞게 굴었는데, 그가 자신을 거부하고 커스틴을 택했기 때문이었다. 한편 커스틴은 이 악단에 불어를 쓰는 사람이 또 있기라도 한 것처럼 말할 때마다 불어 단어를 집어넣는 비올라의 버릇을 무시하려고 무진 애를 썼고, 비올라는 다른 누군가에게 비밀스러운 반감을 품고 있었으며, 기타 등등, 기타 등등이었다.

이런 사소한 질투와 신경증과 진단받지 못한 외상 후 스트레스 장애와 끓어오르는 반감이 1년 365일 함께 살고 함께 여행하고 함께 연습하고 함께 공연했다. 영원한 동료들과의 영원한 여행이었다. 그런 삶을 견딜 수 있게 해주는 것은 물론 우정과 동료애, 음악, 셰익스피어, 그리고 남은 로진을 누구의 활에 발랐느냐가 중요하지 않을 때 혹은 누구와 잤느냐가 중요하지 않을 때 느끼는 초월적인 아름다움과 기쁨의 순간들이었다. 비록 누군가는—십중팔구 사이드일 것이다—마차 안에 "타인은 지옥이다-사르트르"라고 펜으로 적어놓았고, 다른 누군가는 "타인은"을 지우고 대신 "플루트가"라고 써놓긴 했지만.

—

악단을 떠나는 사람도 가끔 있었지만, 남은 사람들 사이에는 암묵적인 이해가 존재했다. 문명 몰락 후 20년, 세상은 작은 마을들로 이루어진 군도였다. 마을 사람들은 몰락 직후 피로 물든 몇 년 동안 야생동물들을 몰아내고 죽은 이웃들을 땅에 묻으며 모든 생사고락을 같이했다. 이루 말할 수 없는 역경을 함께 이겨낸 사람들은 조개처럼 입을 다물고 자기들끼리만 똘똘 뭉칠 뿐, 외부 사람들의 유입을 환영하지 않았다.

"작은 마을들은 예전에도 마찬가지였어." 어느 날 새벽 3시에 어거스트가 말했다. 뉴피닉스라는 마을 근처에 머물던 어느 쌀쌀한 봄날이었다. 커스틴이 이런 이야기를 다른 사람과 한 것은 그때뿐이었다. 커스틴이 열다섯 살, 어거스트는 열여덟 살이었고, 커스틴이 악단에 들어온 지 1년밖에 안 되었을 때였다. 당시 그녀는 불면증이 심해서 한밤중에 자리에서 일어나 야간보초와 함께 밤을 꼴딱 새울 때가 많았다.

어거스트는 전염병이 창궐하기 전의 삶을 아이들과의 만남의 연속으로, 즉 그를 위아래로 훑어보며 "너 여기 사람 아니지, 그치?"라는 말을 다양한 사투리와 표현으로 던지던 아이들과의 만남의 연속으로 기억했다. 그 기억 속에는 이삿짐 트럭이 항상 옆에 있었다. 그 시절에도, 슈퍼마켓 선반마다 먹을 것이 가득하고 여행은 가솔린으로 움직이는 기계에 앉기만 하면 될 정도로 쉬웠으며 수도꼭지만 틀면 물이 콸콸 쏟아지던 살기 편한 세상에서도 이방인이 새로운 곳에 받아들여지기 어려웠다면, 지금은 그보다 수백 수천 배는 더 어려웠다. 악단은 도저히 견딜 수 없는 집단이고 지옥은 다른 플루트 연주자들이나 다른 사람들이나 마지막 남은 로진을 사용한 사람이나 리허설을 밥 먹듯 빠진 사람이라고 하더라도, 실은 유랑악단이 그들의 유일한 집이었다.

—

〈한여름 밤의 꿈〉리허설이 끝나고 커스틴은 마차 옆에 서서 두 손바닥으로 이마를 꽉 누르며 의지력으로 두통을 물리치려고 애를 썼다.

"괜찮아?" 어거스트가 물었다.

"지옥은 다른 배우들이야." 커스틴이 말했다. "그리고 전 남자친구들이고."

"연주자들만 만나. 전반적으로 우리가 좀 더 멀쩡하거든."

"산책 좀 갔다 올게. 찰리가 어디 있나 찾아도 보고."

"같이 가고 싶긴 한데 저녁식사 당번이야."

"혼자 가도 괜찮아." 그녀가 말했다.

늦은 오후의 나른함이 마을을 뒤덮고 있었다. 햇빛이 점점 짙어지고 도로에 드리운 그림자도 점점 길어지고 있었다. 다른 곳들처럼 여기도 도로가 서서히 부서지면서 깊고 길게 갈라진 틈과 움푹 팬 구멍에서 잡초가 무성하게 자라고 있었다. 인도를 따라 길게 이어진 채소밭에는 야생화가 피었다. 야생 당근이 커스틴의 손을 간질였다. 정착한 지 가장 오래된 가족들이 살고 있는 모텔 옆을 지나가는데, 산들바람에 펄럭이는 빨래와 문이 다 열려 있는 방갈로가 보였다. 어린 사내아이가 토마토 모종 사이에서 장난감 자동차를 가지고 놀고 있었다.

문득 악단의 소란스러움에서 떨어져 나와 혼자 있는 게 즐겁다는 생각이 들었다. 커스틴은 맥도날드 간판이 시야에 걸리도록 하늘을 올려다보면서 예전 세상에서 잠깐 햄버거를 사러 나왔다고 상상했다. 지난번에 이곳에 왔을 때는 아이홉 레스토랑에 서너 가족이 살고 있었는데, 놀랍게도 지금은 출입문이 판자로 막혀 있었다. 출입문에 가로로 못 박아놓은 널빤지에 은색 스프레이 페인트로 알 수 없는 기호가 그려져 있었다. 소문자 t 같은 모양에 아래로 향하는 선이 하나 더 있었다. 2년 전에는 어딜 가도 아이들이 우르르 따라다녔는데 지금은 장난감 자동차를 갖고 노는 사내아이와 문 앞에 서서 줄곧 커스틴을 지켜보고 있는 열한 살쯤 된 여자아이, 딱 두 명뿐이었다. 미러 선글라스를 끼고 총을 든 남자가 주유소에서 보초를 서고 있고, 전에 꽃무늬 시트가 붙어 있던 주유소 창문은 커튼으로 가려져 있었다. 배가 많이 부른 젊은 임신부가 주유 펌프 옆에 놓인 안락의자에 앉아 눈을 감은 채 일광욕을 하고 있었다. 마을 한복판에 무장한 경비가 있는 것으로 보아 안전한 마을은 아닌 것 같았지만 임신부가 집밖에서 일광욕을 하는 걸 보면 대단히 위험한 곳은 아닌 모양이었다. 최근에 급습이라도 당한 걸까? 예전에 맥도날드에 살던 두 가족은 다 어디로 갔을까? 지금은 아이홉 레스토랑처럼 문이 널빤지로 막혀 있고 아까 본 것과 똑같은 이상한 기호가 그려져 있었다.

납작한 정사각형 모양의 웬디스 건물은 건축학적으로 무신경한 시대에 조립 제품을 끼워 맞춰서 만든 것 같았지만 출입문만큼은 아름다웠다. 누군가 기존 문 대신 원목으로 문을 만들어 달고 손잡이를 따라 꽃다발까지 새겨놓았다. 커스틴은 나무 꽃잎들을 손끝으로 어루만지다가 문을 두드렸다.

지난 2년 동안 친구와 떨어져 여행하면서 이 순간을 얼마나 꿈꿔왔던가? 꽃이 새겨진 문을 두드리면 찰리가 아기를 안은 채 문을 열고 나올 것이다. 찰리는 커스틴을 보고 울면서 웃고, 그 옆에는 제6기타가 활짝 웃고 있을 것이다. '네가 얼마나 보고 싶었는지 몰라.' 그러나 문을 열어준 사람은 낯선 여자였다.

"안녕하세요." 커스틴이 말했다. "찰리를 찾는데요."

"네, 누구라고요?" 불친절한 말투는 아니었지만 뭔가 알고 있는 것 같지도 않았다. 여자는 커스틴과 동갑이거나 조금 어린 것 같았고, 건강이 안 좋아 보였다. 창백한 안색에 너무 말랐고 눈 밑에는 다크서클이 짙었다.

"찰리요. 샬럿 해리슨. 2년 전에 여기 살았는데요."

"여기 웬디스에요?"

"네." 아, 찰리, 어디 있니? "친구예요, 첼리스트고. 남편 제6……, 제러미랑 여기 살았어요. 찰리가 임신 중이었거든요."

"전 여기 온 지 1년밖에 안 됐어요. 다른 사람은 알지도 모르겠네요. 잠깐 들어오실래요?"

커스틴은 환기가 잘 안 되는 복도를 지나갔다. 건물 뒤쪽에 휴게실이 있었는데, 예전에는 가게 주방이었던 곳이었다. 열린 뒷문을 통해 옥수수 밭이 보였다. 앞에 있는 숲까지 10미터 정도 되는 밭에서 옥수숫대가 바람에 흔들리고 있었다. 중년 여자가 문간에 놓인 의자에 앉아 뜨개질을 하고 있었다. 이 마을 산파로, 커스틴이 아는 얼굴이었다.

"마리아." 커스틴이 그녀를 불렀다.

열린 문을 통해 역광이 들어와 고개를 드는 마리아의 표정을 읽을 수 없었다.

"유랑악단에 있던 아가씨네." 그녀가 말했다. "기억나."

"찰리와 제러미를 찾고 있어요."

"어쩌나, 마을을 떠났는데."

"떠났다고요? 왜요? 어디로 갔어요?"

산파는 커스틴을 데리고 들어온 여자를 흘끗 쳐다보았고 여자는 바닥만 내려다보았다. 둘 다 말이 없었다.

"언제 떠났는지만이라도 말해주세요." 커스틴이 말했다. "떠난지 얼마나 됐어요?"

"1년 조금 넘었지."

"애는 낳았고요?"

"딸이야, 애너벨. 아주 건강해."

"정말 더 말 안 해주실 거예요?" 산파의 목에 칼을 들이대는 상상을 하며 커스틴이 말했다.

"알리사, 안색이 너무 창백하다. 가서 좀 눕지 그래?" 마리아가 다른 여자에게 말했다.

알리사는 커튼을 친 출입구를 통해 다른 방으로 사라졌다. 산파가 조용히 일어섰다. "아가씨 친구가 예언자의 접근을 거절했어." 그녀가 커스틴의 귀에 대고 속삭였다. "그래서 마을을 떠나야 했지. 이제 그만 물어보고 단원들한테 가서 가능한 한 빨리 이곳을 떠나자고 해."

그녀는 다시 의자에 앉아 뜨개질거리를 집어 들었다. "들러줘서 고마워." 그녀는 옆방에도 들릴 만큼 큰 목소리로 말했다. "악단이 오늘 밤에 공연을 하나?"

"〈한여름 밤의 꿈〉요. 반주에 맞춰서."

커스틴은 목소리에 불안감이 실리지 않게 하려고 애를 썼다. 악단이 2년 만에 물가의 세인트데버러에 왔는데 찰리와 제6기타가 이미 떠나버리고 없을 수도 있다는 생각은 단 한 번도 해보지 못했다. "마을이 지난번에 왔을 때랑은 많이 달라졌네요." 그녀가 말했다.

"아, 그럼, 그렇고말고. 완전히 달라졌지." 산파가 밝은 목소리로 말했다.

—

커스틴이 밖으로 나오자마자 뒤에서 문이 닫혔다. 아까 어느 집 문간에 서서 지켜보던 여자아이가 여기까지 따라와 길 건너편에 서서 그녀를 보고 있었다. 커스틴이 고개를 끄덕이자 아이도 고개를 까딱했다. 심각한 표정의 아이는 머리가 헝클어지고 티셔츠 목 부분이 찢어져 있는 등 방치가 의심될 정도로 행색이 초라했다. 커스틴은 큰 소리로 아이를 불러 찰리와 제러미가 어디로 갔는지 아느냐고 묻고 싶었지만, 아이의 눈길을 보니 왠지 그러면 안 될 것 같았다. 혹시 누가 아이에게 그녀를 감시하라고 시킨 걸까? 커스틴은 돌아서서 걷기 시작했다. 태연한 척 늦은 오후의 햇빛과 들꽃과 공기 중을 미끄러지듯 날아다니는 잠자리한테만 관심이 있다는 인상을 주려고 노력했다. 어깨 너머를 돌아보니 여자아이가 어느 정도 거리를 두고 그녀를 따라오고 있었다.

2년 전 그녀는 찰리와 이렇게 걸으며, 악단이 떠나기 전 마지막 몇 시간을 함께 보내면서 피치 못할 이별을 미루고 있었다. "2년은 금방 갈 거야." 찰리가 말했다. 돌이켜보니 정말 금방 갔다는 생각이 들었다. 킨카딘까지 올라갔다가 내려와서 해안선까지 갔다가 또 세인트클레어 강까지 갔었다. 그러고는 세인트클레어의 어촌에서 겨울을 보냈다. 시청에서 〈햄릿〉과 〈리어 왕〉을 공연했는데, 전에 고등학교 체육관이었던 곳이라고 했다. 〈겨울 이야기〉와 〈로미오와 줄리엣〉도 공연했다. 연주자들은 거의 매일 밤 음악회를 열었다. 날이 따뜻해진 뒤에는 〈한여름 밤의 꿈〉으로 갈아탔다. 봄에는 악단에 전염병이 돌았는데, 열이 많이 나고 토하는 병이었다. 단원 절반 정도가 걸렸다가 다들 나았지만 제3기타는 끝내 못 일어났다. 뉴피닉스 외곽에 있는 도로변에 무덤을 만들어주고는 언제나처럼 길을 떠났다.

찰리, 그러는 동안 난 항상 여기 이 마을에 있을 너를 생각했어.

길 맞은편에서 누군가가 커스틴을 향해 빠른 걸음으로 다가왔다. 나무들 위를 미끄러지듯 지나가는 햇빛에 도로가 그늘이 져서 그 사람이 디터라는 것을 알아보기까지 잠깐 시간이 걸렸다.

"돌아가야 할 것 같아요." 그녀가 말했다.

"먼저 보여줄 게 있어. 보고 싶은 걸 거야."

"뭔데요?" 당황한 것 같은 디터의 어조가 마음에 걸렸다. 커스틴은 그와 함께 걸으면서 산파가 한 말을 전했다.

그가 얼굴을 찌푸렸다. "떠났다고? 진짜로 그렇게 말했어?"

"네, 진짜로요. 왜요?" 마을 북쪽 끝에 짓다 만 건물이 하나 있었다. 조지아 독감이 들이닥치기 직전에 시멘트를 부어 토대 공사를 마친 것 같았다. 콘크리트 바닥에 철근이 잔뜩 꽂혀 있고 그 위로 덩굴식물이 무성하게 자라 있었다. 디터가 도로에서 벗어나 샛길을 따라 건물 뒤로 그녀를 데려갔다.

마을마다 묘지가 있기 마련이지만, 물가의 세인트데버러의 묘지는 2년 전 커스틴이 찰리와 돌아다니다가 보았을 때보다 상당히

74

규모가 커졌다. 300기 정도 되는 무덤이 버려진 분수와 숲 사이에 단정하게 줄지어 서 있었다. 최근에 생긴 듯한 무덤들 앞에는 페인트를 칠한 지 얼마 안 된 묘비들이 초록 풀 사이에서 하얗게 빛나고 있었다. 커스틴은 조금 떨어진 곳에 서서 거기에 쓰인 이름들을 보았다.

"안 돼." 그녀가 말했다. "아, 아냐, 제발……."

"그 친구들 아니야." 디터가 말했다. "보여줄게. 아니라니까."

오후의 그늘 속에 한 줄로 자리한 세 개의 묘비에는 검은색으로 멋지게 쓴 이름들이 있었다. **찰리 해리슨, 제러미 렁, 애너벨**(영아). 세 이름 옆에는 같은 날짜가 적혀 있었다. **19년 7월 20일.**

"아니야." 디터가 같은 말을 반복했다. "땅을 봐봐. 묘비 밑에 아무도 묻혀 있지 않아."

커스틴은 그들의 이름을 본 충격에 마음이 약해져 있었다. 하지만 마음을 추스르고 자세히 보니 디터의 말이 옳았다. 묘지 맨 끝에 있는 가장 먼저 만들어진 묘비는 분명히 흙을 쌓아 만든 봉분 위에 세워져 있었다. 1년 반 전에 만들어진 서른 개의 묘비까지는 그런 모습이었다. 사망일자는 거의 그해 겨울 2주 동안이었다. 한겨울에 어떤 질병이 발생해 빠르게 확산된 게 분명했다. 그 후로는 무덤의 모습이 불규칙해졌다. 처음 서른 개의 무덤 이후에 생긴 무덤 중 절반은 진짜 무덤처럼 생겼지만, 찰리와 제러미와 애너벨의 무덤을 포함해 나머지 절반은 흙을 파헤친 흔적이 전혀 없는 평평한 땅에 묘비만 세워놓은 것이었다.

"이해가 안 되네요." 커스틴이 말했다.

"저기 그림자처럼 졸졸 따라오는 애한테 물어볼까?"

커스틴을 줄곧 따라다니던 소녀가 묘지 끝에 있는 분수 옆에 서서 그들을 지켜보고 있었다.

"너." 커스틴이 말을 걸었다.

소녀가 뒷걸음질 쳤다.

"찰리 아줌마랑 제러미 아저씨 아니?"

소녀가 어깨 너머로 뒤를 돌아보았다. 곧 다시 고개를 돌려 커스틴과 디터를 바라보더니 보일 듯 말 듯 살짝 고개를 까딱했다.

"혹시 그 아저씨 아줌마가……?" 커스틴이 말끝을 흐리며 무덤 쪽을 가리켰다.

"떠났어요." 소녀가 아주 조용히 말했다.

"그렇다니까!" 디터가 말했다.

"그럼 언제……?" 그러나 커스틴이 말을 끝맺기도 전에 소녀는 분수 뒤로 후다닥 달아났고, 곧 도로를 뛰어가는 발소리가 들렸다. 커스틴은 디터와 무덤과 숲과 함께 오롯이 남겨졌다. 그들은 서로를 쳐다보았지만 할 말이 없었다.

—

두 사람이 월마트로 돌아오고 얼마 지나지 않아, 튜바가 새로운 소식을 갖고 왔다. 그는 모텔에 살고 있는 지인을 찾아갔었다고 했다. 그 지인 말에 따르면 이곳에 전염병이 돌아서 시장을 비롯해 서른 명이 열병에 시달리다 죽었다. 그 후 마을 운영 체계에 변화가 있었다고 했는데, 그 말이 무슨 뜻인지는 설명하려고 하지 않았다. 그 후로 찰리와 제6기타를 포함해 스무 가족이 마을을 떠났다고만 했다. 그들이 어디로 갔는지는 아무도 모른다며, 묻지 않는 게 좋을 거라고도 했다.

"운영 체계의 변화라." 지휘자가 말했다. "무슨 기업 같은 느낌이네." 그들은 묘비에 대해 꽤 길게 논의했다. 죽은 게 아니라면 무덤은 무엇을 의미하는 걸까? 미래의 사건을 예견하고 묘비부터 만들어놓은 건가?

"말했잖아요, 산파 말로는 예언자가 있대요." 커스틴이 말했다.

"그래, 아주 환상적이네." 사이드는 아무도 쳐다보지 않고 양초 상자를 열었다. 제6기타는 그의 절친한 친구 중 하나였다. "마을마다 꼭 필요하지, 예언자."

"그들이 어디로 갔는지 아는 사람이 분명히 있을 거야." 지휘자가 말했다. "누구한테라도 말해놨을 거라고. 여기 친구 있는 사람 또 없어?"

"아이홉 레스토랑에 사는 남자를 알았는데 아까 가보니까 문을 막아놨더라고." 제3첼로가 말했다. "모텔에 사는 사람 말로는 작년에 떠났대. 찰리와 제러미가 어디로 갔는지에 대해서는 다들 입을 다물고 있고."

"다들 입을 열려고 하질 않아요." 커스틴은 울고 싶은 걸 꾹 참고 인도를 노려보면서 자갈 하나를 발끝으로 밀었다 당겼다 했다.

"그때 왜 두 사람을 여기 남겨두고 떠났을까?" 린이 요정 의상인 물고기 비늘처럼 반짝이는 은색 칵테일 드레스를 탁탁 털자 먼지 구름이 피어올랐다. "무덤이라니. 정말……."

"무덤이 아니라 묘비라니까 그러네." 디터가 말했다.

"마을은 변하기 마련이야." 감독인 길이 제3마차 옆에 지팡이를 짚고 서서 물가의 세인트데버러의 건물들과 마당들과 길가에 핀 야생화들을 물끄러미 바라보았다. 스러져가는 햇빛이 맥도날드 간판을 비추었다. "그걸 우리가 어떻게 예측할 수 있었겠어?"

"그래도 어떻게든 설명해볼 수 있지 않을까요?" 제3첼로가 확신 없는 표정으로 말했다. "그들이 떠났는데 누군가는 그들이 죽었다고 잘못 알았다거나 뭐 그렇게."

"예언자가 있다니까요." 커스틴이 말했다. "찰리와 제러미와 딸의 이름이 적힌 묘비가 있고요. 산파는 더 이상 묻지 말고 단원들과 함께 빨리 여길 떠나라고 했어요. 그 얘기 내가 했던가요?"

"지금까지 여섯 번이나 했고, 그때마다 우리가 알아들었다는 표시를 했거든, 못 봤어?" 사이드가 물었다.

지휘자가 한숨을 쉬었다. "어떻게 된 일인지 더 자세히 알기 전에는 떠날 수 없어." 그녀가 말했다. "저녁 공연 준비나 계속합시다. 공연 끝나고 나서 좀 더 물어보자고."

일렬로 주차된 마차들에 〈한여름 밤의 꿈〉 배경막이 걸렸다. 시트를 바느질해 이어붙인 배경막은 숲속 장면을 그린 것으로, 여러 해 동안 유랑공연을 다니며 사용한 탓에 더러워져 있었다. 알렉산드라와 올리비아는 나뭇가지와 꽃을 모아 와 배경막에 장식하고, 무대 가장자리를 따라 양초를 100개가량 쭉 놓아두었다.

"내가 우리 용감한 지휘자님과 얘기해봤거든." 바이올린 조율을 끝내고 현악 파트 동료들에게로 돌아가면서 어거스트가 커스틴에게 말했다. "지휘자는 찰리랑 제6기타가 호숫가를 따라 남쪽으로 내려간 게 틀림없다고 생각하더라고."

"남쪽은 왜?"

"서쪽은 호수고 북쪽으로는 오지 않았으니까. 왔다면 길에서 우리랑 마주쳤겠지."

해가 지자 물가의 세인트데버러 주민들이 공연을 보러 모여들었다. 2년 전보다 관객 수가 훨씬 줄어서, 예전 주차장이었던 곳의 잔모래 땅에 서른 명 정도가 엄숙한 표정을 하고 두 줄로 앉아 있었다. 앞줄 맨 끝에 늑대처럼 생긴 회색 개 한 마리가 옆으로 누워서 혀를 축 늘어뜨리고 있었다. 커스틴을 따라다니던 소녀는 보이지 않았다.

"근데 남쪽에 뭐가 있긴 있어?"

어거스트가 어깨를 으쓱했다. "넓은 해안지대가 있지." 그가 말했다. "시카고 쪽으로 가는 길에 뭐라도 있지 않겠어?"

"내륙으로 갔을 수도 있잖아."

"그럴 수도 있지. 하지만 그 두 사람, 우리가 내륙으로는 절대로 안 들어간다는 거 알잖아. 우릴 다시 보고 싶지 않다면 모를까, 왜……." 그는 고개를 가로저었다. 아무리 생각해도 그럴 것 같지는 않았다.

"딸을 낳았대." 커스틴이 말했다. "이름이 애너벨이래."

"찰리의 여동생 이름이네."

"다들 자기 위치로." 지휘자가 말하자 어거스트는 커스틴 곁을 떠나 현악 연주자들 곁으로 돌아갔다.

11

문명의 종말은 거의 모든 것과 거의 모든 사람을 앗아갔다. 하지만 아름다운 것들은 아직 남아 있다. 바뀐 세상의 황혼녘 풍경, 물가의 세인트데버러라는 수수께끼 같은 이름을 가진 마을에서 상연되고 있는 〈한여름 밤의 꿈〉, 800미터쯤 떨어진 곳에서 반짝이는 미시간 호. 요정 여왕 티타니아로 분한 커스틴은 짧게 친 머리에 꽃으로 만든 왕관을 썼다. 광대뼈에 난 들쭉날쭉한 모양의 흉터는 촛불 때문에 흐릿하게 보인다. 관객들은 말이 없고, 사이드는 커스틴이 이스트조던이라는 마을 근처의 어느 집 벽장에서 찾아낸 죽은 남자의 턱시도를 입고 그녀 주위를 빙글빙글 돌고 있다. "멈춰라, 이 뻔뻔하고 난잡한 여자야. 내가 남편이거늘."

"그렇다면 난 부인이거늘." 셰익스피어가 1594년, 두 계절에 걸친 전염병이 지나가고 난 뒤 런던 극장들이 다시 문을 열었던 해에 쓴 대사다. 어쩌면 그다음 해인 1595년에, 셰익스피어의 외동아들이 죽기 1년 전에 쓴 것인지도 모른다. 그로부터 몇 세기 뒤 바다 건너 다른 대륙에서 커스틴은 분노와 사랑에 갈팡질팡하며 구름을 그린 천이 배경으로 걸려 있는 무대 위를 돌아다닌다. 뉴페토스키 근처의 어느 집을 뒤져서 찾아낸 시폰과 실크로 된 웨딩드레스에는 파란색 수채화 물감 자국이 있다.

"당신은 어디서건 우리가 모여 바람에 맞춰 춤을 추려고 하면 방해를 했죠." 커스틴은 이렇게 무대 위에 있을 때 가장 생기가 넘친다. 무대에서는 아무것도 두렵지 않다. "헛된 반주에 성난 바람은 독기 가득한 바다 안개를 대지 위에 뿜어대고……."

대본에는 '독기 가득한' 옆에 '역병 같은'이라는 메모가 적혀 있다. 유랑악단이 갖고 있는 세 가지 판본의 대본 중 커스틴이 제일 좋아하는 판본이다. 셰익스피어는 셋째로 태어났지만 유아기가 지난 뒤 첫째가 되었다. 형제자매 네 명이 어렸을 때 죽었기 때문이다. 그의 아들 햄넷은 열한 살 때 죽었고 쌍둥이 딸만 남았다. 극장들은 전염병 때문에 문을 닫았다 열었다를 반복했다. 전역에서 죽음이 두 눈을 번득이고 있었다. 그리고 지금, 전기의 시대가 왔다가 다시 한 번 촛불로 불을 밝힌 황혼녘에, 티타니아가 돌아서서 요정의 왕을 마주본다. "홍수 관리자, 노기 띤 달의 파리한 얼굴, 습해진 공기, 도처에 깔린 신경통 환자."

오베론은 수행원인 요정들과 함께 그녀를 지켜보고 있다. 이제 티타니아는 오베론을 잊고 독백하듯 말한다. 그녀의 목소리는 말 없는 관객들과, 무대 왼쪽에서 조용히 큐 사인을 기다리고 있는 현악 파트 덕분에 높고 선명하게 들린다. "이 같은 날씨 이번에 계절도 뒤죽박죽이 되었죠."

악단의 마차 세 대 모두 양면에 흰색 페인트로 '유랑악단'이라고 적혀 있는데, 선두 마차에는 한 줄이 더 적혀 있다. '생존만으로는 충분하지 않다.'

12

관객들이 일어서서 박수갈채를 보냈다. 커스틴은 공연이 끝날 때마다 늘 그렇듯 붕 뜬 것 같은 기분으로 서 있었다. 아주 높게 날아올랐다가 불완전하게 착륙한 것 같은 느낌, 영혼이 가슴에서 빠져나와 높이 올라가 있는 것 같은 느낌이었다. 앞줄에 앉은 남자의 눈에 눈물이 그렁그렁한 것이 보였다. 뒷줄에서 커스틴이 아까 눈여겨보았던 남자가—그 사람 혼자만 어떤 여자가 주유소에서 가져다놓은 의자에 앉아 있었다—두 손을 머리 위로 쳐들고 앞으로 걸어 나왔다. 박수갈채가 잦아들었다.

"내 백성들아." 그가 말했다. "앉으라." 큰 키에 금발이 어깨까지 닿고 턱수염을 기르고 있었다. 20대 후반이나 30대 초반쯤으로 보였다. 그는 반원형으로 놓여 무대를 밝히고 있는 촛불들을 넘어와 배우들 가운데 섰다. 앞줄에 늘어져 있던 개가 일어나 그에게 집중했다.

"이 얼마나 기쁜 일인가." 그가 말했다. "이 얼마나 멋진 볼거리인가." 왠지 낯익은 얼굴이었지만 어디서 본 사람인지 기억나지 않왔다. 사이드가 얼굴을 찌푸렸다.

"고맙다." 남자가 악단 사람들에게 말했다. "매일의 근심에서 벗어나 이렇게 아름다운 휴식을 누릴 수 있게 해준 유랑악단에게 우리 모두 감사를 표하는 바이다." 그는 배우들과 연주자들을 한 사람씩 바라보며 미소를 지었다. 관객들이 때맞추어 다시 박수를 쳤지만 조금 전보다는 박수 소리가 작았다.

"우리는 축복받은 사람들이다." 그가 두 손을 쳐들자 박수 소리가 일시에 멈췄다. 예언자다. "이들을 우리 가운데 모실 수 있으니 이 어찌 복된 일이 아니겠는가." 그의 말투에 커스틴은 도망가고 싶은 기분이 들었다. 단어 하나하나마다 발이 쑥 빠지는 함정이 감춰져 있는 것 같았다. "우리는 너무도 많은 면에서 축복을 받았다. 그렇지 아니한가? 우리가 오늘도 이렇게 살아 있는 것 또한 축복이다. 우리는 스스로에게 물어보아야 한다. 왜? 왜 우리는 죽음을 면했는가?" 그가 말을 멈추고 악단 단원들과 관객들을 둘러보았지만 아무도 대답하지 않았다. "이 땅에서 일어난 모든 일에는 다 이유가 있다고 나는 믿는다."

지휘자는 현악 파트 옆에 뒷짐을 지고 서서 꿈쩍도 하지 않고 잠자코 듣고만 있었다.

"나의 백성들이여." 예언자가 말했다. "나는 오늘 독감에 대해서, 그 강력한 전염병에 대해서 생각해보았다. 그대들에게 묻고 싶다. 그대들은 그 바이러스의 완전함에 대해 생각해보았는가?" 사람들이 웅성거리기 시작했다. 놀라서 숨을 헐떡이는 소리도 들렸지만, 예언자가 한 손을 들자 조용해졌다. 예언자가 말했다. "생각해보라, 조지아 독감 이전의 세상을 기억하는 사람들이여. 그전에 수도 없이 반복되던 질병들을, 그대들이 어릴 때 예방주사를 맞아 면역을 갖추게 된 질병들을, 과거의 독감들을 생각해보라. 1918년 발생한 독감은, 백성들이여, 얼마나 시의적절했는가. 그것은 제1차 세계대전이라는 엄청난 자원 낭비와 대량학살에 대해 하나님께서 내리신 벌이다. 그 후에는 어땠는가? 계절마다 독감이 유행했지만, 약하고 비효율적인 바이러스라 노약자들과 병자들만 걸렸을 뿐이다. 그러고 나서 복수의 천사 같은 바이러스가 나타났다. 한번 걸리면 생존이 불가능한 그 바이러스가, 그 미생물이 인구를 급격히 감소시켜 세상을 멸망시켰다. 정확한 통계는 없어도, 인구의 99.99퍼센트가 사라졌다고 할 수 있지 않겠는가? 그건 250명 중에 혹은 300명 중에 단 한 명만 살아남았다는 뜻이다. 나는 이 완벽한 죽음의 대리인을 내려보내신 분이 하나님이라고 믿는다. 이 땅의 정화에 대해 성경에도 나오지 않는가?"

커스틴은 무대 건너편에 있는 디터와 눈이 마주쳤다. 테세우스 역을 맡은 그는 불안한 듯 셔츠 소매에 달린 단추를 만지작거리고 있었다.

"20년 전 우리가 겪은 독감은 거대한 정화의 의식이며 우리의 홍수였다." 예언자가 말했다. "우리 안에 있는 빛이 노아의 방주라고, 온 세상을 잠기게 한 그 무서운 물 위를 떠다니던 방주라고 나는 믿는다. 그리고 우리는 빛을 가져오고 빛을 전파하기 위해서, 나아가 빛 자체가 되기 위해서 구원을 받았다고 나는 믿는다." 그의 목소리가 점점 더 높아졌다. "우리가 빛이기 때문에 구원을 받은 것이다. 우리가 순결한 사람들이기 때문에 구원을 받은 것이다."

실크 드레스를 입고 있는 커스틴은 등줄기를 타고 땀이 흘러내리는 것을 느꼈다. 드레스에서 안 좋은 냄새가 났다. 마지막으로 세탁한 게 언제였더라? 예언자는 신앙과 빛과 운명에 대해, 하나님이 자신의 꿈속에 나타나 말했다는 계획에 대해, 세상의 종말에 대비해 해야 할 준비에 대해 아직도 설교를 하고 있었다.

"꿈에 하나님께서 말씀하셨다. 20년 전 있었던 전염병은 시작에 불과하다. 불순한 자들을 솎아내는 1차 작업이었을 뿐이다. 작년에 발생한 역병도 또 하나의 예고편에 불과하다. 솎아내기 작업은 계속될 것이다. 훨씬 더 많이 있을 것이다."

설교를 마친 그는 지휘자에게로 걸어가 그녀에게 다정하게 말을 걸었다. 그녀가 무슨 말인가 하자 그는 기분 좋게 웃으면서 뒤로 물러섰다. "내가 어떻게 알겠는가? 사람들이 수시로 오고가는 것을."

"그래요?" 지휘자가 말했다. "근처에, 연안을 따라서, 다른 마을들이 있단 얘기죠? 사람들이 수시로 오고가는?"

"근처에 다른 마을은 없다." 그가 말했다. "하지만 누구나……." 그는 고개를 돌리더니 침묵하는 관객들을 미소 띤 얼굴로 바라보면서 모두가 들을 수 있을 정도로 큰 목소리로 말했다. "물론 여기 있는 사람들은 누구나 자기가 원한다면 언제고 자유롭게 떠날 수 있다."

"물론 그렇겠죠." 지휘자가 말했다. "그렇지 않을 거라고 생각한 적은 한 번도 없어요. 그런데 그 두 사람이 자발적으로 떠났을 것 같지는 않아요. 우리가 데리러 올 거라는 걸 알고 있었거든요."

예언자가 고개를 끄덕였다. 커스틴은 그들의 대화를 좀 더 잘 엿듣기 위해 슬금슬금 가까이 다가갔다. 다른 배우들은 조용히 무대에서 물러나고 있었다.

"내가 말하는 빛이란 곧 질서이기도 하다. 이곳은 질서가 있는 마을이다. 마음이 혼란스러운 사람은 이곳에 머물 수 없다."

"하나만 더 물을게요. 어쩌다가 우연히 보게 됐는데, 묘지에 있는 묘비들은 어떻게 된 거죠?"

"충분히 궁금해할 수 있는 문제다." 예언자가 말했다. "그대들은 꽤 오랫동안 유랑을 했다. 그렇지 않은가?"

"그렇죠."

"그대의 유랑악단은 처음부터 유랑을 다녔나?"

"그렇다고 할 수 있죠." 지휘자가 말했다. "5년부터니까."

"그럼 그대는?" 예언자가 갑자기 커스틴을 돌아보며 물었다.

"난 첫해부터 계속 걸었어요." 커스틴은 첫해에 대해서는 기억나는 게 거의 없었기 때문에 이렇게 말하면서 약간 찔리는 기분이 들었다.

"그렇게 오랫동안 유랑했다면, 내가 그랬듯 평생 그 끔찍한 혼돈 속을 헤맸다면, 내가 그러하듯 그대들이 본 모든 것을 기억한다면, 세상에는 죽는 방법이 여러 가지가 있다는 것을 알 것이다." 예언자가 말했다.

"아, 그럼요. 다양한 죽음을 목격했죠." 지휘자가 말했다. 커스틴은 지휘자가 평정을 유지하려고 애쓰고 있다는 걸 알 수 있었다. "익사에서 참수, 열병에 이르기까지 얼마나 다양한 방법이 있는지 알지만, 그 어떤 것도……."

"내 말을 알아듣지 못하는군." 예언자가 말했다. "나는 육체적인 죽음의 지루한 변형에 대해 얘기하는 것이 아니다. 죽음에는 육체의 죽음도 있지만 영혼의 죽음도 있다. 나는 내 어머니가 두 번 죽는 것을 보았다. 타락한 자들이 허락 없이 떠나면 우리는 그들의 장례식을 거행하고 묘비를 세운다. 그들은 우리에게 죽은 사람들이기 때문이다." 그는 무대에서 꽃을 모으고 있는 알렉산드라를 어깨 너머로 흘끗 쳐다보더니 지휘자의 귀에 대고 무슨 말을 했다.

지휘자가 뒤로 물러섰다. "절대로 안 돼요." 그녀가 말했다. "무슨 말도 안 되는 소리를."

예언자는 한동안 지휘자를 노려보다가 돌아섰다. 그가 앞줄에 앉은 남자 —그날 오전에 주유소에서 보초를 서고 있던 사람이었다—에게 뭐라고 중얼거리자 그 남자가 벌떡 일어났다. 그들은 함께 월마트를 떠났다.

"루리!" 예언자가 어깨 너머로 외치자 개가 빠른 걸음으로 그를 따라갔다. 관객들이 흩어지기 시작했다. 몇 분 지나지 않아 주차장에는 악단만 남았다. 공연 후에 남아서 악단과 담소를 나누는 관객이 한 명도 없는 경우는 이번이 처음이었다.

"자, 빨리 말에 마구를 채웁시다." 지휘자가 말했다.

"며칠 묵을 줄 알았는데요." 알렉산드라가 투덜거리며 말했다.

"종말론파야." 클라리넷이 배경막을 떼어내면서 말했다. "말하는 거 못 들었어?"

"하지만 지난번에 왔을 땐……."

"예전에 봤던 그 마을이 아니야." 색칠한 숲이 여러 겹으로 접히면서 소리 없이 보도 위로 떨어졌다. "왜 그런 마을 있잖아, 내가 독이 든 와인을 마시기 전에는 옆에서 사람들이 죽어가도 모르는 마을. 그런 곳이 돼버린 거야."

커스틴은 클라리넷 옆에 무릎을 꿇고 배경막 마는 것을 도왔다. "그 드레스 좀 빨아야겠다." 클라리넷이 말했다.

"그 사람은 주유소로 돌아갔어." 사이드가 말했다. 어둑어둑해서 잘 보이지 않지만 주유소 문 양쪽에 무장한 경비가 보초를 서고 있는 것 같았다. 모텔 옆에서는 저녁을 짓는지 모닥불이 타오르고 있었다.

악단은 바로 길을 떠났다. 마을 중심가로 들어가지 않고 월마트 뒤로 난 좁은 흙길을 따라 갔다. 앞쪽 길가에 작은 모닥불이 보였다. 어린 소년 하나가 보초를 서면서 나뭇가지에 다람쥐 같은 것을 꽂아서 굽고 있었다. 대부분의 마을이 입구마다 호루라기를 든 보초를 세우고 약탈자가 나타나면 신호를 보내게 하는데, 앞에 있는 소년은 나이도 어리고 딴짓을 하는 것으로 보아 이곳이 특별히 위험한 지점으로 간주되지는 않는다는 것을 알 수 있었다. 소년은 자신의 식사거리를 불에서 멀리 떨어뜨려놓고 그들이 다가오는 것을 바라보았다.

"떠나도 된다고 허락받았어요?" 소년이 외쳤다.

지휘자는 선두마차를 몰고 있는 제1플루트에게 계속 가라고 수신호를 보낸 후 소년에게로 걸어갔다. "안녕." 그녀가 말했다. 커스틴은 2미터쯤 떨어진 곳에서 걸음을 멈추고 대화를 엿들었다.

"이름이 뭐예요?" 소년이 의심스러운 눈초리로 지휘자를 쳐다보며 물었다.

"사람들은 나를 지휘자라고 불러."

"그럼 그게 아줌마 이름이에요?"

"내가 사용하는 유일한 이름이지. 그게 저녁이니?"

"떠나도 된다고 허락받았어요?"

"지난번에 여기 왔을 땐 허락 같은 거 필요 없었는데." 지휘자가 말했다.

"지금은 달라요." 아직 변성기가 오지 않아 굉장히 어리게 느껴지는 목소리였다.

"허락을 받지 않으면 어떻게 되는 거야?"

"허락 없이 떠나는 사람들은 우리가 장례식을 치러줘요." 소년이 말했다.

"다시 돌아오면 어떻게 되는데?"

"이미 장례식을 치렀으면……." 소년은 문장을 끝맺지 않았다.

"빌어먹을, 별 거지 같은 데를 다 봤네." 제4기타가 투덜거렸다. 그가 커스틴 곁을 지나가면서 그녀의 팔을 툭 쳤다. "가자."

"그럼 여기로 돌아오면 안 되겠구나?" 지휘자가 말했다. 마지막 마차가 지나가고 있었다. 맨 끝에서 따라오던 사이드가 커스틴의 어깨를 잡고 밀었다.

"위험한 일 당하고 싶어서 이래?" 사이드가 핀잔을 주었다. "계속 걸어."

"나한테 이래라저래라 하지 마."

"그럼 멍청하게 굴지 말든가."

"나도 데려가줄래요?" 커스틴은 소년이 묻는 것을 들었다. 지휘자가 뭐라고 대답했지만 그건 들리지 않았다. 그녀가 뒤돌아봤을 때 소년은 나뭇가지에 꽂은 다람쥐 고기는 안중에도 없이, 떠나는 악단을 물끄러미 쳐다보고 있었다.

—

물가의 세인트데버러를 떠난 뒤 갈수록 기온이 내려가더니 곧 서늘해졌다. 들리는 소리라고는 깨진 보도블럭을 밟는 말편자의 다그닥거리는 소리와 마차가 삐걱거리는 소리, 걸어가는 단원들의 발소리와 밤의 숲에서 나는 바스락거리는 소리뿐이었다. 소나무 향기와 들꽃 향기와 풀 냄새가 났다. 별빛이 너무도 밝아서 마차들이 길 위에 비틀거리는 그림자를 드리웠다. 급하게 떠나오느라 다들 무대 의상을 그대로 입고 있었다. 커스틴은 걸려서 넘어지지 않도록 티타니아 드레스의 치맛단을 잡아 올린 채 걸었다. 오베론의 턱시도를 입은 사이드는 기괴해 보였다. 그가 뒤를 돌아볼 때면 셔츠가 하얗게 반짝였다. 커스틴은 그의 옆을 지나쳐 늘 그렇듯 선두 마차와 나란히 걷고 있는 지휘자에게 다가갔다.

"아까 그 남자애한테 뭐라고 했어요?"

"어린애를 유괴했다는 오해를 사기 싫다고 했지. 위험하니까."

"공연이 끝나고 나서 예언자가 뭐라고 한 거예요?"

지휘자가 어깨 너머를 흘끗 살폈다. "비밀 지킬 수 있지?"

"어거스트한테는 말할 것 같은데요."

"물론 그러겠지. 하지만 다른 사람한테는 말하면 안 돼."

"알았어요. 아무한테도 말 안 할게요." 커스틴이 말했다.

"알렉산드라를 놔두고 가는 게 어떻겠냐더라. 악단과 그 마을의 우호관계를 보장하기 위한 담보로."

"알렉산드라를 놔두라고요? 왜 우리가……."

"신부를 한 명 더 찾고 있다더라고."

커스틴은 뒤에 처져 오고 있는 어거스트에게 이 이야기를 전했고, 어거스트는 작게 욕을 하면서 고개를 가로저었다. 알렉산드라는 아무것도 모른 채 세 번째 마차 옆에서 별을 올려다보며 걷고 있었다.

—

자정이 지나고도 한참 후, 유랑악단은 휴식을 취하기 위해 가던 길을 멈췄다. 커스틴은 티타니아 드레스를 벗어서 마차 짐칸에 던지고 더울 때면 늘 입는, 여기저기 기운 데가 있는 부드러운 면 원피스로 갈아입었다. 허리띠에서 칼의 무게가 느껴지자 안심이 되었다. 잭슨과 제2오보에가 말을 타고 왔던 길을 1.5킬로미터 정도 되돌아갔다가 돌아와서 따라오는 사람은 없다고 보고했다.

지휘자는 달빛 속에서 나이 든 단원 서너 명과 함께 지도를 분석했다. 악단은 급히 도망치느라 잘못된 방향으로 들어서서 미시간 호 동쪽 호반을 따라 남쪽으로 내려가고 있었다. 늘 가던 지역으로 가려면 왔던 길을 되돌아가 물가의 세인트데버러를 통과하거나, 외부인이 눈에 띄면 총을 갈긴다고 소문난 마을 근처를 지나가거나, 그것도 아니면 내륙으로 들어가 문명 몰락 전에 국립공원이었던 황무지를 통과해야 했다.

"이 국립공원에 대해서 뭐 알고 있는 거 있어?" 지휘자가 찌푸린 얼굴로 지도를 노려보면서 물었다.

"난 그리로 가는 거 반대." 튜바가 말했다. "거길 지나가봤다는 상인한테 들었는데, 온통 불에 탄 흔적뿐이고, 마을은 하나도 없고, 숲속에 난폭한 살쾡이들만 살고 있대."

"멋지네. 그럼 남쪽은? 호숫가를 따라가면?"

"아무것도 없어." 디터가 말했다. "그 밑으로 내려가봤다는 사람한테서 들었어. 그 얘길 들은 게 10년 전이긴 한데, 사람이 거의 없다더라고. 자세한 건 기억이 안 나고."

"10년 전이라……." 지휘자가 말했다.

"아무튼 아무것도 없대. 하지만 우리가 남쪽으로 계속 가면, 시카고가 어떻게 됐는지 보고 싶어 미치지 않는 이상은, 결국 방향을 틀어서 내륙으로 들어갈 수밖에 없을 거야."

"그 얘기 들었어? 시카고 시어스타워에 총잡이들이 진을 치고 있대." 제1첼로가 말했다.

"그건 내가 직접 봤어." 길 감독이 말했다. "여기 남쪽에, 세번시티 옆에 사람들이 살고 있지 않을까? 내 기억이 맞는지 모르겠지만 예전에 공항이었던 곳에 사람들이 모여 산다고 들었는데."

"그 소문은 나도 들었어." 망설이는 모습이 그녀답지 않았지만 지휘자는 한동안 지도를 더 들여다보다가 다시 입을 열었다. "우리 영역을 확장하자는 얘기는 몇 년 전부터 있었어, 그렇지?"

"모험이야." 디터가 말했다.

"살아 있는 것 자체가 모험이야." 그녀가 지도를 접었다. "지금 우리는 동료 두 명의 행방을 모르고 있는데, 난 아직도 그들이 남쪽으로 갔다고 생각해. 세번시티에 사람들이 살고 있다면, 우리 영역으로 돌아가는 가장 좋은 길을 알려줄 거야. 호수를 따라서 남쪽으로 계속 내려가보자고."

커스틴은 물을 좀 마시고 쉬려고 두 번째 마차 운전석으로 기어올라갔다. 그녀는 어깨에 멘 배낭을 끌어내렸다. 배낭은 아동용으로, 빨간색 캔버스 천에 갈라지고 색이 바랜 스파이더맨 그림이 붙어 있었다. 커스틴은 배낭 안에 최소한의 물건들만 넣어 다니려고 노력했는데, 이전 문명에서 립톤 아이스티를 담았던 물병 두 개와 스웨터, 먼지가 풀풀 날리는 빈집에 들어갈 때 얼굴을 가리는 용도의 헝겊, 자물쇠 따는 도구로 쓰는 구부러진 철사 한 토막, 타블로이드 신문에서 오려낸 기사 조각, 『닥터 일레븐』 만화책과 문진이 들어 있었다.

문진은 안에 먹구름이 들어 있는 자두만 한 크기의 매끈한 유리 덩어리였다. 가방을 무겁게만 만들 뿐 실질적으로는 아무 소용도 없는 물건이지만 커스틴은 그것이 아름답다고 생각했다. 문명 몰락 직전에 어떤 여자가 줬는데 그 여자의 이름은 기억나지 않았다. 커스틴은 문진을 손바닥에 올려놓고 잠깐 들여다보다가 곧 다른 수집품으로 관심을 돌렸다.

커스틴은 스크랩해놓은 기사들을 훑어보는 것을 좋아했다. 그녀의 꾸준한 습관이었다. 이제는 그림자로만 존재하는, 조지아 독감 이전의 이미지들은 달빛 속에서 희미하게만 보였지만, 그녀는 그모두를 선명하게 떠올릴 수 있었다. 어느 레스토랑 야외 테이블에 앉아 있는 아서 리앤더와 두 번째 아내 엘리자베스, 그리고 갓난아기 타일러. 그보다 몇 개월 뒤에 찍힌 아서 리앤더와 세 번째 아내 리디아. LA 공항에서 찍힌 아서와 타일러. 커스틴이 태어나기도 전에 찍힌 사진도 있었다. 30년치도 넘는 싸구려 연예정보잡지가 쌓여 있던 어느 집 다락방에서 찾아낸 사진 속에서 아서는 곧 그의 첫 번째 아내가 될, 짙은 갈색 곱슬머리에 얼굴이 창백한 여자를 한 팔로 감싸 안고 있었다. 그들은 레스토랑에서 나오고 있었는데, 여자는 선글라스를 껴서 어떤 표정인지 알 수 없고 아서는 카메라 플래시 때문에 눈을 잔뜩 찡그리고 있었다.

제3부
왕관 쓴 당신이 더 좋아

STATION
ELEVEN

13

타블로이드 신문에 나온 사진:

사진을 찍히기 10분 전, 아서 리앤더와 젊은 여자가 토론토에 있는 한 레스토랑의 외투 보관소 옆에 서서 기다리고 있다. 조지아 독감이 발생하기 훨씬 전이다. 문명은 이때로부터 14년이 지난 후에야 멸망하게 된다. 아서는 그 주 내내 방음 스튜디오와 시 외곽에 있는 공원에서 역사 드라마를 찍고 있었다. 이날 레스토랑에 오기 전까지 그는 왕관을 쓰고 있었지만, 지금은 그를 매우 평범해 보이게 만드는 토론토 블루제이스 야구모자를 쓰고 있다. 그는 서른여섯 살이다.

"이제 어쩔 거야?" 그가 묻는다.

"그 사람이랑 헤어질 거예요." 여자, 미란다의 얼굴에는 최근에 생긴 멍 자국이 있다. 그들은 레스토랑 종업원들이 엿듣지 못하도록 속삭이며 이야기한다.

그가 고개를 끄덕인다. "잘 생각했어." 그는 멍든 자국을 보고 있다. 화장은 멍 자국을 완벽하게 가려주지 못했다. "그렇게 말하길 기다리고 있었어. 뭐가 필요해?"

"모르겠어요." 그녀가 말한다. "어쩌다 일이 이렇게 됐는지 모르겠어요. 집에 갈 수는 없어요."

"이렇게 하면 어떨까⋯⋯." 외투 보관소 여직원이 그들의 외투를 갖고 돌아와서 그는 말을 멈춘다. 아서의 외투는 품위 있고 매끈하고 비싸 보이지만, 중고 매장에서 10달러를 주고 산 미란다의 코트는 볼품없다. 미란다는 안감이 찢어진 걸 숨기기 위해 돌아서서 코트를 입지만, 다시 돌아서서 여직원의 미소를 보고는 자신의 노력이 헛수고였음을 깨닫는다. 엄청나게 유명한 배우가 된 아서는 멋진 미소를 지으면서 20달러짜리 지폐 한 장을 여직원에게 슬며시 쥐어준다. 여직원은 그보다 먼저 50달러를 찔러준 파파라치에게 은밀하게 문자메시지를 보낸다. 식당 밖 인도에서 파파라치가 방금 도착한 문자메시지를 읽는다. **지금 나가요.**

"전에도 말했지만, 나한테로 와서 같이 지내면 좋겠어." 아서가 미란다의 귀에 대고 속삭인다.

"호텔에서? 안 돼요⋯⋯." 미란다가 속삭인다.

"그렇게 해줘. 그거면 돼."

미란다는 아서를 흠모하는 눈으로 바라보는 외투 보관소 여직원을 흘끗 쳐다본다. 아서가 속삭인다. "지금 당장 무슨 결정을 내리라는 게 아니야. 원한다면 그냥 와서 머물라는 얘기야."

미란다의 눈에 눈물이 그렁그렁해진다. "어떻게 해야 할지 정말⋯⋯."

"그냥 그러겠다고 말해, 미란다."

"네, 그럴게요. 고마워요." 여직원이 문을 열어주는 순간, 미란다는 자기 얼굴에 멍 자국이 있고 눈은 빨갛고 눈물자국까지 있어

몰골이 말이 아닐 거라는 생각이 문득 든다. "잠깐만요." 그녀는 급히 핸드백을 뒤진다. "미안한데, 잠깐만……." 그녀는 그날 낮에 쓰고 다녔던 커다란 선글라스를 쓰고, 아서는 그녀의 어깨를 한 팔로 감싸 안는다. 인도에서 기다리던 파파라치는 카메라를 들고, 아서와 미란다는 눈이 부신 섬광 속으로 걸어 나온다.

—

"자, 아서." 여기자는 외모 관리에 돈을 물 쓰듯 하는 여자답게 아름답다. 전문가에게 모공 관리를 받고, 400달러짜리 머리 손질을 받으며, 잡티 하나 없이 완벽하게 화장을 하고, 화사한 색으로 네일아트까지 한 모습이다. 그녀가 미소를 지을 때마다 아서는 지나치게 하얀 그녀의 치아가 자꾸 신경에 거슬린다. 할리우드에서 여러 해 지냈으니 이젠 익숙해질 법도 한데 좀처럼 그렇게 되지 않는다. "당신이랑 같이 찍힌 이 의문의 갈색머리 아가씨에 대해 말씀 좀 해주셔야죠."

"이 의문의 갈색머리 아가씨한테도 사생활이라는 게 있지 않을까요?" 아서는 자신의 대답에서 반감이 느껴지지 않게끔 매혹적인 미소를 짓는다.

"진짜 아무것도 안 말해줄 거예요? 힌트 하나도?"

"내 고향 마을 아가씹니다." 그가 대답하며 윙크를 한다.

—

사실 고향 마을이라기보다는 고향 섬이라고 해야 맞다. "맨해튼이랑 크기도 같고 모양도 같아. 인구가 1000명밖에 안 된다는 것만 빼고는." 아서는 파티에서 사람들에게 늘 이렇게 말한다.

델라노 섬은 밴쿠버 섬과 본토인 브리티시컬럼비아 주 사이, 로스앤젤레스 북쪽에 있다. 온대 강우림과 바위 해변으로 이루어져 있으며, 사슴이 채소밭으로 뛰어들어 농사를 망치기 일쑤이고 자동차 앞으로 갑자기 튀어나오기도 한다. 낮은 나뭇가지에선 이끼가 자라고, 삼나무 숲 사이로 한숨 소리 같은 바람이 분다. 섬 한가운데에는 아서가 어렸을 때 소행성 때문에 생긴 거라고 생각했던 작은 호수가 있는데, 거의 완벽하게 둥근 모양이고 아주 깊다. 어느 해 여름, 타지에서 온 젊은 여자가 그곳에서 자살을 했다. 유서를 써놓고 차를 도로에 세운 후 물속으로 걸어 들어갔는데, 나중에 다이버들이 그녀를 찾으려고 호수로 들어갔지만 호수 바닥이 보이지 않았다. 아니, 실은 섬 아이들이 반은 겁을 먹고 반은 흥분해서 서로에게 그렇게 속삭인 거였다. 여러 해 지난 후 다시 생각해보니, 다이버가 바닥을 찾을 수 없을 정도로 깊은 호수라는 것이 있을 것 같지 않다. 그러나 여자가 그리 크지 않은 호수로 걸어 들어갔고, 2주 동안이나 집중적으로 수색 작업을 벌였는데도 시신을 찾지 못한 것은 사실이다. 이 일화는 어린 시절의 기억들을 불러일으키고, 당시에는 느끼지 못했던 어두운 전율을 느끼게 한다.

사실 그때 아서에게 호수는 그냥 호수일 뿐이었다. 바다는 소름이 돋을 정도로 차가워서 마을 사람들은 호수에서 수영을 했다. 아서의 기억 속에서 어머니는 호숫가 나무 그늘 아래에서 책을 읽고 있고, 남동생은 날개 모양 부낭을 달고 얕은 곳에서 물장구를 치고, 벌레들은 호수 표면에 잠깐씩 앉았다 간다. 왜인지 모르겠지만, 벌거벗은 바비 인형이 호숫가 흙길에 허리까지 묻혀 있다.

섬에서 아이들은 여름 내내 머리에 깃털을 꽂고 맨발로 뛰어다니고, 부모들이 1970년대에 타고 들어왔던 폭스바겐 승합차는 숲속에서 녹슬어간다. 매년 비가 200일 가까이 내린다. 연락선 터미널 옆에는 작은 마을이 있는데, 주유 펌프가 한 개 있는 잡화점과 건강식품 가게, 부동산 중개소, 학생이 60명인 초등학교, 거대한 인어 조각상 두 개가 출입문 양쪽에서 손을 마주잡아 아치를 만들고 있는 마을회관과 그 옆에 딸린 작은 도서관이 있다. 섬의 나머지는 바위와 숲, 숲으로 구불구불 이어지는 좁은 도로와 흙으로 된 진입로뿐이다.

달리 말하자면, 그곳은 아서가 뉴욕이나 토론토, 로스앤젤레스에서 만나는 사람들 중 누구도 쉽게 상상할 수 없는 그런 곳이어서, 그가 그 섬에 대해 이야기할 때면 사람들은 도무지 믿기지 않는다는 눈으로 그를 쳐다보곤 한다. 섬에 대해 묘사하기 위해서는 해변과 식물에 대한 일반화에 의존해야 한다.

"양치식물이 내 머리까지 자란다고 상상해봐." 그는 손짓으로 머리를 가리켜 보이면서 사람들에게 말한다. 해가 갈수록 점점 더 높은 곳을 가리키다가, 40대 중반의 어느 날 자신이 2.5미터나 되는 식물을 묘사하고 있다는 사실을 깨닫고는 이렇게 말한다. "돌이켜 생각해보니 정말 믿어지지가 않는군."

"진짜 아름다웠겠어요." 듣는 사람이 어쩔 수 없어 한마디 한다.

"아름다웠지." 그가 말한다. "지금도 아름답고." 그러고는 화제를 바꾼다. 그다음 부분은 설명하기 힘들기 때문이다. 그래, 아름다웠어. 내가 이제까지 본 곳들 중에서 가장 아름다운 곳이었지. 아름답고, 밀실공포증을 느끼게 해. 사랑했지만 항상 탈출하고 싶었지.

—

아서는 열일곱 살 때 토론토대학교에서 입학 허가를 받는다. 그는 학자금 대출 신청서를 작성하고 부모가 없는 돈을 끌어모아 사준 비행기 표로 토론토로 날아간다. 그는 경제학 전공을 희망했지만, 토론토에 도착하고 보니 경제학만 빼고 무엇이든 할 수 있을 것 같다. 고등학교 때는 열심히 공부했는데 대학에 오니 모든 게 심드렁하다. 수업은 지루하기 짝이 없다. 그는 이 도시에 온 목적이 학교가 아니라고, 학교는 탈출 수단에 불과하다고 결론 내린다. 토론토라는 도시에 오는 것 자체가 목표였다. 그는 4개월이 안 되어 대학을 중퇴하고 배우 오디션을 보러 다닌다. 무역학개론 강의를 들을 때 만난 여학생이 그에게 배우해도 되겠다고 말했기 때문이다.

그의 부모는 경악한다. 늦은 밤 장거리 전화카드로 아들에게 전화를 걸어 눈물로 호소한다. "섬을 떠나는 게 제 목표였어요." 아서의 말은 부모를 설득시키는데 별 도움이 되지 못한다. 부모는 섬을 사랑하고 본인들이 원해서 그곳에 살고 있기 때문이다. 학교를 중퇴하고 두 달 후, 그는 토론토에서 찍고 있는 미국 영화에 단역으로 출연하고, 그다음에는 캐나다 드라마에서 대사 한 줄짜리 단역을 맡는다. 그는 자신이 연기에 대해 아는 게 없다고 생각하고 가진 돈을 전부 연기 수업에 쏟아붓는다. 그러다가 연기학교에서 제일 친한 친구 클라크를 만난다. 둘은 위조 신분증을 가지고 늘 붙어 다니면서 일주일에 나흘 밤은 나가 놀며 찬란한 한 해를 보낸다. 둘 다 열아홉 살이 되는 해, 클라크는 부모의 압력에 못 이겨 대학에 진학하기 위해 영국으로 돌아가고 아서는 연기학교에 합격해서 뉴욕으로 간다. 뉴욕에서는 레스토랑에서 아르바이트를 하고 퀸즈에 있는 빵집 위층에서 룸메이트 네 명과 함께 산다.

연기학교를 졸업한 후에는 한동안 오디션을 보러 다니고 웨이터 아르바이트를 하면서 지내다가 〈로 앤 오더〉에 한 차례 출연한다.—뉴욕에 사는 배우 중 〈로 앤 오더〉에 출연하지 않은 배우가 있을까?—이를 계기로 소속사가 생겼으며 〈로 앤 오더〉의 파생상품 중 하나인 다른 〈로 앤 오더〉에 고정출연을 하게 된다. 그 후 두 편의 광고를 찍고 두 편의 TV 파일럿 프로그램에 출연하지만 프로그램은 채택되지 않는다. 두 번째 파일럿 프로그램 감독이 전화로 나쁜 소식을 전하면서 말한다. "그래도 난 자네가 꼭 로스앤젤레스로 왔으면 좋겠어. 우리 집 손님방에 몇 주 머물면서 여기저기 오디션도 보고 일이 어떻게 풀릴지 보잔 말이지." 동부의 겨울에 질릴 대로 질려 있던 아서는 그 감독의 말에 따르기로 하고 소지품을 대부분 처분한 후 서부행 비행기에 오른다.

할리우드에서 그는 파티에 다니고 영화에서 작은 역할을 맡는다. 대사가 세 줄밖에 안 되는, 영화가 시작된 지 10분 안에 포탄에 맞아 산화하는 군인 역할이지만, 이 영화에 출연한 후 좀 더 비중 있는 역할로 섭외가 들어온다. 그리고 이때부터 본격적으로 파티가 시작된다. 저택이나 호텔 방에서 미끈한 여자들과 코카인에 빠지는 파티가 이어진다. 이렇게 지낸 여러 해는 나중에 그에게 플래시 섬광처럼 부분부분 떠오른다. 그 기억 속에서 그는 말리부에 있는 수영장 옆 의자에 앉아 보드카를 마시면서 어떤 여자와 이야기를 나누고 있다. 그녀는 멕시코에서 불법으로 들어왔다고, 열 살 때 트럭 짐칸에 가득 실린 고추 포대 밑에 납작 엎드려서 국경을 넘었다고 말한다. 그는 그녀의 말을 믿어야 할지 말아야 할지 모르겠지만 그녀가 아름답다고 생각하고, 그래서 그녀에게 키스를 한다. 그녀는 전화하겠다고 말하지만 그는 그녀를 다시 만나지 않는다. 친구들과 함께 다른 친구가 모는 뚜껑을 연 컨버터블 자동차를 타고 언덕을 달리면서 친구들이 라디오 음악에 맞춰 노래를 부르는 동안 머리 위로 미끄러지듯 지나가는 야자나무들을 바라본다. 어느 친구 집 지하에 있는 미니바에서 〈돈 스톱 빌리빙(Don't Stop Believin')〉—그가 내심 좋아하는 곡이다—에 맞춰 여자와 춤을 춘다. 일주일 후 다른 사람의 집에서 열린 파티에서 그녀를 보자 기적처럼 느껴진다. 이 광활한 도시에서 같은 여자를 두 번이나 만나다니. 그녀는 눈을 반쯤 감은 채 그를 향해 미소 지으면서 그의 손을 잡고 뒷마당으로 이끌고 가 로스앤젤레스 시가지 위로 떠오르는 태양을 함께 바라본다. 그때쯤 그의 마음에서는 그 도시의 참신함이 서서히 시들어가고 있었지만, 멀홀랜드드라이브에서 일출을 보면서 그는 이곳에 아직도 신비함이 남아 있다는 것을, 아직도 이 도시에 자신이 보지 못한 것이 있다는 것을 깨닫는다. 언덕 위에서 내려다보이는 불빛의 바다가 해가 떠오르면서 서서히 빛을 잃어가는 모습, 그녀의 손톱이 그의 팔을 가볍게 긁으며 내려가는 느낌.

"난 이곳을 사랑해." 그가 말한다. 하지만 6개월 후 둘이 헤어질 때 그녀는 그가 한 말을 앙갚음하듯 되돌려준다. "당신은 이곳을 사랑하지만 절대로 이곳에 속하지 못할 거고, 그 어떤 시답잖은 영화에서도 주인공은 절대로 못 할 거야." 이때 그의 나이 스물여덟. 그가 불안감을 느낄 정도로 시간이 빠르게 흘러가고 있다. 밤마다 열리는 파티는 너무 늦게까지 계속되고 너무 난장판이 된다. 술과 처방약을 희한하게 섞은 채 퍼마셔서 쇼크를 일으킨 친구를 응급실로 데려간 적도 두 번이나 있다. 날마다 똑같은 사람들이 모여 파티를 하고, 지루한 방탕의 현장 위로 해가 떠오를 때마다 놀 만큼 놀았으면서도 다들 뭔가 부족해하는 얼굴이다. 스물아홉 번째 생일을 맞은 직후, 그는 은행강도 미수 사건을 다룬 저예산 영화의 주인공이 되고, 영화를 토론토에서 촬영한다는 말에 기뻐한다. 캐나다로 금의환향한다는 생각이 그를 들뜨게 한다. 허세라는 건 알지만 그런 마음이 드는 걸 어쩌겠는가.

—

어느 날 밤 아서의 어머니가 전화를 걸어와 어렸을 때 동네 잡화점 카페에서 일했던 수지를 기억하느냐고 묻는다. 물론 그는 그녀를 기억한다. 카페에서 수지가 팬케이크를 갖다주던 모습이 생생하게 기억난다. 어찌 됐든, 수지의 조카딸이 몇 년 전 수지와 함께 살러 섬으로 왔다. 섬 사람들은 그 이유를 알아내려고 무던히 애를 썼지만 알아내지 못했다. 아서의 어머니는 그 조카딸 미란다가 이제 열일곱 살인데 대단히 의욕이 넘치고 사교성이 좋다고 말한다. 미란다가 미술학교에 진학하려고 최근에 토론토에 갔으니 만나서 점심이라도 한번 사주라고 한다.

"왜요?" 그가 묻는다. "서로 알지도 못하는 사이인데. 열일곱 살짜리 애라면서요. 어색하지 않겠어요?" 어색한 것을 싫어하는 그는 이런 식의 만남은 늘 피하려고 애를 쓴다.

"너랑 걔는 공통점이 많아." 그의 어머니가 말한다. "걔도 너처럼 학교에서 월반했다더라."

"그거 하나 갖고 뭘 많다고 그래요." 아서는 이렇게 말하면서도 속으로는 '걔는 내가 고향 얘기를 하면 무슨 말인지 다 알아듣겠구나' 하고 생각한다. 아서는 미열을 앓듯 방향을 잃은 것 같은 상태로 살고 있다. '내가 어쩌다가 여기까지 오게 됐지?'라는 의문이 늘 머릿속을 맴돈다. 토론토와 로스앤젤레스, 뉴욕의 파티에서 델라노 섬에 대해 이야기하면 사람들은 마치 그가 화성에서의 삶을 묘사하고 있는 것처럼 흥미로워하면서도 믿기 힘들어하는 표정을 짓는다.

당연한 일이지만, 델라노 섬에 대해 들어본 사람은 별로 없다. 토론토 사람들에게 브리티시컬럼비아 출신이라고 하면, 그들은 한결같이 밴쿠버를 좋아한다고 말한다. 그의 고향 섬에서 남동쪽으로 연락선을 한 번 갈아타고 네 시간이나 가야 하는 그 도시가 그가 자란 섬과 무슨 관계라도 있는 것처럼 말이다. 로스앤젤레스에서는 캐나다에서 왔다고 하니까 이글루에 대해 묻는 사람도 두 명이나 있었다. 지적이라는 소리를 듣는 뉴욕 사람 하나는 그가 브리티시컬럼비아 서남쪽, 밴쿠버 섬과 본토 사이에 있는 섬이라고 고향 이야기를 하는 것을 귀 기울여 듣더니 아주 심각하게, 그럼 메인 근처에서 자란 거냐고 물었다.

"미란다한테 전화해라." 그의 어머니가 말한다. "그냥 점심 한 번 같이 먹으면 돼."

—

열일곱 살의 미란다. 그녀는 놀랄 만큼 차분하고 매우 예쁘다. 창백한 안색에 회색 눈, 흑갈색 곱슬머리. 그녀가 한 줌의 칼바람과 함께 레스토랑으로 들어온다. 1월의 냉기가 그녀의 머리카락과 외투에 붙어 있다. 아서는 그녀를 보자마자 그녀의 분위기에 매료된다. 그녀는 실제 나이보다 훨씬 어른스러워 보인다.

"토론토는 어때?" 아서가 묻는다. 그냥 예쁜 정도가 아니네, 그는 생각한다. 그녀는 아름답다. 그러나 알아보기까지 시간이 좀 걸리는 은근한 아름다움이다. 금발에 딱 달라붙는 티셔츠를 입고 검게 탄 피부를 자랑하는 로스앤젤레스 아가씨들과는 다르다.

"아주 좋아요." 토론토에는 사생활이 있다. 그녀는 자신을 알아보는 사람을 단 한 명도 만나지 않고 거리를 활보할 수 있다. 작은 마을에서 자라지 않은 사람은 이것이 얼마나 아름다운 일인지, 도시 생활의 익명성이 얼마나 자유로운 것인지 이해하지 못할 것이다. 그녀는 아서에게 남자친구인 파블로—그도 그녀처럼 화가 지망생이다—에 대해 이야기하기 시작한다. 아서는 억지 미소를 지으면서 그 이야기를 듣는다. 아직 많이 어리구나. 아서는 생각한다. 자기 이야기를 하다가 싫증난 그녀가 그에 대해 묻는다. 그는 자신이 발을 들여놓은 초현실적인 세상에 대해, 대중은 그를 알지만 그는 대중을 모르는 세상에 대해 열심히 설명한다. 그는 자기가 로스앤젤레스를 얼마나 좋아하는지, 그러면서도 그 도시가 자기를 얼마나 지치게 하는지 이야기한다. 델라노 섬을 생각하면 뿌리를 잃고 헤매는 느낌이 든다며, 지금 자신이 삶의 방향을 잃은 것만 같다고 말한다. 미란다는 미국 국경에서 300킬로미터 정도밖에 떨어지지 않은 곳에서 평생을 살았지만, 미국에 가본 적은 한 번도 없다고 말한다. 그는 그녀가 로스앤젤레스에서의 삶을 애써 상상해보고 있음을 알 수 있다. 그는 그녀의 상상 속 그곳은 영화 속 장면들과 잡지 사진들을 모아놓은 콜라주 같을 거라고 생각한다.

"연기가 좋은 거죠?"

"응, 그런 편이지."

"자기가 좋아하는 일을 하면서 돈을 번다는 건 정말 멋진 일이에요."그녀가 말한다. 그도 그 말에 동의한다. 식사가 끝난 후 그녀는 그에게 고맙다고 말하고, 둘은 함께 레스토랑을 나온다. 바깥 공기는 차갑다. 햇빛이 더러워진 눈을 비추고 있다. 나중에 그는 이 순간을 가장 좋았던 때로, 인도에서 기다리는 파파라치 없이 둘이 함께 레스토랑을 나올 수 있었던 마지막 시절로 기억할 것이다.

"영화가 잘되기를 빌어요." 그녀가 전차에 올라타면서 말한다.

"토론토 생활에 행운이 깃들기를 빌어." 그가 대답하지만 그녀는 이미 떠나고 없다. 그 후 여러 해 동안 그는 그녀를 잊은 채 생활한다. 그녀는 너무 멀리 있고 또 너무 어리다. 그는 많은 영화에 출연하고 뉴욕으로 가서 18개월 동안 데이비드 매멋 감독의 연극에 출연한 후 다시 로스앤젤레스로 돌아와 HBO의 시리즈물에 고정 출연한다. 그는 여자들과 데이트를 한다. 일부는 배우이고 일부는 배우가 아닌데, 그중 두 명은 대단한 유명인사라 둘이 데이트를 할 때마다 파파라치가 모기떼처럼 몰려들어 셔터를 눌러대곤 한다. 그가 또 다른 영화에 출연하기 위해 토론토로 돌아올 즈음에는 외출할 때마다 사진이 찍힐 정도로 유명세를 누리게 된다. 그가 영화에서 점점 더 비중 있고 인상적인 역할들을 맡기 때문이기도 하고, 파파라치가 자기보다 유명한 여자들과 손을 잡고 다니는 그의 모습을 찍는 데 익숙해졌기 때문이기도 하다. 그의 매니저는 그의 연애 전략이 탁월하다고 감탄한다.

"전략적으로 연애한 게 아니야." 아서가 말한다. "좋아했기 때문에 데이트를 한 거라고."

"그랬겠지." 매니저가 말한다. "그냥 말이 그렇다는 거야. 설사 그렇다고 해도 나쁠 건 없잖아."

그는 정말로 그 여자들을 좋아했기 때문에 데이트를 했을까, 아니면 일과 관련된 이해관계를 염두에 둔 거였을까? 뜻밖에도 그런 의문이 줄곧 그를 따라다니며 괴롭힌다.

이제 아서는 서른여섯이고, 미란다는 스물네 살이다. 그는 지극히, 불편할 정도로 유명해진다. 20대 때는 물론 유명해지고 싶었지만 이 정도로 유명해질 거라고는 상상도 못 했다. 상황이 이렇게 되고 보니 어떻게 처신해야 할지 난감하기만 하다. 유명해지니까 당혹스러운 일이 자주 생긴다. 예를 들어 그가 토론토에 있는 르저메인 호텔에 체크인을 한다고 하자. 접수 데스크에 있는 젊은 여직원은 자기네 호텔에 그를 모시게 되어 영광이라면서 "이런 말씀 드려도 될지 모르겠지만, 그 탐정 영화 정말 재밌게 봤어요"라고 말한다. 이런 상황에서 늘 그렇듯 그는 무슨 말을 해야 할지 난감하다. 솔직히 말해서 그녀가 정말로 영화를 재밌게 봤는지, 그냥 듣기 좋으라고 하는 말인지, 아니면 그와 자고 싶다는 뜻으로 하는 말인지, 그것도 아니면 앞서 말한 것들이 복합된 심정으로 하는 말인지 알 수가 없다. 그래서 그는 미소를 지으며 고맙다고 말하고, 어디를 쳐다봐야 할지 모른 채 허둥거리면서 객실 카드를 받아들고 등줄기에 그녀의 눈길을 느끼면서 엘리베이터 쪽으로 걸어간다. 뭔가 중요한 생각을 하고 있는 것처럼 보이려고 애쓰면서. 로비에 있는 사람 절반가량이 자신을 보고 있다는 사실을 알아차리지도 못했고 신경도 쓰지 않는다는 인상을 주려고 노력하면서.

방으로 들어온 그는 혼자 있게 된 것에 안도하며 침대에 털썩 걸터앉는다. 이런 순간이면 항상 그렇듯 약간 혼란스럽고, 왠지 모르게 맥이 쭉 빠지고, 뭔가 막막한 기분이 들다가, 갑자기 무엇을 해야 할지 깨닫는다. 그는 여러 해 동안 간직하고 있던 휴대전화 번호로 전화를 건다.

14

아서가 전화를 걸었을 때 미란다는 직장에 있다. 넵튠 로지스틱스라는 해운업체의 이사 비서인 그녀는 이사실 밖에 따로 마련된 비서실에서 말편자처럼 생긴 책상 앞에 앉아 조용한 나날을 보내고 있다.

그녀의 상사는 리언 프리밴트라는 이름의 젊은 이사인데, 거의 매일 출장 중이라 사무실 문이 늘 닫혀 있다. 널찍한 비서실에는 회색 카펫이 깔려 있고 유리벽 밖으로는 온타리오 호가 내려다보인다. 그녀는 한두 시간씩 집중해서 할 만한 일이 거의 없기 때문에 오후 내내 스케치를 하거나—그녀는 그래픽 노블 시리즈를 집필 중이다—오랫동안 커피를 홀짝이며 유리벽 옆에 서서 호수를 내려다보곤 한다. 그렇게 서 있으면 높은 곳에 매달린 느낌, 도시 위에 붕 떠 있는 느낌이 든다. 호수의 고요한 수평선은 고층 빌딩들이 만들어낸 액자 틀 속에 갇혀 있고, 작은 모형 같은 배들이 저 멀리 떠다닌다.

띠링 하는 소리가 이메일의 도착을 알린다. 무능한 임시직원이 미란다의 자리를 차지하고 있던 동안—리언은 그 오랜 기간을 '잔인한 겨울'이라고 부른다—리언은 출장 일정을 짜는 일을 그의 밑에서 일하는 한나의 비서 테아에게 시켰다. 방금 테아가 다음 달에 도쿄로 출장 가는 리언의 항공권 확인 이메일을 미란다에게 전달한 것이다.

테아는 완벽한 일 처리로 미란다의 선망을 받고 있다. 테아와 함께 있으면 미란다는 자신이 초라하고 단정치 못한 여자인 것처럼 느껴진다. 테아의 머리는 윤기가 흐르고 머리카락 한 올 흐트러짐 없이 단정한데 자신의 곱슬머리는 사방으로 삐죽삐죽 뻗친 것 같고, 테아가 입고 있는 옷은 완벽한데 자기가 입고 있는 옷은 왠지 촌스럽고 어울리지 않는 것 같다. 자신의 립스틱 색은 항상 너무 야하거나 우중충한 것 같고, 구두 굽은 너무 높거나 너무 낮은 것 같은 느낌이 든다. 스타킹은 발가락 부분에 구멍이 송송 나 있어서 구두를 신경 써서 골라야 한다. 구두 뒤꿈치 여기저기 난 흠집에는 잘 지워지지 않는 마커로 조심스럽게 덧칠을 해놓았다.

옷도 문제다. 미란다가 출근할 때 입는 옷은 대부분 영스트리트에 있는 할인매장에서 구입했는데, 매장 피팅룸 불빛 아래서 보면 괜찮지만 집에 갖고 와서 보면 영 잘못 고른 것 같다. 검은색 아크릴 치마는 천박하게 번쩍이고, 합성섬유로 만든 블라우스는 불쾌하게 달라붙고, 모든 것이 값싸 보이고 불에 잘 탈 것 같다.

"자긴 예술가잖아." 그날 아침 세탁하다 줄어든 블라우스 위에 이것저것 겹쳐 입어보고 있는 미란다를 보면서 남자친구 파블로가 말했다. "그 말도 안 되는 복장 규정을 따르려고 뭐 그렇게 애를 쓰고 그래?"

"회사 규정이니까."

"가엾어라, 시스템의 노예." 그가 말했다. "기계 속에서 길을 잃은." 파블로는 은유적으로 기계라는 표현을 많이 사용하고, 시스템이라는 말도 자주 쓴다. 때로는 그 둘을 결합해서 "시스템이 우리에게 바라는 게 그런 거야, 기업이라는 기계의 덫에 제대로 걸려드는 거"라는 식으로 말하기도 한다.

그들은 학교에서 만났다. 파블로가 그녀보다 1년 먼저 졸업했는데, 처음에는 그의 앞길이 너무나도 전도유망해 보여서 미란다는 그의 권유에 따라 웨이트리스 일을 그만두기까지 했다. 그는 그림한 점을 1만 달러에 팔았고, 그다음에는 좀 더 큰 그림을 2만 1000달러에 팔았다. 금방이라도 차세대 거장이 될 것 같은 기세였다. 그러나 전시회 하나가 취소됐고, 이듬해에는 그림을 한 점도 못 팔았다. 그래서 미란다가 임시직 알선업체에서 지금의 일자리를 소개받아 이 마천루에, 리언 프리밴트의 사무실 문밖에 있는 책상에 앉아 있게 된 것이다.

"조금만 참아, 자기야." 그날 아침 그녀가 옷을 입는 것을 보면서 파블로가 말했다. "잠깐만 일하는 거야."

"그럼, 알지." 그녀가 말했다. 그녀가 임시직 알선업체에 등록하고 나서부터 그는 줄곧 그렇게 말한다. 그녀는 출근하고 6주 만에 정규직으로 전환되었다는 사실은 그에게 알리지 않았다. 리언은 그녀를 좋아한다. 그녀가 대단히 침착하고 호들갑을 떨지 않아서 좋다고 말한다. 간혹 사무실에 있을 때 손님이라도 오면 그녀를 그렇게 소개하기까지 한다. "그리고 이쪽은 호들갑을 떨지 않는 비서 미란다입니다." 이 말은 그녀가 스스로 인정하는 것보다 훨씬 더 그녀를 기쁘게 한다.

"새로 그린 저 그림들이 곧 팔릴 거야." 파블로가 말했다. 그는 반라로 침대에 불가사리처럼 들러붙어 있었다. 미란다가 침대에서 나오고 나면 그는 항상 자기 자리가 얼마만큼 넓어졌는지 가늠해보곤 한다. "이제 해 뜰 날이 오겠지, 안 그래?"

"그럼, 당연하지." 블라우스를 포기하고, 20달러 주고 산 블레이저 재킷 속에 입으면 조금이라도 사무직 여성처럼 보일 만한 티셔츠를 찾으려고 옷을 뒤적거리면서 미란다가 대꾸했다.

"지난번 전시회에선 그림을 판 사람이 거의 없었대." 그가 혼잣말을 하듯 말했다.

"이 일, 잠시뿐이라는 거 알아." 그러나 사실 그녀는 이 일이 끝나기를 바라지 않는다. 파블로가 기업과 관계된 것은 모두 경멸하기 때문에 털어놓지 못했지만, 그녀는 집에 있는 것보다 넵튠 로지스틱스에 있는 것이 더 좋다. 집은 갈수록 먼지만 늘어나는 작고 어두운 아파트다. 복도는 벽에 기대 세워놓은 파블로의 그림들로 점점 더 좁아지고, 거실 창문의 아래쪽 절반은 이젤이 가리고 있다. 반면에 넵튠 로지스틱스에 있는 그녀의 공간은 깔끔하고, 근사한 조명이 설치되어 있다. 그녀는 한번 시작하면 몇 시간이고, 절대로 끝나지 않는 자기 작업에 매달린다. 미술학교에서는 다들 직업을 갖는 것에 대해 두려움 가득한 목소리로 얘기하곤 했다. 그녀는 직업이 자신의 삶에서 가장 차분하고 청결한 부분이 될 거라고는 꿈에도 생각지 못했다.

오늘 아침 미란다는 테아로부터 다섯 통의 이메일을 받는다. 곧 있을 리언의 아시아 출장을 위한 항공권과 호텔 예약 확인서다. 미란다는 아시아 출장 일정표를 작성하는 데 약간의 시간을 들인다. 일본, 싱가포르, 그다음엔 한국. 이럴 때면 지도를 찾아서 그 나라들을 여행하는 상상을 해본다. 그녀는 아직 캐나다를 떠나본 적이 없다. 파블로가 일도 하지 않고 그림도 팔지 못해서, 그녀가 버는 돈으로 집세와 최소한의 학자금 대출 이자를 내고 나면 생활하기도 빠듯하다. 그녀는 싱가포르 발 서울행 항공권에 관한 정보를 일정표에 삽입한 후 다른 예약번호들을 다시 한 번 확인한다. 그렇게 하루의 업무가 벌써 끝나버린다. 오전 9시 45분에.

미란다는 한동안 뉴스를 읽다가 한반도 지도를 좀 들여다본다. 그러다가 컴퓨터 모니터를 멍하니 바라보면서 자신의 프로젝트 속 세상을, 학교를 졸업하고 줄곧 매달려온 그래픽 노블 시리즈 속 세상을 생각한다. 그녀는 책상 맨 위 서랍, 파일들 밑에 숨겨놓았던 스케치북을 꺼낸다.

—

스테이션 일레븐 시리즈의 주인공은 닥터 일레븐이라는 뛰어난 물리학자다. 외모는 놀라울 정도로 파블로를 닮았지만 다른 부분은 조금도 닮지 않았다. 그는 미래에서 온 사람으로 징징거리는 법이 절대 없다. 위풍당당하고 때로는 냉소적이다. 술은 그리 많이 마시지 않는다. 그는 아무것도 두려워하지 않지만 여자 운은 별로 없다. 그의 이름은 그가 살고 있는 우주정거장 이름에서 따왔다. 근처 은하계에 살던 적대적인 문명이 지구를 점령하고 지구인들을 노예로 만들었지만, 수백 명의 반군이 우주정거장을 훔쳐서 도망가는 데 성공했다. 닥터 일레븐과 동료들은 스테이션 일레븐을 타고 웜홀을 통과해 깊은 우주 속, 지도에도 나오지 않는 곳에 숨어 있다. 극중 시간 설정은 천 년 뒤로 했다.

스테이션 일레븐은 달만 한 크기로 행성과 유사하게 설계되었지만, 은하계를 여러 개씩 통과하며 운항할 수 있고 태양을 필요로 하지 않는다. 이 우주정거장의 인공 하늘은 전쟁 중에 파괴되어서 스테이션 일레븐의 표면은 항상 황혼 녘이거나 밤이다. 스테이션 일레븐의 바닷물 수위를 조절하는 중요한 시스템도 파괴되어, 남아 있는 육지라고는 예전에 산꼭대기였던 섬 몇 개뿐이다.

그러다 분열이 있었다. 줄곧 황혼 녘만 계속되는 나날을 15년이나 보낸 사람들은 집으로 가고 싶어 했다. 외계인들이 지배하는 지구로 돌아가 사면을 청하고 살 방법을 도모해보기를 원했다. 그들은 스테이션 일레븐의 바다 밑에, 거대한 방사능 낙진 대피소들의 연결망인 언더시에 살고 있다. 거기 살고 있는 사람들은 300명 정도 된다. 미란다가 스케치하고 있는 장면에서 닥터 일레븐은 정신적 스승인 로너건 선장과 함께 노 젓는 배에 타고 있다.

닥터 일레븐: 이쪽 바다는 위험합니다. 지금 우린 언더시 출입구 위를 지나가고 있어요.

로너건 선장: 그들을 이해하려고 노력해보게. (다음 장면은 클로즈업된 그의 얼굴이다.) 그들이 바라는 건 다시 태양을 보는 것뿐이야. 그렇다고 그들을 비난할 수 있겠나.

이다음에는 전면 그림이 필요하다고 그녀는 결론짓는다. 이미 그림을 그려서 색칠까지 마쳐놓았다. 눈을 감으면 집에 있는 이젤에 고정시켜놓은 그 그림이 보이는 듯하다. 컵받침처럼 동그랗고 멍한 눈을 가진 거대한 녹빛 해마가 있다. 반은 동물이고 반은 기계인 해마의 머리 옆쪽에는 푸른빛이 반짝이는 무선 송신기가 달려 있다. 언더시에 사는 인간이 해마의 등에 걸터앉아 아름답고도 악몽 같은 물속을 조용히 움직인다. 그림 맨 위쪽까지 깊고 푸른 물결이 넘실거린다. 수면 위에 떠 있는 닥터 일레븐과 로너건 선장이 탄 배는 깊은 바닷속 기기묘묘한 풍광에 비하면 한없이 작고 초라하게 보인다.

—

미란다가 아서를 다시 만나기로 한 날 오후, 파블로가 그녀의 사무실로 전화를 걸어온다. 그녀는 오후 4시의 커피를 홀짝이면서 스케치를 하고 있다. 지구로 귀환할 수밖에 없는 상황을 만들기 위해 우주정거장의 원자로를 파괴하려는 언더시 사람들의 음모를 저지하려고 닥터 일레븐이 고군분투하는 장면이다. 파블로의 목소리를 듣자마자 그녀는 그가 기분이 안 좋다는 것을 알아차린다. 그는 몇 시에 집에 올 거냐고 묻는다.

"8시쯤."

"이해가 안 되네. 무슨 일이 그렇게 많아?" 파블로가 말한다.

그녀는 손가락으로 전화기 줄을 비비 꼬면서 작업 중이던 장면을 바라본다. 닥터 일레븐이 스테이션 일레븐의 주 원자로 옆 지하 통로에서 언더시의 강적을 맞닥뜨린다. 그는 생각한다. 이게 무슨 미친 짓이야?

"이사님 출장 일정표 작성하고 있어." 최근 들어 파블로가 전화로 시비를 거는 일이 잦다. 그럴 때마다 미란다는 인내심을 기르는 연습이라고 생각하면서 응대한다. "경비 보고서도 작성하고 가끔은 이사님 대신 이메일도 보내고. 가끔씩 전달할 메시지도 있고. 서류정리도 하고."

"그딴 일을 하는 데 하루 종일 걸린다고?"

"물론 아니지. 전에도 얘기했잖아. 사실 한가한 시간이 많아."

115

"그럼 그 한가한 시간에는 뭘 하는데?"

"내 작업을 하지. 자기 왜 그렇게 못마땅한 말투야?" 그런데 문제는, 사실 그녀가 아무 관심이 없다는 것이다. 예전에는 이런 대화를 이어가다가 눈물을 흘리기도 했다. 하지만 지금은 회전의자를 돌려 호수를 내다보며 이삿짐 트럭을 떠올린다. 하루 병가를 내고 한두 시간 안에 짐을 모두 싸서 떠나버릴 수도 있을 것 같다. 때로는 모든 것을 단칼에 끊어버릴 필요가 있다.

"하루에 열두 시간씩이나……." 그가 말한다. "도대체 집에 붙어 있질 않잖아. 아침 8시에 나가서 밤 9시나 돼야 들어오고, 가끔은 토요일에도 나가고. 그럼 나는……, 어휴 진짜. 미란다, 자기가 나라면 어떨 것 같아?"

"잠깐만, 자기가 왜 사무실로 전화했는지 이제 알겠어."

"뭐?"

"내가 여기 있는지 확인하려는 거지? 그러려고 휴대전화 말고 여기로 건 거잖아." 갑자기 화가 치밀어 오르며 몸이 떨린다. 뜻밖에도 화가 많이 난다. 아파트 집세를 그녀 혼자 부담하고 있는데, 그는 그녀를 의심하면서 진짜로 직장에 있는지 확인이나 하고 있는 것이다.

"일을 그렇게나 오래 한다는데 그럼……." 그는 비난의 의미가 전달되도록 문장을 끝맺지 않는다.

"전에도 얘기했지만 이사님은 채용할 때 내가 할 일을 아주 명확하게 알려주셨어." 그녀의 장기 중 하나는 화가 나도 드러내지 않고 침착하게 말하는 것이다. "이사님이 출장 중일 땐 저녁 7시까지 사무실에 있어야 하고, 여기 사무실에 계실 땐 나도 있어야 한다고. 주말에 출근한다고 문자를 주시면 나도 나와야 하고."

116

"아하, 문자도 주시는군."

문제는 그녀가 이런 대화에 엄청나게 싫증을 느끼고 있고, 파블로에게도, 그리고 지금 그가 서 있을 아파트 부엌에도 싫증을 느끼고 있다는 점이다. 그는 화가 날 때는 항상 집에서만 통화를 한다. 두 사람 모두 길거리에서 징징 울거나 전화에 대고 소리를 지르거나 공공장소에서 너저분한 애정행각을 벌이는 사람들을 혐오한다. 아파트에서 전화 수신이 제일 잘되는 곳은 부엌이기 때문에 미란다는 지금 부엌에 있을 그의 모습을 똑똑히 떠올릴 수 있다.

"파블로, 이건 그냥 일이야. 우린 돈이 필요하잖아."

"자긴 항상 돈, 돈, 돈이 문제지, 안 그래?"

"내가 여기서 버는 돈으로 집세를 내는 건 알고 있지?"

"지금 내가 내 의무를 다하지 않는다는 거야? 그 말이야?"

이런 말을 계속 듣고 있을 수 없어서 그녀는 수화기를 조용히 내려놓고 파블로가 비열한 인간이라는 것을 왜 좀 더 일찍—예를 들어 8년 전 데이트를 시작했을 때—알아차리지 못했을까 생각한다. 몇 분 지나지 않아 파블로의 이메일이 도착한다. 제목이 '이게 무슨 X 같은 짓이야, 미란다'다. 이메일을 여니 '지금 뭐하는 짓이야? 요즘 이상하게 적대적이고 수동적 공격성을 보이는 것 같아. 왜 그래?'라고 적혀 있다.

그녀는 답장을 쓰지 않고 이메일을 닫은 후 한동안 유리벽 옆에 서서 호수를 내려다본다. 호수 물이 차올라 거리를 덮고 금융 지구의 고층 건물 사이로 곤돌라가 떠다니는 모습을, 닥터 일레븐이 높은 아치형 다리 위에 서 있는 모습을 상상한다. 그때 휴대전화가 울린다. 모르는 전화번호다.

"아서 리앤더인데, 또 한 번 점심을 사고 싶어서."

"점심 대신 저녁 어때요?"

"오늘 밤에?"

"바쁘세요?"

"아니." 아서는 르저메인 호텔 객실의 침대에 앉아서 말한다. 속으로는 감독과의 저녁 약속을 어떻게 취소할까 궁리하는 중이다. "전혀. 안 바쁘고말고."

—

미란다는 아까 그런 일이 있었으니 파블로에게 전화할 필요는 없다고 결론짓는다. 이제 곧 리스본행 비행기에 탑승할 리언을 위해 간단한 업무를 하나 처리해야 한다. 그녀는 그가 필요로 하는 파일을 찾아 이메일로 보낸 후 스테이션 일레븐 작업으로 돌아간다. 언더시의 장면들. 사람들이 동굴 같은 방에서 조용히 일하고 있다. 머리 위에 있는 바닷물의 깊이를 늘 의식하면서, 깜박거리는 불빛에 의지해 평생을 사는 사람들이다. 그들은 스테이션 일레븐이 외딴 우주를 누비고 다니도록 조종하는 닥터 일레븐과 동료들에게 깊은 반감을 갖고 있다. (파블로가 '??내 이메일 받았어???'라고 문자를 보낸다.) 언더시의 사람들은 항상 기다린다. 자기들의 삶이 시작되기를 기다리며 평생을 보낸다.

그녀는 문득 자신이 여기 비서실을 그리고 있다는 것을 깨닫는다. 카펫이 깔린 넓은 공간, 책상, 닫혀 있는 이사실 문, 유리로 된 벽. 책상 위에 있는 스테이플러 두 개—어쩌다가 두 개나 갖게 된 걸까?—, 엘리베이터 쪽으로 나가는 문과 화장실로 통하는 문. 그녀는 자신이 가장 쾌적한 시간을 보내는 이곳의 고요함과 세련됨을 그대로 전달하려고 애를 쓴다. 그러나 유리벽 밖에는 실제와 다른 풍경을, 검은색 바위들과 높은 다리들을 그려놓는다.

"스테이션 일레븐에 그렇게 매달리는데, 솔직히 말해서 난 그게 뭔지도 잘 모르겠어." 일주일 전쯤 또 싸우다가 파블로가 말했다. "도대체 뭘 보여주려는 거야?"

그는 만화에는 전혀 관심이 없다. 진지한 그래픽 노블과 눈이 커다란 새나 살이 축 늘어진 고양이가 나오는 토요일 조간신문 만화의 차이점도 이해하지 못한다. 맨정신일 땐 그녀가 재능을 낭비하고 있다는 식으로 넌지시 말한다. 술에 취했을 땐 낭비할 재능도 없다는 식으로 말한다. 그러고 나면 사과를 하고, 때로는 눈물도 흘린다. 그가 마지막으로 그림을 판 지 1년 2개월이 지났다. 그녀는 자신의 프로젝트를 그에게 다시 설명해보려고 했지만 말이 목구멍에서 딱 걸려 나오지 않았다.

"몰라도 돼." 그녀가 말했다. "어차피 내 일이니까."

—

미란다가 아서를 만나기로 한 레스토랑은 사방이 짙은색 원목으로 되어 있고 조명이 은은하다. 천장은 아치와 돔으로 이루어져 있다. 이거 써먹을 수 있겠다. 그녀는 자리를 잡고 앉아 아서를 기다리면서 생각한다. 그녀는 언더시에 이런 방이 있다고, 물에 잠긴 숲에서 구한 원목으로 만든 지하의 방이 있다고 상상한다. 스케치북을 갖고 올 걸 그랬다는 후회가 든다. 저녁 8시 1분, 파블로에게서 '기다리는 중'이라는 문자가 온다. 그녀는 휴대전화 전원을 끄고 핸드백에 넣는다. 아서가 약속 시간보다 10분 늦게 숨을 헐떡이면서 들어오더니 늦어서 미안하다고 사과한다. 택시를 탔는데 차가 많이 막혔다고 한다.

"만화를 그려요." 나중에 그가 무슨 일을 하느냐고 묻자 그녀가 대답한다. "그래픽 노블 시리즈를 그리려고 하는데, 어떻게 될진 아직 모르겠어요."

"어떻게 그래픽 노블을 선택하게 됐어?" 그는 진심으로 관심이 있는 것 같다.

"어렸을 때 만화책을 많이 봤어요. '캘빈과 홉스' 시리즈 읽어봤어요?" 아서는 그녀를 유심히 바라본다. 그는 서른여섯 살 같지는 않다. 7년 전 잠깐 만나 점심을 먹었을 때보다 아주 조금 더 나이들어 보일 뿐이다.

"그럼." 아서가 말한다. "얼마나 좋아했는데. 어렸을 때 내 제일 친한 친구가 그 시리즈 나오는 대로 다 사 모았거든."

"그 친구도 섬 출신이에요? 내가 아는 남자인가?"

"여자야. 빅토리아라고. 15년 전에 짐 싸서 토피노로 이사 갔어. 근데 캘빈과 홉스 얘기하다 말고."

"아, 맞다. 거기 나오는 우주비행사 스피프 기억해요? 왜, 캘빈의 또 다른 자아 중에 하나."

스피프의 비행접시가 외계의 하늘을 날아다니고, 고글을 쓴 어린 우주비행사가 비행접시의 유리 돔 아래 앉아 있는 모습. 그녀는 그런 장면들을 무척 좋아했다. 그런 장면들은 재미있을 뿐더러 아름답기까지 했다. 그녀는 미술학교 1학년 때, 낙제 점수를 받고 사진 공부에 좌절감만 느끼며 학기를 마친 뒤 크리스마스를 맞아 델라노 섬으로 돌아갔을 때의 이야기를 들려준다. 그녀는 오래된 캘빈과 홉스 책들을 뒤적이다가 '이거다!' 하고 생각했다. 붉은 사막 풍경들, 두 개의 달이 떠 있는 하늘. 그녀는 그때부터 우주선과 별, 외계의 행성에 대해 상상하기 시작했고, 1년이 지난 뒤 스테이션 일레븐이라는 아름다운, 난파된 우주정거장을 창조해냈다. 테이블 맞은편에서 아서가 그녀를 가만히 바라본다. 저녁식사는 매우 늦게까지 계속된다.

—

"아직도 파블로와 사귀나?" 거리로 나왔을 때 아서가 묻는다. 그는 택시를 잡고 있다. 두 사람 사이에는 어떤 암묵적인 합의가 이루어진 상태다.

"헤어질 거예요. 서로 잘 안 맞는 것 같아요." 소리 내어 말하니 진실이 된다. 그들은 택시를 타고 뒷좌석에서 키스를 나눈다. 호텔 로비에서 그는 그녀의 등에 손을 얹어 엘리베이터 타는 곳으로 이끌고, 그녀는 엘리베이터에서 그에게 키스한다. 그리고 그녀는 그를 따라 방으로 들어간다.

—

밤 9시, 10시, 11시에 파블로에게서 온 문자:

나한테 화났어?

??

???

121

그녀는 마지막 문자에 답장을 보낸다. **오늘 밤엔 친구랑 있을 거야. 내일 아침에 집에 갈게. 그때 얘기해.** 그에게서 재까닥 답장이 온다. **아예 영영 들어오지 말지그래.**

그녀는 이 네 번째 문자를 읽으면서 기이하게도 현기증을 느낀다. 이제 자유라는 생각이, 곧 도망칠 수 있겠다는 생각이 밀려든다. 모든 걸 벗어던지고 다시 시작할 수 있어, 그녀는 생각한다. 스테이션 일레븐만 있으면 돼.

—

새벽 6시, 미란다는 택시를 타고 자비스스트리트에 있는 집으로 돌아간다. "오늘 밤에도 보고 싶어." 그녀가 키스를 하자 아서가 말한다. 그들은 퇴근 후 그의 호텔 방에서 만나기로 한다.

아파트는 어둡고 조용하다. 싱크대에 접시가 쌓여 있고 스토브 위에는 음식 찌꺼기가 눌어붙은 프라이팬이 놓여 있다. 침실 문은 닫힌 채다. 그녀는 여행가방 두 개를 꺼내 하나에는 옷을, 다른 하나에는 미술도구들을 챙겨 15분 만에 아파트를 나선다. 넵튠 로지스틱스의 직원용 헬스장에서 샤워를 하고, 가방에 넣어오느라 약간 구겨진 옷으로 갈아입은 후 화장을 하면서 거울을 바라본다. 난 아무것도 후회하지 않아. 인터넷에서 본 글귀다. 난 비정한 사람이니까, 그녀는 생각한다. 하지만 죄책감을 느끼는 와중에도 그 말이 사실이 아니라는 것을 알고 있다. 그녀는 자신을 울게 할 함정이 곳곳에 있다는 것을 알고 있다. 누가 한 푼만 달라고 하는데 주지 않을 때마다 자신이 조금씩 죽어간다는 것을, 그건 자신이 이 세상에서 혹은 이 도시에서 살아가기에는 너무 연약한 사람이라는 뜻이라는 것도 알고 있다. 이곳에서 그녀는 한없이 작아진다. 눈에 눈물이 고인다. 그녀는 확신하는 것이 거의 없는 사람이지만, 부도덕한 사람만이 상황이 안 좋을 때 떠난다는 것은 확실히 알고 있다.

—

"글쎄, 잘 모르겠어." 새벽 2시에 아서가 말한다. 그들은 르저메인 호텔 객실의 커다란 침대에 함께 누워 있다. 그는 여기 토론토에 3주 더 머물다가 로스앤젤레스로 돌아갈 예정이다. 미란다는 둘이 달빛을 받으며 누워 있다고 믿고 싶지만, 창문을 통해 들어오는 빛은 대개 전등불빛이라는 사실을 알고 있다. "행복을 추구하는 걸 부도덕하다고 할 수 있을까?"

"딴 남자랑 살면서 인기 영화배우랑 자는 게 도덕적인 일이라고 할 수는 없겠죠."

그는 '인기 영화배우'라는 말이 불편한지 몸을 약간 뒤척이다가 그녀의 머리에 입을 맞춘다.

—

"아침에 아파트로 돌아가서 몇 가지 더 가져와야겠어요." 새벽 4시쯤 미란다가 반쯤 잠에 취한 상태로 말한다. 이젤에 꽂아놓은 그림을 그대로 두고 왔다. 해마가 바다 밑바닥에서 올라오는 그림. 두 사람은 이미 앞으로의 일을 의논했고, 구체적인 계획도 신속하게 마련되어가고 있다.

"어리석은 짓은 안 할까? 파블로 말이야."

"안 할 거예요." 그녀가 말한다. "고함이나 치지 별일 있겠어요."

졸려서 자꾸 눈이 감긴다.

"정말 그럴까?"

그는 대답을 기다리지만, 그녀는 잠이 든다. 그는 그녀의 이마에 입을 맞추고—그녀는 뭐라고 중얼거리지만 눈을 뜨진 않는다—이불을 끌어당겨 맨어깨를 덮어준 후 텔레비전과 전등을 끈다.

15

그 후 그들은 할리우드힐스에 있는 저택에서 밤에 보면 작은 유령처럼 반짝이는 포메라니안을 키우며 산다. 포메라니안은 마당 끝 어둠 속에서 보면 하얀 얼룩 같다. 거리에는 아서와 미란다를 따라다니는 파파라치들이 있어서, 미란다는 늘 불안하고 안절부절 못한다. 이제 아서의 이름은 영화 제목보다 위에 적힌다. 결혼 3주년이 되는 날 밤, 북아메리카 전역의 광고판에는 그의 얼굴이 박혀 있다.

오늘 밤 그들은 디너파티를 하고 있고 식탁을 맴돌며 음식 부스러기를 구걸하다 쫓겨난 포메라니안 루리는 일광욕실에서 그 광경을 지켜보고 있다. 미란다가 식탁에서 고개를 들 때마다 루리와 눈이 마주친다.

"개가 꼭 마시멜로처럼 생겼군요." 아서의 변호사 개리 헬러가 말한다.

"내가 본 것 중에 제일 귀여운 개 같아요." 엘리자베스 콜튼이 말한다. 광고판에서 그녀는 아서 옆에서 새빨간 입술로 눈부시게 웃고 있지만, 스크린 밖의 그녀는 립스틱을 바르지 않았고 예민하고 수줍음이 많은 것 같다. 그녀는 사람들의 말문을 막히게 할 정도로 아름답다. 목소리는 아주 나지막하다. 귀를 바짝 갖다 대야 무슨 말을 하는지 겨우 알아들을 수 있을 정도다.

오늘 밤 저택에는 열 명의 손님이 와 있다. 결혼기념일과 개봉 첫 주 관객수를 축하하기 위해 친한 사람들만 불러서 저녁식사를 함께하는 자리다. "이런 걸 일석이조라고 하는 거지." 아서는 말했다. 하지만 오늘 밤 파티는 뭔가 잘못되어가고 있는 것 같다. 미란다는 불안감을 숨기기가 갈수록 힘들어진다. 결혼 3주년 기념일에 부부 말고 다른 사람이 왜 필요하지? 내 식탁에 앉아 있는 이 낯선 사람들은 누구야? 미란다는 아서의 맞은편에 앉아 있는데, 웬일인지 그와 눈 한 번 맞출 수 없다. 그는 아내를 제외한 모든 사람과 이야기를 나눈다. 미란다가 거의 말을 하지 않고 있다는 것을 아무도 알아차리지 못하는 것 같다. "당신이 좀 더 노력해주면 좋을 텐데." 아서는 한두 번 이런 말을 했지만, 그녀는 아무리 노력해도 절대 여기에 속하지 못할 것임을 안다. 이들은 그녀의 사람들이 아니다. 그녀는 낯선 행성에 고립되어 있다. 그녀가 할 수 있는 최선은 침착한 척하는 것뿐이다. 실은 전혀 그렇지 않은데도.

웨이터 대여섯 명이 접시와 병을 들고 부엌과 식당 사이를 오가고 있다. 파티가 끝날 무렵 그들은 자신의 프로필 사진이나 직접 쓴 영화대본을 부엌에 놓아둘 것이다. 일광욕실 유리문 안에 있는 루리는 개리 헬러의 아내가 떨어뜨린 딸기를 빤히 쳐다보고 있다. 미란다는 불안할 때면—예를 들어 영화계 사람들을 만날 때나 디너파티를 열 때, 혹은 영화계 사람들을 초대해 디너파티를 열 때—기억력이 안 좋아져서, 그 여자 이름을 오늘 밤에만 두 번은 들었는데도 도무지 기억이 나질 않는다.

"아, 정말 치열하게 지냈어요." 헬러의 아내가 미란다가 듣지 못한 누군가의 말에 대답한다. "거기 일주일 있었는데 날마다 파도타기를 했다니까요. 진짜 진짜로 영적인 시간을 보냈답니다."

"파도타기가 영적이라고요?" 그녀 옆에 앉은 제작자가 묻는다.

"안 그럴 것 같죠? 근데 매일 나가서 파도를 타보세요. 자신과 파도와 강사만 있는 상태에서요. 진짜 엄청나게 집중해야 한다고요. 파도타기 하세요?"

"정말 하고 싶은데, 요즘엔 학교 일 때문에 너무 바빠서요." 제작자가 말한다. "뭐 사람들은 고아원이라고만 생각하는데, 작년에 제가 아이티에 지은 거 말입니다, 근데 제가 중점을 두는 건 교육이에요. 그냥 단순히 아이들한테 거처만 제공하는 게 아니라……."

"글쎄, 모르겠어. 난 사실 그 사람 프로젝트에 애정을 느끼거나 하진 않거든." 아서는 작년에 찍은 영화에서 자기 남동생 역할을 했던 배우와 열심히 떠들고 있다. "만나본 적은 없는데, 친구들을 통해서 들었어. 내 연기를 좋아한다더라고."

"난 몇 번 본 적 있어." 그 배우가 말한다.

미란다는 겹쳐지는 대화들을 듣지 않고 루리를 바라본다. 루리도 유리문 저편에서 그녀를 보고 있다. 그녀는 루리를 데리고 밖으로 나가, 이 사람들이 모두 떠날 때까지 뒷마당에서 루리와 함께 있고 싶다고 생각한다.

—

자정 무렵이 되자 디저트 접시들이 치워지지만 누구 하나 일어설 생각을 하지 않는다. 식당 안에는 와인에 젖은 나른함이 감돌고 있다. 아서는 헬러와 열띤 대화를 하고, 이름을 알 수 없는 헬러의 아내는 꿈꾸는 듯한 눈으로 샹들리에를 올려다보고 있다.

이 자리에는 클라크 톰슨도 있다. 그는 아서의 제일 오래된 친구이자, 미란다를 제외하면 여기 있는 사람들 중에서 영화와 아무런 직업적 관련이 없는 유일한 사람이다.

"죄송한데요, 정확히 무슨 일을 하시죠?" 테시라는 이름의 여자가 클라크에게 묻는다. 그녀는 무례함을 지적인 날카로움으로 잘못 생각하고 있는 것 같다. 마흔 살쯤 되어 보이고 엄격해 보이는 검은 테 안경을 쓰고 있는데, 미란다는 왠지 검은 테 안경을 쓴 사람을 보면 건축가가 연상된다. 오늘 저녁에 처음 본 여자고, 직업이 뭔지는 정확히 기억나지 않는다. 영화 산업과 무슨 관계가 있었는데, 영화 편집자가? 이름도 확실히 모르겠다. 이름이 테시였나, 성이 테시였나? 아니면 마돈나처럼 한 단어로 된 예명인가? 유명하지 않은 사람도 그런 식으로 예명을 쓰나? 아니면 실은 굉장히 유명한 사람인데 미란다만 그 사실을 모르고 있는 걸까? 그래, 그럴 수도 있을 것 같다. 이럴 때면 미란다는 초조해진다.

"무슨 일을 하냐고요? 유감스럽게도 뭐 대단히 화려한 직업은 아닙니다." 영국인인 클라크는 길쭉한 몸에 늘 입던 대로 전통적인 정장을 걸치고, 컨버스 운동화에 분홍색 양말로 포인트를 준 세련된 모습이다. 그는 오늘 밤 아서 부부를 위해 선물을 가져왔다. 로마의 어느 박물관 기념품 코너에서 산, 유리로 된 예쁜 문진이었다. "저는 영화계하고는 아무 관련이 없습니다." 그가 말한다.

"오, 그것 참 놀라운 일이네요." 헬러의 아내가 말한다.

"굉장히 특이하군요." 테시가 말한다. "하지만 그렇다고 범위가 좁아지진 않는데요?"

"경영 컨설팅 일을 합니다. 본사는 뉴욕에 있고, 새로운 고객이 생겨서 로스앤젤레스에 왔습니다. 결함 있는 경영진의 보수와 유지가 전공이죠." 클라크가 와인을 조금 마신다.

"그래서 그게 정확히 무슨 뜻이죠?"

"저희 회사의 마인드가 뭐냐면, 여러 면에서 가치가 있지만 다른 여러 면에서 심각한 결함이 있는 간부가 있다면, 그 간부를 해고하고 다른 사람으로 대체하기보다는 잘 고쳐서 쓰는 게 더 경제적일 수 있다는 겁니다." 클라크가 말한다.

"클라크는 조직 심리학자예요." 식탁 한쪽 끝에 있는 아서가 불쑥 대화에 끼어든다. "박사학위를 받기 위해 영국으로 돌아갔던 게 기억나는군요."

"박사학위를 받으셨군요." 테시가 말한다. "지극히 관습적이네요. 그리고 당신은……." 그녀가 미란다를 돌아본다. "당신 작업은 잘 되어가요?"

"네, 아주 잘 되어가고 있어요. 고맙습니다." 미란다는 스테이션 일레븐 집필 작업에 대부분의 시간을 보낸다. 그녀는 연예계의 잡다한 소식을 소개하는 블로그를 통해 여기 있는 사람들이 자기를 괴짜라고 생각한다는 사실을 알고 있다. 그 유명배우의 아내는 아무도 눈길 한번 주지 않는 이상한 만화나 그리고—"아내는 자기 일에 대해서는 거의 말을 안 합니다." 아서는 인터뷰할 때마다 이렇게 이야기한다—, 운전도 안 하고, 걸어 다니는 사람이 거의 없는 도시에서 혼자 먼 길을 걸어 다니기를 좋아하고, 포메라니안 개 한 마리를 제외하고는 친구도 없다고 생각한다는 걸 알고 있다. 그런데 친구가 없다는 걸 사람들이 정말로 알고 있을까? 그녀는 아니기를 바란다. 다행스럽게도 그 블로그에서는 그녀가 친구가 없다는 사실이 한 번도 언급되지 않았다. 그녀는 지금의 환경이 어색하기 짝이 없지만, 남들에게는 어색함을 들키지 않기를 바란다. 엘리자베스 콜튼이 그 화사한 얼굴로 또 그녀를 보고 있다. 엘리자베스의 머리는 항상 빗질을 하지 않은 상태인데도 참으로 아름답다. 그녀의 눈은 새파란 색이다.

"진짜 멋져요." 아서가 말한다. "진짜로. 언젠가 미란다가 세상에 그 작품을 발표하고, 우리 모두 그녀의 무명 시절을 알고 있다고 말하게 될 날이 올 겁니다."

"작업은 언제 끝나요?"

"곧이요." 미란다가 말한다. 사실이다. 그리 오래 걸리지 않을 것이다. 이야기가 여러 방향으로 가지를 뻗다 보니 아무렇게나 헝클어진 실타래 같을 때도 많지만, 여러 달 전부터 이제 대단원에 가까워졌다는 걸 느끼고 있다. 그녀는 아서와 눈을 맞추려고 열심히 그를 쳐다보지만 남편은 엘리자베스를 보고 있다.

"끝나면 어떻게 할 계획이에요?" 테시가 묻는다.

"잘 모르겠어요."

"출간할 거죠?"

"미란다는 그 문제에 관해서 생각이 많아요." 아서가 말한다. 이건 망상일 뿐일까? 아니면 정말로 그가 눈을 마주치지 않으려고 애를 쓰고 있는 것일까?

"아, 그래요?" 테시가 한쪽 눈썹을 동그랗게 구부리면서 웃는다.

"출간을 하든 안 하든 상관없어요. 제게 중요한 건 작품 그 자체니까요." 미란다는 이 말이 얼마나 가식적으로 들릴지 알고 있다. 하지만 그게 사실인데도 가식적이라고 할 수 있을까?

"정말 멋지네요." 엘리자베스가 말한다. "그러니까, 중요한 건 그게 이 세상에 존재한다는 사실이다, 그거잖아요. 맞죠?"

"아무도 봐주지 않는다면 그렇게 열심히 작업한 게 무슨 소용이죠?" 테시가 묻는다.

"저를 행복하게 해주잖아요. 몇 시간이고 앉아서 작업을 하고 있으면 마음이 평화로워지거든요. 다른 사람이 봐주느냐 아니냐는 제게 그리 중요하지 않아요."

"오, 정말 존경스럽네요." 테시가 말한다. "그 얘길 들으니 지난달에 본 다큐멘터리가 생각나네요. 체코 감독이 찍은 건데, 평생 동안 자기 작품을 공개하기를 거부한 아웃사이더 화가에 관한 얘기였어요. 그 여자는 프라하에 살았는데……."

"아, 영어로 말할 땐 프라그라고 해야 하는 걸로 알고 있습니다만." 클라크가 말한다.

테시는 기분이 상해서 말하고 싶은 마음이 사라진 것 같다.

"참 아름답지 않나요, 거기?" 엘리자베스의 웃음은 옆에 있는 사람도 무의식적으로 따라 웃게 만드는 힘이 있다.

"아, 가봤습니까?" 클라크가 묻는다.

"몇 년 전에 UCLA에서 미술사 강좌를 두 개 수강했어요. 학기말에 공부했던 그림들을 직접 보고 싶어서 프라하에 갔었죠. 유구한 역사가 살아 숨 쉬는 도시 같던데요? 눌러앉아 살고 싶다는 생각이 들더라고요."

"유구한 역사 때문에요?"

"난 인디애나폴리스의 새로 생긴 교외 지역에서 자랐어요." 엘리자베스가 말한다. "지금은 가장 오래된 건물이라고 해봐야 고작 50년밖에 안 된 동네에 살고요. 그래서인지 오랜 역사를 가진 곳에서 살아보면 재미있을 것 같다는 생각이 들어요. 그렇게 생각 안 하세요?"

"그러니까 오늘 밤이, 제가 잘못 이해한 게 아니라면, 오늘 밤이 실제 결혼기념일이지요?" 헬러가 묻는다.

"맞아." 아서가 안경을 치켜 올린다. "세 번째 결혼기념일." 그의 미소가 미란다의 왼쪽 귀를 스치고 지나간다. 그녀가 어깨 너머를 힐끗 보다가 다시 고개를 돌렸을 때 그는 이미 딴 데를 보고 있다.

"두 분은 어떻게 만나셨어요?" 헬러의 아내가 묻는다. 미란다가 일찍이 깨달은 바는, 할리우드 사람들은 거의 모두가 넵튠 로지스틱스에서 함께 일했던 동료 테아와 비슷하다는 것이다. 모두들 적절한 옷을 입고 적절한 헤어스타일을 하고 적절한 행동을 한다. 반면 미란다는 적절치 않은 복장에 머리는 떡이 된 상태로 땀을 삘삘 흘리며 그들을 쫓아간다.

"아, 유감스럽게도 세상에서 가장 흥미진진한 첫 만남 이야기는 아닐 겁니다." 아서의 목소리에서 약간의 긴장감이 느껴진다.

"첫 만남 이야기는 항상 흥미진진하죠." 엘리자베스가 말한다.

"저보다 훨씬 인내심이 많으신가 보네요." 클라크가 말한다.

"저라면 '흥미진진하다'라는 말을 쓸 것 같진 않아요." 헬러의 아내가 말한다. "하지만 분명히 달콤함이 있죠, 첫 만남 이야기엔."

"아니, 그게 그러니까, 전 개인적으로 모든 일이 일어나는 데는 다 이유가 있다고 믿거든요. 두 사람이 어떻게 만났는지 하는 이야기를 들을 때마다 신의 큰 계획이 일부 드러나 보이는 것 같은 기분이 들어요." 엘리자베스가 주장한다.

그러자 침묵이 흐르고, 웨이터가 다가와 미란다의 와인 잔에 와인을 더 따라준다.

"우리는 같은 섬 출신이에요." 미란다가 말한다.

"아, 언젠가 말했던 그 섬 말이죠? 양치식물이 자란다던!" 스튜디오에서 온 여자가 아서를 바라보며 말한다.

"그러니까 같은 섬에서 자랐군요. 그러고는요?" 헬러가 아서를 흘끗 보며 묻는다. 다들 듣고 있는 것은 아니다. 식탁 곳곳에 대화의 웅덩이와 소용돌이가 있다. 헬러의 피부는 구릿빛으로 그을려 있다. 미란다는 그가 밤에 잠을 안 잔다는 소문을 들은 적이 있다. 유리문 저편에서는 루리가 땅에 떨어진 딸기를 더 잘 보기 위해 자세를 바꾼다.

"잠깐만 실례할게요." 미란다가 말한다. "개를 내보내줘야 할 것 같아요. 이 이야기는 저보다는 아서가 훨씬 더 잘할 거예요." 그녀는 일광욕실로 도망치듯 들어가서 반대편에 있는 다른 유리문을 열고 뒷마당으로 나간다. 밖은 고요한 밤이다. 루리가 그녀의 발목을 스치고 뛰어가 어둠 속으로 사라진다. 뒷마당은 별로 크지 않다. 언덕의 한쪽 면을 테라스처럼 만든 것으로, 작은 우주선 발사대처럼 생긴 잔디밭에 나뭇잎이 소복이 쌓여 있다. 디너파티를 준비하기 위해 정원사가 왔다 가서 그런지 공기 속에 축축한 흙냄새와 금방 깎은 풀냄새가 섞여 있다. 그녀는 고개를 돌려 식당 쪽을 바라본다. 안에서는 자기들 모습이 유리문에 반사되어 비치기 때문에 그녀가 보이지 않는다. 대화를 엿들으려고 유리문 두 개를 조금씩 열어놓고 나온 덕분에 아서의 목소리가 마당까지 다 들린다.

"그러니까, 저녁식사는 성공적이었던 거죠." 그가 말한다. "그러고 나서 그다음 날 밤, 세트장에서 열두 시간이나 촬영을 하고, 호텔로 돌아와서는 미란다를 기다렸어요. 또 같이 저녁 먹으러 나가려고 말이죠. 이틀 밤 연속으로, 텔레비전 앞에서 반 혼수상태로 넋을 놓고 앉아서요. 그때 노크 소리가 들리더라고요. 열어보니까, 짜자잔! 미란다가 서 있는 거예요. 근데 이번에는 약간 달라진 게 있더라고요." 그는 관심을 끌기 위해 잠깐 말을 멈춘다. 다시 루리가 미란다의 눈에 들어온다. 잔디밭 저 끝에서 무슨 냄새를 맡았는지 킁킁거리며 돌아다니고 있다. "이번에는 글쎄, 아예 짐을 다 싸들고 온 겁니다."

웃음소리가 들려온다. 이야기 자체도 재미있고 아서가 이야기를 재미있게 하기도 한다. 미란다는 여행가방 두 개를 들고 손님처럼 당당하게 로비를 가로질러 걸어와 그의 객실 문 앞에 선다. 그녀의 어머니가 해준 충고 중에 제일 좋았던 것이 "네가 그곳 주인인 것처럼 걸어 들어가라"였다. 그녀는 아서에게 곧 자기가 어디 호텔 방을 잡을 건데 저녁 먹으러 나갔다 올 동안만 여기에 짐을 놔둬도 되겠느냐는 식으로 모호하게 말을 한다. 그러나 이미 사랑에 빠진 그는 그녀에게 키스를 하고 그녀를 침대로 데려간다. 그리고 그날 밤 그들은 호텔을 나가지 않는다. 그는 그녀에게 이곳에 며칠 머물라고 권유하고, 그녀는 그 후로 따로 이사를 나가지 않는다. 그러다 보니 지금 이곳 로스앤젤레스에서 함께 살고 있는 것이다.

아서는 이야기를 다 하진 않는다. 미란다가 그다음 날 아침 집에 두고 온 그림을 가지러 아파트로 돌아갔을 때 파블로가 술에 취해 울면서 그녀를 기다리고 있었고, 그녀는 얼굴에 커다란 멍이 들어서 호텔로 돌아왔다는 사실은 이야기하지 않는다. 아서가 그날 아침 그녀를 촬영장으로 데리고 가서 사촌 여동생이라고 소개했다는 것과, 그녀가 직장에 병가를 내고 하루 종일 그가 대기실로 쓰는 트레일러에서 파블로에 대해 생각하지 않으려고 애를 쓰면서 잡지를 읽고 있었다는 말은 하지 않는다. 그날 기다란 빨간색 벨벳 망토에 왕관을 쓰고 트레일러에 들렀던 아서는 대단히 기품 있어 보였다. 그가 그녀를 쳐다볼 때마다 심장이 철렁 내려앉는 것만 같았다.

그날 저녁 촬영이 끝나고 그는 그녀와 함께 시내 레스토랑 앞에서 차에서 내린 후 운전기사를 먼저 퇴근시켰다. 레스토랑에서 그는 토론토 블루제이스 야구 모자를 쓴 매우 평범한 모습으로 그녀의 맞은편에 앉아 있었고 그녀는 그를 보면서 '왕관 쓴 당신이 더 좋은데' 하고 생각했지만 소리 내어 말하지는 않았다. 그로부터 3년 6개월 후 할리우드힐스에서 그녀는 지금 식탁에 앉아 있는 사람들 중에 그다음 날 아침에 타블로이드 신문에 실린 사진을 본 사람이 있을까 궁금해한다. 그들이 레스토랑을 떠날 때 찍은 것인데, 미란다는 선글라스를 끼고 있고 아서가 카메라 플래시에 눈부셔하며 한 팔로 미란다의 어깨를 감싸 안는 모습이다. 다행히도 플래시가 그녀의 모습을 많이 지워주어서 사진 속에서는 멍이 전혀 보이지 않는다.

"정말 아름다운 러브스토리네요." 누군가가 말하자 아서가 동의한다. 아서가 와인을 따르더니 잔을 들고 미란다를 위해 건배한다. "내 아름답고 똑똑한 아내를 위하여." 그러나 밖에서 이 광경을 보고 있는 미란다에게는 다른 것도 보인다. 엘리자베스가 샐쭉해지더니 고개를 숙이고, 아서는 손님들에게 와줘서 고맙다고 인사를 한다. 그는 엘리자베스를 제외한 모든 이와 눈을 맞춘다. 엘리자베스가 식탁 밑으로 손을 넣어 그의 허벅지를 살짝 어루만진다. 그것을 보는 순간 미란다는 알아차린다. 너무 늦었다는 것을, 너무 늦은 지 꽤 됐다는 것을. 그녀는 숨을 헐떡인다.

"멋진 이야기야." 헬러가 말한다. "그런데 주인공은 어디 갔지?"

집 앞쪽으로 돌아가 아무에게도 들키지 않고 서재로 올라가서 아서에게 머리가 아파서 먼저 올라가 쉰다고 문자를 보낼 수 있을까? 그녀는 유리문에서 물러서서 가장 짙게 그늘이 진 잔디밭 한가운데로 걸어간다. 여기에서 보니 디너파티는 흰 벽과 화려한 금색 불빛과 멋진 사람들로 이루어진 미니어처 같다. 그녀는 그 장면에서 등을 돌리고 루리를 찾는다. 루리는 향기가 마음에 드는지 철쭉 관목 근처에서 코를 킁킁거리고 있다. 이때 뒤에서 유리문 닫히는 소리가 들린다. 클라크가 담배를 피우러 밖으로 나왔다. 누가 나오면 개를 찾고 있는 척하려고 했는데 그는 아무것도 물어보지 않는다. 그가 아무 말도 없이 손바닥에 대고 담뱃갑을 톡톡 두드리더니 담배 한 개비를 꺼내 미란다를 향해 들어 보인다.

그녀는 잔디밭을 가로질러 걸어가 담배를 받아들고, 그가 켜주는 라이터로 담배에 불을 붙인 후 한 모금 빨면서 식당 안을 바라본다. 아서가 유쾌하게 웃고 있다. 그의 손이 엘리자베스의 손목을 슬그머니 만지더니 그녀의 와인 잔에 와인을 더 따라준다. 엘리자베스는 왜 아서 옆에 앉았을까? 두 사람은 어쩜 저렇게 조심성이 없을까?

"보기 좋은 광경은 아니죠?"

미란다는 무슨 그런 말씀을 하시느냐고 말하려다가 클라크의 목소리에서 뭔가를 느끼고 입을 다문다. 이미 다들 알고 있는 건가? "무슨 뜻이죠?" 그녀가 떨리는 목소리로 묻는다.

클라크가 그녀를 흘끗 보더니 돌아서서 파티 장면을 등진다. 잠시 후 미란다도 그를 따라한다. 망해가는 광경을 보고 있어봐야 얻을 게 없다.

"아까 저 안에서 당신들 손님한테 무례하게 대해서 미안합니다."

"테시요? 부디 저를 위해서라도 그 여자한테 정중하게 대해주지 마세요. 저렇게 잘난 척하는 여자는 정말 처음 봤어요."

"전 더한 여자들도 많이 봤는데."

미란다는 흡연은 역겨운 거라고 스스로를 세뇌시키면서 한동안 담배를 피우지 않았지만, 지금 피워보니 실은 굉장히 즐거웠다. 그녀가 기억하는 것보다 더. 담배를 빨 때마다 불붙은 담배 끝이 어둠 속에서 빨갛게 타들어간다. 그녀는 할리우드의 밤을, 고요 속에 있는 할리우드를 좋아한다. 어둠에 잠긴 나뭇잎들과 검은 윤곽들과 밤에 피는 꽃들을, 부드럽게 불을 밝힌 거리가 언덕으로 꼬불꼬불 이어지는 풍경을 좋아한다. 루리가 풀밭에서 코를 킁킁거리면서 그들 주위를 맴돈다. 오늘 밤에는 도시를 감싼 안개가 별들을 대부분 가리고 있지만, 서너 개는 여전히 반짝이고 있다.

"행운을 빌어요." 클라크가 조용히 말한다. 어느새 담배를 다 피운 모양이다. 미란다가 돌아봤을 때는 벌써 식당으로 들어가고 있다. 곧 그는 자기 자리에 다시 앉는다. "아, 개를 찾고 있던데." 그가 누군가의 질문에 이렇게 대답하는 것이 들린다. "곧 들어올 거야."

—

닥터 일레븐에게는 포메라니안 개가 한 마리 있다. 지금까지는 생각하지도 못했지만, 앞뒤가 딱 맞아떨어진다. 그에게는 친구가 거의 없는데 개마저 없으면 너무 외로울 것이다. 그날 밤 서재에서 그녀는 중절모를 푹 눌러쓴 닥터 일레븐이 불쑥 튀어나온 커다란 바위에 서서 파도가 일렁이는 바다를 바라보고 있고, 작고 하얀 개 한 마리가 강한 바람을 온몸으로 맞으면서 옆에 서 있는 장면을 그린다. 개를 반 정도 그리고 나서야 그녀는 자신이 닥터 일레븐에게 루리의 복제 개를 선물했다는 사실을 깨닫는다. 지평선에서 풍력 터빈들이 돈다. 닥터 일레븐의 루리가 바다를 바라본다. 미란다의 루리는 그녀의 발치에 놓인 베개 위에서 자고 있다. 꿈을 꾸는지 작은 몸을 들썩인다.

서재 창문으로는 옆마당이 내려다보이고, 그곳 잔디밭 끝에서 한 계단 내려가면 수영장이 있다. 수영장 옆에는 1950년대에 만들어진 조명이 서 있다. 높은 기둥 꼭대기에 초승달이 붙은 모양이어서 밤이면 수영장 물에 그 달이 반사되어 보인다. 이 집에서 미란다가 제일 마음에 들어 하는 것이지만, 저런 게 무슨 필요가 있을까 하는 생각도 가끔 든다. 어느 유명 여가수가 항상 달빛이 있었으면 좋겠다고 한 걸까? 아니면 어느 독신남이 어린 여배우들에게 깊은 인상을 남기고 싶었던 걸까? 거의 매일 밤, 짧게나마 두 개의 달이 수면에 나란히 떠 있을 때가 있다. 가짜 달이 더 가깝고 스모그에 흐려지지 않아서 그런지 진짜 달보다 늘 더 밝다.

새벽 3시, 미란다는 제도대 앞을 떠나 두 잔째의 차를 가지러 부엌으로 내려간다. 손님들은 한 명 빼고 모두 떠났다. 파티가 끝날 무렵 다들 취한 몸을 이끌고 각자의 차에 올라탔는데, 엘리자베스 콜튼은 술을 즐기지 않는 게 분명한데도 작심한 듯 조용히 술을 마시더니 인사불성이 되어 거실 소파에 곤드라졌다. 클라크가 그녀의 손에서 와인 잔을 빼냈고 아서는 그녀의 핸드백에서 자동차 열쇠를 꺼내 벽난로 위에 놓인 불투명한 꽃병 속으로 떨어뜨렸다. 미란다는 그녀에게 담요를 덮어주고 옆에 물을 한 잔 가져다주었다.

"얘기 좀 해." 엘리자베스만 남았을 때 미란다가 아서에게 말했다. 그러나 그는 손을 내젓더니 비틀거리며 침실을 향해 계단을 올라가면서 아침에 이야기하자고 중얼거렸다.

이제 집 안은 고요하고 그녀는 이방인이 된 것 같은 느낌이 든다. "이 삶은 한 번도 우리 게 아니었어." 그녀가 졸졸 따라다니는 개에게 속삭인다. 루리는 꼬리를 흔들며 물기 있는 갈색 눈으로 미란다를 물끄러미 바라본다. "항상 빌려 살고 있었지."

—

거실 소파에 누워 있는 엘리자베스 콜튼은 아직도 의식이 없다. 술에 취해 널브러져 있는데도 램프 불빛 속의 그녀는 여전히 아름답다. 부엌 조리대에는 프로필 사진이 네 장 놓여 있다. 물이 끓는 동안 미란다는 사진을 들여다본다. 사진 속에는 어젯밤에 본 웨이터 중 네 명이 좀 더 어려 보이는 얼굴로 사색에 잠긴 채 카메라를 응시하고 있다. 그녀는 일광욕실 문을 열고 서늘한 밤공기 속으로 나간다. 수영장 가에 찻잔을 놓고 앉아서 두 발을 물속에 담그고 첨벙거리며 수면에 비친 달이 잔물결에 부서지는 모습을 바라본다. 루리가 그 옆을 지키고 있다.

거리에서 자동차 문 닫히는 소리가 난다. "가만있어." 미란다가 말하자 루리는 수영장 옆에 그대로 앉아서 그녀가 앞쪽 진입로 문을 여는 것을 지켜본다.

진입로에선 엘리자베스의 컨버터블 자동차가 어슴푸레 빛나고 있다. 미란다가 걸어가면서 손가락 끝으로 차 옆면을 훑자 먼지가 살짝 묻어난다. 진입로 끝에 있는 가로등에는 나방이 떼 지어 몰려들어 있다. 거리에 서 있는 자동차 두 대 중 하나에 남자가 기대 서서 담배를 피우고 있다. 다른 한 대의 운전석에 다른 남자가 앉아서 졸고 있다. 미란다는 그 두 사람을 알아본다. 누구보다 끈질기에 그녀와 아서를 따라다니는 파파라치들이다.

"이봐요." 담배를 피우던 남자가 말을 걸면서 카메라를 잡는다. 그녀 또래로, 구레나룻이 있고 짙은 갈색 앞머리가 눈을 찌를 것만 같다.

"찍지 마요." 그녀가 날카롭게 말하자 그가 머뭇거린다.

"이렇게 늦은 시각에 뭐해요?"

"찍을 건가요?"

그가 카메라를 내린다.

"고마워요." 그녀가 말한다. "질문에 대답을 하자면, 담배 한 개비 얻으러 나왔어요."

"나한테 담배가 있는지 어떻게 알고?"

"밤마다 우리 집 앞에서 담배를 피우잖아요."

"일주일에 6일이죠." 그가 말한다. "월요일엔 쉬니까."

"이름이 뭐죠?"

"지반 차드하리."

"담배 한 개비 줄 수 있어요, 지반?"

"물론이죠. 여기. 담배를 피우는 줄은 몰랐는데요."

"지금부터 다시 피우려고요. 불은요?"

"그럼 이게 그 첫 담배인 거네요." 그가 불을 붙여주며 말한다.

그녀는 못 들은 척하고 집을 올려다본다. "여기서 보니까 예쁘네요, 그렇죠?"

"그러네요. 아름다운 집을 가졌군요." 그가 말한다. 비꼬는 말투인가? 잘 모르겠다. 아무래도 상관없다. 그녀는 늘 이 집이 아름답다고 생각했지만, 곧 떠날 거라고 생각하니 훨씬 더 아름답게 느껴진다. 영화 제목보다 자기 이름이 더 위에 나오는 유명 배우들 기준에서야 평범한 집인지 몰라도, 그녀가 가질 수 있을 거라고 상상했던 그 어떤 것보다도 화려하고 사치스럽다. 다시는 이런 집에서 살 수 없겠지. 그녀는 생각한다.

"지금 몇 신지 알아요?" 그가 묻는다.

"글쎄요, 새벽 3시쯤 됐나? 아니면 3시 30분?"

"왜 엘리자베스 콜튼의 차가 아직도 진입로에 있죠?"

"왜냐면 엄청난 술고래니까요." 미란다가 말한다.

그의 눈이 휘둥그레진다. "정말요?"

"너무 곤드레가 되어가지고 운전을 할 수 있어야 말이죠. 이 얘기 나한테서 들은 거 아니에요."

"그럼요. 아니고말고요. 고마워요."

"별말씀을. 당신 같은 사람들은 이런 종류의 소문을 위해서 살잖아요."

"아뇨, 그렇지 않아요." 그가 말한다. "이런 종류의 소문으로 살죠. 집세를 내주거든요. 삶에서 추구하는 목적은 따로 있어요."

"그게 뭔데요?"

"진실과 아름다움." 그가 무표정한 얼굴로 말한다.

"당신 직업이 마음에 들어요?"

"싫어하진 않아요."

그녀는 금방이라도 울음을 터뜨릴 것 같다. "그러니까 다른 사람들을 스토킹하는 걸 즐긴단 말이죠?"

그가 웃는다. "그냥 이 일이 내가 생각하는 '직업'이라는 것에 기본적으로 잘 들어맞는다고만 해두죠."

"무슨 말인지 모르겠네요."

"물론 모르겠죠. 당신은 생계를 위해 일할 필요가 없으니까."

"무슨 말씀을요." 미란다가 말한다. "평생 동안 일을 했는데. 학교 다닐 때도 줄곧 아르바이트를 했고요. 지난 몇 년이 이례적이었던 거예요." 이런 말을 하는데 자연스럽게 파블로가 머릿속에 떠오른다. 처음에 그녀는 10개월 정도 그에게 얹혀살았다. 그가 다른 그림을 파는 것보다 돈이 바닥나는 게 훨씬 빠르겠다는 사실이 분명해질 때까지. 이제부터는 경제적으로 완전히 독립된 삶을 살아야겠다고 그녀는 결심한다.

"알았어요. 넘어갑시다."

"아뇨, 궁금해서 그래요. 당신이 생각하는 일이란 어떤 거죠?"

"일은 전투죠."

"이제까지 가졌던 모든 직업을 증오했다는 말인가요?"

지반이 어깨를 으쓱한다. 그는 지금 휴대전화에 정신이 팔려 액정화면을 보고 있다. 그의 얼굴이 파랗게 빛난다. 미란다는 다시 집으로 관심을 돌린다. 언제 끝나도 이상하지 않을 꿈을 꾸고 있는 기분인데, 자신이 그 꿈에서 깨기 위해 애쓰고 있는 것인지 깨지 않으려고 애쓰고 있는 것인지는 알 수 없다. 가로등 빛이 엘리자베스의 자동차에 반사되어 직선과 곡선을 그린다. 미란다는 로스앤젤레스 생활이 끝났으니 어디로 가면 좋을지 생각해본다. 놀랍게도 제일 먼저 떠오르는 곳은 넵튠 로지스틱스다. 그곳의 질서정연함과 거기서 하는 일의 용이함과 비서실의 서늘한 공기와 잔잔한 호수가 그립다.

"이봐요!" 지반이 갑자기 그녀를 부른다. 미란다가 담배를 입으로 가져가며 돌아보는 순간, 그의 카메라 플래시가 무방비 상태의 그녀를 폭격한다. 플래시가 다섯 번 더 터지는 동안 그녀는 담배를 인도로 떨어뜨리고 재빨리 그 자리에서 벗어나 키패드에 비밀번호를 입력하고 쪽문으로 들어간다. 첫 번째 플래시의 잔상이 아직도 그녀의 시야에 떠다닌다. 어떻게 그렇게 방심할 수 있었을까? 어떻게 그렇게 어리석었을까?

아침이면 그녀의 사진이 인터넷 연예정보 웹사이트에 등장할 것이다. **천국에 무슨 문제라도? 아서의 불륜에 관한 소문이 난무한 가운데 미란다가 새벽 4시에 담배를 물고 눈물을 흘리면서 할리우드 거리를 배회하고 있다.** 그리고 사진, 사진. 핼쑥한 얼굴에 눈물이 그렁그렁하고, 머리는 삐죽 서 있고, 손가락 사이에 담배를 끼고, 입술은 벌어져 있고, 원피스 어깨가 미끄러져 내려가 브래지어 끈이 보이는 채 새벽에 홀로 서 있는 미란다의 모습을 찍은 사진.

그러나 밤은 아직 남아 있다. 미란다는 쪽문을 닫고 몸을 떨면서 수영장 옆 돌 벤치에 한참 앉아 있는다. 루리가 벤치 위로 뛰어올라 옆에 앉는다. 시간이 지나자 눈에서 눈물이 마르고, 그녀와 루리는 집 안으로 들어간다. 엘리자베스는 아직 자고 있다. 2층으로 올라간 미란다는 침실 문 밖에 서서 귀를 기울인다. 아서가 코를 골고 있다.

미란다는 자신의 서재 맞은편에 있는 남편의 서재 문을 연다. 원래는 아서와 가정부만 드나들게 되어 있는 곳이다. 아서의 서재는 극도로 깔끔하다. 유리와 강철로 만든 책상 위에는 대본 네 더미가 차곡차곡 쌓여 있다. 인체공학적으로 설계된 의자와 멋스러운 램프도 있다. 램프 옆에는 서랍이 달린 납작한 가죽 상자가 있다. 끈을 잡아당겨 서랍을 연 그녀는 찾던 것을 발견한다. 노란색 법률용지 묶음인데 전에 남편이 거기에 글을 쓰는 것을 본 적이 있다. 오늘 밤 종이 위에는 아서가 어릴 적 친구에게 보내는, 쓰다 만 편지가 적혀 있다.

V에게. 낯설게 느껴지는 날들을 보내고 있다. 한 사람의 인생이 꼭 영화 같다는 느낌이 든다. 미래에 대해 많은 생각을 하게 돼. 난 너무나도

그게 전부다. 당신이 너무나도 뭐, 아서? 문장을 쓰는 중간에 휴대전화가 울렸어? 페이지 상단에는 어제 날짜가 적혀 있다. 그녀는 법률용지 묶음을 원래 상태로 돌려놓고 원피스 단으로 책상에 묻었을지도 모를 손가락 얼룩을 닦아낸다. 그녀의 눈길이 클라크가 오늘 저녁 가져온 선물에 머문다. 구름이 담긴 유리 문진.

문진을 들어보니 손바닥에 기분 좋은 무게감이 느껴진다. 폭풍우를 들여다보고 있는 것 같다. 그녀는 전등 스위치를 끄면서 스케치하기 위해 문진을 잠깐 가져가는 것뿐이라고 생각하지만, 자신이 그것을 영원히 간직할 것임을 알고 있다.

—

미란다가 서재로 돌아오니 벌써 동틀 무렵이다. 닥터 일레븐, 풍경, 개, 닥터 일레븐의 독백을 위해 아래쪽에 마련한 텍스트 상자. **로너건이 죽은 후로, 삶이 내겐 낯설게 보였다. 내가 나 자신에게 이방인이 된 것이다.** 그녀는 문장을 지우고 새로 쓴다. **로너건이 죽은 후로, 나는 이방인이 된 기분이었다.**

감정은 맞는 것 같은데, 그림이랑 좀 안 어울리는 것 같다. 이 전에 새 그림이 한 장 들어가야 할 것 같다. 언더시의 암살자가 로너건 선장의 시신 위에 놓아둔 쪽지를 클로즈업한 그림. **우리는 이곳에**

144

어울리는 사람들이 아니었소. 우리를 집에 가게 해주시오.

그다음 그림에서 닥터 일레븐은 그 쪽지를 들고 불쑥 솟은 바위 위에 서 있고, 작은 개가 그 옆에 있다. 그의 생각: **암살자의 쪽지에 적힌 첫 문장은 사실이었다. 우리는 이곳에 어울리는 사람들이 아니었다. 나는 내 도시로, 나의 부서진 삶으로, 부서진 집으로, 나의 외로움에게로 되돌아갔고, 달콤했던 지구에서의 삶을 잊으려고 노력했다.**

너무 길고 신파적이다. 그녀는 그 문장들을 지우고 부드러운 연필로 다시 쓴다. **나는 파괴된 내 집을 바라보면서 달콤했던 지구에서의 삶을 잊으려고 노력했다.**

뒤에서 인기척이 들린다. 엘리자베스 콜튼이 물컵을 두 손으로 쥐고 문에 기대 서 있다.

"미안해요." 그녀가 말한다. "방해하려는 건 아니었는데, 불이 켜져 있어서."

"들어오세요." 미란다는 자기 마음속에 다른 무엇보다 호기심이 크게 자리하고 있다는 걸 깨닫고 내심 놀란다. 토론토 르저메인 호텔에서의 첫날밤이, 아서 곁에 누워 둘의 관계가 시작되는 것을 느꼈던 그날 밤이 떠오른다. 그리고 이제 그 끝이 문간에 서 있다. 엘리자베스는 아직 술이 덜 깼다. 스키니진 속의 다리는 담배파이프 청소용구처럼 가늘디가늘고, 헝클어진 머리에 얼굴도 엉망이지만 ─눈 밑에 마스카라가 번져 있고 코는 땀으로 번들번들하다─여전히 아름답다. 그녀는 로스앤젤레스에서 가장 아름다운 여자 중 한 명이다. 미란다는 자신이 이곳에 아무리 오래 살아도, 아무리 노력해도, 절대로 그녀처럼 되지 못할 것임을 알고 있다. 엘리자베스가 앞으로 걸음을 내딛다가 갑자기 바닥으로 푹 주저앉는다. 그러나 기적처럼 물은 쏟지 않는다.

"미안해요." 그녀가 말한다. "내가 좀 비틀거리네요."

"다들 그렇지 않을까요." 미란다가 말한다. 그러나 그녀가 우스갯소리를 할 때 늘 그렇듯이, 상대방은 그 농담을 알아듣지 못한다. 엘리자베스와 개가 그녀를 빤히 쳐다보고 있다.

"제발 울지 마요." 미란다는 눈에 눈물이 반짝이는 엘리자베스에게 말한다. "정말로요. 농담 아니에요. 그러면 너무한 거니까."

"미안해요." 엘리자베스가 세 번째로 말한다. 화가 날 만큼 작은 목소리로. 목소리만 들으면 카메라 앞에서와는 전혀 다른 사람인 것 같다.

"사과 그만해요."

엘리자베스가 눈을 깜박인다. "비밀 프로젝트 작업을 하고 있었나 보네요." 그녀가 방 안을 둘러본다. 한참 말이 없자 호기심에 굴복한 미란다가 엘리자베스 옆에 앉아서 그녀의 시각에서 방 안을 둘러본다. 온 벽에 그림과 스케치가 핀으로 고정되어 있다. 작품 설정과 연대표 메모들이 커다란 메모판을 가득 채우고 있다. 창턱에는 줄거리를 적은 종이 네 장이 테이프로 붙여져 있다.

"이제 어쩔 거예요?" 미란다가 묻는다. 나란히 앉아 있으니 서로를 바라볼 필요가 없어서 이야기하기 더 편하다.

"모르겠어요."

"알잖아요."

"당신한테 얼마나 미안한지 말해주고 싶은데, 사과 그만하라고 해서." 엘리자베스가 말한다.

"어쩜 그렇게 끔찍한 일을."

"난 내가 끔찍한 사람이라고 생각하지 않아요." 엘리자베스가 말한다.

146

"자기가 끔찍한 사람이라고 생각하는 사람은 아무도 없어요. 진짜 끔찍한 사람들조차도. 일종의 생존 메커니즘이겠죠."

"나는 이런 일이 일어나기로 예정되어 있었기 때문에 일어난다고 생각해요." 엘리자베스가 매우 부드럽게 말한다.

"내가 대본을 따르고 있다고는 생각하고 싶지 않은데요." 미란다가 말한다. 너무 피곤해서인지 말에 가시가 없다. 새벽 4시가 훌쩍 넘었다. 어느 모로 보나 너무 늦은 시간이다. 엘리자베스는 아무 말도 하지 않고 두 무릎을 끌어당겨 가슴에 안은 채 한숨을 쉰다.

석 달 후 미란다와 아서는 변호사들과 함께 회의실에 앉아 최종적인 이혼합의서를 작성하고, 그러는 동안 파파라치들은 그 건물 밖 인도에 서서 담배를 피우며 기다리고 있을 것이다. 한편 엘리자베스는 수영장 옆에 초승달 조명이 서 있는 집으로 이사하기 위해 짐을 싸고 있을 것이다. 넉 달 후 미란다는 스물일곱 살의 이혼녀가 되어 토론토로 돌아가 무역학을 공부하고, 옷이 무기라는 것을 이해하게 됐기 때문에 위자료로 비싼 옷을 사고 스타일리스트와 상담을 할 것이다. 리언 프리밴트에게 전화를 걸어 재취업을 문의할 것이고, 일주일 후에는 넵튠 로지스틱스로 복귀해, 고객관리 전무로 승진한 리언 밑에서 더 흥미로운 일을 할 것이며, 빠른 승진을 거듭해 사오 년 후에는 여행가방을 끌며 전 세계를 제집처럼 드나들게 될 것이다. 그 시절 그녀는 자유롭다고 느낄 것이고 아래층 남자와 가끔씩 잠은 자지만 누구하고도 데이트는 하지 않을 것이며, 런던에서 싱가포르에 이르는 100여 개 호텔의 객실 거울을 들여다보며 "난 아무것도 후회하지 않아"라고 속삭일 것이고, 아침이면 자신을 무적으로 만들어주는 옷을 입고 공허함과 실망의 순간들이 최소한으로 줄어든 삶을 살 것이다. 30대 중반이 되면 드디어 세상살이에 능숙해질 것이고, 퍼스트 클래스 라운지에서 외국어를 공부하고 안락한 좌석에 앉아 대양을 넘나들며 고객들과 미팅을 하고, 일에 빠져 살고 일을 숨 쉴 것이다. 그러다가 나중에는 자기 자신과 일의 경계를 알 수 없게 될 것이고, 자신의 인생을 사랑하지만 외로움을 자주 느끼게 될 것이며, 그래서 밤마다 호텔 방에서 다시 스테이션 일레븐을 그리게 될 것이다.

그러나 그보다 먼저 이 순간, 램프 불빛이 비치는 이 방에서, 미란다는 와인 냄새를 심하게 풍기는 엘리자베스 옆 바닥에 앉아서 등뼈에 단단한 문틀이 닿는 것을 느낄 때까지 몸을 뒤로 젖힌다. 엘리자베스는 입술을 깨물면서 조금씩 울고 있다. 그들은 함께 사방 벽에 붙은 스케치와 그림들을 본다. 개는 똑바로 서서 조금 전 날아와 창문 바깥에 붙어 있는 나방을 노려보고 있다. 한순간 모든 것이 고요하다. 그들 주위를 스테이션 일레븐이 둘러싸고 있다.

16

미란다와 아서가 로스앤젤레스에서 마지막 디너파티를 연 지 26년 후이자 조지아 독감이 강타한 지 15년 후, 뉴페토스키 마을의 사서이자 《뉴페토스키 뉴스》의 발간인 겸 편집자인 프랑수아 디알로가 실시한 인터뷰의 기록:

프랑수아 디알로: 이렇게 인터뷰할 시간을 내줘서 고마워요.

커스틴 레이먼드: 제가 영광이죠. 뭘 쓰고 계세요?

프랑수아: 속기로 받아 적고 있는 거예요. 내가 고안했죠.

커스틴: 그게 더 빠른가요?

프랑수아: 훨씬 빨라요. 이렇게 속기를 하면 실시간으로 인터뷰를 기록하고 나중에 글로 다시 풀어 쓸 수 있죠. 자, 이렇게 얘기할 시간을 내줘서 고마워요. 어제도 말했지만, 내가 얼마 전에 신문을 창간해서 뉴페토스키를 거쳐 가는 모든 사람들이랑 인터뷰를 하고 있어요.

커스틴: 선생님께 전해드릴 뉴스가 많지 않을 것 같은데요.

프랑수아: 당신이 거쳐 온 다른 마을들에 대해서 얘기해주면 돼요. 그게 우리한테는 뉴스가 되는 겁니다. 세상이 너무 좁아졌어요. 물론 간간이 떠돌이 행상들이 소식을 전해주지만, 이젠 대다수의 사람들이 자기 마을을 떠나지 않아요. 내 독자들은 몰락 이후 다른 곳에 가본 적 있는 사람들한테서 그곳 소식을 듣고 싶어 해요.

커스틴: 알겠습니다.

프랑수아: 그리고, 물론 신문 발간이 아주 신나는 작업이긴 하지만 거기서 멈출 필요가 있을까 하는 생각도 들더군요. 우리가 살고 있는 이 시대를 증언으로 남기는 건 어떨까, 문명의 몰락에 대한 구전 역사를 만드는 건 어떨까 하는 생각이 들었어요. 그래서 당신이 허락해준다면, 이 인터뷰의 발췌문을 다음 신문에 싣고, 전문은 기록보관소에 보관하려고 하는데요.

커스틴: 좋아요. 아주 흥미로운 프로젝트네요. 선생님이 저를 인터뷰하는 건 알지만, 먼저 제가 하나 여쭤봐도 될까요?

프랑수아: 물론이죠.

커스틴: 오랫동안 사서 일을 하셨는데…….

프랑수아: 몰락 후 4년부터 했죠.

커스틴: 조금 전에 보여드린 만화책 있잖아요, 우주정거장 얘기. 전에 어디서 보신 적 있으세요, 아니면 시리즈의 다른 호라도?

프랑수아: 아뇨, 전혀. 그건 내가 이제까지 보았던 어떤 만화책 시리즈에도 속하지 않아요. 누가 선물로 줬다고 했죠?

커스틴: 아서 리앤더가 줬어요. 말씀드렸던 그 배우요.

17

조지아 독감이 창궐하기 1년 전, 아서와 클라크는 런던에서 만나서 저녁식사를 함께한 적이 있었다. 아서가 파리로 가는 도중 런던에 잠깐 들렀을 때 클라크도 마침 부모님을 뵈러 와 있어서, 둘은 클라크가 잘 모르는 런던 어딘가에서 만나 저녁식사를 함께하기로 했다. 클라크는 일찍 출발했지만, 지하철역에서 걸어 나오면서야 지도 앱까지 켠 휴대전화를 부모님 댁 부엌에 놔두고 온 것이 생각났다. 클라크는 런던을 잘 안다고 생각하고 싶었지만 사실 성인이 되어서는 거의 뉴욕에서만 살았다. 누구나 쉽게 길을 찾을 수 있는 맨해튼의 격자형 공간 속에서 안도감을 느껴왔는데, 이날 저녁 런던의 얽히고설킨 거리들은 도저히 빠져나갈 수 없는 미로처럼 느껴졌다. 찾고 있는 골목이 아무리 찾아도 나타나지 않아서 그는 점점 더 화가 나고 당황했다. 그는 이 골목 저 골목을 헤매고 다녔고, 왔던 길을 되돌아가 다른 갈림길을 시도해보기를 반복했다. 그러는 동안 약속 시간에는 점점 더 늦어가고 있었다. 비가 내리기 시작하자 그는 결국 택시를 잡았다.

"내 인생에서 가장 쉽게 2파운드를 벌겠는데요." 클라크가 주소를 말해줬을 때 택시 운전사가 말했다. 운전사가 연속해서 빠르게 좌회전을 두 번 하자 약속장소인 레스토랑 앞에 이르렀다. 클라크가 10분 전에 지나간 골목길이었지만 아무리 봐도 전혀 와본 적 없는 곳 같았다. "어디 가는지 알 때까지는 어디 가는지 모르는 게 당연하죠." 택시 운전사가 말했다. 클라크가 레스토랑 안으로 들어갔을 때 아서는 뒤쪽에 있는 칸막이 좌석에 앉아서 트랙 조명을 받으며 기다리고 있었다. 한때 아서는 레스토랑에서 자리를 잡을 때면 절대로 식당 쪽을 보지 않았다. 평화롭게 식사를 하려면 구부정한 어깨에 잔뜩 돈을 들인 헤어스타일을 하고 있는 그를 아무도 알아보지 못하기를 바라면서 사람들을 등지고 앉아 먹는 방법밖에 없었기 때문이었다. 그러나 지금 아서는 사람들 눈에 띄기를 바라고 있었다.

"톰슨 박사." 아서가 말했다.

"리앤더 씨." 늙어가는 친구를 만나는 것은 혼란스러운 일이다. 젊었을 때의 얼굴이 기억에 생생한데, 눈앞에 앉아 있는 친구에게서 늘어진 턱살과 눈 밑의 살주머니와 예상치 못했던 주름을 보게 되는 것이다. 그런 친구를 보면서 인간은 누구나 자기 나이만큼 늙어 보인다는 가슴 아픈 진리를 깨닫게 된다. 우리가 젊고 화려했던 날들을 기억해, 아서? 클라크는 묻고 싶었다. 모든 것이 무한해 보이던 때를 기억해? 네가 유명해지고 내가 박사학위를 받는 것이 불가능해 보였던 때를 기억해? 그러나 이런 말을 하는 대신 그는 친구에게 생일을 축하한다고 말했다.

"기억하고 있었네."

"물론이지." 클라크가 말했다. "생일이 좋은 이유가 그거야. 한

자리에 그대로 있다는 거. 매년 똑같은 달 똑같은 날이잖아."

"근데 세월이 갈수록 빨리 흘러가는 것 같아. 너도 느껴?"

음료와 전채 요리를 고르고 주문하는 동안 클라크는 옆 테이블에 앉은 커플이 자꾸만 아서를 쳐다보며 수군거리는 것을 아서도 눈치챘는지 궁금했다. 아서는 놀라울 정도로 태연한 모습이다. 클라크는 다른 사람들의 주목을 받는 것이 너무 신경 쓰였다.

"내일 파리로 갈 거야?" 마티니 첫 잔이 나오고 전채 요리가 나오기 전에 클라크가 물었다.

"응, 아들 만나러. 이번 주에 엘리자베스가 거기서 아들이랑 휴가를 보내고 있거든. 정말 끔찍한 한 해였어, 클라크."

"그러게." 클라크가 말했다. "유감이야." 아서의 세 번째 아내가 최근에 그에게 이혼 서류를 내밀었고, 그녀의 전임자는 아들을 데리고 예루살렘으로 떠나버렸다.

"왜 이스라엘일까?" 아서가 풀 죽은 목소리로 물었다. "도저히 이해를 못 하겠는 게 그거야. 하고많은 도시 중에서 왜 하필 예루살렘이냐고."

"대학 때 역사 전공 아니었나? 그게 마음에 들었겠지, 그 도시가 가진 유구한 역사가."

"난 오리 요리가 좋겠군." 아서가 말했다. 이로써 엘리자베스에 대한 이야기는 끝났고, 의미 있는 대화도 사실상 끝났다. "난 추잡한 쪽으로 운이 좋았던 것 같아." 마티니를 네 잔째 마시면서 아서가 말했다. 최근 들어 그가 자주 사용하는 표현이다. 한두 달 전에 《엔터테인먼트 위클리》에서 아서의 인터뷰를 보지 않았다면 그 말이 크게 거슬리지 않았을 것이다.

레스토랑은 넓은 공간에 비해 조명이 충분하지 않아서 주변부로 갈수록 그늘이 져 어두웠는데, 그리 멀지 않은 그늘진 곳에서 작은 점 같은 초록색 불빛이 보였다. 누군가가 휴대전화로 아서의 동영상을 찍고 있다는 뜻이었다. 클라크는 몸이 굳는 것 같았다. 주변의 다른 테이블에서 수군거리는 소리와 흘끗흘끗 쳐다보는 눈길이 자꾸만 의식됐다. 아서는 술에 취해 느슨해진 태도로 손짓을 해가며 남자 시계 광고 계약에 대해 이야기하고 있었다. 시계 회사 중역들과의 미팅에 대해, 회의실에서 재미난 오해가 있었던 것에 대해 신나게 떠들어대고 있었다. 그는 연기를 하고 있었다. 클라크는 오랜 친구를 만나 저녁을 함께 먹는 거라고 생각했는데, 아서는 친구가 아니라 관객과 저녁을 먹고 있는 것 같았다. 클라크는 혐오감을 참을 수 없었다. 그는 금방 자리에서 일어났고, 자신이 어디에 있는지, 지하철역으로 가려면 어떻게 가야 하는지 이제 다 알면서도 길을 헤맸다. 인도가 비에 젖어 반짝였고 젖은 도로를 달리는 자동차 타이어에서 '쉬' 하는 소리가 났다. 그는 열여덟 살과 쉰 살 사이의 그 끔찍한 세월의 간극에 대해 생각했다.

18

프랑수아: 아서 리앤더와 만화책에 대해서는 조금 있다가 더 물어볼게요. 그 전에 먼저 당신의 삶에 대해 몇 가지 물어보고 싶은데 괜찮죠?

커스틴: 저를 잘 아시잖아요, 선생님. 우리가 이 마을을 지나다닌 게 어디 한두 해인가요?

프랑수아: 그럼, 그럼, 물론이죠. 하지만 우리 독자들 중에 당신이나 유랑악단을 모르는 사람들도 있을 거예요. 행상인들한테 신문을 주면서 가는 마을마다 한 부씩 나눠주라고 부탁하고 있거든요. 아주 어렸을 때부터 연기를 했다던데, 맞아요?

커스틴: 네, 아주 어렸을 때부터요. 세 살 때 광고에 나왔어요. 광고를 기억하세요?

프랑수아: 기억하죠, 유감스럽게도. 무슨 광고였어요?

커스틴: 사실 저는 상품과 광고 모두 기억이 안 나요. 하지만 오빠가 갈분 비스킷 광고였다고 말해준 건 기억나요.

프랑수아: 나는 비스킷도 광고도 다 기억이 나요. 비스킷 광고 다음

155

엔 뭘 했죠?

커스틴: 실은 기억이 안 나는데, 오빠가 얘기해줬어요. 제가 광고를 몇 편 더 찍었다고 하더라고요. 그리고 여섯 살인가 일곱 살 땐 텔레비전으로 방송된……, 텔레비전 드라마에 고정출연했었대요.

프랑수아: 어떤 드라마였는지 기억해요?

커스틴: 기억하고 싶은데 아무것도 기억나지 않아요. 전에도 말씀드린 것 같은데 전 기억력에 문제가 있어요. 문명 몰락 이전 시절에 대해서는 거의 기억이 없어요.

프랑수아: 어렸을 때 그 일을 겪은 사람들에겐 드물지 않은 일이에요. 그럼 유랑악단은? 유랑악단과 함께한 지 꽤 됐죠, 아마?

커스틴: 열네 살 때부터예요.

프랑수아: 어디서 만났어요?

커스틴: 오하이오에서요. 오빠와 제가 토론토를 떠나서 정착한 마을이 거기였어요. 오빠가 죽은 후에도 거기 혼자서 살았고요.

프랑수아: 유랑악단이 남쪽으로 그렇게 멀리까지 내려갔었다는 사실은 몰랐는데.

커스틴: 그때 딱 한 번 남쪽으로 내려온 거였대요. 실패한 실험이었던 거죠. 영역을 넓히고 싶어서 그해 봄에 마우미 강을 따라 내려와 폐허가 된 톨레도를 지나고 그런 다음에는 오글레이즈 강을 따라 오하이오로 들어왔대요. 그렇게 걸어서 제가 살고 있던 마을까지 왔더라고요.

프랑수아: 실패한 실험이었다고 말하는 이유는?

커스틴: 그들이 제가 살던 마을을 거쳐 지나간 것에 전 항상 감사해하고 있어요. 그런데 그 탐험이 그들에게는 재난이었더라고요. 오하이오에 다다르기 전에 말라리아 비슷한 질병으로 남자 배우 한

156

명을 길 위에서 잃었대요. 서로 다른 곳에서 세 번이나 총에 맞기도 했고요. 플루트 연주자 하나가 총에 맞아서 총상 때문에 거의 죽을 뻔했대요. 그래서 그들은, 아니 우리는, 유랑악단은 최대한 일상적인 영역을 벗어나지 않으려고 해요.

프랑수아: 듣고 보니 매우 위험한 삶인 것 같군요.

커스틴: 아뇨, 그건 여러 해 전의 일이고, 지금은 예전보다 훨씬 덜 위험해요.

프랑수아: 당신들이 거쳐 지나가는 다른 마을들은 여기와 많이 다른가요?

커스틴: 우리가 두 번 이상 찾아가는 마을은 여기와 다르지 않아요. 하지만 한 번 지나간 다음에 다시는 가지 않는 곳들도 있는데, 뭔가 아주 잘못됐다는 걸 분명히 알 수 있기 때문에 안 가는 거예요. 모두들 겁에 질려 있거나, 일부 사람들은 먹을 게 충분한데 다른 사람들은 굶고 있는 곳들도 있고, 열한 살짜리가 임신한 곳도 있었어요. 그럼 그곳이 무법천지이거나 무언가에, 이를테면 사이비종교 같은 것에 사로잡혀 있는 곳이라는 것을 알 수 있죠. 완벽하게 합리적이고 논리적인 통치 시스템을 갖고 있는 마을이었는데 2년 후에 다시 가보니까 혼란에 빠져버린 곳들도 있었어요. 마을마다 각자의 전통을 갖고 있고요. 이곳처럼 역사에 관심이 있고 도서관을 마련한 마을도 있고…….

프랑수아: 이전 세상에 대해 많이 알면 알수록, 그 세상이 무너진 뒤 일어난 일을 더 잘 이해할 수 있게 될 거예요.

커스틴: 무슨 일이 있었는지는 다들 알잖아요. 돼지인플루엔자의 새 변종이 나타나더니 그다음엔 최초 감염자들을 가득 실은 비행기가 모스크바에서 날아왔고…….

프랑수아: 그럼에도 불구하고 나는 역사를 이해하는 게 중요하다고 생각해요.

커스틴: 맞는 말씀이에요. 말씀드렸다시피, 이 마을과 비슷한 마을도 많아요. 그런 곳 사람들은 일어난 일에 대해서, 과거에 대해서 이야기하고 싶어 하죠. 하지만 과거에 대한 토론을 기피하는 마을도 많아요. 언젠가 한번 들렀던 마을에서는 아이들이 과거의 세상은 지금과 많이 달랐다는 사실을 모르고 있더라고요. 녹슨 자동차와 전화선들을 보면서 그 아이들도 어렴풋이 짐작은 하고 있겠지만요. 다른 마을들보다 방문하기 더 편한 곳들도 있어요. 선출된 시장이나 주민대표 위원회에 의해서 운영되는 마을 말이에요. 가끔은 사이비종교가 접수한 마을도 보게 되는데, 그런 마을이 가장 위험해요.

프랑수아: 어떤 면에서요?

커스틴: 예측 불가능하다는 면에서요. 완전히 다른 논리에 빠져 살기 때문에 그들과는 논쟁을 벌일 수 없어요. 예를 들어, 모두 흰 옷만 입고 사는 마을도 있어요. 우리가 평소 다니는 지역 밖에 있는 마을에 간 적이 있는데, 킨카딘 북쪽에 있는 마을이었어요. 거기 사람들은 조지아 독감과 그로 인한 문명 몰락에서 자기들이 살아남은 것은 자기들이 죄가 없는 우월한 사람들이기 때문이래요. 거기다 대고 무슨 말을 하겠어요? 논리적이지 않잖아요. 논쟁 자체가 불가능한 거죠. 세상엔 잃어버린 가족을 생각하면서 눈물짓는 사람도 많지만 위험한 생각을 품는 사람들도 있더라고요.

제4부

우주선

STATION
ELEVEN

19

유랑악단은 종종 자기들이 하는 일이 숭고하다고 생각했다. 모닥불을 피우고 둘러앉았는데 누군가가 예술의 중요성에 대해 사기를 북돋우는 말을 하면 그날 밤엔 다들 좀 더 편히 잠이 들곤 했다. 이와는 반대로 유랑악단으로 사는 것이 참 힘들고 위험한 삶의 방식이자 별 가치 없는 일이라고 느껴질 때도 있었다. 특히 마을과 마을 사이에서 야영을 해야 할 때, 적대적인 마을의 어귀에서 총부리에 막혀 발길을 돌려야 할 때, 눈이나 비가 내리는데 배우들과 연주자들은 총과 석궁을 들고 말들은 무거운 입김을 내뿜으면서 위험 지역을 지나가고 있을 때, 너무 춥고 무섭고 발은 젖어 있을 때가 그랬다. 혹은 지금처럼 찜통더위가 기승을 부릴 때, 7월의 무더위가 그들을 옥죄고 양쪽에는 숲이 무심한 벽처럼 늘어서 있고, 시간 단위로 걸으면서 미친 예언자나 그의 부하들이 쫓아오는 것은 아닐까 걱정하고, 그렇게 두려워할 필요 없다고 서로를 다독일 때도 그랬다.

"그러니까 내 말은 선두 마차 옆면에 적힌 인용문이 〈스타 트렉〉

에서 따온 게 아니었다면 훨씬 더 심오했을 거라는 거야." 물가의 세인트데버러를 떠난 지 열두 시간쯤 되었을 때 디터가 말했다. 그는 커스틴과 어거스트와 함께 걷고 있었다.

생존만으로는 충분하지 않다. 커스틴은 열다섯 살 때 이 말을 왼쪽 팔뚝에 문신으로 새겼고 그 이후로 줄곧 문신을 놓고 디터와 말다툼을 벌였다. 디터는 문신을 하는 것에 강한 반감을 갖고 있었다. 언젠가 문신한 부분에 세균이 감염되어 죽은 사람을 봤다고 했다. 커스틴은 그 외에도 오른쪽 손목 바깥쪽에 검은 칼 두 개를 문신했는데, 이것들은 훨씬 더 작고 구체적인 사건들을 기념하기 위해서 새긴 것이기 때문인지, 디터는 이 문신들에 대해서는 별로 시비를 걸지 않았다.

"네, 디터 생각이 어떤지 알지만, 그 문구는 여전히 제가 세상에서 가장 좋아하는 대사예요." 커스틴은 디터를 가장 친한 친구 중 한 명으로 생각했다. 문신에 관한 말싸움은 이미 오래전에 가시를 잃어버렸고 그들이 만나는 익숙한 방 같은 의미가 되었다.

오전도 중반쯤 지났는데 해가 아직도 나무들 위로 완전히 떠오르지 않았다. 유랑악단은 거의 밤새도록 걸었다. 커스틴은 발이 아팠고, 너무 지쳐서 정신이 혼미할 지경이었다. 그런데 예언자의 개가 그녀가 갖고 있는 만화책에 나오는 개와 이름이 똑같다는 사실이 아무리 생각해도 이상했다. 루리라는 이름은 지금껏 한 번도 들어본 적이 없었다.

"거 봐, 그게 바로 문제의 심각성을 보여주는 거라고." 디터가 말했다. "이 지역 최고의 셰익스피어극 여배우가 가장 좋아하는 대사가 〈스타 트렉〉에 나온 거라니."

"그게 뭐 어떻다고 그래요?" 커스틴은 졸리다 못해 눈을 뜬 채 꿈을 꾸고 있는 것 같은 느낌이었다. 시원하게 목욕하고 싶은 마음이 간절했다.

"이제까지 나온 드라마 대사 중에 최고예요." 어거스트가 말했다. "그 대사가 나온 방송분 보셨어요?"

"잘 기억이 안 나." 디터가 말했다. "별로 안 좋아했거든."

"커스틴은?"

커스틴은 어깨를 으쓱했다. 그녀가 〈스타 트렉〉 내용을 실제로 기억하고 있는 것인지, 아니면 어거스트에게서 너무 자주 들어서 자기 기억처럼 믿게 된 것인지 알 수 없었다.

"설마 〈스타 트렉: 보이저〉를 한 번도 본 적 없다는 건 아니겠지?" 어거스트가 기대하는 눈빛으로 말했다. "길을 잃은 보그와 세븐 오브 나인이 나오는 거 말이야."

"설명해봐." 커스틴이 말하자 어거스트가 눈에 띄게 반색했다. 그가 이야기하는 동안 그녀는 자신이 그 이야기를 기억하고 있다고 상상했다. 거실에 텔레비전이 있고 화면 속에서는 우주선이 밤의 침묵에 잠긴 우주를 헤매 다닌다. 오빠가 옆에 앉아서 함께 보고 있고, 부모님도—그분들의 얼굴만이라도 기억할 수 있으면 얼마나 좋을까— 가까운 곳 어딘가에 있다.

—

이른 오후, 유랑악단은 가던 길을 멈추고 휴식을 취했다. 예언자가 사람들을 보내 쫓아오고 있을까, 아니면 그냥 내버려두기로 한 걸까? 지휘자는 왔던 길을 되돌아가서 사정을 살피고 오라고 정찰대를 파견했다. 커스틴은 세 번째 마차의 운전석에 올라가 앉았다.

숲에서 곤충들이 무료하게 윙윙거리는 소리가 들렸다. 지친 말들은 길가에 자라는 풀을 뜯어먹고 있었다. 운전석에서 내려다보니 길가의 들꽃들이 풀 속에 분홍색과 보라색과 파란색 점들이 무수히 찍힌 것처럼 추상적으로 보였다.

커스틴은 눈을 감았다. 어린 시절의 일이, 문명 몰락 이전의 일이 기억났다. 한 친구와 잔디밭에 앉아서 게임을 했다. 둘 다 눈을 꼭 감고 열심히 집중해서 서로의 생각을 알아맞히는 게임이었다. 그녀는 자기 생각을 열심히 밖으로 내보내면 누군가의 생각과 만날 수 있을 거라고 믿었다. 두 사람이 동시에 텔레파시를 쏘면 텔레파시가 통할 거라고 생각한 것이다. 그때처럼 텔레파시를 쏘아보았다. 찰리, 어디 있어? 어리석은 짓이라는 건 알고 있다. 그녀는 눈을 떴다. 뒤쪽 길은 아직도 비어 있었다. 올리비아가 아래쪽에서 꽃을 따고 있었다.

"좀 더 갑시다." 지휘자가 아래쪽 어딘가에서 말했다. 말들에게 다시 마구가 채워지고, 잠시 후 마차가 삐걱거리며 움직이기 시작했다. 지칠 대로 지친 단원들이 무더위 속을 걸어가기 시작했다. 몇 시간 후 그들은 길가에서 야영을 준비했다. 잃어버린 세상을 기억하는 사람들은 그토록 오랜 세월이 흘렀는데도 아직도 에어컨을 그리워했다.

"구멍에서 시원한 바람이 나왔다고요?" 알렉산드라가 물었다.

"그런 걸로 알고 있어." 커스틴이 말했다. "너무 피곤해서 생각도 잘 안 난다."

그들은 물가의 세인트데버러를 떠난 이후 그때까지 열여덟 시간 중 다섯 시간을 빼고는 줄곧 걸었다. 예언자와 최대한 거리를 벌리기 위해 밤부터 오전을 거쳐 이른 오후까지 계속 걸었다. 그들은 이동 중인 마차 안에서 교대로 잠을 청하며 걷고 또 걸었다. 생각이 사라지는 별들처럼 하나둘씩 사라졌고, 걷고는 있지만 의식은 몽롱한 상태가 되어 중요한 것이라고는 혹은 이 세상에 존재하는 것이라고는 이 나무들과 이 길, 인간의 발자국과 말발굽의 대조적인 리듬, 달빛이 스러지며 천천히 어두워지다가 해가 떠오르는 풍경, 더위 속에서 유령처럼 일렁이는 마차들뿐인 것처럼 느껴졌다. 유랑악단 단원들은 길가 여기저기에 거의 실신할 지경이 되어 주저앉아서 식사가 준비되기를 기다리고 있었다. 단원 중 절반은 짝을 지어서 토끼를 사냥하러 떠나고 없었다. 요리를 위해 피워놓은 모닥불에서 피어오르는 하얀 연기가 마치 봉홧불의 신호처럼 곧게 하늘로 올라갔다.

"에어컨 바람이 통풍구에서 나오는 거 맞아." 어거스트가 확인해주었다. "버튼을 누르면 쉭 하고 차가운 바람이 나왔지. 내 방에도 하나 있었어."

커스틴과 어거스트는 천막을 치고 있었다. 이미 자기 천막을 다 친 알렉산드라는 등을 대고 누워서 하늘을 올려다보고 있었다.

"그러니까 전기로 움직이는 거였어요? 아니면 가스?" 알렉산드라가 물었다.

어거스트가 반쯤 잠든 딸을 안고 근처에 앉아 있는 튜바를 쳐다봤다. 올리비아가 너무 피곤해서 식사 준비가 끝날 때까지 기다릴 수 없다고 선언해서 그가 인어가 등장하는 동화를 들려주며 올리비아를 재웠고, 린이 그들 가족의 천막을 쳐주었다.

"전기." 튜바가 말했다. "에어컨은 전기로 작동됐어." 그는 목을 길게 빼고 딸의 얼굴을 들여다보았다. "잠들었지?"

"그런 것 같아." 커스틴이 말했다. 그때 세 번째 마차에서 누가 소리를 질렀다. "아, 깜짝이야." 다른 누군가가 말했다. "빌어먹을, 이게 뭐야?" 커스틴이 일어났을 때 제1첼로가 어떤 여자아이의 팔을 잡고 마차에서 끌어내렸다. 올리비아가 벌떡 일어나 앉아서 눈을 깜박였다.

"무임승객이군." 어거스트가 빙긋 웃었다. 그 자신도 처음에는 무임승객이었었다. "오랜만이네. 몇 년 동안 없었는데."

무임승객은 물가의 세인트데버러에서 커스틴을 따라다니던 여자아이였다. 아이는 땀을 흘리며 울고 있었고 치마는 오줌에 흠뻑 젖었다. 제1첼로가 여자아이를 들어 땅에 내려놓았다.

"의상 더미 밑에 숨어 있었어." 제1첼로가 말했다. "내 천막을 찾으러 들어갔다가 깜짝 놀랐지 뭐야."

"아이한테 물 좀 갖다줘." 길 감독이 말했다.

지휘자는 나지막이 욕을 하며 그들이 걸어온 길을 바라보았다. 제1플루트가 자기 물병을 소녀에게 주었다.

"죄송해요." 소녀가 말했다. "정말 죄송해요. 근데 제발 돌아가라고 하지 마세요."

"우린 널 받아줄 수 없어." 지휘자가 말했다. "이건 도망 나와서 서커스단에 들어가는 거랑은 차원이 달라." 소녀는 혼란스러운 표정이었다. 서커스단이 무엇인지 모르는 것 같았다. "그건 그렇고, 바로 이런 것 때문에 출발하기 전에 마차를 살펴봐야 한다는 거야." 지휘자가 모여 있는 단원들에게 말했다.

"서둘러 떠나느라 그럴 경황이 있었나." 누군가가 중얼거렸다.

"거길 떠날 수밖에 없었어요." 소녀가 말했다. "죄송해요, 정말 죄송해요. 무슨 일이든 할 테니 제발……."

"왜 떠날 수밖에 없었어?"

"예언자의 약혼녀가 되었대서요." 소녀가 말했다.

"네가 뭐가 됐다고?"

소녀는 울고 있었다. "다른 방법이 없었어요." 소녀가 말했다. "예언자의 다음번 아내가 될 거랬어요."

"세상에나." 디터가 탄식했다. "이 빌어먹을 놈의 세상."

올리비아가 아버지 옆에 서서 눈을 비볐다. 튜바는 딸을 안아 올렸다.

"아내가 한 명이 아니고 더 있어?" 아직까지 무지해서 행복한 알렉산드라가 물었다.

"네 명 있어요." 소녀가 코를 훌쩍이며 말했다. "그 여자들은 주유소에서 살고 있어요."

지휘자가 주머니에서 깨끗한 손수건을 꺼내 소녀에게 건넸다. "이름이 뭐니?"

"엘리너예요."

"몇 살이야, 엘리너?"

"열두 살요."

"예언자는 열두 살짜리 어린애랑 왜 결혼을 한대니?"

"꿈을 꿨는데 하나님이 예언자에게 지구에 인류가 다시 번창하게 하라고 말씀하셨대요."

"물론 그랬겠지." 클라리넷이 말했다. "그런 사람들은 죄다 그런 꿈을 꾸지 않나?"

"맞아, 항상 생각했던 건데, 그런 꿈을 꾸는 게 예언자가 되기 위한 전제조건인 것 같아." 사이드가 말했다. "빌어먹을, 내가 예언자라면……."

"부모님한테 허락받고 도망친 거야?" 지휘자가 클라리넷과 사이드에게 조용히 하라고 신호를 보내면서 물었다.

"두 분 다 돌아가셨어요."

"저런, 안됐구나."

"너, 마을에서 나 감시하고 있었지?" 커스틴이 물었다.

소녀가 고개를 가로저었다.

"너한테 우리를 감시하라고 말한 사람 없었어?"

"네, 없었어요." 소녀가 말했다.

"찰리와 제6기타를 아니?"

엘리너가 얼굴을 찌푸렸다. "찰리 아줌마와 제러미 아저씨요?"

"응, 그 사람들이 어디로 갔는지 알아?"

"문명 바……박물관으로 갔어요." 엘리너는 사람들이 발음을 확실히 모르는 외국어 단어를 발음할 때처럼 '박물관'이라는 단어를 매우 조심스럽게 말했다.

"뭐?"

어거스트가 부드럽게 휘파람을 불었다. "그 사람들이 말했어? 거기로 갈 거라고?"

"찰리 아줌마가 그랬어요. 도망쳐 나올 수 있으면 거기로 오라고, 그러면 자기들을 만날 수 있을 거라고."

"문명 박물관은 뜬소문인 줄 알았는데." 어거스트가 말했다.

"그게 뭔데?" 커스틴은 문명 박물관에 대해 한 번도 들어본 적 없었다.

"누가 공항에 세운 박물관이라고 들었어." 길 감독이 침침한 눈을 깜박거리면서 지도를 폈다. "몇 년 전에 행상인한테 들은 기억이 나는군."

"어차피 그리로 가는 길이잖아요, 안 그래요? 그 박물관이라는 게 세번시티 외곽에 있을 것 같은데요." 지휘자가 길 감독의 어깨 너머로 지도를 들여다보다가, 호반을 따라 남쪽으로 멀리까지 내려간 곳에 있는 한 지점을 가리켰다.

"그곳에 대해 우리가 알고 있는 게 뭐지?" 튜바가 물었다. "거기에 아직도 사람이 사나?"

"모르겠는데."

"함정일 수도 있어." 튜바가 중얼거렸다. "얘가 우리를 거기로 유인하는 건지도 몰라."

"알아." 지휘자가 말했다.

엘리너를 어쩐다? 납치했다는 비난을 받을 수도 있다. 게다가 그들은 오래전부터 지나가는 마을의 정책에 절대로 개입하지 않는다는 규칙을 엄격하게 고수해오고 있었다. 그러나 어린 신부를 예언자에게 되돌려 보내는 건 상상도 할 수 없었다. 이 아이의 이름이 적힌 묘비가 이미 세워졌을까? 이 아이가 돌아가면 무덤이 만들어질까? 소녀를 데리고 미지의 남쪽을 향해, 미시간 호의 동쪽 호반을 따라서 이제까지 그들이 가봤던 것보다 훨씬 더 남쪽으로 가보는 것밖에는 달리 도리가 없었다.

—

그들은 저녁을 먹으면서 엘리너를 대화에 끼게 하려고 애를 썼다. 소녀는 고아들이 흔히 그렇듯이 말없이 가만히 앉아 주변사람들을 경계했다. 소녀는 첫 번째 마차의 뒤칸에 타고 있었는데 혹시 누가 뒤에서 쫓아올 경우 눈에 띌 가능성을 조금이라도 낮추기 위해서였다. 소녀는 공손하고 웃음이 없었다.

"문명 박물관에 대해 뭘 알고 있니?" 그들이 물었다.

"별로 없어요." 엘리너가 말했다. "그냥 사람들이 얘기하는 걸 몇 번 들었을 뿐이에요."

"찰리와 제러미도 행상인들한테 박물관 얘기를 들었겠네?"

"예언자도 거기에서 왔대요." 소녀가 말했다.

"거기에 가족이 있대?"

"모르겠어요."

"예언자 얘기 좀 해봐." 지휘자가 말했다.

유랑악단이 찰리와 제러미를 물가의 세인트데버러에 남겨두고 떠난 후 그리 오래 지나지 않았을 때 예언자는 한 종파의 우두머리로서 추종자들을 이끌고 마을에 왔다. 그들은 처음에는 월마트로 들어가 원예 코너였던 곳에 짐을 풀고 공동체 생활을 했다. 그들은 마을사람들에게 싸우려고 온 게 아니라고 말했다. 그래도 몇몇 사람들은 그들을 경계했다. 이 새로 들어온 사람들은 한때 버지니아로 알려졌던 지역과 그 너머에 이르는 광활한 남부 지역을 떠돌아다녔다고 두루뭉술하게 이야기를 늘어놓았지만—소문에 따르면 그 남부 지역은 총잡이가 넘쳐나는 대단히 위험한 곳인데, 어떻게 살아남은 것인지 의아하긴 했다—친절했고 자급자족했다. 사냥을 하면 그 고기를 나누었고 마을 잡일을 도왔다. 해를 끼칠 사람들은 아닌 것 같았다. 모두 합해 열아홉 명이었는데, 대체로 남들과 잘 어울리지 않았다. 어느 정도 시간이 지나자 마을사람들은 그들의 지도자로 보이는 금발의 키 큰 남자가 예언자라고 불리고 아내가 셋이나 있다는 것을 알게 되었다. "나는 복음을 전파하는 사람이다." 그는 사람들에게 자신을 이렇게 소개했다. 아무도 그의 본명을 알지 못했다. 그는 환영과 징조의 인도를 받는다고 했다. 예지몽을 꾼다고도 했다. 그를 따르는 사람들은 그가 문명 박물관이라는 곳에서 왔는데, 빛의 말씀을 전하기 위해 어렸을 때 그곳을 떠났다고 했다. 그들의 이야기에 따르면, 언젠가 그들은 아침 일찍 길을 나섰다가 겨우 두세 시간 후에 멈춰 서서 그곳에서 하루를 보냈다. 예언자가 길 저 앞에서 커다란 까마귀 세 마리가 낮게 나는 것을 보았기 때문이었다. 다른 사람들은 까마귀를 보지 못했는데 예언자만 봤다고 주장했다. 그다음 날 아침 다시 길을 나선 그들은 곧 무너진 다리와 강가에서 장례식이 거행되는 광경을 목격했다. 흰 수의를 덮은 세 구의 시신 앞에서 여자들이 오열하고 있었다. 다리가 무너져서 남자 세 명이 죽었다고 했다.

"모르겠어요?" 예언자의 추종자들이 말했다. "그분이 환영을 보지 못했더라면 우리가 죽었을 겁니다."

폐렴이 물가의 세인트데버러를 강타하고 시장이 사망하자, 예언자는 시장의 아내를 자기 아내로 맞아들였고 추종자들과 함께 마을 중앙에 있는 주유소로 들어가 살았다. 어느 누구도 그들에게 무기가 얼마나 있는지 알지 못했다. 사람들은 그들이 남쪽 지방을 여행하고 다녔다며 늘어놓은 이야기들을 믿기 시작했다. 그들이 들어온 지 일주일도 채 안 되어 물가의 세인트데버러는 예언자의 마을이 되었다. 엘리너는 예언자의 개 이름이 왜 루리인지는 알지 못했다.

20

물가의 세인트데버러를 떠나고 이틀 후, 유랑악단은 다 타버린 리조트 마을을 지나게 되었다. 몇 년 전에 있었던 화재로 마을이 전소되고 지금은 검은 폐허에 목초지가 펼쳐져 있었다. 건물 잔해들 사이에서 분홍색 꽃들이 파도처럼 일렁였다. 호숫가를 따라 까맣게 그을린 호텔의 뼈대가 서 있었고 내륙 쪽으로 두세 블록 들어가면 벽돌로 된 시계탑이 있었는데 시계는 8시 15분에 영원히 멈췄다.

유랑악단은 안전을 위해 올리비아와 엘리너를 선두 마차의 뒷칸에 태우고 다들 무장하고 만반의 경계 태세를 갖춘 채 걸었지만 인간은 흔적도 보이지 않았다. 사슴들이 잡초가 웃자란 도로에서 풀을 뜯어먹고 토끼들이 회색 그늘 속에서 굴을 파고 바다갈매기들이 가로등 기둥에 앉아 그들을 지켜보고 있었다. 유랑악단은 저녁거리로 삼기 위해 사슴 두 마리를 잡아 갈비뼈에서 화살을 빼낸 후 처음 두 마차의 지붕에 줄로 매달았다. 부서진 포장도로 곳곳에서 풀이 삐죽삐죽 솟아나와 있었다.

마을 끝에 이르자 불길이 닿지 않은 곳이 나타났다. 나무들이 우뚝 솟아 있고 풀과 야생화 종류가 달라졌다. 방화선 바로 너머에 오래된 야구장이 있었다. 그들은 말들에게 풀을 먹이려고 잠깐 멈춰 섰다. 반쯤 무너진 외야석이 키 큰 풀 속으로 푹 주저앉아 있었다. 조명탑이 세 개 있었는데 그중 두 개는 넘어진 채였다. 커스틴은 무릎을 꿇고 앉아서 거대한 조명램프의 두꺼운 유리를 만지면서 그 속을 돌아다녔을 전기와 눈부시게 쏟아져 내렸을 빛을 상상해보려고 애썼다. 귀뚜라미 한 마리가 그녀의 손으로 뛰어 올라왔다가 달아났다.

"너무 눈부셔서 직접 쳐다볼 수도 없었어." 잭슨이 말했다. 야구를 그다지 좋아하지 않았지만 어렸을 때 아버지를 따라 가서 스탠드에 얌전히 앉아 몇 번 구경한 적이 있다고 했다.

"거기 그렇게 하루 종일 서 있을 거야?" 사이드가 물었다. 커스틴은 그를 노려보다가 일하러 돌아왔다. 그들은 말들이 먹을 풀을 꺾었다. 엘리너는 첫 번째 마차의 그늘 속에 앉아서 곡조 없는 노래를 흥얼거리며 풀잎 몇 개를 땋았다가 풀었다가 하고 있었다. 단원들에게 발견된 이후 소녀는 거의 입을 열지 않았다.

—

정찰 나갔던 단원들이 야구장 끝에 늘어선 나무들 바로 너머에 학교가 있다고 보고했다. "두 명 더 데리고 가서 악기가 있나 살펴봐." 지휘자가 커스틴과 어거스트에게 말했다. 그들은 잭슨과 비올라와 함께 출발했다. 그늘진 숲속은 일이 도 정도 기온이 낮아서 서늘했고 솔잎이 바닥에 깔려 있어 푹신푹신했다.

"야구장에서 벗어나니까 좋다." 비올라가 말했다. 그녀는 문명 몰락 이후 자기 악기의 이름을 이름 대신 쓰고 있었다. 비올라는 조용히 코를 훌쩍였다. 풀 알레르기 때문이었다. 숲이 학교 주차장 가장자리까지 침범한 것도 모자라 건물에 선발대를 파견했는지, 인도의 부서진 틈 사이에서 작은 관목들이 자라고 있었다. 자동차 두세 대가 타이어에 구멍 난 채 주차되어 있었다.

"잠깐 지켜보자." 어거스트가 말했다. 그들은 숲 가장자리에 한 동안 서 있었다. 주차장에 있는 묘목들이 바람에 흔들렸다. 새들과 아지랑이를 제외하고는 아무것도 움직이지 않았다. 학교는 어둡고 고요했다. 커스틴은 손등으로 이마의 땀을 닦았다.

"아무도 없는 것 같은데." 잭슨이 입을 열었다. "적막해 보여."

"난 모르겠어." 비올라가 중얼거렸다. "왠지 학교만 보면 섬뜩하더라."

"오겠다고 자원했잖아." 커스틴이 말했다.

"그거야 풀 꺾기 싫어서 그랬지."

그들은 먼저 건물 주위를 돌면서 창문으로 안을 들여다보았다. 파괴된 교실들과 사방 벽에 가득한 낙서가 보였다. 체육관으로 이어지는 건물 뒷문이 열려 있었다. 체육관 안으로 들어가니 천장에 난 구멍에서 햇빛이 쏟아지고 있었다. 햇빛이 닿은 바닥에서는 쓰레기 속에서 잡초가 자라고 있었다. 이곳은 대피소나 야전병원으로 사용되었던 것이 분명했다. 방 한구석에 간이침대가 뒤죽박죽 쌓여 있었다. 나중에는 누가 천장에 난 구멍 밑에서 불을 피웠는지, 동물 뼈가 섞인 오래된 재가 남아 있었다. 피난처였던 곳이 나중에는 취사 장소로 변한 것이다. 이 방의 역사에 관한 짧은 개요는 쉽게 알아볼 수 있었지만, 항상 그렇듯 자세한 내용은 사라지고 없었다. 얼마나 많은 사람들이 이곳에 머물렀을까? 그들은 누구였을까? 어디로 갔을까? 체육관 저 반대쪽에 두 짝으로 된 문이 열려 있었고 그 너머로 교실이 늘어서 있는 복도가 보였다. 그 끝에 있는 부서진 출입문에서 햇빛이 쏟아져 들어왔다.

교실이 여섯 개밖에 없는 작은 학교였다. 바닥에는 깨진 유리와 정체를 알 수 없는 쓰레기, 마구 구겨지고 찢겨나간 바인더와 교과서가 널려 있었다. 교실에 들어가서 살펴보았지만 보이는 것이라고는 쓰레기와 혼란뿐이었다. 층층이 쌓인 낙서가, 두껍거나 물이 뚝뚝 떨어지는 모양의 철자로 칠판 가득 적혀 있는 읽을 수 없는 이름들이, 오래된 메시지가 가득했다. **재스민 L, 이 글을 보면 우리 아버지의 호숫가 집으로 가 ― 벤.** 책상들은 죄다 뒤집혀 있었다. 어느 교실은 구석이 검게 그을려 있었는데 불이 났다가 누군가가 껐든지 저절로 꺼진 것 같았다. 밴드실은 바닥에 비틀린 악보대가 쌓여 있어서 금방 알아볼 수 있었다. 악보도 없었고―아마도 체육관에서 취사를 하기 위해 불쏘시개로 사용했을 것이다―악기도 없었다. 그래도 비올라는 벽장에서 로진이 반쯤 들어 있는 병을 발견했고 커스틴은 쓰레기 밑에 깔려 있던 플루트용 마우스피스를 찾아냈다. 북쪽 벽에는 페인트로 "종말이 여기 있다"라고 적혀 있었다.

"아우 진짜 으스스하다." 비올라가 말했다.

잭슨이 문간에 나타났다. "남자화장실에 유골이 있어."

어거스트가 얼굴을 찌푸렸다. "얼마나 오래된 것 같아요?"

"꽤 오래됐어. 두개골에 총알구멍이 있어."

"화장실은 뭐하러 들여다봤어요?"

"비누가 있나 보려고."

어거스트가 고개를 끄덕이더니 복도로 사라졌다.

"저 사람 뭐하는 거야?" 비올라가 물었다.

"고인을 위해 기도해주려는 거지 뭐." 커스틴은 바닥에 웅크리고 앉아 부러진 자로 쓰레기더미 속을 쿡쿡 찔렀다. "가기 전에 같이 로커 좀 살펴보자."

학생 로커는 전부 속이 텅텅 비었고 문이 삐딱하게 달려 있었다. 커스틴은 흰곰팡이가 핀 바인더를 집어 들고 스티커와 형광펜으로 쓴 낙서들을 살펴보았다. **레이디 가가는 폭탄이다. 에바 + 제이슨 영원히! 아이♥크리스.** 기타 등등. 좀 시원한 날이었다면 늘 그렇듯이 잃어버린 세상에 대해 알게 해주는 단서들에 흥미를 느껴서 좀 더 머물렀을지도 모르지만, 지금은 공기도 퀴퀴하고 참을 수 없을 정도로 더워서, 어거스트가 남자화장실에서 돌아왔을 땐 햇빛과 산들바람과 귀뚜라미 우는 소리가 있는 밖으로 걸어 나가는 것에 안도감이 들었다.

"어우, 진짜." 잭슨이 말했다. "너희 둘은 어떻게 이런 곳에 아무렇지도 않게 들어가?"

"우린 곧장 화장실로 직행하지는 않거든요." 어거스트가 말했다. "비누가 있나 궁금했다니까."

"알아요. 하지만 어리석은 행동이에요. 제일 인기 있는 사형 집행 장소가 화장실이거든요."

"그래, 어쨌든 아까도 말했듯이 너희는 어떻게 견뎌내는지 정말 대단해."

우린 모든 것이 끝났을 때 당신보다 젊었지만, 아무것도 기억하지 못할 만큼 어리지는 않았기 때문이지. 커스틴은 생각했다. 시간이 많이 남지 않았기 때문이고. 지금도 모든 지붕들이 무너져 내리고 있고, 오래된 건물들 중에 그 어느 것도 안전하지 못하게 될 때가 곧 올 것이기 때문이고. 이전 세계의 모든 흔적이 사라져버리기 전에 찾을 수 있는 것을 찾고 싶기 때문이기도 해. 그러나 이 모든 것을 설명하기가 번거롭고 귀찮아서 그녀는 대답 대신 어깨를 으쓱했을 뿐이다.

—

유랑악단은 도로 옆 나무 밑에서 쉬고 있었다. 거의 모두 낮잠을 자고 있었다. 엘리너가 올리비아에게 데이지 꽃으로 목걸이 만드는 법을 알려주고 있었다. 클라리넷은 천천히 요가를 하고, 지휘자와 길 감독은 지도를 들여다보았다.

"마우스피스다!" 어거스트가 발견한 물건들을 보여주었을 때 제1플루트가 외쳤다. 유랑악단에서 그녀를 제일 짜증나게 하는 사람이 어거스트였는데도 그녀는 박수를 치더니 그의 목을 와락 끌어안았다.

"학교에 뭐가 있었어요?" 악단이 말에 마구를 채우고 다시 출발했을 때 알렉산드라가 물었다. 그녀는 커스틴과 어거스트와 함께 건물에 들어가보기를 너무도 갈망했지만 커스틴은 절대로 허락하지 않았다.

"말할 가치가 있는 게 전혀 없었어." 커스틴이 말했다. 그녀는 도로를 바라보면서 남자화장실에 있었다던 유골에 대해 생각하지 않으려고 애를 썼다. "플루트 마우스피스 빼고는 온통 쓰레기더미였어."

21

15년에 있었던 인터뷰의 계속:

프랑수아 디알로: 조지아 독감이 등장했을 때, 문명이 몰락했을 때, 당신은 아주 어린 나이였다고 들었는데.

커스틴 레이먼드; 여덟 살이었어요.

프랑수아: 문명 몰락 당시에 어린아이였던 사람들과 인터뷰할 때마다 늘 궁금해지는 게 있는데, 그러니까…… 당신의 평생 동안 세상이 어떻게 변했나를 생각할 때 어떤 느낌이나 생각이 드는지 알고 싶어요.

커스틴: (침묵)

프랑수아: 다르게 표현하자면…….

커스틴: 질문은 이해했어요. 근데 대답하고 싶지 않아요.

프랑수아: 알았어요. 좋아요. 그럼 당신 문신에 담긴 사연을 얘기해 줄 수 있어요?

커스틴: 팔에 새긴 글요? 생존만으로는 충분하지 않다?

프랑수아: 아니, 아니, 다른 거요. 오른 팔목에 새긴 두 개의 검은 칼 말이에요.

커스틴: 이런 문신이 뭘 뜻하는지 알잖아요.

프랑수아: 그래도 당신 입으로 직접 듣고 싶은데…….

커스틴: 얘기 안 할래요. 그리고 선생님도 그런 건 물어보지 않는 게 좋을 것 같네요.

22

커스틴이 자신의 생애 동안 세상이 어떻게 변했는가를 생각할 때면 생각은 항상 꼬리에 꼬리를 물고 이어지다가 결국에는 알렉산드라에게 가 닿았다. 알렉산드라는 총 쏘는 법을 알고 있지만, 세상은 점점 부드러워지고 있다. 그 아이는 아무도 죽이지 않고 평생을 살아갈 가능성이 꽤 높다. 열다섯 살인 알렉산드라는 커스틴이 그 나이였을 때보다 훨씬 어리게 느껴졌다.

지금 알렉산드라는 학교로 가는 원정대에 참가하지 못했다는 이유로 말없이 뚱하게 걷고 있었다. 유랑악단은 하루가 끝날 때까지 계속 걸었다. 그동안 구름이 모여들고 공기가 점점 더 묵직해졌다. 커스틴의 등에서는 땀이 비 오듯 쏟아졌다. 늦은 오후가 되자 하늘이 낮게 내려앉고 사방이 어두워졌다. 그들은 차도가 없는 농촌 지역을 지나고 있었다. 흙길을 따라 여기저기에 잔뜩 녹이 슬어 못쓰게 된 차들이, 기름이 떨어지자 그대로 버려진 자동차들이 서 있었다. 마차들은 그 자동차들 사이를 조심스럽게 헤치고 나아갔다. 처음에는 멀리서 번개가 번쩍번쩍하고 천둥이 치더니 점점 더 가까워졌다. 땅거미가 질 무렵 그들은 흙길 옆 숲속에서 폭우가 멈추기를 기다렸다. 비가 멈춘 후 유랑악단은 젖은 땅에 천막을 쳤다.

—

"어젯밤 꿈에서 비행기를 봤어." 디터가 속삭였다. 그들은 깜깜한 그의 천막 속에서 1미터 정도 떨어져 누워 있었다. 그는 친구일 뿐이지만 커스틴은 왠지 그가 가족처럼 느껴졌다.

그녀가 쓰던 30년 된 천막이 1년 전에 완전히 부서졌는데 새 천막을 찾지 못했다. 명백한 이유 때문에 이제 사이드와는 같은 천막에서 생활하지 못하게 되었고, 그래서 유랑악단에서 가장 큰 천막을 가진 디터와 천막을 함께 쓰고 있었다. 밖에서는 튜바와 제1바이올린이 보초를 서면서 조용히 대화를 나누고 있었다. 안전을 위해 세 대의 마차 사이사이에 매어둔 말들이 가만히 있지 못하고 들썩이는 소리도 들렸다.

"난 비행기를 잊은 지 한참 됐어요."

"너무 젊어서 그래." 약간 날 선 목소리였다. "넌 아무것도 기억 못하잖아."

"왜 그래요? 기억하는 것들도 있어요. 여덟 살이었다니까요."

세상이 끝났을 때 디터는 스무 살이었다. 디터는 모든 것을 기억했다. 커스틴은 그의 숨소리에 귀를 기울였다.

"난 비행기를 기다리곤 했어." 그가 말했다. "바다 저 건너편에 있는 나라들을 생각하면서, 그 나라들 중에 어떻게라도 살아남은 나라가 있지 않을까 생각했지. 비행기를 본다면, 그건 어딘가에서는 아직도 비행기가 이륙하고 있다는 의미잖아. 그 끔찍한 전염병이 세상을 휩쓸고 간 후 10년 동안 난 계속 하늘만 쳐다봤어."

"좋은 꿈이었어요?"

"꿈속에선 정말 행복했어." 그가 속삭였다. "하늘을 올려다봤는데 거기 비행기가 있었어. 마침내 비행기가 나타난 거야. 어딘가에 아직도 문명이 존재한단 얘기잖아. 다리에 힘이 풀려서 스르르 무릎을 꿇고 앉아서 눈물을 흘리면서 소리 내어 웃기 시작했어. 그러다가 꿈에서 깼지."

그때 바깥에서 누군가 그들의 이름을 불렀다. "보초 교대다."

디터가 속삭였다. "우리 차례야."

보초 제1조는 보고할 게 아무것도 없다고 했다. "빌어먹을 나무랑 부엉이뿐이던데." 튜바가 투덜거렸다. 제2조는 늘 하던 대로 업무를 분담하기로 했다. 디터와 사이드가 유랑악단이 왔던 길을 몇백 미터쯤 되돌아가 정찰하기로 했고, 커스틴과 어거스트는 야영 캠프 주위를 살펴보고, 제4기타와 오보에는 몇백 미터 앞까지 걸어갔다 오기로 했다. 정찰대는 각자 맡은 방향으로 출발했고, 커스틴과 어거스트는 야영지에 남았다. 두 사람은 캠프 주변을 돌다가 도로에 멈춰 서서 움직임이 있나 귀를 기울이고 주위를 살펴보았다. 구름이 갈라지면서 머리 위로 별들이 나타났다. 유성인지 떨어지는 인공위성인지 모를 무언가가 잠깐 동안 번쩍하며 빛의 선을 그리다가 사라졌다. 비행기들이 밤에 저렇게 보였을까? 하늘을 가로지르는 빛줄기처럼? 커스틴은 비행기가 시속 수백 킬로미터로 날았다는 것을 알고 있었다. 상상도 못 할 속도다. 그녀는 그 시속 수백 킬로미터라는 것이 얼마나 빠른 느낌인지 몰랐다. 숲에는 나무에서 빗방울이 떨어지는 소리와 동물들이 움직이는 소리, 산들바람 소리처럼 작은 소리들이 가득했다.

커스틴은 비행기가 어떤 모습이었는지는 기억나지 않았지만 비행기에 탔던 일은 기억했다. 그 기억이 꽤나 생생한 것으로 보아 종말이 가까웠을 때였던 것이 틀림없다. 그녀가 일곱 살 아니면 여덟 살쯤 되었을 때 어머니와 함께 뉴욕에 갔었는데 왜인지는 기억나지 않았다. 밤에 비행기를 타고 토론토로 돌아왔던 것은 기억났다. 빛을 반사하는 유리잔을 들고 뭔가를 마시던 어머니와 잔 속에서 땡그랑거리던 얼음. 커스틴은 이마를 창문에 딱 대고 어둠 속에 빛이 점점이 모여서 만들어내는 빛의 바다를, 서로 연결되어 있거나 홀로 떨어져 있는 아름다운 빛의 성단을 바라보았다. 그 광경에서 아름다움과 외로움을 느꼈던 것과, 저기 저 빛 속에 사는 사람들은 어떤 삶을 살고 있을까 궁금해했던 것과, 하나의 현관 등이 하나의 집을, 또는 하나의 가족을 의미한다는 사실을 생각했던 것이 떠올랐다. 그로부터 20년이 흐른 후 숲속 흙길에서, 구름이 사라지고 갑자기 모습을 드러낸 달빛 속에서 어거스트가 커스틴을 힐끗 쳐다보았다.

"목 뒤에 솜털이 쭈뼛쭈뼛 서는 것 같아." 어거스트가 속삭였다. "여기 정말 우리 둘만 있는 걸까?"

"아무 소리도 안 들리는데." 그들은 캠프 주위를 다시 한 번 천천히 돌았다. 천막 한두 곳 안에서 이야기 소리가 나지막이 들리고 말들의 숨소리와 조금씩 움직이는 소리도 들렸다. 그들은 주변의 소리에 귀를 기울이며 열심히 살폈지만 길 위는 고요하기만 했다.

"그만두고 싶을 때가 바로 이럴 때야." 어거스트가 속삭였다. "넌 그만두고 싶단 생각 안 해봤어?"

"여행을 더 이상 안 하고 싶다는 뜻이야?"

"그런 생각 안 해봤어? 이것보다 안정된 삶이 있을 거라는?"

"있겠지. 하지만 그 다른 삶 속에서도 내가 셰익스피어 연극을 할 수 있을까?"

바로 그때, 돌이 물속으로 떨어지듯 순식간에 밤의 표면 위를 획하고 지나가는 소리가 났다. 외마디 비명소리였나? 누가 고함을 친 것일까? 커스틴 혼자였다면 잘못 들은 거라고 생각했겠지만, 그녀가 어거스트를 쳐다보았을 때 그가 고개를 끄덕였다. 소리는 그들이 왔던 방향으로 한참 되돌아간 쪽에서 났다. 그들은 숨죽이고 서서 다시 귀를 기울였지만 아무 소리도 들리지 않았다.

"3조를 깨워야겠어." 커스틴은 허리띠에서 아끼는 칼 두 자루를 빼냈다. 어거스트가 천막들 사이로 사라졌다. 곧이어 그의 숨죽인 목소리가 들렸다. "모르겠어. 소리가 났어. 우리가 왔던 길 쪽에서. 아마도 사람 목소리인 것 같은데, 일어나서 우리 대신 캠프 좀 지켜줘. 우리가 가서 확인해볼게." 곧 두 개의 그림자가 하품을 하고 비틀거리며 나타났다.

어거스트와 커스틴은 소리가 난 방향으로 최대한 조용히, 그리고 신속하게 출발했다. 숲은 알 수 없는 것들이 바스락거리는 소리로 가득한 데다 밝은 달빛에 대조되어 칠흑같이 새까맸다. 꼭 살아 움직이는 커다란 덩어리 같았다. 앞쪽에서 부엉이 한 마리가 길을 가로질러 낮게 날아갔다. 잠시 후 새들이 잠에서 깼는지 작은 날개를 파드닥거리는 소리가 멀리서 들리더니 검은 얼룩들이 날아올라 하늘의 별들 사이를 빙빙 돌았다.

"뭔가가 쟤네들을 깨운 거야." 커스틴이 어거스트의 귀에 대고 조용히 말했다.

"부엉이 아닐까?" 어거스트의 목소리도 그녀만큼 조용했다.

"부엉이는 다른 각도로 날고 있었어. 저 새들은 북쪽에 있었고."

"기다려보자."

그들은 도로 가의 그늘 속에 숨어서 조용히 숨을 쉬며 사방을 살폈다. 숲속에 있으니 밀실공포증이 느껴졌다. 커스틴 바로 앞에 있는 나무 몇 그루만 눈에 보였고, 나머지는 흰 달빛과 선명한 대조를 이루는 검은 그림자뿐이었다. 그 너머에는 대륙 전체가, 대양에서 다른 대양에 이르기까지 남아 있는 사람이 거의 없는 황무지가 펼쳐져 있었다. 커스틴과 어거스트는 계속해서 도로와 숲을 지켜보았다. 무언가가 그들을 지켜보고 있는지 알 수 없었지만, 일단 그들 눈에 보이지는 않았다.

"좀 더 가보자." 어거스트가 속삭였다.

그들은 다시 조심스럽게 길을 걸어 내려가기 시작했다. 커스틴은 양 손바닥에서 심장박동이 느껴질 정도로 칼을 꽉 움켜쥐었다. 그들은 정찰대가 있어야 할 지점을 지나서 훨씬 더 밑으로, 삼사 킬로미터 정도 내려가며 흔적을 찾아보았다. 그러다가 동이 텄다. 두 사람은 할 말을 잃은 채 시끌벅적한 새소리가 가득한 길을 되돌아갔다. 정찰대의 흔적은 전혀 보이지 않았다. 숲 가장자리를 따라 샅샅이 뒤져봤지만 아무것도 없었다. 발자국도, 큰 동물의 흔적도, 부러진 나뭇가지나 혈흔도 전혀 없었다. 디터와 사이드는 마치 지구 표면에서 낚아채여 사라진 것 같았다.

23

"정말 이해가 안 가네." 오전 중반에 이르렀을 때 튜바가 말했다. 대여섯 시간 동안 디터와 사이드를 찾아 헤매고 난 뒤였다. 이 상황을 이해할 수 있는 사람은 아무도 없었다. 대꾸하는 사람도 없었다. 디터와 사이드는 흔적도 없이 사라졌다. 유랑악단은 비장한 각오로 네 명씩 조를 짜서 조직적으로 수색했지만 울창한 나무와 덤불 탓에 두 사람 바로 옆을 지나가면서도 알지 못했을 수도 있다. 처음 몇 시간 동안 커스틴은 무언가 오해가 있는 것이 틀림없다고 생각했다. 디터와 사이드가 어둠 속을 무작정 걸어가다가 길을 잃은 거고, 언제라도 다시 나타나 미안하다고 말할 것만 같았다. 그러나 수색대는 이미 도로 전후방 몇 킬로미터를 왔다 갔다 하며 살펴보았다. 숲을 헤치고 나아가던 커스틴은 자꾸만 걸음을 멈추고 귀를 기울이게 되었다. 누가 지켜보고 있는 거 아닐까? 방금 누가 나뭇가지를 밟은 거 아닌가? 그러나 들리는 소리라고는 다른 수색조들이 내는 소리뿐이었다. 다들 감시당하고 있는 것 같은 기분을 느꼈다. 그들은 종종 숲과 도로에서 마주쳐 서로를 쳐다보면서도 아무 말도 하지 않았다. 태양이 서서히 하늘을 건너가고 있었고 도로 위의 공기는 열기로 불안정했다.

어둠이 내리기 시작하자 그들은 한때 포드 픽업트럭이었던 선두 마차 옆에 모여 섰다. **생존만으로는 충분하지 않다.** 유랑악단이 길을 나선 이후 줄곧 그들을 괴롭혔던 의문에 대한 대답이 마차 옆면 덮개에 쓰여 있었다. 어둠이 짙어져 하얀 글자가 도드라져 보였다. 커스틴은 디터의 애마 번스타인 옆에 서서 말의 허리를 손으로 지그시 눌렀다. 번스타인이 검고 커다란 눈망울로 그녀를 쳐다보았다.

"우린 함께 참 먼 길을 걸어왔어." 지휘자가 말했다. 빛에는 세월을 모호하게 만드는 특별한 성질이 있다. 어거스트와 함께 보초를 서다가 해가 떠오르면, 커스틴은 아주 짧은 순간이지만 그가 어렸을 때 어떤 모습이었을지 보이는 것 같은 느낌이 들었다. 지금 이곳 도로에서 지휘자는 한 시간 전보다 훨씬 더 늙어 보였다. 그녀는 짧은 백발 머리를 손으로 빗어 넘겼다. "그동안 단원들이 악단에서 이탈한 경우가 네 번 있었는데, 그럴 때마다 이탈 시의 규칙을 따라서 목적지에서 다시 만났어. 알렉산드라?"

"네?"

"이탈 시의 규칙이 뭔지 말해줄래?" 단원들 모두 그 규칙을 달달 외우고 있었다.

"유랑악단은 목적지 없이 여행하지 않는다." 알렉산드라가 말했다. "이동 중 유랑악단에서 이탈하게 되면 목적지로 가서 기다린다."

"그럼 현재의 목적지는 어디지?"

"세번시티 공항에 있는 문명 박물관요."

"맞아." 지휘자가 조용히 단원들을 바라보았다. 숲은 그늘에 잠겨 있지만, 아직도 하늘에는 좁은 복도처럼 빛이 길게 지나가고 있었다. 마지막 석양빛이 구름 사이로 길게 이어지고 있었다. "나는 15년 동안 길 위에서 지냈어. 그중 12년 동안은 사이드와 함께였지. 디터와는 그보다 더 오래됐고." 지휘자가 말했다.

"디터는 처음부터 나랑 함께 다녔어." 길 감독이 말했다. "둘이 함께 걸어서 시카고를 빠져나왔지."

"나도 그 사람들을 남겨두고 가기 싫어." 지휘자의 눈이 눈물로 빛났다. "하지만 여기 하루 더 머물면서 우리 모두를 위험에 빠뜨릴 순 없어."

그날 밤 그들은 교대조 인원을 두 명에서 네 명으로 늘려 번갈아가며 보초를 섰고, 다음 날 아침 동 트기 전에 길을 떠났다. 양옆으로 벽처럼 늘어선 숲 때문에 공기는 습했고, 하늘에는 회색 구름이 둥실둥실 떠 있었다. 공기 중에서 소나무 향기가 났다. 커스틴은 아무 생각도 하지 않으려고 애쓰면서 선두 마차 옆에서 걸어갔다. 악몽을 꾸는 것 같았다.

—

늦은 오후 유랑악단의 행렬이 멈춰 섰다. 무더운 여름날이, 견디기 불가능할 것 같은 더위가 계속되고 있었다. 숲속 나무들 사이로 호수가 반짝였다. 울창한 나무들 사이사이에 주택들이 서 있는 전원주택가였다. 여기서 공항까지는 사흘 안에 도착할 수 있다.

커스틴은 통나무에 걸터앉아 두 손으로 머리를 틀어쥐고 생각에 잠겼다. 당신들 어디 있어? 당신들 어디 있어? 당신들 어디 있느냐고? 아무도 그녀를 건드리지 않았다. 얼마 후 어거스트가 와서 옆에 앉았다.

"유감이야." 그가 말했다.

"납치됐나 봐." 그녀는 고개를 들지 않고 말했다. "세인트데버러에서 예언자가 한 말이 자꾸만 생각나. 빛에 대해 했던 말이."

"난 못 들었어. 짐을 싸고 있었거든."

"자기들이 빛이라고 했어."

"그게 뭐?"

"그들이 빛이라면 적들은 어둠이잖아, 안 그래?" 그녀가 말했다.

"그렇겠지."

"그들이 빛이라면, 그리고 적은 어둠이라면, 그러면 그들이 정당화할 수 없는 것은 아무것도 없게 돼. 못 할 일도 없고 견뎌낼 수 없는 것도 없게 되는 거야."

그가 한숨을 쉬었다. "그래도 희망을 갖자." 그가 말했다. "상황이 좀 더 명확해질 거라고 믿자고."

그러나 얼마 뒤 저녁거리를 찾아 나선 4개 조 중 돌아온 것은 3.5개 조뿐이었다.

"돌아보니까 사라지고 없었어." 잭슨은 클라리넷 연주자인 시드니가 사라졌다고 말했다. 그는 잔뜩 겁을 먹은 채 캠프로 돌아왔다. 잭슨과 시드니는 걸어왔던 방향으로 400미터쯤 되돌아가서 작은 개울을 발견했다. 잭슨은 개울둑에 무릎을 꿇고 앉아서 물통에 물을 채우기 시작했다. 그가 고개를 들었을 때 시드니는 사라지고 없었다. 물에 빠졌나? 그랬다면 첨벙거리는 소리가 들렸을 것이다. 게다가 하류 쪽에 있었던 그가 시드니가 떠내려가는 것을 못 봤을 리 없다. 작은 개울이고 개울둑이 가파르지도 않았다. 잭슨은 주변에 온통 나무들뿐이었고 누군가가 자신을 지켜보고 있는 것 같은 느낌을 받았다고 말했다. 그가 시드니의 이름을 불렀지만 그녀는 어디에도 없었다. 그는 그제야 새소리가 멈췄다는 것을 알아차렸다. 숲이 고요해져 있었다.

그의 이야기가 끝났는데도 잠깐 동안 아무도 말을 하지 않았다. 단원들 모두 그의 주위에 모여 있었다.

"올리비아는 어딨지?" 린이 갑자기 물었다. 올리비아는 선두 마차 뒤칸에서 봉제인형을 가지고 놀고 있었다. "엄마 눈에 보이는 곳에 있어야 돼." 린이 속삭였다. "그냥 눈에 보이는 데 말고 엄마가 팔을 뻗으면 닿는 거리에 있어야 돼. 알겠지?"

———

"시드니가 디터와 가까웠잖아." 제1오보에가 말했다. 사실이었다. 다들 말없이 시드니를 생각하며 단서가 될 만한 것이 있는지 기억을 더듬었다. 최근에 그녀는 자기 자신처럼 보였나? 선뜻 대답할 수 없었다. 이렇게 고생스러운 날들이 계속되는데 자기 자신처럼 보인다는 게 무슨 의미일까? 자기 자신처럼 보이기 위해서는 어때 보여야 하는 걸까?

"우리가 사냥 당하고 있는 건 아닐까요?" 알렉산드라가 물었다. 일리 있는 말이었다. 커스틴은 어깨 너머로 어두운 숲속을 돌아보았다. 수색대가 조직되었지만 날이 이미 저물었다. 불을 피우는 것은 너무 위험할 것 같아서 다들 저장식품 상점에서 발견한 토끼육포와 말린 사과로 저녁을 때우고는 불안한 하룻밤을 보냈다. 아침이 되어 출발을 다섯 시간이나 미루고 찾아봤지만 클라리넷을 찾을 수 없었다. 그들은 또 하루의 폭염 속으로 행군을 시작했다.

"디터, 사이드, 클라리넷 전부 납치됐을 수도 있다. 이게 논리적으로 말이 돼?" 어거스트가 커스틴과 나란히 걸으며 말했다.

"그렇게 조용히 제압하는 게 가능할까?" 커스틴은 목 안에 무슨 덩어리가 걸려 있는 것 같아 말을 하기가 힘들었다. "그냥 떠난 건지도 몰라."

"우리 곁을 떠났다고?"

"응."

"왜?"

"그거야 나도 모르지."

몇 시간 후 누가 클라리넷의 소지품을 뒤져서 쪽지를 찾아냈다. 편지의 시작 부분이었다. **사랑하는 친구들에게. 나는 측정할 수 없을 정도로 피곤해서 숲으로 쉬러 갑니다.** 편지는 거기서 끝났다. 날짜를 보니 편지는 11개월 전에 쓴 것이었다. 아니면 클라리넷이 지금이 몇 년 몇 월인지 몰랐을 수도 있다. 그 어느 쪽도 가능하다. 이 시대는 정확한 날짜가 그다지 중요하지 않고, 날이 가는 것을 꼬박꼬박 챙기려면 어느 정도의 성의와 헌신이 필요하다. 쪽지는 몇 번이나 접히고 또 접혀 있었고, 접혀진 부분이 부드럽게 닳아 있었다.

"제일 설득력 있는 건 이거야." 제1첼로가 말했다. "1년 전에 써놓고 마음이 바뀐 거라고. 이것만 봐서는 잘 모르겠지만."

"그건 그냥 한 가지 가능성일 뿐이야." 린이 말했다. "지난주에 썼을 수도 있지. 난 그게 자살 의도를 보여주는 거라고 생각해."

"우리 1년 전에 어디 있었지? 기억하는 사람 있어?"

"작은 해안가 마을 중에 하나일 거야. 매키너시티, 뉴페토스키, 이스트조던 같은." 어거스트가 말했다.

"클라리넷이 1년 전에 달라 보였는지 어땠는지 기억이 안 나."

린이 말했다. "그때 우울해 보였어?"

아는 사람은 아무도 없었다. 다들 그녀에게 좀 더 관심을 기울였어야 했다고 생각했다. 정찰조들은 여전히 도로 전방이나 후방에서 아무도 보지 못했다고 보고했다. 그러나 숲에서 누가 그들을 지켜보고 있는 것 같은 느낌을 지울 수 없었다.

—

디터와 클라리넷과 사이드가 없는 유랑악단이 무슨 의미가 있을까? 커스틴은 디터를 오빠로, 사촌으로, 자신과 유랑악단 단원들의 삶 속에 항상 있는 존재로 생각했다. 그리고 막연한 생각이지만, 유랑악단은 사이드 없이 유지될 수 있을 것 같지 않았다. 커스틴은 클라리넷과 친하지 않았지만 그녀가 없으니 난 자리가 눈에 띄었다. 요즘 사이드와 말만 하면 싸우긴 했어도, 그가 곤경에 처해 있을지도 모른다는 생각을 하니 괴로워서 미칠 것 같았다. 그녀는 얕은 숨을 뱉어내면서 조용히 끊임없이 눈물을 흘렸다.

그날 늦게 커스틴은 자신의 주머니에서 접힌 종이를 발견했다. 펴 보니 어거스트의 글씨로 시가 적혀 있었다.

내 친구를 위한 약속

네 영혼이 이 땅을 떠나면 내가 쫓아가서 찾아낼 거야

나의 우주선이 고요한 밤하늘에 떠 있네

커스틴은 전에는 그의 시를 한 번도 본 적 없었다. 시를 읽으니 가슴이 뭉클해졌다. "고마워." 밤에 커스틴이 말하자 어거스트는 고개를 끄덕였다.

———

길은 점점 더 거칠어졌다. 유랑악단은 쓰러진 나무를 치우기 위해 세 번이나 멈춰야 했다. 단원들은 옷이 땀에 흠뻑 젖는 것도 아랑곳 않고 양손 톱을 사용해서 최대한 신속하게 작업했다. 여기저기 배치된 정찰조들은 도로와 숲을 살펴보면서 작은 소리에도 깜짝 놀라 총을 겨누었다. 커스틴과 어거스트는 지휘자의 반대를 무릅쓰고 도로 전방 정찰에 나섰다. 오도 가도 못하고 선 유랑악단 마차들 너머로 800미터쯤 더 가자 완만하게 경사진 평원이 나타났다.

"골프장이네." 어거스트가 말했다. "그게 뭔지는 알지?"

그들은 언젠가 골프장 클럽하우스에서 뚜껑을 따지 않은 스카치위스키 두 병과 기적적으로 아직 먹을 수 있는 칵테일용 올리브가 들어 있는 통조림을 발견했다. 그 이후로 어거스트는 또 그런 일이 있기를 기대하고 있었다.

클럽하우스는 긴 진입로 끝에, 일렬로 늘어선 나무들 뒤에 가려져 있었다. 불에 거의 다 타버린 상태였고, 남아 있는 세 개의 벽 위에 지붕이 천처럼 걸쳐져 있었다. 풀밭에는 골프 카트 몇 대가 옆으로 쓰러져 누워 있었다. 하늘이 점점 어두워졌다. 이렇게 폭풍우가 오기 전의 어스름 속에서는 클럽하우스 내부를 들여다보기가 힘들었다. 원래 창문이 있었던 자리 바닥에선 산산이 부서진 유리 파편이 반짝였다. 지붕의 반이 무너져 내린 곳으로 들어가는 것은 위험천만한 일이다. 저 멀리 작은 인공 호수와 썩은 잔교가 보였다. 밑에서 뭔가가 움직이는지 수면이 반짝거렸다. 그들은 낚시 도구를 가지러 마차가 있는 곳으로 되돌아갔다. 제1첼로와 제3첼로가 쓰러진 나무를 톱질하고 있었다.

골프장 호수로 돌아와보니 물고기가 너무 많아서 그물만으로도 충분히 잡을 수 있었다. 물고기를 마구 퍼 올리는 격이었다. 작은 갈색 물고기들이었는데 만지면 왠지 불쾌한 느낌이 들 것 같았다.

멀리서 천둥소리가 들리더니 얼마 지나지 않아 빗방울이 떨어지기 시작했다. 항상 자기 악기를 갖고 다니는 어거스트는 가방에 넣어 다니던 비닐을 꺼내 바이올린 케이스를 싸맸다. 그들은 폭우 속에서 작업을 했다. 커스틴은 호수에서 그물을 끌어올렸고 어거스트는 물고기의 내장을 제거하고 씻었다. 그는 커스틴이 물고기 내장 제거하는 일은 절대로 못 한다는 것을 알고 있었다. 그녀가 토론토에서 떠나오던 첫 해에 길에서 무언가를 보았는데, 잠깐 스쳐지나간 광경이라 정확히 기억도 나지 않았지만 내장을 손질할 때마다 그 생각이 나서 속이 안 좋아지곤 했다. 그래서 그는 항상 그 궂은일을 도맡아했다. 폭우가 엄청나게 쏟아졌지만, 그러고 있으니 잠깐이나마 세 사람이 실종되었다는 사실을 잊을 수 있었다. 마침내 폭우가 잦아들자 두 사람은 물고기를 가득 채운 그물을 들고 진입로를 걸어 되돌아갔다. 도로에서 수증기가 피어오르고 있었다. 마차가 있던 곳으로 돌아가 보니 나무들은 모두 잘려 길가로 치워져 있었지만 유랑악단은 없었다.

"우리가 고기를 잡는 동안 지나가버린 게 틀림없어." 어거스트가 말했다. 그것이 유일하게 합리적인 결론이었다. 그들은 그물을 가지러 돌아왔을 때 지휘자와 함께 골프장까지의 경로를 확인했었다. 하지만 도로가 호수와 떨어져 있어서, 그리고 클럽하우스가 두 사람을 가린 바람에 악단은 어거스트와 커스틴을 보지 못했던 것일 테고, 악단이 지나가는 소리는 폭우에 묻혀버렸을 것이다.

"빨리도 가버렸네." 커스틴은 아무렇지 않은 듯 말했지만, 심장이 조이는 것 같은 느낌이었다. 어거스트는 주머니 속에 들어 있는 동전한 움큼을 만지작거렸다. 왠지 석연찮은 느낌이 들었다. 악단은 왜 이런 폭우 속에서 이동을 했을까? 예상치 못한 위급 상황이 발생한 거 아닐까? 폭우로 길이 싹 씻겨 내려가 흔적이라곤 하나도 남지 않았다. 포장도로 위는 나뭇잎과 잔가지로 어지러웠고, 날씨는 다시 무더워지고 있었다. 구름이 갈라지면서 파란 하늘이 군데군데 드러났다.

"이런 더위에는 생선이 금방 상할 텐데." 어거스트가 말했다.

이렇게도 저렇게도 할 수 없었다. 커스틴의 몸속에 있는 모든 세포들은 악단을 뒤쫓아 가기를 열망했지만, 낮에 불을 피우는 것이 더 안전한 데다가 아침에 토끼 육포 한두 조각밖에 먹지 못했다. 그들은 땔나무를 모았지만 모든 것이 비에 젖어서 아주 작은 불씨 하나 지피는 데도 오랜 시간이 걸렸다. 모닥불에서 연기가 심하게 나서 생선을 굽는 동안 눈이 따가웠지만 그래도 연기 덕분에 옷에 밴 비린내가 사라졌다. 그들은 구운 생선을 배 터지게 먹고 나서 나머지는 그물에 넣어 싼 뒤 속이 거북함을 느끼면서 다시 길을 나섰다. 골프장을 지나고 여러 해 전에 사람들이 뒤지고 갔을 것이 분명한 많은 집들과 잔디밭에 널린 부서진 가구들을 지나갔다. 한참 후에는 더위에 상해가는 생선을 버리고 속도를 내 최대한 빨리 걸었지만, 유랑악단은 여전히 보이지 않았다. 지금쯤 말발굽 자국이나 발자국이나 마차 바퀴 자국 같은 흔적이 나타났어야 하는데 아무것도 보이지 않았다. 그들은 말을 잃었다.

땅거미가 질 무렵, 두 사람은 고가도로 밑을 지나게 되었다. 커스틴은 앞에 유랑악단이 보이기를 바라면서 고가도로 위로 올라갔지만, 멀리 반짝이는 호수를 향해 구부러져 가다가 나무들 뒤로 사라지는 도로만 보일 뿐이었다. 고가도로에는 차들이 끝도 없이 늘어서 있고, 하늘을 반사하고 있는 수천 장의 창문 사이로는 관목들이 자라고 있었다. 가장 가까이 있는 차의 운전석에는 해골이 앉아 있었다.

그들은 고가도로에 자란 나무 밑에 어거스트의 비닐 시트를 깔고 나란히 누워서 잤다. 커스틴은 자다 깨다를 반복했다. 눈을 뜰 때마다 주변에 사람들과 동물들과 마차가 없는 적막한 풍경이 아프게 느껴졌다. 지옥은 사랑하는 사람들이 없는 곳이다.

24

유랑악단 없이 맞게 된 둘째 날, 커스틴과 어거스트는 도로 갓길에 줄지어 늘어선 자동차들과 마주쳤다. 늦은 오전이었고 날은 한층 더 뜨거워졌으며 사방이 고요했다. 언제부터인가 호수는 보이지 않았다. 부드러운 곡선 그림자를 드리운 자동차들은 완전히 청소된 것처럼 텅 비어 있었다. 유골 하나, 버려진 소지품 한 개 없는데, 누군가가 근처에 살면서 이곳을 자주 왔다 갔다 한 것 같았다. 한 시간 후 그들은 주유소에 이르렀다. 길가에 홀로 있는 단층 건물로, 노란색 조개껍질 광고판이 아직도 서 있었고 차들이 주유펌프 앞에서 서로를 가로막고 있었다. 녹은 버터 색깔의 차 옆면에는 검은색 글씨가 적혀 있었다. 시카고 택시였다. 몰락 직전, 폭동이 일어나고 있는 도시에서 누군가 마지막 남은 택시 중 한 대를 불러 가격을 협상하고 북쪽으로 도망쳐 온 것이다. 운전석 문에 총알구멍이 두 개 나 있었다. 그때 개 짖는 소리가 났다. 두 사람은 깜짝 놀라 손을 무기로 가져갔다.

골든레트리버 한 마리를 데리고 건물 옆을 돌아온 남자는 50대나 60대로 보였다. 희끗희끗한 백발은 짧게 깎았고, 오래전에 다친 적이 있는지 걸음이 뻣뻣했다. 소총 한 자루를 옆으로 내려 들고 있었는데 얼굴에 복잡하게 생긴 흉터가 하나 있었다.

"무슨 일이신지?" 그가 물었다. 적대적인 말투는 아니었다. 좀 더 진정된 시대인 20년에 살고 있어서 다행이었다. 문명 몰락 후 첫 10년이나 12년 안에 만났다면 바로 총알이 날아왔을 것이다.

"그냥 지나가는 중이에요." 커스틴이 말했다. "해를 끼칠 의도는 전혀 없어요. 저희는 문명 박물관으로 가고 있어요."

"어디로 가고 있다고, 지금?"

"세번시티 공항요."

어거스트는 아무 말 없이 커스틴 옆에 서 있었다. 그는 낯선 사람과 이야기하는 것을 좋아하지 않았다.

남자가 고개를 끄덕였다. "아직도 거기 누가 남아 있나?"

"친구들이 거기 있기를 바라고 있어요."

"잃어버렸어?"

"네, 잃어버렸어요." 커스틴이 말했다. 어거스트는 한숨을 쉬었다. 유랑악단이 이 길 어디에도 없다는 것은 확실했다. 부드러운 흙으로 덮인 땅을 지나왔는데도 흔적이 전혀 없었다. 말똥도 없었고, 최근에 생긴 마차 바퀴 자국이나 발자국도 없었으며, 20여 명의 사람들과 마차 세 대와 말 일곱 마리가 그들보다 앞서서 이 길을 지나갔다는 것을 보여주는 그 어떤 흔적도 보이지 않았다.

"흠." 남자가 고개를 가로저었다. "운이 나빴군. 유감이네. 그건 그렇고 내 이름은 핀이야."

"저는 커스틴이에요. 이쪽은 어거스트고요."

"저건 바이올린 케이슨가?" 핀이 물었다.

"네."

"관현악단에서 도망친 거야?"

"관현악단이 우리한테서 도망쳤어요." 어거스트의 주먹이 주머니 속에서 불끈 쥐어지는 것을 본 커스틴이 재빨리 말했다. "여기서 혼자 사세요?"

"물론 아니지." 핀이 말했고, 커스틴은 자신의 실수를 깨달았다. 어느 정도 진정된 시대라고 해도, 자신이 수적으로 열세라는 것을 인정할 사람이 누가 있겠는가? 그의 눈길이 커스틴의 칼에 머물렀다. 그녀는 남자의 얼굴 옆면에 있는 흉터에서 눈을 돌리기가 힘들었다. 거리가 멀어서 확실히 말하긴 어렵지만, 누가 의도적으로 그린 듯한 모양이었다.

"여기가 마을은 아니죠?"

"아니지. 마을이라고 부를 수는 없지."

"죄송해요, 그냥 궁금해서. 선생님 같은 분을 많이 보지 못했거든요."

"나 같은 사람이라니?"

"마을 밖에서 사는 사람요." 커스틴이 말했다.

"그런가. 여긴 아주 조용해. 그나저나 당신들이 말한 그곳, 박물관 말이야. 거기에 대해서 뭐 아는 거라도 있나?"

"별로 없어요." 커스틴이 말했다. "하지만 우리 일행은 그곳으로 가고 있었어요."

"듣기로는 구세계의 유물을 보존하는 곳이라던데요." 어거스트가 말했다.

남자가 개가 짖듯 컹컹 소리를 내며 웃었다. 개가 걱정스러운 눈으로 주인을 올려다보았다. "구세계의 유물이라니." 그가 말했다.

"여기가 거기야, 친구들. 지금의 전 세계가 바로 구세계의 유물을 보존하는 곳이라고. 새 차를 마지막으로 본 게 언제야?"

그들은 서로를 흘끗 쳐다보았다.

"뭐, 어쨌든, 물병을 채우고 싶으면 건물 뒤에 펌프가 있어." 핀이 말했다.

그들은 감사를 표한 후 그를 따라 건물 뒤로 갔다. 주유소 뒤에서는 성별을 알 수 없는 아이 두 명이 감자 껍질을 벗기고 있었는데, 빨간 머리의 쌍둥이로 여덟 살 혹은 아홉 살쯤 되어 보였다. 맨발이지만 옷은 깨끗했고 머리도 깔끔하게 다듬어져 있었다. 아이들은 낯선 사람들이 다가오자 그들을 뚫어지게 쳐다보았다. 커스틴은 어린아이를 볼 때면 늘 조지아 독감 이전 세상을 알지 못한다는 것이 더 좋은 일인지 더 나쁜 일인지 궁금했다. 핀이 받침대가 흙에 묻혀 있는 수동 펌프를 가리켰다.

"우리 만난 적 있지 않나요?" 커스틴이 말했다. "그렇죠? 2년 전에 물가의 세인트데버러에서 살지 않았어요? 제가 산책을 나갔을 때 빨간 머리 쌍둥이가 졸졸졸 쫓아다녔던 기억이 나요."

핀이 긴장하더니 팔 근육을 씰룩이며 소총을 들어 올리려고 했다. "예언자가 보냈나?"

"네? 아뇨, 아뇨. 우린 그 마을을 지나왔을 뿐이에요."

"걸음아 나 살려라 하고 빠져나왔다니까요." 어거스트가 말했다.

"우린 유랑악단 소속이에요."

핀이 미소를 지었다. "그렇다면 그 바이올린이 설명되는군." 그가 말했다. "유랑악단 기억하지." 그가 소총을 잡은 손에서 힘을 풀더니 말을 이었다. "내가 셰익스피어를 무척 좋아한다고 말할 수는 없지만, 10여 년 만에 음악을 처음 들었는데 정말 최고였어."

"감사합니다." 어거스트가 말했다.

"예언자가 마을을 접수한 후에 떠나신 거예요?" 커스틴이 물었다. 어거스트는 펌프질을 하고, 커스틴은 펌프 주둥이에 병을 대고 차가운 물이 손으로 튀는 것을 느끼면서 물을 받고 있었다.

"그렇게 미친 인간들은 살다 살다 처음 봤어." 그가 말했다. "아주 위험한 인간들이더라고. 우리 몇 명은 애들을 데리고 도망쳐 나왔어."

"찰리와 제러미 아세요?" 커스틴은 병뚜껑을 닫은 후 병들을 자신의 배낭과 어거스트의 가방에 넣으면서 물었다.

"음악가들 아니야? 여자는 흑인이고, 남자는 아시아계?"

"맞아요."

"잘은 몰라. 인사 정도 나누는 사이였지. 내가 떠나기 며칠 전에 아기를 데리고 떠났어."

"어디로 갔는지 아세요?"

"몰라."

"이 길을 따라 가면 뭐가 있는지 말해주실 수 있어요?"

"몇 킬로미터를 가도 아무것도 없어. 마을이 두 개 있는데 내가 알기로는 이젠 사람이 한 명도 안 살아. 그다음에는 세번시티와 호수가 있지."

"거기 가보셨어요?" 그들은 다시 도로로 걸어갔다. 남자의 옆얼굴을 흘끗 쳐다보자 상처가 눈에 확 들어왔다. 소문자 t자같이 생겼는데 아래로 향하는 선이 하나 더 있었다. 물가의 세인트데버러에서 건물에 스프레이 페인트로 그려져 있던 기호였다.

"세번시티? 몰락 이후로는 안 가봤지."

"마을을 벗어나서 여기서 이렇게 사는 거, 어때요?" 커스틴이 물었다.

"한적하지." 핀이 어깨를 으쓱거리며 말했다. "10년 전이었다면 이런 위험을 무릅쓰지 않았을 거야. 예언자만 빼면 10년이 아주 조용히 흘러갔지." 그가 잠시 머뭇거렸다. "저기, 아까는 내가 좀 솔직하지 못했어. 당신들이 말하는 그곳, 박물관이라는 곳을 나도 잘 알아. 지금도 거기엔 사람들이 꽤 많이 살고 있을 거야."

"세인트데버러를 떠날 때 거기로 가고 싶은 생각은 없었어요?"

"예언자가 그곳에서 왔다는 말이 있어." 그가 말했다. "공항 사람들이 예언자의 추종자들이면 어떡하려고."

—

커스틴과 어거스트는 대체로 침묵하며 걸었다. 사슴 한 마리가 길을 건너다 멈춰 서서 그들을 쳐다보다가 숲속으로 사라졌다. 인간이 거의 모두 사라진 세상의 아름다움. 타인이 지옥이라면, 사람이 거의 없는 세상은 뭘까? 머지않아 인류가 멸종되고 말 거라는 생각이 드는데도 커스틴은 슬프기보다는 평화로운 기분이 들었다. 그렇게도 많은 생명의 종(種)이 이 지구상에 나타났다가 사라졌는데, 거기에 하나 더 보태는 게 뭐 어떻다고. 그나저나 현재 남아 있는 사람들은 몇 명이나 될까?

"그 사람 흉터 말이야." 어거스트가 말을 꺼냈다.

"나도 봤어. 그건 그렇고 악단은 어디 있는 거야? 왜 경로를 바꿨을까?" 어거스트는 대답이 없었다. 유랑악단이 계획한 경로를 벗어날 수밖에 없었을 이유는 열 가지도 넘게 댈 수 있었다. 어떤 식으로든 위협을 받아 에둘러 가는 길을 선택했을 수도 있다. 면밀

히 검토한 결과 다른 경로가 더 빠르고 커스틴과 어거스트는 공항
에서 만나면 된다고 결론지었을 수도 있다. 길을 잘못 들어서 풍경
속으로 사라졌을 수도 있다.

—

이른 오후 어거스트는 진입로를 발견했다. 그늘에서 쉬고 있던
그가 벌떡 일어나서 길을 건너갔다. 그쪽에 어린 나무들이 자라고
있는 것을 커스틴도 보았지만 너무 피곤하고 더위에 지쳐서 그게
어떤 의미인지 생각할 여력도 없었다. 어거스트가 한쪽 무릎을 꿇
고 땅을 쿡쿡 찔러보았다.

"자갈이야." 그가 말했다.

진입로는 무성하게 자란 관목 때문에 거의 보이지 않았다. 나
무를 헤치면서 조금 걸어가자 숲이 사라지고 이층집이 있는 공터
가 나타났다. 녹이 슬어 못 쓰게 된 자동차 두 대와 픽업트럭 한 대
가 타이어에 바람이 다 빠진 채 푹 주저앉아 있었다. 그들은 숲 가
장자리에 숨어서 한동안 지켜보았지만 아무런 움직임도 감지하지
못했다.

현관문이 잠겨 있었다. 이례적인 일이었다. 집 뒤쪽으로 돌아가
서 보니까 뒷문도 잠겨 있었다. 커스틴이 자물쇠를 땄다. 거실로
들어서는 순간, 다른 사람은 아무도 들어온 적이 없다는 사실이 분
명하게 느껴졌다. 장식용 쿠션이 소파 위에 가지런히 놓여 있었다.
리모컨은 먼지를 잔뜩 뒤집어쓴 채 커피 테이블 위에 놓여 있었다.
그들은 얼굴을 가린 헝겊 위로 드러난 눈썹을 치켜 올리면서 서로
를 쳐다보았다. 지난 여러 해 동안 누구의 손길도 닿지 않은 집은

만난 적 없었다.

부엌에서 커스틴은 식기건조대에 일렬로 세워져 있는 접시들을 손가락으로 쭉 훑다가, 나중에 쓸 요량으로 포크를 두세 개 챙겼다. 2층에는 아이 방이 있었다. 방 주인인 아이가 아직도 있었는데, 해골이 되어 침대에 누운 채였다. 어거스트가 1층 화장실을 뒤지는 동안 커스틴은 누비이불을 끌어당겨 아이의 머리를 덮어주었다. 벽에 걸린 액자에 소년이 부모와 함께 찍은 사진이 들어 있었다. 소년은 리틀야구 유니폼을 입고 있고 부모가 아이 양옆에서 한쪽 무릎을 꿇은 자세로 포즈를 취하고 있었다. 다들 환하게 웃고 있었다. 뒤에서 어거스트의 발소리가 들렸다.

"내가 뭘 발견했는지 봐봐." 그가 말했다.

어거스트는 〈스타 트렉〉에 나오는 엔터프라이즈 우주선 모형을 들고 있었다. 잠자리 정도 크기의 우주선이 햇빛 속에 반짝였다. 그때 침대 위 벽에 붙어 있는 태양계 포스터가 커스틴의 눈에 들어왔다. 지구가 태양 옆에 파란색 작은 점으로 표시되어 있었다. 소년은 야구와 우주를 좋아했던 모양이다.

"딴 데도 보고 올게." 잠시 후 커스틴이 말했다. 어거스트의 눈길이 침대에 멈춰 있었다. 그녀는 그가 기도를 할 수 있도록 먼저 방을 나갔다. '기도'가 적합한 표현인지는 알 수 없다. 그가 망자들 앞에서 중얼거릴 때면 그들과 이야기를 나누는 것 같았다. "마지막이 평화로웠기를 바랄게요." 커스틴은 어거스트가 이렇게 말하는 것을 들은 적 있다. "집 진짜 좋네요. 당신 장화 가져가서 미안해요"라고 말하기도 했고 "당신이 어디 있든, 가족도 그곳에 함께 있기를 바랍니다"라고도 했다. 침대에 누워 있는 소년에게는 어찌나 조용하게 말을 하는지 잘 들리지 않았다. 커스틴이 알아들은 것은

"저 하늘 별들 속에서"라는 말뿐이었다. 그녀는 엿듣고 있었다는 것을 들키지 않기 위해 재빨리 부부 침실로 들어갔다. 어거스트가 벌써 들어왔다 나간 것이 분명했다. 소년의 부모는 침대에 죽어 있었다. 어거스트가 그들의 얼굴을 덮어주기 위해 담요를 끌어당길 때 생겨난 먼지 구름이 공기 중에 자욱하게 걸려 있었다.

—

침실에 딸린 욕실에서 커스틴은 잠깐 두 눈을 감고 스위치를 켰다. 물론 아무 일도 일어나지 않았지만, 이런 순간에 늘 그랬듯 그녀는 이 동작이 제대로 된 결과를 가져왔을 때를 기억해내려고 애를 썼다. 스위치를 켜면 전기 불빛이 방 안을 가득 채우던 때. 문제는 자신이 그것을 기억하고 있는 것인지 아니면 기억한다고 상상하고 있는 것인지 알 수 없다는 점이었다. 그녀는 화장실 세면대 옆 선반에 놓인 파란색과 흰색이 섞인 네모난 도자기 상자를 만지면서 그 안에 든 큐팁스 면봉을 신기한 듯 들여다보았다. 그러다가 면봉을 꺼내 챙겼다. 귀지를 팔 때나 악기 청소를 할 때 유용할 것 같았다. 커스틴은 고개를 들고 거울 속의 자신을 바라보았다. 머리카락을 좀 잘라야 할 것 같았다. 그녀는 미소를 짓다가, 최근에 이가 빠져 허전한 부분을 감추기 위해 입술을 살짝 오므렸다. 그러고는 벽장을 열고 차곡차곡 쌓여 있는 수건을 바라보았다. 맨 위에 있는 것은 파란색 바탕에 노란색 오리들이 그려져 있었고 구석에 두건이 달려 있었다. 세 식구 모두 독감에 걸렸다면 왜 부모는 아들을 자기들 침대로 데려가지 않았을까? 아마도 부모가 먼저 죽은 것 같다. 더는 생각하고 싶지 않았다.

침실 문은 닫혀 있지만 창문이 조금 열려 있어서 카펫은 더러워 졌어도 벽장 속 옷들은 죽음의 냄새를 피할 수 있었다. 어거스트가 아직 소년의 방에 있는 동안 커스틴은 주머니가 있는 파란색 실크 원피스가 마음에 들어서 그것으로 갈아입었다. 웨딩드레스와 검은 색 정장도 연극 의상으로 쓰려고 챙겼다. 유랑악단이 하는 일은 관 객들에게 마법을 거는 일이고, 적당한 의상이 있으면 도움이 된다. 그들이 스치고 지나가는 삶들은 남루하고 고되고, 사람들은 먹고 사는 일에 전적으로 매달린다. 배우들 중에는 자기들이 관객들과 똑같이 여기저기 깁고 해진 옷을 입으면 셰익스피어 극의 의미가 더 잘 전달될 거라고 생각하는 사람들도 있다. 그러나 커스틴은 티 타니아가 드레스를 입고 햄릿이 셔츠를 입고 넥타이를 맨다면 더 멋질 거라고 생각했다. 튜바도 그녀의 의견에 동의했다.

"새로운 세상의 문제는 우아함과는 정말 지독히도 거리가 멀다 는 거야." 언젠가 튜바가 이렇게 말했다. 그는 우아함이 어떤 것인 지 알고 있었다. 몰락 전에 지휘자와 함께 군악대에서 근무했던 그 는 가끔씩 군 무도회에 대해 이야기하곤 했다. 그는 어디 있을까? 아니, 악단에 대해 생각하지 마. 악단 생각은 하지 마. 여기, 이 집 만 생각해. 커스틴은 마음을 다잡았다.

"원피스 예쁜데." 커스틴이 1층 거실에서 어거스트를 만났을 때 그가 말했다.

"입고 있던 건 연기 냄새랑 생선 비린내가 너무 나서."

"지하실에서 여행가방을 두 개 찾았어." 그가 말했다.

그들은 수건과 옷, 커스틴이 나중에 훑어보고 싶은 잡지들, 부엌 에서 찾은 포장을 뜯지 않은 소금 한 포대와 나중에 사용할 수도 있을 것 같은 다른 물건들을 챙겨서 여행가방에 넣고, 각자 여행가방을 한 개씩 들고 그 집을 나섰다. 그러기 전에 거실에서 몇 분간 머물면서 커스틴은 책장을 훑어보았고 어거스트는 《TV 가이드》 나 시집이 있는지 찾아보았다.

"특별히 찾는 거라도 있어?" 어거스트가 먼저 탐색을 포기하고 물었다. 커스틴은 그가 리모컨을 가져갈까 생각 중이라는 것을 알 수 있었다. 아까부터 그걸 들고 이것저것 눌러보고 있었다.

"『닥터 일레븐』을 찾고 있었어. 근데 『V에게』로 만족하려고."

이삼 년 전 이동하다가 어디다 잘못 됐는지 『V에게』를 잃어버리고 말았다. 그 후로 새로 한 권 갖고 싶어 찾는 중이었다. 잃어버린 그 책은 그녀 어머니가 모든 것이 끝나기 직전에 구입한 책이었다. 『V에게: 아서 리앤더의 민낯』. 표지 상단에 흰 글씨로 이 책이 최고의 베스트셀러라고 적혀 있었다. 표지 사진은 아서가 자동차에 타면서 어깨 너머로 뒤를 돌아보는 모습을 찍은 흑백사진이다. 그의 표정은 다양한 해석이 가능한데, 약간 수심 어린 표정이라고 볼 수도 있고, 누가 자기 이름을 불러서 돌아보는 것일 수도 있다. 책은 그가 V라는 친구에게 보낸 편지들을 묶은 것이다.

커스틴이 오빠와 함께 토론토를 떠날 때, 오빠가 배낭에 책을 딱 한 권만 챙기라고 해서 그녀는 어머니가 어린애는 읽으면 안 된다고 했던 『V에게』를 챙겨 넣었다. 오빠는 눈을 부릅떴지만 아무 말도 하지 않았다.

25

『V에게』에 실린 편지들 중 몇 통:

V에게,

토론토는 춥지만 난 내가 사는 이곳이 마음에 든다. 아직까지 적
응이 안 되는 건, 구름이 끼고 눈이 내리려고 할 때 하늘이 오렌지
빛깔로 보인다는 거야. **오렌지 빛** 말이야. 도시에서 반사된 빛이라
는 건 알지만 그래도 좀 으스스해.

요즘 방세에 세탁비에 식비까지 제하고 나면 교통비가 없어서
먼 거리를 걸어 다니는 일이 많은데, 어젠 하수구에서 1페니 동전
한 개를 발견했어. 보는 순간 행운의 마스코트라는 생각이 들더라.
그 동전을 이 편지에 붙여서 보낸다. 엄청나게 반짝거리지 않아?
어젯밤엔 열아홉 번째 생일을 맞은 기념으로 시내에 가서 5달러를
내고 나이트클럽에 들어갔어. 레스토랑에서 두세 시간씩 아르바이
트해서 겨우 먹고사는 주제에 5달러씩이나 내고 나이트클럽에 가
다니 무책임하단 생각도 들었지만, 뭐, 춤추는 게 좋으니까 그냥

들어가서 즐겼어. 내가 뭐하고 있는 건지도 모르겠고, 꼭 발작하는 것 같다는 생각도 들더라. 그리고 나서는 클라크라는 친구랑 집으로 걸어오는데 그 친구가 배우들이 커다란 가면을 쓰고 나오는 실험극을 봤다고 하더라고. 멋진 것 같긴 한데 허세 작렬이라는 생각도 들었어. 그래서 그렇게 말했더니 "너 뭐가 허세 작렬인지 알아?"라고 묻더라. 그러더니 이러는 거야. "네 헤어스타일이 허세 작렬이다." 농담으로 한 말이었지만 난 아침에 일어나서 룸메이트에게 아침식사를 차려주면서 머리 좀 깎아달라고 부탁했어. 깎고 보니 나쁘지 않아. 걔는 미용학교에 다니거든. 말총머리는 사라졌어! 아마 나를 못 알아볼 거야! 난 이 도시를 사랑하면서 동시에 증오해. 보고 싶다.

-A

V에게,

어젯밤엔 너희 집에 가서 너와 네 어머니와 함께 마작을 하는 꿈을 꿨다. 현실에서는 그때 딱 한 번 그랬던 것 같은데, 그때 우리 둘 다 많이 취했지만, 그 작은 타일 패로 하는 게임이 재미있었던 건 기억나. 어쨌든, 오늘 아침엔 너희 집에서 정말 마음에 들었던 게 생각나더라. 착시 효과. 거실에서 보면 잔디밭 끝에 바로 바다가 있는 것처럼 보이는데 막상 밖에 나가서 보면 잔디밭과 바다 사이에 절벽이 있었잖아. 그리고 절벽에서 바다로 내려가는 계단은 금방이라도 무너질 것 같아서 엄청 무서웠고.

고향이 그리운 건 아닌데 그립지 않은 것도 아니야. 요즘에는 연기 수업을 같이 듣는 클라크와 많은 시간을 함께 보내. 너도 보면 좋아할 거야. C는 머리를 절반만 **빡빡** 민 펑크록 헤어스타일을 하고, 밀지 않은 쪽은 분홍색으로 염색했어. C의 부모님은 C가 경영학을 전공하거나 적어도 뭔가 실용적인 학위를 받기 바라는데, C는 그럴 바엔 차라리 죽어버리겠대. 지나친 말로 들릴지 모르지만 예전에 나도 섬에서 계속 사느니 차라리 죽겠다는 생각을 한 적이 있기 때문에 이해한다고 말해줬어. 오늘 밤 수업은 재미있었어. 너도 잘 지내기를 바란다. 또 편지할게.

　-A

　V에게,

　절벽 위에 있는 너희 집 네 방에서 같이 음악을 들었던 때를 기억하니? 오늘은 그때 얼마나 행복했나 하는 생각이 들더라. 비록 토론토로 떠나기 직전이라 슬프기도 했지만 말이야. 그때 네 방 창으로 나뭇잎들을 바라보며 고층빌딩을 보고 있다고 상상해보려고 애를 썼던 게 기억나. 고층빌딩을 보고 있으면 어떤 기분일까, 그땐 여기서 본 나뭇잎들을 그리워할까 궁금해했었지. 그런데 막상 토론토에 와서 자리를 잡고 보니 내 방 창문 바로 밖에 나무가 한 그루 있어서 여기서도 보이는 건 나뭇잎밖에 없다. 은행나무야. 거기 서쪽 지방에서는 한 번도 본 적 없었던 거지. 예뻐. 나뭇잎이 작은 부채처럼 생겼어.

　-A

　V에게,

　난 정말 형편없는 배우고 이 도시는 더럽게 추워. 그리고 네가 보고 싶다.

　-A

V에게,

우리가 혜성을 보려고 늦게까지 함께 있었던 밤을 기억해? 히야쿠타케 혜성이었지. 잔디에 서리가 내렸던, 3월의 엄청 추운 밤이었어. 우린 그 혜성 이름을 자꾸 발음해봤어. 히야쿠타케, 히야쿠타케. 하늘에 걸려 있던 그 빛이 정말 예쁘다고 생각했던 게 기억난다. 조금 전에 갑자기 그 생각이 났다. 너도 나처럼 그날 밤을 생생하게 기억하고 있는지 궁금해. 여기서는 별이 잘 안 보여.

-A

V에게,

이 얘긴 처음 하는 건데 지난달에 연기 수업 강사가 내 연기가 좀 단조롭다고 느껴진다고 말했어. 내가 형편없는 배우라는 걸 그런 식으로 표현한 거야. 개선하기가 얼마나 어려운지에 대해 모호하게 말을 늘어놓더라. 친절하다는 느낌까지 들 정도였어. 그래서 내가 그랬어. 절 지켜봐주십시오. 그가 놀란 표정으로 눈을 깜박거리며 나를 쳐다보더니 그다음 3주 동안은 거의 날 모른 척했어. 그러다가 어젯밤에 내가 독백 연기를 하다가 고개를 들었는데 그 강사가 나를 보고 있었어. 정말로 나를 유심히 지켜보고 있더라고. 그러고는 몇 주 만에 처음으로 나한테 잘 가라고 인사를 했어. 그때 나한테도 희망이 있다는 생각이 들었지. 휠체어에 앉아서 다른 사람들이 뛰어가는 것을 보고 있는 것 같은 기분이 들어. 좋은 연기가 어떤 건지는 알겠는데, 나는 거기에 이르지 못하는 거지. 하지만 가끔은 아주 가까이 간 것 같을 때도 있어, V. 나 진짜 열심히 노력하고 있어.

섬에 대해 생각하면 과거시제처럼, 내가 언젠가 꾸었던 꿈인 것처럼 느껴져. 이 거리를 거닐고 공원을 산책하고 나이트클럽에서 춤을 추면서 '예전에 난 제일 친한 친구 V와 해변을 걸었지. 예전에는 남동생과 숲에서 요새를 쌓았어. 예전엔 내 눈에 보이는 거라고는 나무밖에 없었어' 하고 생각해봐. 그러면 이 모든 사실들이 거짓처럼 느껴져. 누군가 들려주는 동화 속 이야기 같은 느낌도 들고. 토론토의 어느 거리 횡단보도 앞에서 신호등이 바뀌기를 기다리며 서 있는데 섬이 다른 행성처럼 느껴지더라. 기분 나쁘라고 하는 말은 절대 아니고, 네가 아직도 거기 산다고 생각하니 기이한 느낌이 든다.

안녕.

-A

V에게,

이게 마지막 편지다. 넌 4개월 동안 내가 보낸 편지에 답장 한 번 없었고 5개월 만에 겨우 엽서 한 장 달랑 보낸 게 전부구나. 오늘 집을 나섰더니 나무에 봄꽃이 활짝 피었더라. 너와 함께 이 화사한 거리를 걷는 꿈을 꾼 것 같기도 한데 기억이 안 나. (V, 미안해, 룸메이트가 진짜 좋은 마리화나를 가지고 와서 인심을 베풀더라고. 그래서 약간 어지럽고 외롭다. 넌 절대로 고향을 떠나지 않을 거니까 고향에서 이렇게 멀리 떠나와 산다는 게 어떤 건지 잘 모를 거야.) 아까는 이 도시를 잘 알기 위해서는 먼저 무일푼이 되어야 한다는 생각을 했어. 무일푼이 되어야(말 그대로 정말 한 푼도 없어봐야, 지하철 요금 2달러도 없어봐야) 어딜 가도 걸어 다닐 수밖에 없을 것이고, 걸어 다녀야 도시가 가장 잘 보이거든. 어찌 됐든, 난 배우가, 그것도 좋은 배우가 될 거야. 그게 중요해. 뭔가 멋진 일을 하고 싶은데 그게 뭔지는 모르겠다. 어젯밤에 룸메이트 한 명에게 그런 얘길 했더니 막 웃으면서 나보고 어리다고 하더라. 하지만 우린 늙어가고 있고 그 속도도 굉장히 빠른 거 같아. 내가 벌써 열아홉이라니.

뉴욕에 있는 연기학교에 오디션을 볼까 생각 중이다.

그동안 생각했던 건데 좀 냉정하게 들릴지 모르겠고 미안한 마음도 들지만 그냥 할게. 넌 항상 내 친구라고 했지만 실제로는 아니야, 그렇지 않니? 그걸 난 최근에야 깨달았다. 네가 내 삶에는 아무런 관심도 없다는 걸.

이 말이 널 아프게 할지 모르겠지만 그런 의도로 하는 말은 아니고 그냥 사실을 말하는 거야, V. 넌 내가 먼저 전화를 하면 그제야 너도 전화를 하더라. 그거 알고 있니? 내가 먼저 전화해서 메시지를 남기면 그때서야 나한테 전화를 걸어주더라고. **네가 먼저 내게 전화하는 일은 절대로 없고.**

친구라면서 그렇게 하는 건 정말 잘못하는 것 같지 않냐? 난 항상 너를 생각하는데, 너는 항상 내 친구라고 말만 하고 나를 진심으로 생각해주지는 않아. 그래서 난 이젠 네 말이 아니라 네가 보여주는 행동으로 판단하려고 해. 내 친구 C는 내가 친구에게 거는 기대가 너무 높다고 하지만 난 그렇게 생각 안 해.

잘 지내라, V. 네가 보고 싶을 거야.

-A

V,

너에게 마지막 편지를 쓴 이후로 여러 해가(아니 십수 년이) 흘렀지만 난 네 생각을 종종 했다. 크리스마스 때 만나서 반가웠어. 어머니가 이웃들을 초대하신 줄 몰랐어. 어머니는 내가 집에만 가면 항상 그러셔. 나를 자랑하고 싶으신 것 같아. 만일 내 삶의 중요한 결정을 어머니에게 맡겼다면 난 그 섬을 떠나지 못했을 것이고, 지금쯤 아버지의 제설차를 몰고 있을 텐데도 말이야. 갑자기 한 방에 있게 되어 어색하긴 했지만 오랜 세월이 흐른 후에 널 다시 만나 얘기를 나눌 수 있어서 즐거웠다. 아이가 넷이라니! 정말 대단하다.

사실 여러 해 동안 너뿐만 아니라 다른 누구에게도 편지를 써본 적이 없어서, 편지 쓰기가 좀 서툴러졌다는 걸 고백한다. 깜짝 놀랄 만한 소식이 있는데, 제일 먼저 알려주고 싶은 사람이 바로 너야. 나 결혼한다. 아주 급작스럽게 결정됐어. 크리스마스 때는 아직 확신이 없어서 얘기 안 했는데, 이젠 확신이 생겼고 완벽하게 옳은 결정인 것 같아. 내 아내 될 사람의 이름은 미란다인데, 이 친구도 사실 우리와 같은 섬 출신이야. 하지만 토론토에서 만났지. 낯설고도 아름다운 만화를 그리는 작가야. 다음 달에 같이 로스앤젤레스로 가서 결혼식을 올릴 예정이다.

우린 어쩌다 이렇게 늙어버렸을까, V? 다섯 살 때 숲에서 너랑 요새를 만들던 때가 엊그제 같은데. 우리 다시 친구가 될 수 있을까? 네가 많이 보고 싶었다.

-A

V에게,

낯설게 느껴지는 날들을 보내고 있다. 한 사람의 인생이 꼭 영화 같다는 느낌이 든다. 난 길을 잃고 헤매는 느낌이 들어, V. 이런 생각들이 불쑥불쑥 들곤 한다. 내가 어떻게 여기에 이르렀지? 어떻게 이런 삶을 살게 됐지? 그동안 일어났던 일들을 돌아보면, 도저히 이룰 수 없을 것 같았던 일들을 이뤄냈기 때문에 그런 생각이 드는 거겠지. 나보다 더 재능이 있으면서도 성공하지 못한 배우를 수십 명은 알고 있거든.

어떤 여자를 만나서 사랑하게 됐어. 엘리자베스라는 여잔데 매우 우아하고 아름다워. 그보다 훨씬 더 중요한 건 굉장히 가볍고 밝다는 거야. 내가 그런 여자를 그리워했다는 것을 깨닫지 못하고 있었어. 그녀는 모델 일이나 영화 촬영이 없을 땐 미술사 수업을 들어. 도덕적으로 비난받을 수 있는 관계라는 거 나도 알아. 클라크도 그렇게 생각하는 것 같고. 어젯밤에 디너파티를 열었는데, 아주 어색했고 돌이켜 생각해보니 후회막급이긴 해. 전후사정을 이야기하자면 길지만 그땐 좋은 생각처럼 느껴졌었어. 그런데 어느 순간에 고개를 들었더니 C가 '너한테 참 실망이다'라고 말하는 것 같은 표정으로 나를 보고 있더라고. 실망하는 것도 당연해. 나도 나 자신한테 실망했으니까. 모르겠어, V, 모든 것이 엉망이야.

안녕.

-A

V에게,

어젯밤에 클라크가 저녁식사를 함께하러 우리 집에 왔었어. 6개월 만에 처음이었지. C를 만난다고 생각하니까 왠지 긴장되더라. 열아홉 살 때보다는 그에 대한 관심이 많이 떨어졌기 때문이기도 하고(이런 말을 하니까 내가 못된 사람 같은데, 사람들은 변화에 대해서 좀 더 솔직해질 필요가 있지 않을까?), 또 C가 마지막으로 여기 왔을 땐 난 아직도 미란다와 결혼한 상태였고 엘리자베스는 디너파티에 초대된 손님에 불과했거든. 그게 의식됐기 때문이기도 했어. 어쨌든 엘리자베스는 로스트 치킨까지 만들면서 1950년대 주부 연기를 아주 잘 해냈고 C도 그런 그녀에게 호감을 갖는 것 같았어. 엘리자베스는 저녁 내내 가장 밝고 화사한 상태를 유지했고 아주 매력적이었어. 이번에는 술도 그렇게 많이 마시지 않았고.

고등학교 때 예이츠에 열광하던 국어 선생님 기억하니? 그의 열광적인 예이츠 사랑이 너한테도 전염됐는지 한동안 침실 벽에 그의 시구를 붙여놓았잖아. 최근에 그 시구가 생각이 나더라. **사랑은 사자의 이와 같다.**

안녕.

-A

26

"제발 지금 농담하는 거라고 말해줘요." 엘리자베스 콜튼이 전화를 걸어 책에 관해 얘기해줬을 때 클라크가 말했다. 그러나 농담이 아니었다. 그녀도 아직 그 책을 보지 못했지만—시중에 깔리는 건 일주일은 더 있어야 한다고 했다—믿을 만한 소식통으로부터 자신과 클라크 둘 다 책에 등장한다는 이야기를 전해 들었다. 그녀는 격노했다. 소송을 고려하고 있지만 누구를 고소해야 할지 알 수 없었다. 출판사? V? 아서를 고소하고 싶은 마음이 굴뚝같았지만 그도 책에 대해 알지 못했던 것이 분명하기 때문에 그를 고소할 수는 없을 것 같았다.

"아서가 우리 얘기를 뭐라고 썼대요?" 클라크가 물었다.

"모르겠어요." 엘리자베스가 말했다. "하지만 자기 결혼생활과 친구관계에 대해서 상세하게 얘기한 건 분명해요. 내 친구는 '시시콜콜'이라는 표현을 쓰더라고요."

"'시시콜콜'이란 말은 여러 가지 의미로 쓰일 수 있잖아요." 클라크가 말했다. 하지만 좋은 의미는 아니겠군, 그는 생각했다. 보통

'시시콜콜하게 친절한 사람'이라는 표현 같은 건 안 쓰니까.

"그가 자기 인생에 들어온 사람들을 묘사하기를 좋아했던 건 사실이에요. 어쨌든 이 일로 전화를 걸었더니 같이 분노하는 예의는 보여주더라고요." 잠깐 잡음이 들렸다.

"제목이 『B에게』라고요?" 클라크가 제목을 메모했다. 조지아 독감이 세상을 휩쓸기 3주 전이었다. 이때만 해도 그들은 책으로 출간된 편지에 대해 걱정하는, 이루 말할 수 없는 사치를 누리고 있었다.

"아뇨, 『V에게』예요. 아서의 친구 빅토리아의 약자죠."

"이젠 친구가 아니겠죠. 내일 아서와 통화해볼게요." 클라크가 말했다.

"아마 횡설수설하고 자기 책임이 아니라는 식으로 애매모호하게 말할 거예요." 그녀가 말했다. "아니면 나하고 얘기할 때만 그런 건지도 모르죠. 아서와 이야기하면서 그가 연기하고 있다고 느낀 적 없어요?"

"저기, 이제 그만 끊어야겠습니다." 클라크가 말했다. "11시에 인터뷰가 있어서."

"곧 뉴욕에 갈 거예요. 만나서 상의해요."

"좋아요, 그럽시다." 그녀를 못 본 지 몇 년은 된 것 같았다. "당신 매니저한테 말해놔요, 내 비서한테 연락하라고. 약속 잡게."

전화를 끊었을 때 클라크의 머릿속은 온통 『V에게』 생각뿐이었다. 너무도 당혹스러워서 동료들과 이야기를 나누는 것은 차치하고 눈길도 마주치지 않은 채—그들 중에 벌써 그 책을 읽은 사람이 있을까?—사무실을 나와 23번가로 나섰다. 지금 당장 『V에게』를 구해서 읽어보고 싶었지만—한 권 구해줄 수 있는 사람을 알고 있었다—회의 전에 시간이 없었다. 그는 그랜드 센트럴 역 옆에 있는 상수도 시스템 컨설팅 기업의 전방위 컨설팅을 실시하고 있었다.

몇 년 전부터 기업 컨설팅이 그의 전문 분야가 되었다. 컨설팅의 중심에는 의뢰한 기업이 개선시키고 싶어 하는 간부가 있고, 당연한 일인지 모르겠지만 이 간부는 표적이라고 불렸다. 클라크의 현재 표적들 중에는 회사에는 수백만 달러를 벌어주지만 부하직원들에게는 전횡을 일삼는 영업 간부와, 똑똑하고 새벽 3시까지 일하는 근면성을 갖췄는데도 어쩐된 일인지 마감 기한을 맞추지 못하는 변호사, 고객 관리 기술은 뛰어난데 부하직원 관리에는 지극히 무능한 홍보이사 등이 포함되어 있었다. 클라크가 제공하는 컨설팅은 우선 표적과 근거리에서 일하는 동료 10여 명을 인터뷰하고, 거기서 나온 내용을 익명화해 정리한 보고서를 표적에게 제공하며—충격을 완화하기 위해 긍정적인 내용들을 먼저 쓴다—그다음에는 최종 단계로 이삼 개월에 걸쳐 코칭을 실시한다.

23번가는 그다지 북적이진 않았지만—점심식사를 위해 사람들이 몰려나오기에는 아직 조금 이른 시간이었다—아이폰 좀비들이 자꾸만 그의 길을 가로막곤 했다. 그의 나이의 절반밖에 안 되어 보이는 사람들이 휴대폰 액정화면만 들여다보면서 꿈속을 헤매듯 걸어 다녔다. 그는 그런 사람 두 명을 일부러 밀치고 평소보다 빠르게 걸었다. 그들 때문에 화가 나서 씩씩거리며 걷다 보니, 자신이 벽을 치는 것 같기도 하고, 전속력으로 달리는 것 같기도 하고, 나이트클럽에서 미친 듯이 춤을 추는 것 같기도 한 기분이 들었다. 예전에 아서와 함께 나이트클럽에 다닐 때는 아서가 춤을 출 때 박자도 제대로 못 맞추면서 덩달아 몸을 흔들어대곤 했지만, 지난

20년 동안은 그레 본 적이 한 번도 없다. 젊은 여자가 지하철 계단 맨 위칸에서 갑자기 멈춰서는 바람에 그녀와 부딪칠 뻔한 클라크는 여자를 노려보면서 그녀 옆을 스치고 지나갔다. 그녀는 액정화면에 빠진 나머지 그런 것도 모르고 있었다. 그는 지하철 문이 닫히기 직전에 겨우 올라탈 수 있었다. 그날의 첫 은혜로운 순간이었다. 초조해하면서 그랜드센트럴 역에서 내린 후에는 한 번에 두 계단씩을 뛰어 올라가 주대합실 옆에 있는 대리석으로 된 복도를 바쁘게 걸어 각종 향신료 냄새가 진하게 풍기는 그랜드센트럴 역과 옆 건물 사이 통로를 지나 그레이바 빌딩으로 들어갔다.

"늦어서 죄송합니다." 클라크가 인터뷰 대상에게 말하자, 그녀는 괜찮다는 듯 어깨를 으쓱하더니 손님용 의자를 가리켰다.

"겨우 2분 늦은 걸로 사과하시면 우린 친해지지 못할 것 같은데요." 텍사스 말씨인가? 30대 후반에서 40대 초반으로 보이는 달리 아는 끝선이 날카로운 헤어스타일에 빨간색 립스틱을 바르고 빨간 테 안경을 쓰고 있었다.

클라크는 늘 하던 대로 자기소개를 하고 지금 실시하고 있는 전방위 컨설팅의 개요를 설명했다. 그녀의 상사가 표적이라는 것과, 열다섯 명의 직원을 상대로 인터뷰를 하고 있는데 그들이 말한 내용을 주제에 맞게 분류해서 익명으로 보고서에 정리할 것이며, 각 그룹마다 적어도 세 명은 들어가게 해서 하급자, 동료, 상급자의 평가보고서를 따로 만들 것이라고 설명했다. 자신의 목소리를 남의 말을 듣듯 거리를 두고 들어보니 차분하고 안정된 목소리로 들려서 안심했다.

"제가 잘 이해했는지 모르겠는데, 그러니까 요점은 제 상관을 변화시키는 거네요?"

"잠재적인 약점이 될 만한 부분들을 보완하는 거죠." 클라크가 말했다. 이 말을 하니까 『V에게』가 다시 생각났다. 약점을 한마디로 정의하면 경솔함이 아닐까?

"그러니까 그게 그를 바꾸는 거죠." 그녀가 웃으면서 고집을 부렸다.

"뭐 그렇게 보실 수도 있겠군요."

그녀가 고개를 끄덕이며 말했다. "저는 개인이 완벽해질 수 있다고 믿지 않아요."

"아, 네." 그가 말했다. 그 순간 머릿속에 철학과 학부생처럼 말하기에는 그녀 나이가 좀 많지 않나 하는 생각이 스치고 지나갔다. "그럼 인간의 개선 가능성은 믿으십니까?"

"글쎄요." 그녀는 의자에 등을 기대고 앉아 가슴께 팔짱을 끼고 그의 질문에 대해 생각했다. 그녀의 어조는 경쾌했지만, 그는 그녀가 경솔하지 않다는 사실을 알 수 있었다. 이전에 실시한 인터뷰에서 그가 팀에 대해 질문했을 때 그녀의 동료들이 그녀에 대해 했던 말들이 기억났다. 누군가는 그녀를 '좀 다른' 사람이라고 묘사했고, 다른 누군가는 '진지하다'라는 표현을 썼다. "이 일을 꽤 오랫동안 하셨다고요?" 그녀가 물었다.

"21년 정도 했죠."

"선생님이 코치하는 사람들, 정말 변하긴 변하나요? 지속적이고 눈에 띄게 말이에요."

그는 머뭇거렸다. 사실 그도 궁금했다.

"태도는 바뀌지요." 그가 말했다. "그들 중 일부는요. 자신이 특정 분야에서 개선이 필요한 것으로 인식되고 있다는 사실 자체를 모르는 사람들이 많습니다. 그러다가 보고서를 받아들면……"

그녀가 고개를 끄덕였다. "선생님은 사람이 바뀌는 거랑 태도가 바뀌는 건 다른 거라고 생각하고 계시군요."

"물론이죠."

"그러니까 제 말은요, 선생님이 댄을 지도하면 분명히 많이 좋아질 거라고 믿어요. 구체적인 여러 분야에서 개선되겠죠. 하지만 그래도 여전히 기쁨을 모르는 개자식일 거예요."

"기쁨을 모르는⋯⋯."

"아뇨, 잠깐만요. 그건 쓰지 마세요. 다르게 표현할게요. 네, 그러니까 선생님이 그를 지도하면 분명히 조금 바뀔 거예요. 그래도 성공했지만 불행한 사람인 건 바뀌지 않아요. 결혼생활이 행복하지 않고 집에 가고 싶지 않아서 매일 밤 9시까지 일하는 불행한 사람 말이에요. 그걸 제가 어떻게 아느냐고 묻지 마세요. 불행한 결혼생활은 티가 나기 마련이거든요. 그건 구취가 있는 사람이 가까이 오면 알 수 있는 거랑 마찬가지예요. 전 지금 인생을 좀 달리 살았으면 어땠을까, 뭐라도 좀 다른 것을 했으면 어땠을까 하고 후회하는 사람 이야기를 하고 있는 거예요. 제 말이 너무 심한가요?"

"아뇨, 계속하세요."

"좋아요. 전 제 일을 사랑해요. 제 상관이 제 인터뷰 내용을 알아볼까 봐 이런 말을 하는 건 아니에요. 익명으로 해도 누가 무슨 말을 했는지 알아차릴 순 있을 거라고 생각하지만요. 어찌 됐든 가끔 주위를 둘러보면, 기업에는 유령들이 가득한 것 같다는 생각이 들어요. 정신 나간 소리처럼 들릴 수도 있지만, 정말로요. 아니, 수정할게요. 학계도 다르지 않아요. 부모님이 학계에 계셔서 그 호러쇼를 앞자리에서 똑똑히 지켜봤거든요. 그러니까 어른들의 세계는 유령들로 가득 차 있다고 말하는 게 더 적절할 것 같네요."

"죄송하지만, 무슨 말씀인지 잘……."

"전 지금 자기가 선택한 삶에 깊은 실망감을 느끼고 있는 사람들 얘기를 하는 거예요. 무슨 말인지 아시겠어요? 그들은 남들이 기대하는 대로 살았어요. 이제 와서 다른 일을 해보고 싶다고 한들 불가능하죠. 은행 대출도 있고, 자식도 있고, 등등. 덫에 걸린 거죠. 댄이 바로 그런 경우예요."

"당신은 댄이 자기 일을 좋아하지 않는다고 생각하는군요."

"맞아요." 그녀가 말했다. "게다가 자기가 그렇다는 걸 깨닫지도 못하고 있을 거라고 생각해요. 그런 사람들이 도처에 널려 있어요. 본질적으로 고기능 몽유병자라고 할 수 있는 사람들이."

그 말의 어느 부분이 클라크로 하여금 울고 싶게 만들었을까? 그는 고개를 끄덕이면서 그녀의 말을 최대한 곧이곧대로 받아 적었다. "그가 자신은 직장에서 불행하다고 묘사할까요?"

"아뇨." 달리아가 말했다. "그런 사람들은 일이란 건 기본적으로 힘들고 단조롭고, 아주 가끔 행복한 순간이 있을 뿐이라고 생각하거든요. 이때 행복이란 건 주로 머리 식히기를 의미하는 거예요. 제 말이 무슨 뜻인지 아시겠어요?"

"아뇨, 자세하게 설명해주세요."

"네, 예를 들어 선생님이 휴게실로 들어간다고 해보죠." 그녀가 말했다. "거기 좋아하는 동료가 두 명 있고, 그중 누가 재밌는 이야기를 해요. 그럼 선생님은 함께 웃으면서 그들과 하나라고 느끼죠. 재미있고 유쾌하게 잠깐 시간을 보내요. 그러고는 자기 자리로 돌아가는데 돌아가서도 뭐랄까, 여운이라고 해야 할까요? 그런 게 남아 있죠. 하지만 그런 다음에 퇴근할 때까지 일을 하다 보면 결국 그날도 다른 날과 똑같은 하루가 돼요. 그런 식으로 계속 사는 거예요. 퇴근 시간을 기다리고 주말을 기다리고 1년에 몇 주 있는 유급 휴가를 기다리고, 그렇게요. 하루하루가 그렇게 지나가면서 선생님 인생을 채우는 거예요."

"맞아요." 클라크가 말했다. 그 순간 그의 마음속에는 말로 표현할 수 없는 열망이 가득 찼다. 그 전날 그는 휴게실에 들어가서 동료가 〈데일리 쇼〉를 보고 한 말에 유쾌하게 웃으면서 5분을 보냈었다.

"그런 게 인생이라고들 생각하죠. 그런 게 행복이라고 생각한다고요, 대다수의 사람들은요. 댄 같은 사람들은 몽유병자들이에요. 그 어느 것도 그들을 흔들어 깨울 수 없어요." 달리아가 말했다.

클라크는 인터뷰를 마치고 달리아와 악수한 후 둥근 천장이 있는 로비를 걸어 나와 렉싱턴스트리트로 나갔다. 날이 쌀쌀했지만 다른 사람들과 떨어져서 밖에 있고 싶었다. 그는 에둘러 가는 긴 경로를 택해서 동쪽으로 두 블록을 더 걸어가 상대적으로 조용한 2번가로 향했다.

『V에게』와 달리아가 말한 몽유병자에 대해 생각하던 그의 머릿속에 갑자기 낯선 의문들이 비집고 들어왔다. 클라크가 몽유병자라는 것을 아서가 알아보았을까? 그 내용이 V에게 보내는 편지에 들어 있을까? 클라크는 자신이 몽유병자라는 것을, 여러 해 동안 비몽사몽하는 상태로 살아왔다는 것을 깨달았다. 특별히 불행한 것은 아니지만, 일에서 진정한 기쁨을 느꼈던 마지막 순간이 언제였지? 마지막으로 무언가에 진심으로 감동했던 때가 언제였지? 마지막으로 경외감이나 영감을 느꼈던 때는? 그는 시간을 거슬러 가서 아까 인도에서 자기가 밀쳤던 아이폰 좀비들에게 사과하고 싶었다. 미안합니다, 나도 당신들만큼이나 이 세상에 발을 붙이고 살지 않았다는 걸 이제야 깨달았습니다. 내겐 당신들을 판단할 권리가 없습니다. 그러고는 이제까지 자신이 실시한 모든 전방위 컨설팅의 표적들에게 전화를 걸어 그들에게도 사과하고 싶었다. 다른 누군가의 보고서에 등장하는 일이 얼마나 끔찍한지, 표적이 되는 것이 얼마나 끔찍한 일인지 깨달았기 때문이었다.

STATION
ELEVEN

27

유명인의 사진을 찍고 인터뷰하는 것만으로 생계를 유지할 수 있었던 때가, 돌이켜 생각해보면 있을 법하지 않은 그런 때가 있었다. 인류의 역사에서 한순간보다도 더 짧은, 눈 깜짝할 새라고 표현해야 할 정도로 짧은 순간이었다. 세상의 종말이 있기 7년 전, 지반 차드하리는 아서 리앤더와의 인터뷰를 잡았다.

지반은 그전부터 여러 해 동안 파파라치로 활동하면서 그런대로 생활을 꾸려나가고 있었지만, 인도의 화분 뒤에 숨거나 주차한 차 속에 숨어서 기다리면서 유명인을 스토킹하는 일에 넌더리가 나서 연예 기자가 되려고 노력하고 있었다. 물론 기자 일도 지저분하기는 마찬가지지만 파파라치보다는 덜 지저분하다고 생각했다. "나 이 사람 알아요." 예전에 그의 사진을 몇 장 사준 적 있는 편집자와의 술자리에서 아서 리앤더 이야기가 나왔을 때 그가 말했다. "이 사람 나오는 영화는 모조리 봤어요. 어떤 것들은 두 번씩도 봤고. 그리고 어딜 가나 따라다니면서 사진을 찍었죠. 이 사람 부인들 사진도 많이 찍었어요. 인터뷰 따올 수 있습니다." 편집자는 그에게 기회를 주기로 했다. 약속한 날 지반은 호텔로 차를 몰고 가서 펜트하우스 밖에 대기하고 있는 젊은 매니저에게 자신의 신분증과 자격증을 보여주었다.

"15분 드립니다." 매니저가 지반을 안으로 안내했다. 쪽모이세공 바닥이 깔린 스위트룸은 환하게 불이 밝혀져 있었다. 방 하나에는 탁자에 카나페가 차려져 있고 기자들이 자기 휴대전화를 노려보고 있었다. 다른 방에는 지반이 자기 세대 최고의 배우라고 믿는 남자가 로스앤젤레스 시내가 내려다보이는 창가의 안락의자에 앉아 있었다. 중후한 휘장으로 장식된 고급스러운 안락의자와 아서가 입고 있는 명품 정장이 지반의 눈에 들어왔다. 자기가 미란다의 사진을 찍은 사람이라는 것을 아서가 어떻게 알겠느냐고 지반은 계속 자신을 다독였지만, 충분히 알 수 있는 일이다. 그의 머릿속은 온통 그날 밤 미란다에게 자기 이름을 말해준 것이 얼마나 어리석은 일이었나 하는 생각뿐이었다. 연예 기자가 되겠다니, 꿈도 야무졌지. 쪽모이세공 마룻바닥을 걸어가면서 그는 아서가 고개를 들기 전에 어디가 아픈 척하고 도망쳐버릴까 하는 터무니없는 생각도 했다.

매니저가 지반을 소개하자 아서는 미소를 지으며 악수를 청했다. 지반의 이름은 아서에게 아무런 의미도 없는 것 같았다. 표정을 보니 그를 알아본 것 같지도 않았다. 여기 오기 전에 지반은 심혈을 기울여 외모를 바꿨다. 구레나룻을 싹 밀어버리고, 콘택트렌즈를 빼고 진지해 보이는 안경을 썼다. 그는 아서 맞은편에 놓인 안락의자에 앉아 둘 사이에 있는 커피 테이블 위에 녹음기를 올려놓았다.

지반은 지난 이틀간 아서가 출연한 영화들을 전부 다시 보았고 아서에 대해 연구했다. 그러나 아서는 지금 촬영 중인 영화나 자신의 연기 연습이나 영향력에 대해서, 혹은 예술가의 길을 걷게 만든 동기에 대해서, 혹은 몇 년 전 데뷔 초에 했던 한 인터뷰에서 말했던 것처럼 아직도 자신을 아웃사이더라고 생각하는가에 대해서는 이야기하고 싶지 않다고 했다. 그는 지반이 던진 처음 세 질문에 단답형으로 대답했다. 그는 멍하고 숙취에 시달리는 것처럼 보였다. 오랫동안 잠을 잘 못 잔 것 같은 얼굴이었다.

"자, 말해봐요." 불편할 정도로 오랫동안 침묵을 지키던 아서가 마침내 입을 열었다. 아서는 조금 전 매니저가 가져다 준 응급치료약인 카푸치노를 들고 있었다. "어떻게 하면 연예 기자가 되죠?"

"이거 뭐 포스트모더니즘적인 현상인가요?" 지반이 물었다. "유명인사들이 파파라치들의 사진을 찍질 않나, 인터뷰하러 왔다가 도리어 인터뷰를 당하질 않나." 조심하자. 지반은 생각했다. 아서가 인터뷰에 무관심한 태도를 보이는 것에 대한 실망감이 적대감으로 나타나려 하고 있었다. 그 밑에는 밤마다 그를 잠 못 들게 하는 더 큰 의문들이 도사리고 있었다. 배우를 인터뷰하는 것이 스토킹보다야 낫지만 그렇다고 진짜 기자라고 할 수 있을까? 무슨 삶이 이럴까? 실제로 중요한 가치가 있는 일을 해내는 기자들도 있다. 그의 동생 프랭크만 해도 로이터통신 기자로 아프가니스탄에서 전쟁을 취재했다. 프랭크처럼 되고 싶다는 건 아니지만, 동생과 비교해볼 때 자기가 잘못된 선택을 많이 했다는 느낌을 지울 수 없었다.

"그냥 궁금해서 물어보는 겁니다. 어떻게 이런 일을 하게 됐어요?" 아서가 말했다.

"점차적으로, 그러다가 갑자기요."

배우는 얼굴을 찌푸리고 무언가를 기억해내려는 듯한 표정을 지었다. "점차적으로, 그러다가 갑자기." 그가 지반이 한 말을 따라 했다. 그러고는 잠깐 말이 없었다. "아니, 진짜로." 아서가 기운을 차린 목소리로 말했다. "어떤 동기로 사람들이 연예 기자가 되는지 항상 궁금했거든."

"돈이죠, 일반적으로는."

"물론 그렇겠지. 하지만 더 편한 직업도 있잖아요. 연예 기자라는 게…… 그러니까 내 말은, 당신이 파파라치와 똑같다고 말하는 건 아니고."

아이고, 나를 몰라봐주니 고맙습니다. 지반은 생각했다.

"당신이 하는 일은 그 사람들이 하는 일이랑 다르다는 거 알아요. 하지만 파파라치를 많이 봤는데……." 아서는 '잠깐 타임'이라고 말하는 것처럼 한 손을 들어 보이더니 카푸치노를 절반이나 마셨다. 카페인이 들어가자 그의 눈이 조금 또렷해졌다. "나무에 올라가는 친구들도 봤어요." 아서가 말했다. "농담 아니라 진짜로. 이혼할 때, 미란다가 집을 나갈 때쯤이었지. 설거지를 하다가 밖을 내다봤는데 이 친구가 나무 위에서 카메라를 들고 나를 보고 있더라니까."

"설거지도 하세요?"

"그럼요. 가정부가 기자들한테 이 얘기 저 얘기 하기에 해고를 했더니, 마침 식기세척기가 고장나더라고."

"아주 죽어라 죽어라 하는군요."

아서가 싱긋 웃었다. "당신, 마음에 드네요." 그가 말했다.

지반은 그의 말에 우쭐한 기분이 드는 것이 쑥스러워서 미소를 지었다. "연예 기자, 참 재밌는 직업이죠." 지반이 말했다. "선생님처럼 재미있는 사람들을 많이 만날 수 있거든요." 물론 따분하기 짝이 없는 사람들도 만날 수 있지만, 약간의 아첨이 해될 건 없겠다 싶었다.

"나는 항상 사람들한테 관심이 많았어요." 아서가 말했다. "무엇이 그들을 이끄는가, 무엇이 그들을 움직이는가 하는 것들에." 지반은 아서가 빈정대는 게 아닌가 싶어 그의 표정을 살폈지만, 그는 지극히 진지해 보였다.

"사실 저도 그래요."

"당신이 다른 기자들하고는 달라 보여서 묻는 겁니다." 아서가 말했다.

"그렇습니까? 정말로요?"

"당신은 항상 연예 기자가 되고 싶었어요?"

"예전에는 사진 작가였습니다."

"무슨 사진을 찍었는데?" 아서가 카푸치노를 마저 마셨다.

"결혼사진이랑 인물사진요."

"그럼 그 일을 하다가 나 같은 사람들에 관해 글을 쓰는 일로 전업을 한 건가요?"

"네, 그랬죠." 지반이 말했다.

"왜?"

"결혼식에 가는 게 지겨워서요. 보수는 더 좋았죠. 번거로운 일도 별로 없고. 그런데 왜 물으시죠?"

아서가 탁자를 향해 팔을 뻗더니 지반의 녹음기를 껐다. "내가 나 자신에 대해 이야기하는 걸 얼마나 지겨워하는지 알아요?"

"인터뷰를 많이 하셔서 그런가 보군요."

"너무 많이 하지. 내가 그렇게 말했다고 쓰진 마요. 연극이랑 텔레비전 출연만 할 때가 더 편했어. 프로필이나, 특집기사, 인터뷰 같은 것만 가끔씩 나오는 정도였으니까. 근데 영화로 성공을 거두니까, 세상에나, 상황이 완전히 딴판이 되더군." 그가 컵을 들어 카푸치노를 더 달라는 신호를 보내자 지반 뒤쪽에서 매니저의 구두가 또각거리며 멀어져가는 소리가 들렸다. "미안해요." 아서가 말했다. "나 같은 직업을 가지고 불평하는 건 배부른 소리라는 건 나도 알아요."

당신이 뭘 안다고 그래. 지반은 생각했다. 당신은 부자고, 앞으로도 영원히 부자일 테고, 원한다면 오늘이라도 일을 그만두고 앞으로 다시는 일을 안 해도 되잖아. "하지만 영화를 하신 지 꽤 오래됐잖아요." 지반이 중립적인 어조로 말했다.

"그렇지." 아서가 말했다. "근데 아직도 익숙해지지 않았나 봐요. 아직도 사람들의 주목을 받으면 당혹스럽다니까. 남들한텐 이젠 파파라치에게 신경 안 쓴다고 말하지만 사실은 그렇지 않거든. 그들을 안 보려고 할 뿐이지."

감사할 일이군. 지반은 생각했다. 할당받은 15분이 거의 다 지나가고 있었다. 그는 녹음기를 들어 아서에게 보여준 후 녹음 버튼을 누르고 다시 커피 테이블 위에 놓았다.

"상당한 성공을 거두셨잖아요." 지반이 말했다. "거기에는 물론 대가가 따르겠죠. 사생활을 어느 정도 침해당하는 거 말이에요. 그래서 힘들다고 말하는 게 과연 온당한 일일까요?"

아서가 한숨을 쉬었다. 그는 두 손을 맞잡았다. 지반은 그가 힘을 모으고 있는 것 같다는 인상을 받았다. "그게 일종의 거래조건이라고 할 수 있겠죠?" 아서가 또렷하고 밝은 목소리로 말했다. 아주 명랑하고 쾌활하게 말해서 녹음한 내용을 나중에 다시 들어보면 안색이 창백하고 잠을 통 못 자서 눈밑에 다크서클이 내려와 있는 상태였다는 것을 상상하기 힘들 것 같았다. "우리가 이런 입장이 된 건, 배우로 생활비를 벌며 살게 된 건 엄청난 행운이라는 거 알지. 누가 모르나. 사생활 침해에 대해 불평하는 건 배부른 소리라고도 생각해요. 툭 까놓고 말해서 다들 유명해지고 싶어 하잖아. 안 그래요? 앞으로 어떤 것을 감수하게 될지 몰랐다고 할 순 없죠." 이런 말을 길게 하는 것이 그의 기운을 쏙 빼놓은 모양이었다. 지친 기색이 역력한 아서는 매니저가 건네주는 새 카푸치노를 받아들었다. 어색한 침묵이 흘렀다.

"시카고에서 돌아오신 지 얼마 안 되셨다고요?" 지반은 달리 할 말이 없었다.

"말해봐요." 아서가 다시 팔을 뻗어 지반의 녹음기를 끄더니 말을 이었다. "이름이 뭐라고 했지?"

"지반 차드하리요."

"내가 당신한테 무슨 얘기를 할 텐데, 지반, 신문에 나오기 전에 시간이 얼마나 있을까요?"

"무슨 이야기를 하고 싶으신데요?" 지반이 물었다.

"다른 사람은 모르는 일에 대해서. 어디에 실리더라도 적어도 24시간은 있다가 실리면 좋겠는데."

"아서." 지반 뒤 어딘가에 있던 매니저가 끼어들었다. "우린 지금 정보화 시대를 살고 있어요. 이분이 주차장으로 내려가기도 전에 벌써 가십 사이트에 뜰걸요."

"전 약속은 지키는 사람입니다." 지반이 말했다. 방향 없이 흘러온 삶을 생각하면 그 말이 진실인지 아닌지는 알 수 없었지만, 그렇다고 생각하니 기분은 좋았다.

"그게 무슨 뜻이죠?" 아서가 물었다.

"제가 하겠다고 말한 건 한다는 뜻입니다."

"좋아요." 아서가 말했다. "내가 뭘 말해주면……."

"독점을 보장해준다는 말씀인가요?"

"그래요. 내게 24시간의 여유를 준다는 조건이면 다른 누구한테도 얘기 안 하지."

"좋습니다." 지반이 말했다. "신문에 실을 때까지 24시간 여유를 드리죠."

"신문에 실을 때까지가 아니라 다른 누구에게 얘기하기 전에 24시간을 기다려달란 말입니다. 당신이 근무하는 곳의 인턴이 이야기를 퍼뜨리고 다니는 건 원하지 않으니까."

"좋습니다." 지반이 말했다. "다른 누구한테 말하기 전에 24시간 기다리도록 하죠." 그는 솟구치는 호기심에 약간 흥분했다.

"아서." 매니저가 말했다. "잠깐 말씀 좀 나눌까요?"

"아냐." 아서가 말했다. "내 생각대로 하겠어."

"그러시면 안 돼요." 그녀가 말했다. "지금 누구랑 이야기하는 중인지 잊지 마세요."

"전 약속은 지키는 사람입니다." 지반이 아까 한 말을 되풀이했다. 두 번째 하니까 좀 실없이 들렸다.

"기자잖아요." 매니저가 말했다. "쓸데없는 이야기 하지 마세요. 아서……."

"좋아. 이봐요." 아서가 지반에게 말했다. "난 공항에서 바로 여기로 왔어요."

"네."

"두 시간 전에, 아니 거의 세 시간 전에 도착했지. 집에 가고 싶지 않아서.”

“집에는 왜……?”

“아내랑 헤어지고 리디아 막스랑 결혼할 생각이거든.”

“오 하나님.” 매니저가 탄식을 내뱉었다.

리디아 막스는 시카고에서 얼마 전에 촬영이 마무리된 영화에 아서와 함께 출연한 여배우다. 지반은 예전에 그녀가 로스앤젤레스에 있는 한 나이트클럽에서 나오는 사진을 찍은 적이 있다. 새벽 3시였는데도 그녀는 눈을 반짝이고 있었고, 정말 대단하다 싶을 정도로 흐트러짐이 없었다. 그녀는 파파라치들이 따라다니는 것을 좋아해서 가끔은 자기가 먼저 전화를 걸어 그들을 불러들이기도 했다. 그녀는 그에게 애교 있는 미소를 지어 보였다.

“엘리자베스 콜튼과 이혼한다고요?” 지반이 말했다. “왜요?”

“그래야만 하니까. 다른 여자를 사랑하니까.”

“저한테 왜 이 이야기를 하시는 거죠?”

“다음 달에 리디아와 살림을 합칠 건데 엘리자베스는 아직 몰라요.” 아서가 말했다. “일주일 전에 하루 촬영이 없는 날 여기로 날아왔었지. 엘리자베스한테 털어놓으려고. 근데 도저히 입이 안 떨어지더군. 엘리자베스에 대해서 알아둘 게 있어요. 그녀의 인생에서 나쁜 일은 단 한 번도 일어나지 않았다는 거.”

“단 한 번도요?”

“그 얘긴 기사에 쓰지 마요. 그 얘긴 괜히 했군. 요는, 엘리자베스에게 도저히 말할 수 없었다는 겁니다. 통화를 해도 말이 안 나오더라고. 오늘도 그랬고. 하지만 당신이 내일 이 기사가 나올 거라고 말한다면, 어쩔 수 없이 털어놔야 하지 않겠어요?”

“민감한 기사가 되겠군요.” 지반이 말했다. “선생님과 엘리자베스는 여전히 좋은 친구이고 선생님은 그녀가 잘되기를 바란다. 더 이상 할 이야기는 없고, 이 힘든 시기에 그녀의 사생활이 보호받기를 바란다. 뭐 그런 내용이 되어야겠죠?"

아서가 한숨을 쉬었다. 마흔네 살보다 나이가 좀 더 들어 보였다. "상호간의 합의에 의한 거라고 써줄 수 있을까요? 엘리자베스를 위해서?"

"결별은 상호간의, 어, 원만한 합의에 의해 결정되었다." 지반이 말했다. "선생님과 엘리자베스는 좋은 친구로 남을 것이다. 서로를 상당히 존중하고 있으며, 각자의 길을 가는 게 좋겠다고 두 사람이 합의했고, 이 힘든 시기에 사생활이 존중받기를 진심으로 바란다. 이건 어떻습니까?"

"완벽하군."

"그리고 안 하고 넘어갈 순 없겠죠, 아드……." 지반은 말을 끝맺지 못했지만, 끝맺을 필요도 없었다. 아서가 움찔하더니 천장을 올려다보았다.

"그래요, 아들 이야기 합시다. 못 할 이유가 있나?" 아서가 긴장된 목소리로 말했다.

"두 분이 가장 신경 쓰는 것은 아들 타일러의 행복이다. 선생님과 엘리자베스는 부모로서 타일러를 잘 키우기 위해 최선을 다할 것이다. 잘 다듬어서 쓰겠습니다."

"고마워요." 아서가 말했다.

28

그다음에는? 아서가 죽고 8일 후, 지반은 프랭크의 집 소파에 누워 천장을 물끄러미 보며 그다음에 어떻게 됐는지 기억을 더듬었다. 매니저가 지반에게도 카푸치노를 가져다줬나? 아니, 그랬으면 좋았겠지만, 그러지 않았다. 자꾸 카푸치노 생각이 났다. 좋아하는 음료이기도 했고, 뉴스에서 떠드는 것처럼 상황이 그렇게 안 좋다면 다시는 못 마실지 모른다는 생각이 들었기 때문이기도 했다. 당시 매니저는 지반을 쳐다보지도 않은 채 현관문까지 안내하고는 면전에서 문을 닫았다. 벌써 7년 전 일이다.

지반은 무작위로 떠오르는 과거를 들춰보면서 카푸치노와 맥주를 생각했다. 프랭크는 어느 자선사업가의 회고록을 대필 중이었다. 그 사람 이름을 언급하는 것은 계약으로 금지되어 있었다. 지반은 캐비지타운에 있는 집과 로라가 자꾸만 생각났고, 로라를 혹은 집을 다시 볼 수 있을까 궁금했다. 휴대전화는 이미 작동을 멈춘 뒤였고 동생 집에는 일반전화가 없었다. 밖에서는 세상이 끝나가고 있었다. 눈이 멈추지 않았다.

29

지반은 약속을 지켰다. 기자 생활을 하면서 자부심을 느낀 몇 안 되는 일들 중 하나였다. 그는 인터뷰가 끝나고 24시간 동안 아서와 엘리자베스의 결별에 대해 아무에게도 말하지 않았다.

"무슨 생각하면서 웃고 있는 거야?" 프랭크가 물었다.

"아서 리앤더."

오래전 로스앤젤레스에서 지반은 아서의 집 밖에 죽치고 서 있곤 했다. 지루함에 멍해진 상태로 담배를 피우며 창문을 올려다보는 게 일이었다. 어느 날 밤 그는 아서의 첫 번째 아내를 속여서 그녀에게 호의적이지 않은 사진을 찍었고, 꽤 비싼 값에 팔았다. 하지만 마음은 좋지 않았다. 그를 바라보던 그녀의 눈빛이, 손에 든 담배와 놀라고 슬픈 표정이, 사방으로 삐죽삐죽 튀어나온 머리와 드레스의 어깨끈이 흘러내린 모습이 떠올랐다. 이 겨울 토론토에서 그 생각이 나다니 이상했다.

30

"그 노래 좀 그만해." 프랭크가 말했다.

"미안. 근데 너무 멋진 노래 아니냐?"

"동의하지 않는 건 아닌데, 형 목소리가 너무 별로야."

잇츠 디 엔드 오브 더 월드! 우리가 알던 세상은 끝났다! 며칠 전 쇼핑카트를 밀고 동생네 집 문간에 나타난 뒤로 그 노래가 지반의 뇌리에 꽉 박혀버렸다. 한동안 그들은 텔레비전 앞에 붙어서 볼륨을 줄인 채 뉴스를 봤다. 힘 빠진 목소리로 악몽 같은 소식을 줄줄이 읊어대는 것을 듣고 있으면 덩달아 진이 쭉 빠지고 마음이 어지러웠다. 그들은 그렇게 뉴스를 들으면서 잠깐씩 눈을 붙였다가 깨어나기를 반복했다. 어떻게 그렇게 많은 사람들이 순식간에 죽을 수 있지? 희생자의 숫자는 불가능하다고 생각될 정도로 어마어마했다.

지반은 아파트 안의 모든 통풍구에 비닐을 붙여 막으면서, 이걸로 충분할지, 바이러스가 통풍구를 통해서나 비닐을 붙인 테이프 가장자리로 침투할 수 있는 건 아닐지 궁금해했다. 밤에 빛이 새나

가는 것을 막기 위해 창문을 프랭크의 목욕수건으로 가렸고, 현관문 앞에는 서랍장을 밀어다 놓았다. 가끔 누군가가 문을 두드렸지만 그럴 때마다 두 사람은 숨죽이고 가만히 있었다. 자신들을 제외한 다른 사람들 모두가 두려웠다. 누군가 집 안으로 들어오려고 금속 도구로 자물쇠 주위를 긁어댄 적도 두 번 있었는데, 다행히도 잠금장치가 잘 버텨주었다.

하루하루가 지나갔고 뉴스는 계속됐다. 나중에는 뉴스가 추상적으로 보이기 시작했다. 절대로 끝날 것 같지 않은 공포영화를 보는 기분이었다. 뉴스 진행자들은 멍한 표정으로 단조롭게 말했고 가끔은 눈물을 흘리기도 했다.

—

프랭크의 거실은 건물 모퉁이에 있어서 도시와 호수가 다 내려다보였다. 지반은 호수 쪽 풍경을 더 좋아했다. 프랭크의 망원경으로 도시 쪽을 바라보면 고속도로가 보였는데 볼 때마다 화가 났다. 처음 이틀 동안은 차들이 아주 조금씩이라도 움직였다. 트레일러를 끌고, 쓰레기통과 여행가방을 지붕에 매단 차들이 개미처럼 기어갔다. 그러나 사흘째 아침이 되자 차들이 완전히 멈춰 섰고 사람들은 차에서 내려 여행가방을 들고 아이들과 개들과 함께 차들 사이를 걷기 시작했다.

—

닷새째가 되자 프랭크는 뉴스를 보는 대신 집필 작업을 했다. 그는 뉴스를 계속 보면 미쳐버릴 것 같다고 했다. 그때쯤부터는 뉴스 진행자 대다수가 사실은 뉴스 진행자가 아니었다. 방송사 직원들 아무나, 카메라 앞에 서는 게 익숙지 않은 카메라맨이나 행정직원들이 머뭇거리며 말을 했다. 도시들은 하나둘씩 뉴스 송출을 중단하기 시작했다. 먼저 모스크바에서 소식이 끊기더니 그다음에는 베이징이 잠잠해졌으며, 그다음에는 시드니, 런던, 파리 하는 식이었다. SNS에는 뒤숭숭하고 흉흉한 소문들이 넘쳐났다. 지역 뉴스는 점점 더 지엽적이 되어갔으며, 방송사들이 차례로 떨어져나가기 시작하더니, 결국에는 마지막 한 개의 채널이 내내 뉴스룸을 보여줬고, 방송사 직원들이 교대로 카메라 앞에 서서 입수한 정보를 전달했다. 그러다가 어느 날 새벽 2시에 지반이 눈을 떠보니 뉴스룸이 텅 비어 있었다. 모두 떠나버린 것이다. 그는 텅 빈 뉴스룸을 오래도록 쳐다보았다.

그때쯤 되자 다른 채널들은 모두 시험방송 화면이나 정부의 재난 대처 요령 방송만 내보내고 있었다. 그 대처 요령이라는 것들은 되도록 실내에 머물고, 사람들이 많이 모이는 장소를 피하라는 아무 쓸모없는 충고뿐이었다. 다음 날, 누군가가 뉴스룸을 찍고 있는 카메라의 스위치를 껐거나 카메라가 스스로 꺼진 것 같았다. 그다음 날엔 인터넷이 끊겼다.

—

토론토가 고요해지고 있었다. 한순간도 그치지 않던 도시의 소음이 점차 잦아들었다. 새로이 맞는 아침마다 침묵은 점점 더 깊어졌다. 지반이 프랭크에게 이런 이야기를 했더니 그가 말했다. "다들 기름이 떨어져가고 있어서 그렇겠지 뭐." 고속도로에 멈춰 선 차들을 보니 기름이 떨어지지 않았더라도 어디로든 가지 못하겠다는 생각이 들었다. 눈에 보이는 모든 도로가 버려진 차들로 꽉 막혀 있었다. 프랭크는 집필 작업을 멈추지 않았다. 자선사업가의 회고록은 거의 완성 단계에 이르렀다.

"그 사람도 죽었을 거야." 지반이 말했다.

"그렇겠지." 프랭크가 동의했다.

"근데 왜 아직도 쓰는 거야?"

"계약서에 서명했으니까."

"하지만 계약서에 서명한 다른 모든 사람들은……."

"알아." 프랭크가 말했다.

지반은 자신의 쓸모없는 휴대전화를 창문을 향해 높이 들었다. '서비스가 안 되는 지역입니다'라는 메시지가 액정화면에서 반짝거렸다. 그는 휴대전화를 소파 위로 떨어뜨리고는 호수를 내려다보았다. 배가 온다, 그리고…….

—

고요한 오후 시간 동안 지반은 도시가 얼마나 인간적인지, 모든 것이 얼마나 인간적인지 생각했다. 사람들은 현대사회의 비인간성을 개탄했지만 그에게는 그게 다 헛소리처럼 느껴졌다. 현대사회는 결코 비인간적이지 않다. 거대하고 정교한 사회기반시설이 존재하고, 거기서 사람들은 모두 눈에 띄지 않게 묵묵히 일했다. 사람들이 일하러 가기를 멈추자 사회 전체가 서서히 작동을 멈췄다. 주유소나 공항으로 연료를 배달하는 사람이 아무도 없다. 자동차가 오도가도 못 하게 되었다. 비행기가 날 수 없다. 트럭들이 원산지에 멈춰 있어 식량이 도시로 전달되지 못한다. 그래서 식료품 가게들이 문을 닫았다. 상점들은 약탈당한다. 발전소나 변전소로 출근하는 사람이 아무도 없고, 전선 위로 쓰러진 나무를 치우는 사람도 없다. 지반이 창가에 서 있을 때 전기가 나갔다.

어리석게도 그는 현관문 옆에 서서 전등 스위치를 켰다 껐다를 반복해보았다.

"그만해." 프랭크가 말했다. 그는 블라인드를 통해 스며들어오는 어스름한 빛 속에서 원고의 여백에 무언가 메모를 하고 있었다. "형이 그러고 있으니까 미쳐버릴 것 같아."

지반은 프랭크가 프로젝트 속에 숨으려 한다는 것을 깨달았지만 그렇다고 그런 모습이 못마땅하지는 않았다. 자신에게도 할 일이 있다면 그 속에 숨어버렸을 것이다.

"우리 집만 불이 나간 것일 수도 있어." 지반이 말했다. "지하실에서 퓨즈가 나간 게 아닐까?"

"우리 집만 나간 게 아니야. 전기가 이렇게나 오래 버텨준 게 놀라운 일이지."

―

"꼭 나무 위 통나무집에 있는 것 같지 않아?" 프랭크가 말했다. 문명 몰락 후 한 달 정도 됐을 때였고 수돗물이 끊긴 지 며칠 뒤였다. 두 사람은 아무 말도 하지 않고 여러 날을 보냈다. 설명할 수 없이 평화로운 시간이었다. 지반은 동생을 이렇게 가깝게 느껴본 적이 없었다. 프랭크는 자선사업가의 회고록을 계속 집필했고 지반은 책을 읽었다. 몇 시간이고 망원경으로 호수를 지켜볼 때도 있었다. 하늘과 호수는 비어 있었다. 비행기도, 배도 없었다. 인터넷은 어디 있을까? 지반은 나무 위의 집을 오랫동안 잊고 살았다. 지반과 프랭크가 어릴 때 살던 토론토 외곽의 집 뒷마당 나무 위에 통나무집이 있었다. 그들은 만화책을 가지고 올라가서 몇 시간이고 그곳에서 놀곤 했다. 밧줄로 된 사다리를 당겨 올리면 아무도 올라올 수 없는 완벽한 아지트였다.

"이걸로 꽤 오래 버틸 수 있을 거 같은데." 지반이 말했다. 그는 물 비축량을 점검하고 있었는데, 아직은 충분했다. 그는 수돗물이 끊기기 전에 아파트에 있는 모든 그릇에 물을 가득 담아놓았고, 최근에는 발코니에 냄비와 사발을 내다놓고 눈을 받았다.

"근데 그다음에는 어떻게 하지?" 프랭크가 말했다.

"전기가 다시 들어오거나 적십자가 나타나거나 할 때까진 여기서 기다려야지." 요즘 들어 지반은 영화 같은 몽상에 빠져들곤 했다. 머릿속에선 그가 본 영화 속 장면들이 섞이고 겹쳐졌다. 아침에 확성기 소리에 깜짝 놀라 잠이 깨보니 군대가 들어와서 이젠 모두 끝났다고, 조지아 독감으로 인한 문제는 모두 해결되었다고, 모든 것이 정상으로 돌아갈 거라고 방송하는 장면을 꿈꾸기도 했다. 그렇게 되면 그는 현관문을 막아놓았던 서랍장을 치우고 주차장으로 내려갈 것이다. 그러면 군인이 그에게 커피를 한 잔 건네고 그의 등을 다독여줄 것이다. 그때가 되면 사람들이 식량을 비축한 그의 선견지명을 칭찬할 것이다.

"무슨 근거로 전기가 다시 들어올 거라고 생각해?" 프랭크는 고개를 들지 않은 채 물었다. 지반은 대답하려고 했지만, 말이 나오지 않았다.

31

15년, 뉴페토스키 도서관장이자 《뉴페토스키 뉴스》 발간인인 프랑수아 디알로가 커스틴 레이먼드를 인터뷰한 기록의 계속:

프랑수아: 미안합니다. 칼 문신 얘기는 물어보지 말걸 그랬어요.

커스틴: 괜찮아요.

프랑수아: 고마워요. 근데 문명의 몰락에 대해 질문해도 될까요?

커스틴: 그럼요.

프랑수아: 토론토에 있었다고 했는데, 부모님과 함께 있었어요?

커스틴: 아뇨. 그 마지막 밤, 토론토에서의 몰락 후 첫째 날, 아니 첫째 밤이라고 해야겠죠? 뭐가 됐든, 그때 전 연극 〈리어 왕〉에 출연하고 있었는데, 남자 주인공이 무대에서 죽었어요. 아서 리앤더라는 배우였죠. 기억나세요? 몇 년 전에 이 이야기를 했었는데. 선생님이 소장하고 있는 신문들 중 하나에 그의 부고 기사가 있었죠.

프랑수아: 하지만 괜찮다면 우리 독자들을 위해서…….

커스틴: 네, 그럴게요. 전에도 말씀드렸지만 그는 무대에서 심장마

비를 일으켰어요. 자세한 건 기억이 안 나요. 그 당시에 있었던 어떤 일도 잘 기억이 안 나거든요. 하지만, 이게 말이 되는지 모르겠지만, 그에게서 받은 느낌은 기억에 남아 있어요. 그는 제게 친절했어요. 우린 마치 친구 같았어요. 그가 죽던 그날 밤은 아주 생생하게 기억나요. 저는 다른 여자아이들 두 명과 함께 무대에 있었어요. 아서 뒤에 있어서 얼굴은 못 봤어요. 하지만 무대 앞쪽에서 소동이 있었던 건 기억나요. 갑자기 퍽 하는 소리가 들렸어요. 아서가 손으로 내 머리 옆에 있는 합판 기둥을 치는 소리였죠. 그는 한 팔을 마구 흔들면서 비틀거리며 뒤로 물러났어요. 그때 객석에서 한 남자가 무대 위로 뛰어오르더니 그에게로 달려왔어요.

프랑수아: 심폐소생술을 알고 있었던 그 의문의 관객 말이군요. 《뉴욕 타임스》 부고기사에 그 사람 이야기가 나와 있었죠.

커스틴: 그 사람은 저한테 친절하게 대해줬어요. 그 사람 이름이 뭔지 아세요?

프랑수아: 아마 아무도 모를걸요.

32

몰락 후 47일째 되는 날, 지반은 멀리서 연기가 솟아오르는 것을 보았다. 온 세상이 눈 천지인데 불이 여기 멀리까지 번져올 거라고는 생각하지 않았지만, 소방관이 없는 도시에서 화재가 일어날 수 있다는 것도 생각해본 적이 없었다.

—

가끔씩 밤에 총성이 들리기도 했다. 돌돌 만 수건이나 비닐, 강력 접착테이프로도 복도에서 악취가 스며들어오는 것을 막을 수 없었다. 그래서 그들은 하루 종일 창문을 열어두고 옷을 여러 겹 껴입었다. 그리고 보온을 위해 프랭크의 침대에서 딱 붙어 잤다.

"결국 떠나야 할 거야." 지반이 말했다.

프랭크는 펜을 내려놓고 지반을 지나쳐 창문을, 호수와 차갑고 추운 하늘을 바라보았다. "내가 어디를 가겠어." 그가 말했다. "어떻게 가겠어."

지반은 소파에 몸을 쭉 펴고 누워 두 눈을 감았다. 곧 결정을 내려야 할 것이다. 식량이 딱 2주분밖에 남지 않았다.

—

고속도로를 내다보고 있을 때 지반을 괴롭힌 것은 저렇게 몰려 있는 차들 사이로 프랭크의 휠체어를 밀고 가는 일은 불가능할 거라는 생각이었다. 다른 길을 선택해야 하겠지만, 모든 길이 다 이런 상태라면 어떻게 해야 하지?

—

일주일이 넘도록 복도에서 아무 소리도 들리지 않자 지반은 아파트 현관문을 열고 나가보기로 결심했다. 그는 문을 막아두었던 서랍장을 치워버리고 계단을 이용해 옥상으로 올라갔다. 여러 주 동안 실내에만 있다가 나와 보니 차가운 공기 속에 무방비로 노출된 느낌이 들었다. 달빛이 유리에 반사돼 반짝일 뿐 다른 빛은 전혀 없었다. 황량하고 예상치 못했던 아름다움, 고요한 대도시, 인기척이라곤 하나도 없는. 호수 위 하늘에 떠 있던 별들이 하나둘씩 구름의 장막 뒤로 숨고 있었다. 그는 공기 중에서 눈 냄새를 맡았다. 눈보라를 위장막 삼아 집을 나서야겠다고 그는 결심했다.

—

"하지만 저 밖에 뭐가 있겠어?" 프랭크가 물었다. "나 바보 아니야, 형. 나도 총성 다 들었어. 방송사가 문을 닫기 전에 나온 뉴스 보도들도 봤고."

"모르겠어. 어딘가에 마을이 있겠지. 농장이라도."

"농장? 형이 농부야? 한겨울이 아니라도 전기랑 관개 시스템 없이 농사를 지을 수 있을 것 같아? 봄에 뭐가 자랄 거라고 생각해? 그동안에는 뭘 먹을 거고?"

"모르겠어, 프랭크."

"사냥은 할 줄 알아?"

"물론 못 하지. 총도 한 번 안 쏴봤는걸."

"낚시는?"

"그만해라." 지반이 말했다.

"총에 맞고 나서 다시는 걷지 못할 거라는 얘길 들으면서 병원에 누워 있는 동안 문명에 대해 많이 생각해봤어. 문명이란 게 무엇인가, 내가 그 안에서 어떤 가치를 가진 존재인가 하는 것들 말이야. 그때 내가 살아 있는 동안에는 다시는 교전 지역을 보고 싶지 않다고 생각했던 게 기억나. 그 생각은 아직 그대로고."

"아직 바깥에는 세상이 있어." 지반이 말했다. "이 아파트 밖에는 말이야."

"저 밖에는 생존이 있을 뿐이야, 형. 밖에 나가면 살아남기 위해 애를 써야 할 거야."

"널 놔두고 갈 순 없어."

"내가 먼저 떠날 거야." 프랭크가 말했다. "많이 생각해봤어."

"무슨 뜻이야?" 지반이 물었지만 프랭크가 한 말의 뜻을 그는 이미 알고 있었다.

33

커스틴: 아서 리앤더의 부고 기사, 아직도 갖고 계세요? 몇 해 전에 보여주셨던 건 기억이 나는데 거기 그 이름이 있을지도…….

프랑수아: 《뉴욕 타임스》맨 마지막에서 두 번째 호를 아직도 갖고 있느냐고요? 그 무슨 하나마나한 질문을. 당연히 갖고 있죠. 하지만 거기에 그 사람 이름은 안 나와요. 객석에서 뛰어올라와 리앤더에게 심폐소생술을 실시한 남자의 신원은 밝혀지지 않았어요. 정상적인 상황이었다면 아마도 후속 기사가 있었겠죠. 누군가가 그를 찾아냈을 테고요. 그건 그렇고, 그래서 어떻게 됐는지 말해줘요. 리앤더 씨가 쓰러졌고, 그러고 나서…….

커스틴: 네, 아서가 쓰러지고, 어떤 남자가 객석에서 무대로 뛰어올라왔어요. 아서를 구하려고 애를 썼죠. 심폐소생술을 실시했어요. 얼마 후에 응급구조사들이 도착했고, 그 남자는 응급구조사들이 응급처치를 하는 동안 제 옆에 앉아 있었어요. 막이 내려왔고 저는 무대에 앉아서 응급구조사들을 보고 있었어요. 남자가 저와 이야기를 나눴던 게 기억나요. 그는 굉장히 침착했어요. 우린 제 경호

원이 우릴 찾을 때까지 무대 뒤에 앉아서 기다렸어요. 경호원이 아니라 보모라고 해야 맞겠네요. 연극에 출연하는 여자애들을 돌보는 게 그 여자 일이었어요.

프랑수아: 그 여자 이름은 생각나요?

커스틴: 아뇨. 울고 있었던 게 기억나요. 심하게 흐느껴 울었어요. 그걸 보고 나도 울었죠. 그녀가 내 화장을 지워주었고 선물도 줬어요. 언젠가 선생님께 보여드렸던 그 유리 문진 말이에요.

프랑수아: 배낭에 문진을 넣어 다니는 사람은 당신뿐일 거예요.

커스틴: 그렇게 무겁지 않아요.

프랑수아: 어린이에게 줄 만한 선물은 아닌데.

커스틴: 알아요. 그래도 아름답다고 생각했어요. 아직도 그렇게 생각하고요.

프랑수아: 그래서 토론토를 떠날 때 갖고 온 거예요?

커스틴: 네. 어쨌든 그녀가 그걸 줬고, 우린 점차 평정을 되찾았어요. 대기실에서 카드놀이를 하면서 부모님께 계속 전화를 걸었는데 부모님은 오시지 않았어요.

프랑수아: 전화는 왔었어요?

커스틴: 연락이 아예 안 닿았대요. 사실 이 다음은 잘 기억이 안 나는데, 오빠가 얘기해줬어요. 보모가 결국 피터 오빠한테 전화를 했고, 그때 오빠 집에 있었대요. 오빠 자기도 부모님이 어디 계신지 모른다고 했고 보모한테 나를 집에 데려다주면 자기가 돌보겠다고 했대요. 피터 오빠 나보다 훨씬 더 나이가 많거든요. 당시 열다섯 살인가 열여섯 살인가 그랬어요. 나를 많이 돌봐줬죠. 보모가 나를 태우고 집까지 와서 오빠한테 나를 맡기고 떠났어요.

프랑수아: 그럼 당신 부모님은……?

커스틴: 다시는 못 만났어요. 비슷한 사연을 가진 친구들이 꽤 있어요. 홀연히 사라져버린 사람들이 많더라고요.

프랑수아: 그럼 이때가 토론토에서의 몰락 후 1일이라면, 부모님은 최초의 희생자 그룹에 속해 있었나 보군요.

커스틴: 네, 그랬던 것 같아요. 가끔은 부모님이 어떻게 됐을까 궁금하기도 해요. 직장에서 병이 나서 응급실을 찾았을까요. 그게 가장 가능성 높은 시나리오인 것 같아요. 그리고 일단 응급실에 도착하고 나서는, 글쎄요, 그 당시 어느 병원에서든 살아남은 사람이 있었을까요?

프랑수아: 그래서 당신은 오빠와 함께 집에 있으면서 부모님이 돌아오기를 기다렸군요.

커스틴: 우린 무슨 일이 벌어지고 있는지 몰랐어요. 처음 한동안은 기다려야 한다는 생각밖에 들지 않았어요.

34

"뭐라도 좀 읽어줘봐." 몰락 후 58일째 되던 날 지반이 말했다. 그는 소파에 누워 천장을 물끄러미 보고 있었다. 잠이 살짝 들었다가 깨기를 반복했다. 그가 이틀 만에 처음으로 입을 열었다.

프랭크가 목소리를 가다듬었다. "특별히 듣고 싶은 거라도?" 그도 이틀간 아무 말도 하지 않았다.

"지금 네가 작업하고 있는 페이지."

"정말? 누릴 거 다 누리고 사는 어느 자선사업가가 할리우드 배우들의 자선 활동에 대해 생각하는 바를 알고 싶다고?"

"왜? 알면 안 돼?"

프랭크가 목소리를 가다듬었다. "이름을 밝힐 수는 없지만, 밝힌다 해도 어차피 들어본 적 없을 이름을 가진 자선사업가가 남긴 불후의 명언이야." 그가 말했다.

나는 배우들이 명성을 흥미로운 방식으로 이용하는 것을 보고 싶다. 몇몇 배우들은 자선재단을 갖고 있고, 아프가니스탄 여성들과 소녀들의 곤경에 주

의를 집중시키려고 노력하거나, 아프리카 흰코뿔소를 구하려고 애쓰거나, 성인 문맹 퇴치 사업에 열정을 기울이거나 한다. 물론 모두 가치 있는 일이고, 그들의 명성이 홍보에 도움이 된다는 사실은 나도 잘 알고 있다.

그러나 우리 정직해지자. 그들 중 세상에 나가 착한 일을 하고 싶었기 때문에 연예계에 발을 들여놓은 사람은 아무도 없다. 나만 해도 출세하기 전에는 자선활동은 생각도 못 했다. 내 배우 친구들은 유명해지기 전에는 오디션을 보러 다니고 눈에 띄려고 애를 쓰면서 생계유지를 위해 닥치는 대로 일을 하고 친구들 영화에 우정출연을 하고 식당이나 출장 뷔페에서 서빙을 했다. 그들이 연기를 한 것은 연기를 사랑하기 때문이었지만 솔직히 말해서 주목받기 위해서기이도 했다. 그들이 원한 것은 남들 눈에 띄는 것뿐이었다.

요즘 나는 불멸에 대해 자주 생각한다. 기억된다는 것은 무슨 의미일까? 나는 무엇으로 기억되고 싶은가? 기억과 명성에 관한 질문들이 내 머릿속을 맴돈다. 나는 옛날 영화 보는 것을 무척 좋아한다. 화면에 나오는 오래전에 죽은 배우들의 얼굴을 보면서 나는 그들이 영원히 죽지 않을 거라고 생각한다. 진부한 표현인 건 알지만 정말이다. 클라크 게이블, 에바 가드너 같은 모두가 아는 유명한 배우들뿐만 아니라, 쟁반을 들고 가는 하녀, 집사, 술집에 앉아 있는 카우보이들, 나이트클럽 안 왼쪽에서 세 번째에 있는 아가씨 같은 단역배우들도 마찬가지다. 내겐 그들 모두가 불멸의 존재다. 처음에 우리는 세상의 주목을 받기만을 원하지만, 일단 주목을 받게 되면 그것만으로는 충분치 않다. 그다음에는 기억되기를 바란다.

35

프랑수아: 토론토를 떠나기 전 마지막 날들은 어땠어요?

커스틴: 전 지하실에 숨어서 텔레비전만 봤어요. 이웃들은 하나둘 씩 떠나갔죠. 피터 오빠가 밤에 몰래 나가서 음식을 훔쳐오곤 했어 요. 어느 날 아침에 오빠가 "키키, 우리도 떠나자." 그러더라고요. 오빠는 이웃들이 버리고 간 자동차에 철사를 꽂아서 시동을 걸고 한동안 운전했지만 결국 멈출 수밖에 없었어요. 고속도로 진입로 가 전부 버려진 차들로 꽉 막혀 있었거든요. 우린 차에서 내려 다 른 사람들처럼 걸어야 했어요.

프랑수아: 어디로 갔어요?

커스틴: 동쪽으로 갔다가 남쪽으로 내려갔어요. 호수를 따라 돌다 가 남쪽으로 내려와 미국으로 넘어왔죠. 그땐 국경이 개방되어 있 었어요. 국경수비대가 죄다 떠나고 없었거든요.

프랑수아: 정해놓은 목적지가 있었어요?

커스틴: 그건 아닌 것 같아요. 하지만 선택은 떠나거나 남아서 기다 리거나 둘 중 하나였는데, 뭘 기다릴 수 있었겠어요?

36

지반은 호수를 따라 가기로 결심했다. 호숫가는 자갈이 깔려 있고 눈까지 내려서 어둑어둑한 저녁 때 걷기가 무척 힘들었다. 발목이 접질릴까 봐 걱정도 되고 발자국을 남기는 게 꺼림칙하기도 했지만, 그래도 가능한 한 도로를 벗어나서 걷기로 결심했다. 다른 사람들을 피해 가고 싶었다.

동생의 아파트에서 맞은 마지막 날 저녁, 그는 창가에 서서 망원경으로 고속도로를 지켜보았다. 세 시간 동안 사람을 딱 두 명 보았는데, 둘 다 몸을 잔뜩 웅크리고 어깨 너머로 힐끔힐끔 뒤를 돌아보면서 시내에서 멀어져갔다. 그 시간 동안 매 순간 그는 프랭크의 침실에서 뿜어져 나오는 침묵을 의식했다. 프랭크가 숨을 안 쉰다는 것을 두 번이나 확인했고 또 비논리적이라는 생각도 들었지만, 프랭크가 홀로 깨어난다는 건 생각만 해도 끔찍했다. 발밑에서 절벽이 무너져내리듯 아찔한 느낌이 들었지만 순전한 의지력으로 정신줄을 붙들고 있었다. 컨디션이 좋지 않았다. 하지만 이런 상황에서 컨디션이 좋은 사람이 있을까?

그는 프랭크의 책상 앞에 앉아서 호수를 내려다보며 날이 저물기를 기다렸다. 그토록 오랫동안 머물렀던 여기 이 아파트에서 맞는 마지막 순간의 평온함을 온전히 느껴보려고 애를 썼다. 프랭크는 원고를 책상에 그대로 두었다. 지반은 프랭크가 작업하던 페이지를, 옛날 영화와 명성에 관한 자선사업가의 생각을 담은 페이지를 발견했다. 상단부의 여백에 프랭크의 흠 잡을 데 없는 멋진 필체로 "요즘 나는 불멸에 대해 자주 생각한다"라고 적혀 있었다. 그건 자선사업가의 말이 아니라 프랭크의 말이었나? 확인할 방법은 없다. 지반은 그 종이를 접어서 주머니에 넣었다.

해가 지자마자 지반은 프랭크가 척수를 다치기 전 하이킹을 갈 때 갖고 다니던 먼지 쌓인 배낭을 메고 아파트를 나섰다. 프랭크가 이 배낭을 아직도 갖고 있었다니 놀라웠다. 언젠가 다시 걸을 수 있을 거라고 생각했던 걸까? 다른 사람에게 줄 계획이었나? 호수를 물들이던 황혼이 서서히 사라질 무렵, 지반은 서랍장을 옆으로 밀고 죽음과 쓰레기의 악취가 진동하는 끔찍한 복도로 걸어 나와 어둠 속에서 계단을 내려갔다. 로비로 들어가는 문 뒤에 서서 몇 분을 망설이다가 심장이 쿵쾅거리는 것을 느끼면서 살며시 문을 열었다. 로비는 비어 있고, 유리문은 박살 나 있었다.

세상은 텅 비어 있었다. 광장이나 거리에서, 혹은 저 멀리 있는 고속도로에서도 움직임이라고는 전혀 찾아볼 수 없었다. 공기 중에선 연기 냄새가 났는데, 사무실과 집에서 화재가 난 듯 화학약품 냄새가 느껴졌다. 가장 놀라운 것은 전깃불이 완전히 사라졌다는 사실이었다. 그가 20대 초반이었을 때 언젠가 밤 11시쯤 영스트리트를 걷고 있었는데 거리의 모든 전등이 갑자기 꺼져버린 적이 있었다. 그를 둘러싸고 있던 도시가 순식간에 사라졌지만, 불이 금방 다시 들어와서 마치 환영을 본 것 같은 기분이 들었다. 거리에 있던 사람들 모두 함께 걷던 사람들에게 당신들도 봤느냐고, 자기만 본 거냐고 물었다. 그때 그는 잠깐이나마 암흑의 도시를 보았다는 생각에 오싹한 느낌이 들었다. 그 암흑의 도시는 상상 이상으로 무서웠다. 그는 도망치고만 싶었다.

저녁하늘에 초승달이 떠 있었다. 그는 최대한 빨리 걸었다. 걸음을 내디딜 때마다 배낭의 무게가 어깨를 짓눌렀다. 그는 가능한 한 도로를 피해 걸었다. 왼쪽에 있는 호수에서 호수 물이 희미하게 반짝였다. 어스름한 빛 속에서 호수는 창백하게 보였다. 침대 옆 탁자에 빈 수면제 통을 놓고 아직도 침대에 누워 있을 프랭크가 자꾸만 떠올랐지만, 그런 생각에 잠겨 있을 순 없었다. 작은 소리 하나가 모든 것의 끝을 의미할 수도 있고, 저 모든 그림자 속에 그의 배낭을 노리는 총잡이가 숨어 있을 수도 있다. 감각이 예민해지고 집중력이 최고조에 달했다. 생존을 위해서는 이런 게 필요하다.

호수 위에 무언가가, 흰 형체가 떠서 깐닥거리고 있었다. 그는 몇 주 전에 아파트에서 봤던, 사람이 타고 있지 않던 그 요트일 거라고 결론 내렸다. 그는 계속 걸었다. 도시는 계속 그를 호수에서 자기 쪽으로 끌어당겼다. 그는 둑을 기어 올라가 호반도로를 따라가다가 호숫가로 돌아가기를 반복했다. 그러다 보니 마침내 도시가 떨어져나갔다.

그는 가끔 걸음을 멈추고 귀를 기울였다. 들리는 소리라고는 호수 물이 자갈에 부딪치는 소리와 부드러운 바람 소리뿐이었다. 몇 시간 후 아주 멀리서 날카로운 총성이 빠르게 두 번 연속으로 들렸다. 그러고는 밤의 장막이 소리를 덮었다. 이제 세상에는 지반과 호수와 겁에 질린 영혼들만 남았다. 좀 더 빨리 움직이고 싶었으나 마음대로 되지 않았다.

달이 지고 있었다. 그는 폐공장 지대 옆을 지나가고 있었다. 너무 피곤하다는 생각이, 이러다가 졸면 위험하겠다는 생각이 불현듯 들었다. 그는 위험에 무방비로 노출된 상태로 밖에서 자는 것이 어떠할 것인가에 대해서는 별로 생각해본 적이 없었다. 추웠다. 발가락과, 수분을 유지하기 위해 눈을 입에 물고 있었기 때문에 혀에도 감각이 없었다. 그는 눈을 한 꼬집 혀 위에 올려놓고 어렸을 때 프랭크와 어머니와 함께 스노 아이스크림을 만들던 것을 떠올렸다. "우선 바닐라부터 잘 저어." 프랭크는 리비아에 가기 전 환상적으로 기능하던 두 다리로 의자 위에 서 있었다. 총알이 날아와 그의 척수를 끊어놓으려면 아직 25년은 더 남은 때지만, 시간은 그날을 향해 성큼성큼 걸어왔고 또 걸어가고 있었다. 한 여자가 언젠가 총의 방아쇠를 당길 아이를 낳고, 발명가가 무기 혹은 그 무기의 전신을 스케치하고, 때가 무르익으면 독재자가 커다란 화재로 번지게 될 결정을 내리고 나서야, 프랭크는 로이터통신 소속으로 취재를 위해 해외로 나가게 될 것이다. 퍼즐의 조각들은 그렇게 차츰차츰 맞춰질 것이다.

지반은 호숫가로 떠내려온 통나무에 앉아서 일출을 바라보았다. 로라는 어떻게 됐는지 궁금했다. 그녀가 아주 멀리 있는 것처럼 느껴졌다. 자기 집도 떠올랐다. 문득 그 집을 다시 볼 수 있을까 하는 의문이 들더니 곧 다시는 못 볼 거라는 확신이 들었다. 하늘이 밝아지자 그는 유목(流木)과 갖고 다니던 쓰레기봉투로 바람을 막아줄 임시 거처를 만들었다. 잘하면 멀리서 봤을 때 쓰레기더미처럼 보일 것 같았다. 그는 배낭을 둘둘 말아 베고 얕은 잠에 빠져들었다.

—

오전 늦게 눈을 떴을 때 순간적으로 그는 자기가 있는 곳이 어디인지 알 수 없었다. 그의 인생에서 그렇게 추웠던 적이 없었다.

—

그는 닷새나 혼자 걷고 나서야 비로소 다른 사람을 만났다. 처음에는 아무도 없다는 게 크게 안심됐지만—그는 무법천지와, 배낭을 빼앗기고 아무런 생필품도 없이 죽어갈 자신의 모습을 수천 번도 넘게 상상했다—날이 갈수록 공허함이 뼛속 깊이 스며들었다. 조지아 독감은 지극히 효율적이어서 인간을 거의 남겨놓지 않았다.

—

닷새째 되는 날 그는 호숫가 저 멀리 세 사람이 있는 것을 보았다. 심장이 쿵쾅거리기 시작했다. 그들은 지반과 같은 방향으로 여행을 하고 있었다. 그는 그날 하루 종일 1.5킬로미터 정도 거리를 유지하면서 그들 뒤를 따라갔다. 해 질 녘이 되자 그들이 호숫가에 모닥불을 피웠다. 그는 모험을 해보기로 결심했다. 그의 발소리를 들은 그들은 그가 다가오는 모습을 지켜보았다. 그가 5미터쯤 떨어진 곳에서 걸음을 멈추고 두 손을 펼쳐 들어 무장하지 않았음을 보여준 후 인사말을 건네고 기다리자, 그들 중 한 명이 가까이 오라고 손짓했다. 그들은 열아홉이나 스무 살 정도 되어 보이는 청년 둘과 좀 더 나이를 먹은 여자 한 명이었다. 이름이 벤과 압둘, 그리고 제니라고 했다. 불빛에 비친 그들은 매우 지쳐 보였다. 그보다 하루 먼저 길을 나서서 걸어왔다고, 북쪽 교외 지역에서 출발해 도시를 관통해 내려오는 중이라고 했다.

"시내에선 범죄가 많이 일어나고 있나요?"

"그럼요." 압둘은 말랐고 불안해 보였다. 그는 말을 하는 내내 어깨까지 기른 머리카락을 배배 꼬았다. "무정부 상태예요, 무정부 상태. 경찰은 코빼기도 안 보이고, 어우, 진짜 무서웠어요."

"하지만 예상했던 것만큼 범죄가 만연하지는 않았어요." 제니가 말했다. "사람들도 많지 않고."

"다들 도시를 떠난 건가요, 아니면 다······."

"아프면 48시간 안에 죽어요." 벤이 말했다. 그는 그 질병에 대해 잘 알고 있었다. 여자친구와 부모님, 누나 두 명이 첫째 주에 모두 죽었다. 그는 자기는 왜 죽지 않았는지 설명하지 못했다. 사흘째 되는 날부터 모든 병원이 문을 닫았기 때문에 그가 모든 일을 도맡아 했다. 그는 자기 집 뒷마당에 무덤을 다섯 개 팠다.

"면역이 생긴 거네." 지반이 말했다.

"맞아요." 벤이 모닥불 불꽃을 물끄러미 바라보았다. "나는 세상에서 제일 운이 좋은 사람인가 봐요, 안 그래요?"

—

일주일 가까이 함께 이동하다가 헤어져야 할 때가 왔다. 지반은 계속 호수를 따라가고 싶었고, 다른 세 명은 서쪽으로 방향을 틀어서 제니의 자매가 사는 마을로 가고 싶어 했다. 지반은 마을로 들어가는 것은 위험천만한 일이라고 주장했지만 다른 세 명은 그의 의견에 동의하지 않았다. 제니는 자매를 다시 보지 못할까 봐 걱정하고 있었다.

결국 그들은 서로에게 행운을 빌어주고 헤어졌다. 지반은 혼자 걸으면서 자신이 풍경 속으로 서서히 사라져가는 것 같은 기분을 느꼈다. 그는 호숫가를 따라 떠도는 작고 미약한 존재였다. 이때처럼 살아 있다는 느낌을, 혹은 지극한 슬픔을 느껴본 적이 없었다.

며칠 후 맑은 날 아침 고개를 들어보니 호수 저 멀리 토론토가 유령처럼 서 있었다. 가느다란 파란색 첨탑이 하늘을 찌르는 유리의 도시. 이렇게 멀리서 보니 동화 속 풍경 같았다.

—

그는 가끔 다른 여행자들을 만났지만, 그 수는 매우 적었다. 거의 모두 남쪽으로 향하고 있었다.

—

"꼭 재난영화를 보는 것 같아." 두 달쯤 전 아파트에서 맞은 세 번짼가 네 번째 밤에 그가 프랭크에게 이렇게 말했었다. 텔레비전 방송이 끊어지기 전이었다. 그들은 공포에 질렸지만, 그 의미를 완전히 이해한 것은 아니어서 약간 들뜬 기분이었다. 진짜로 이런 일이 일어나고 있는 거야? 두 사람은 서로에게 물었다. 모든 증거들이 세상이 서서히 무너지고 있다고 말하고 있었지만 아파트에는 식량과 물이 충분해서 적어도 당분간은 걱정이 없었다. 지반이 말했다. "영화에서는 세상의 종말이 있고, 그 후에는……."

"우리가 그때까지 살아남을 거라고 어떻게 장담해?" 프랭크는 모든 일에 대해 항상 너무나도 차분했다.

—

고요한 풍경, 눈, 끔찍한 것들을 안에 품은 채 멈춰서버린 자동차들, 시체를 넘어서 가야 하는 길. 도로는 위험해 보였다. 지반은 도로를 피하고 주로 숲에 머물렀다. 도로에는 어쩔 줄 몰라 하는 표정으로 걷고 있는 여행자들, 외투 위에 담요를 두른 어린이들, 배낭에 든 것들 때문에 죽임을 당하는 사람들, 굶주린 개들이 넘쳐났다. 그는 몇몇 마을에서 총성을 들었고 그런 마을들은 피했다. 그는 시골집에 몰래 드나들면서, 집 주인들이 죽은 채로 2층에 누워 있는 동안 통조림 음식을 찾기 위해 부엌을 샅샅이 뒤졌다.

자신을 붙들고 의지하기가 점점 더 힘들어졌다. 그는 이 삶과 이 땅에 단단히 닻을 내리기 위해, 걸으면서 자기가 살아온 이력을 읊어보곤 했다. 내 이름은 지반 차드하리. 예전에는 사진작가였고 그 다음엔 응급구조사가 되려고 했지. 오타와 출신의 조지와 하이데라바드 출신의 아말라가 내 부모님이야. 난 토론토 교외 지역에서 태어났어. 하지만 이런 생각들은 이어지다가 끊어지고 낯선 것들로 대체된다. 이것은 서서히 허물어지고 있는 내 영혼이고 세상이야. 이것은 고요한 겨울 공기 중에 있는 내 심장이고. 마지막으로 두 마디 말을 되풀이해 속삭인다. "계속 걸어. 계속 걸어. 계속 걸어." 고개를 들던 그는 눈이 쌓인 나뭇가지에 앉아서 그를 지켜보고 있는 부엉이와 눈이 마주쳤다.

37

프랑수아: 그러니까 길을 나섰을 때는 특별히 생각해둔 목적지 없이 무작정 걸었단 말이에요?

커스틴: 제가 알기로는요. 사실 그해에 대한 기억은 전혀 없어요.

프랑수아: 전혀?

커스틴: 네, 전혀요. 하나도 없어요.

프랑수아: 충격이 컸을 텐데.

커스틴: 물론 그랬겠죠. 한참 뒤 어느 마을에 이르렀는데, 그때부터는 모든 게 다 기억나요. 인간은 무엇에나 적응을 하나 봐요. 적응하기에는 어린애가 더 쉬운 것 같고요.

프랑수아: 어린애들도 엄청난 충격을 받은 것 같은데.

커스틴: 그 당시엔 그랬겠죠. 모두가 엄청나게 충격을 받았잖아요. 하지만 2년 후엔? 5년 후? 10년 후에는요? 그때 전 여덟 살이었어요. 아홉 살 때 정착했고요. 우리가 길에서 보낸 첫 해는 기억이 안 나요. 다시 말해 최악은 기억하지 못하는 거죠. 제 말은 그러니까 이, 이 현대 시대에, 아니, 뭐라고 해야 할까요, 조지아 독감 이후의

세상에서, 제일 힘든 사람들은 이전 세상을 똑똑히 기억하는 사람들인 것 같아요.

프랑수아: 그런 생각은 못 해봤는데요.

커스틴: 제 말은, 더 많은 걸 기억할수록 더 많은 걸 잃은 거라는 얘기예요.

프랑수아: 하지만 당신도 기억하는 것들이 있을 텐데…….

커스틴: 아주 적어요. 문명 몰락 이전에 대한 기억은 이젠 꿈처럼 느껴져요. 비행기 창문에서 아래를 내려다본 게 기억나요. 마지막 해인가 그 전해인가 그랬는데 뉴욕 시를 내려다봤었어요. 비행기에서 도시를 내려다본 적 있으세요?

프랑수아: 있죠.

커스틴: 전깃불의 바다였어요. 지금도 그 광경을 떠올리면 오싹한 느낌이 들어요. 사실 부모님은 기억 안 나요. 어떤 인상이나 느낌만 있을 뿐이에요. 근데 겨울에 난방관에서 뜨거운 바람이 나오던 건 기억나요. 음악을 재생하는 기계도 기억나고요. 모니터가 켜진 컴퓨터가 어떻게 생겼는지도 기억나요. 냉장고를 열면 시원한 바람과 빛이 쏟아져 나오던 것도요. 냉동고에선 더 차가운 바람이 나왔고 각얼음이 들어 있는 용기들도 있었죠. 냉장고 기억나세요?

프랑수아: 물론이죠. 물건을 넣어두는 저장 공간이 아닌 본래의 냉장용도로 쓰이는 것을 본 지는 꽤 오래됐지만.

커스틴: 그 안은 차가웠을 뿐만 아니라 빛이 있어서 밝았죠? 제가 제대로 기억하고 있는 거죠? 상상하고 있는 게 아니죠?

프랑수아: 그래요. 안에 빛이 있었죠.

제6부

비행기

STATION
ELEVEN

38

숲속의 집을 나온 커스틴과 어거스트는 새로 생긴 여행가방들을 끌고 도로로 가기 위해 숲을 지나가고 있었다. 어거스트가 짐을 다시 정리하려고 걸음을 멈추자 커스틴도 따라 서서 잡초가 무성한 진입로를 돌아보았다. 어거스트는 등짐의 무게를 덜려고 시집과 물병들을 배낭에서 꺼내 바퀴 달린 여행가방에 넣었다. 이런 물질적인 증거가 없었다면, 수건과 샴푸와 부엌에서 찾아낸 소금 상자, 그녀가 입고 있는 파란색 원피스, 어거스트의 조끼 주머니를 불룩하게 만든 엔터프라이즈 우주선이 없었다면 꿈을 꾼 거라고 생각했을지도 모른다.

"털리지 않은 집이라니." 다시 걷기 시작했을 때 어거스트가 말했다. 여행가방은 바퀴가 뻑뻑해서 도로를 굴러가며 귀에 거슬리는 소리를 냈지만 그것 빼고는 완벽했다. "그런 집을 또 만나게 될 줄은 몰랐어."

"그러게 말이야. 나올 때 문을 잠그고 싶은 마음까지 들더라니까." 커스틴은 집에 살았다면 그랬을 거라고 생각했다. 집을 나갈 때마다 문을 잠그고 하루 종일 열쇠를 가지고 다닐 것이다. 디터와 사이드는 그런 집에 살면서 열쇠를 가지고 다녔던 기억이 있겠지. 모든 생각이 그들에게로 이어졌다.

—

어거스트는 다원우주론을 믿었다. 그는 그 우주론이 물리학의 주류는 아닌지 몰라도 진짜 물리학 이론이며 양자역학과도 약간 관련 있는 거라고 주장했고, 절대로 자기가 만들어낸 터무니없는 이론은 아니라고 강조했다.

"난 잘 모르겠는데." 몇 년 전에 커스틴이 확인차 물어보았을 때 튜바가 말했다. 알고 보니 우주론에 대해 아는 사람은 아무도 없었다. 유랑악단에서 나이가 많은 축에 속하는 단원들 중 과학을 잘 알고 있는 사람은 한 명도 없었다. 이 사람들이 세상의 종말이 오기 전에 인터넷 검색을 얼마나 많이 했나를 생각해보면 솔직히 말해 대단히 실망스러운 일이었다. 길 감독은 확실히는 기억 안 난다면서 언젠가 읽었던 기사 내용을 말해줬다. 기사의 골자는 아원자 입자들이 사라졌다가 다시 나타나기를 지속적으로 반복하고 있다는 것이었다. 그는 그 말은 우리가 사는 이 우주 말고 또 다른 곳이 존재한다는 뜻 아니겠느냐면서, 이론적으로 한 사람이 존재하는 동시에 존재하지 않을 수도 있고, 유사 우주에서 그림자 인생을 살아갈 수도 있다는 가능성이 있다는 뜻일 거라고 추측했다. "근데 사실 난 과학하고는 거리가 먼 사람이었어." 길 감독이 말했다.

어찌 됐든 어거스트는 유사 우주가 무한히 존재한다는 가능성을, 그 유사 우주가 사방에서 줄 지어 늘어서 있다고 상상하는 것을 좋아했다. 커스틴은 이런 우주 이론이 거울 두 개가 서로를 반사할 때 생겨나는 연속적인 평면들 같은 것이 아닐까, 거울 속 이미지가 반사를 거듭할수록 더 초록색으로 변하고 더 흐릿해지다가 결국에는 무한으로 사라져버리는 그런 현상과 비슷한 것이 아닐까 생각했다. 언젠가 그녀는 버려진 쇼핑몰의 의류매장에서 이런 현상을 본 적 있었다.

어거스트는 무한한 유사 우주가 있다고 전제할 때, 세계적인 전염병이 발생하지 않았고 자신은 성장해서 계획대로 물리학자가 된 유사 우주가, 혹은 전염병은 발생했지만 바이러스가 미묘하게 다른 유전자 구조를 가지고 있고 아주 미세한 변화를 일으켜서 인간이 그 바이러스에 감염되더라도 생존할 수 있게 된 그런 유사 우주가 있지 않겠느냐고 주장했다. 어찌 됐든 문명이 그토록 난폭하게 중단되지 않은 우주가 있을 거라고 생각했다. 그들은 늦은 오후에 둑 위에 앉아서 휴식을 취하고 커스틴이 그 집에서 가져온 잡지들을 뒤적이면서 이런 이야기를 나누었다.

"그런 유사 우주에선 네 사진이 타블로이드 신문에 실렸을지도 모르지." 어거스트가 말했다. "이 여자, 네가 말했던 그 배우의 전처들 중 한 명 아냐?"

"뭐?" 커스틴이 어거스트에게서 잡지를 받아들었다. 아서의 세 번째 아내 리디아가 뉴욕에서 쇼핑하는 사진이 실려 있었다. 그녀는 위태로워 보일 정도로 굽이 높은 구두를 신고 10여 개의 쇼핑백을 들고 있었다. 범세계적인 전염병이 북아메리카를 강타하기까지 한 달도 남지 않은 시점이었다. 흥미로운 사진이지만 따로 소장할 만큼 흥미롭지는 않았다.

마지막 잡지에서 커스틴은 아서의 또 다른 전처 사진을 발견했다. 30대 후반이나 40대 초반쯤 된 여자가 모자를 푹 눌러쓰고 건물을 나오면서 카메라를 흘끗 쳐다보았다.

미워도 다시 한 번?

여어, 안녕, 미란다! 해운회사 이사이자 배우 아서 리앤더의 첫 번째 부인인 미란다 캐럴이 아서가 〈리어 왕〉을 공연 중인 토론토 극장의 관계자 출입문을 은밀히 빠져나오는 모습이 포착되어 의문이 증폭되고 있다. 목격자는 그들이 한 시간가량이나 아서의 대기실에서 둘만 있었다고 증언했다. "다들 좀 놀랐죠." 목격자가 말했다.

"나도 거기 있었던 것 같은데." 커스틴이 말했다. "이때 나도 그 건물에 있었을 거야." 미란다 뒤로 건물의 돌벽과 강철 문이 보였다. 커스틴도 그 문을 드나들었을까? 그녀는 분명히 그랬을 거라고 생각했고 그때가 떠오르지 않아서 안타까웠다.

어거스트는 관심이 생겼는지 사진을 자세히 들여다보았다. "거기서 그 여자를 본 기억이 나?"

색칠공부 책의 느낌, 연필 냄새, 아서의 목소리, 레드카펫이 깔려 있던 따뜻한 방, 전깃불. 그 방 안에 제3자가 있었나? 그건 기억 나지 않았다.

"아니." 그녀가 말했다. "기억 안 나." 그녀는 잡지에서 사진을 설명과 함께 찢었다.

"날짜를 봐봐." 어거스트가 말했다. "세상의 종말이 오기 2주 전이야!"

"적어도 유명인사들에 대한 풍문은 살아남았으니까 다행이네."

다른 잡지에는 별게 없었지만 이 사진을 찾은 것만으로도 훌륭

한 성과였다. 그들은 잡지 두 권은 나중에 불을 지필 때 쓰려고 가지고 있기로 하고 나머지 세 권은 나뭇잎 밑에 잘 묻어두었다.

"그 타블로이드 사진들 속에 네가 있었을 텐데." 어거스트가 유사 우주 이론을 다시 들고 나왔다. "문명 몰락이 일어나지 않은 유사 우주에서는 그 사진들 속에 네가 있을 거란 말이야."

"난 아직도 그 유사 우주 이론은 네가 만들어낸 거라고 생각해." 커스틴이 말했다. 그러나 어거스트는 모르겠지만, 그녀도 가끔씩 모아놓은 사진들을 들여다보면서 다른 그림자 인생 속에 자신을 놓고 그 삶을 상상했다. 방으로 들어가 스위치를 켜면 빛이 방 안을 가득 채운다. 쓰레기를 봉투에 넣어 길모퉁이에 갖다놓으면 트럭이 와서 어느 보이지 않는 곳으로 가져간다. 위험에 처했을 땐 경찰을 부른다. 수도꼭지에선 뜨거운 물이 콸콸 쏟아진다. 수화기를 들거나 전화기에 있는 버튼을 누르면 누구하고라도 대화를 할수 있다. 세상의 모든 정보가 인터넷에 있고 인터넷은 우리 모두를 에워싸고 있으며 여름날 산들바람을 타고 돌아다니는 꽃가루처럼 공기 중을 떠다닌다. 돈이라는 종잇조각을 가지고 집이든 보트든 완벽한 치아든 그 어떤 것이라도 사고 팔 수 있다. 치과 의사가 있다. 그녀는 바로 이 순간에도 다른 어느 곳에서 이런 삶이 펼쳐지고 있을 거라고 상상했다. 또 다른 커스틴이 에어컨을 튼 방에서 황량한 풍경 속을 헤매 다니는 불안한 꿈에서 벗어나려고 서성거리고 있는 모습을 상상했다.

"우주여행이 발명된 유사 우주가 있을 거야." 어거스트가 말했다. 이것은 그들이 지난 10여 년간 계속해온 놀이였다. 그들은 더위에 나른해져서 누워 있었다. 자작나무 가지들이 산들바람에 흔들렸고 초록 이파리들 사이로 햇빛이 스며들어왔다. 커스틴이 눈을 감자 눈꺼풀 밑에서 나뭇잎들의 검은 윤곽이 둥둥 떠다녔다.

"근데 우주여행은 발명되지 않았었나? 사진으로 본 것 같은데."

그녀의 손이 천천히 얼굴로 올라가 광대뼈에 있는 흉터를 어루만졌다. 더 나은 우주가 있다면 더 안 좋은 우주도 분명히 있을 것이다. 예를 들어, 그녀가 길을 나선 첫 해에 보았던 우주, 얼굴에 이런 상처가 생기게 했던 우주, 이를 두 개나 넘게 잃게 만든 우주.

"저 회색 달까지만 가봤지." 어거스트가 말했다. "더 멀리는 못 갔어. 내 말은, 텔레비전 드라마에 나오는 것 같은 우주여행 말이야. 다른 은하계와 다른 행성들을 자유롭게 오가는."

"내 만화책에 나오는 것 같은?"

"네 만화책에 나오는 건 좀 기괴하더라. 그보다는 〈스타 트렉〉에 나오는 것 같은 거."

"내 만화책에 나오는 내용이 현실로 펼쳐지는 유사 우주가 있으면 좋겠다." 그녀가 말했다.

"무슨 뜻이야?"

"세상이 끝나기 전에 스테이션 일레븐을 타고 도망가면 되잖아, 그런 유사 우주에선." 커스틴이 말했다.

"세상이 끝난 거 아니거든." 그가 말했다. "아직도 돌고 있거든. 어쨌든 넌 스테이션 일레븐에서 살고 싶을 거 같아?"

"거기 나오는 그 섬들하고 다리들은 진짜 아름다워."

"근데 항상 밤 아니면 황혼 녘이라며."

"난 별 상관없을 것 같아."

"난 이 세상이 더 좋다." 어거스트가 말했다. "스테이션 일레븐엔 유랑악단이 있나? 그냥 나 혼자 컴컴한 밤에 바위 위에 서서 거대한 해마들을 관객으로 모시고 바이올린을 연주해야 하는 건가?"

"알았어. 그럼 치과 치료가 가능한 유사 우주." 그녀가 말했다.

"기대치가 너무 높은 거 아냐?"

"너도 이를 잃어보면 내 맘 알 거야."

"그건 그래. 이가 그렇게 돼서 어떡하냐."

"내 몸에 칼 문신이 없는 유사 우주도 괜찮겠다."

"나도 거기서 살고 싶다." 어거스트가 말했다. "사이드와 디터가 사라지지 않은 유사 우주도 좋겠고."

"아직도 전화가 되는 유사 우주도 좋을 것 같아. 유랑악단에 전화를 걸어서 어디 있는지 물어보고, 디터랑 사이드하고도 통화를 해서, 어딘가에서 다들 만나면 되잖아."

그들은 잠깐 아무 말 없이 나뭇잎들을 올려다보았다.

"그 두 사람, 우리가 찾을 거야." 커스틴이 말했다. "유랑악단도 다시 만나고." 그러나 물론 확신할 수는 없었다.

—

그들은 여행가방을 끌고 둑에서 내려와 도로로 들어섰다. 그들은 현재 세번시티에 가까이 와 있었다. 해 질 무렵 굽은 도로 끝에 호숫가와 세번시티의 주택들이 나타났다. 도로와 호수 사이에 어린 자작나무들이 서 있는 것 빼고는 숲은 보이지 않았다. 잡초가 무성하게 자란 잔디밭과, 덩굴식물과 관목 속에 묻혀버린 집들과, 바위와 모래가 깔린 호숫가만 보였다.

"밤에는 돌아다니고 싶지 않은데." 어거스트가 말했다. 그들은 아무 집이나 골라 잡초들을 헤치고 뒷마당으로 들어가서 정원 창고 뒤에다 천막을 쳤다. 먹을 것이 아무것도 없었다. 어거스트가 주변을 돌아보고 오겠다고 가더니 블루베리를 들고 돌아왔다.

"내가 먼저 보초를 설게." 커스틴이 말했다. 기진맥진했지만 잠이 올 것 같지 않았다. 그녀는 창고 벽에 등을 기대고 자기 여행가방 위에 앉아 칼 한 자루를 두 손으로 쥐고 있었다. 풀숲에서 반딧불이가 천천히 날아올랐다. 길 건너 호수에서 들리는 물결이 일렁이는 소리와 나뭇잎들 사이로 바람이 한숨 쉬듯 불어오는 소리가 들렸다. 파드득 날갯짓하는 소리와 설치류가 찍찍거리는 소리, 부엉이가 사냥하는 소리도 들렸다.

"주유소에서 만났던 남자 생각나?" 어거스트가 물었다. 커스틴은 그가 자는 줄 알았었다.

"응, 그 사람이 왜?"

"얼굴에 있던 흉터 말이야." 그가 일어나 앉았다. "그게 뭔지 갑자기 생각났어."

"예언자가 그의 얼굴에 표시한 거 아냐?" 그 흉터와 예언자를 떠올리자 커스틴은 마음이 불안해졌다. 그녀가 손목을 획 움직이자 칼이 날아가 1미터 앞에 있는 흰 버섯의 머리를 갈랐다.

"맞아. 근데 그 기호 말이야, 흉터 모양. 그게 뭔지 알아?"

"몰라." 그녀가 칼을 찾아오면서 말했다. "소문자 t 같이 생겼는데 아래로 향하는 선이 하나 더 있었어."

"그 선은 더 짧아. 아래로 향하고. 생각해봐. 추상적인 기호가 아니야."

"생각해보고 있어. 근데 나한테는 추상적으로 보였는데."

"그건 비행기야." 어거스트가 말했다.

39

항공 여행이 중단되기 2주 전에 미란다는 뉴욕에서 토론토로 날아왔다. 10월 말이었고, 그녀는 여러 달 만에 캐나다를 다시 찾은 거였다. 그녀는 비행기가 이 도시로 하강할 때 보게 되는 풍경을 좋아했다. 호숫가에 밀집해 있는 고층건물들, 무한한 바다 같은 교외 지역이 안으로 달려오다가 CN타워 앞에서 딱 막혀 서버린 것 같은 풍경. 가까이서 보는 CN타워는 흉측한데 비행기 창문으로 내려다보니 뜻밖에도 아름다워 보였다. 그리고 늘 그랬듯이 토론토가 여러 층으로 존재한다는 느낌이 들었다. 델라노 섬에서 막 도착했던 열일곱 살 때 너무도 거대해서 충격적으로 보였던 그 도시도 아직 존재하지만, 이젠 지리적으로 훨씬 작아 보이는 도시도 존재하고, 런던과 뉴욕과 아시아의 대도시들을 오가다 보니 그 존재감이 많이 희석된 토론토라는 도시도 존재했다.

비행기가 교외 지역으로 하강했다. 그녀는 여권검색대를 무사히 통과했다. 캐나다 국경 관리국 직원은 그녀의 여권에서 도장이 찍히지 않은 공간을 찾아내느라 애를 먹었다. 그녀는 대기 중이던 택시에 타고 넵튠 로지스틱스 본사로 가자고 했고, 그곳에 도착하자 기사에게 고맙다고 말하면서 좌석 등받이 너머로 20달러짜리 지폐를 건넸다.

"고맙습니다." 택시 운전사가 놀란 표정으로 말했다. "잔돈 드릴까요?"

"아뇨, 됐어요. 감사합니다." 경제적 여유가 생긴 뒤로 그녀는 팁을 후하게 주곤 했다. 자신이 누린 행운에 대한 작은 보상 차원에서였다. 그녀는 기내 휴대용 여행가방을 끌고 넵튠 로지스틱스 로비로 들어가, 신원 확인 절차를 거친 뒤 엘리베이터를 타고 18층으로 올라갔다.

그녀는 이 건물 안 어디를 가더라도 자신의 유령을 본다. 어울리지 않는 옷을 입고 머리카락은 삐죽삐죽 튀어나온 모습으로 화장실에서 손을 씻으면서 걱정스러운 표정으로 거울에 비친 자기 모습을 바라보는 스물세 살의 미란다. 선글라스를 끼고 어깨를 한껏 움츠린 채 로비를 가로질러 가면서 이대로 어딘가로 사라져버렸으면 좋겠다고 생각하는, 최근에 이혼을 한 스물일곱 살의 미란다. 그날 아침 인터넷 연예정보 웹사이트에서 자신의 사진과 함께 너무도 고통스러운 기사 제목을 보았던 그녀는 눈물 맺힌 눈을 숨기기 위해 선글라스를 끼고 있었다. **아서가 미란다와 남몰래 통화를 한다? 대답은 아니다!** 이런 그녀의 모습들은 이제 너무도 먼 과거의 일로 느껴졌다. 마치 오래전에 알았던 다른 사람이나 지인, 젊은 여자의 모습처럼 느껴졌다. 그녀는 그 여자에게 큰 동정심을 느꼈다. "난 아무것도 후회하지 않아." 그녀는 화장실 거울에 비친 자신에게 말했고, 정말로 그렇다고 믿었다. 그날 그녀는 몇 개의 회의에 참석했고 늦은 오후 다시 택시를 타고 호텔로 갔다. 아서를 만나기로 한 시각까지 아직 한두 시간 정도 여유가 있었다.

—

지난 8월, 아서가 미란다가 있는 뉴욕의 사무실로 전화를 걸었다. "아서 스미스존스라는 분한테서 전화가 왔는데 받으시겠어요?" 그녀의 비서가 물었다. 미란다는 그 순간 온몸이 굳는 것 같았다. 그 이름은 그녀와 아서가 부부였을 때 장난처럼 만들어낸 이름이다. 세월이 많이 흘러서 스미스존스라는 이름이 왜 그렇게 웃겼는지는 기억나지 않았지만 전화를 건 사람이 아서라는 것만은 분명히 알 수 있었다.

"고마워, 러티샤. 받을게." 딸칵. "안녕, 아서."

"미란다?" 그는 긴가민가한 듯했다. 그녀는 자기 목소리가 달라졌나 하는 생각이 들었다. 요즘 그녀는 회의석상에서 말할 때처럼 자신감 넘치는 목소리로 말했다.

"아서, 오랜만이야." 수화기 저편에서 잠깐 침묵이 흘렀다. "아서, 거기 있어?"

"아버지가 돌아가셨어."

미란다는 의자를 돌려 센트럴파크를 내다보았다. 8월의 공원은 아열대 숲 같은 느낌이 들어 매력적이었다. 무겁고도 나른한 기분이 들었다.

"유감이야, 아서. 아버님을 좋아했는데." 결혼 첫해 델라노 섬에 가서 지냈던 크리스마스 휴가의 어느 저녁이 떠올랐다. 그들이 가족과 크리스마스를 보내기 위해 캐나다로 돌아간 것은 그때가 유일했다. 아서의 아버지는 최근에 읽은 시집과 시인에 대해 열정적으로 말했다. 그 기억을 마지막으로 꺼내본 뒤로 오랜 세월이 흘렀다. 기억은 점차 희미해지고 부정확해졌다. 그녀는 이젠 그 시인의 이름도, 대화에 나왔던 다른 어떤 내용도 기억나지 않았다.

"고마워." 그가 웅얼거렸다.

"아버님이 좋아했던 시인 이름 기억나?" 미란다가 물었다. "오래전에, 크리스마스에 고향 갔을 때 말씀하셨잖아."

"가르시아 로르카일 거야. 아버지는 평소에도 로르카 얘기를 많이 하셨거든."

공원에 울창한 초록색과 선명한 대조를 이루는 선홍색 티셔츠를 입은 사람이 한 명 있었다. 미란다는 그 티셔츠가 굽은 길을 돌아 사라지는 것을 지켜보았다.

"아버지는 평생 제설차를 몰고 목공일을 하셨어." 아서가 말했다. 미란다는 이 말에 어떻게 대꾸해야 할지 알 수 없었다. 전 시아버지의 직업이 무엇이었는지는 그녀도 알고 있었고, 아서가 대답을 바라는 것 같지 않았기 때문이다. 잠깐 침묵이 흘렀다. 그동안 미란다는 선홍색 티셔츠가 다시 나타날까 계속 지켜보았지만 나타나지 않았다.

"알아." 그녀가 말했다. "당신이 아버님 작업장에 데려가줬잖아."

"내 말은 그러니까 그런 일을 하셨던 아버지한테는 내 삶이 도무지 상상할 수 없는 것으로 보였을 거라는 거야."

"당신 삶은 아마도 대다수 사람들한테 도무지 상상할 수 없는 것으로 보일걸. 그런데 왜 전화했어, 아서?" 그녀가 최대한 부드러운 목소리로 말했다.

"아버지의 부음을 들었을 때 전화하고 싶은 사람이 당신이었어." 그가 말했다.

"근데 왜 나야? 이혼하고 한 번도 연락 안 했잖아."

"당신은 내가 자란 곳을 알잖아." 그녀는 그의 말뜻을 이해했다.

한때 우린 바다 한가운데 있는 섬에서 살았지. 연락선을 타고 고등학교에 다녔고. 도시의 불빛이 없는 밤하늘은 아름다웠어. 암각화를 보기 위해 카누를 타고 등대를 향해 노 저어 갔고, 연어 낚시를 하고 깊은 숲속을 거닐기도 했지. 그런 건 별로 특별할 것도 없는 일이었어. 우리가 아는 사람들 모두 이런 일들을 했으니까. 그런데 우리가 쌓아올린 여기 이 삶에서는, 이 각박하고 화려한 도시에서는, 이 모든 게 현실이었음을 아는 사람이 당신밖에 없어. 그리고 그 순간, 지금 아서에게 아내가 없다는 사실이 생각났다.

—

아서가 주인공을 맡은 〈리어 왕〉 시사회가 엘긴 극장에서 있었다. 세 번째 아내 리디아와 이혼 소송을 진행 중인 아서는 레스토랑에 들어가면 사방에서 휴대전화 카메라 버튼을 눌러댈 것이 두려워서 미란다와 극장에서 만나기로 했다.

미란다가 아서와 이혼한 뒤 뉴스거리를 만들지 않고 조용히 살자 지루해진 파파라치들은 그녀를 쫓아다니는 것을 그만뒀다. 그럼에도 불구하고 미란다는 호텔 방을 나서기 전 옷차림에 공을 들이면서 예전의 모습과 최대한 다르게 보이려고 신경을 썼다. 머리에 핀을 꽂고 매끈하게 빗어서 하나로 묶었고—할리우드에서 배우의 아내로 살면서 타블로이드 신문에 자주 등장할 땐 풍성한 파마머리였다—자신이 좋아하는 짙은 회색에 흰색 가두리 장식이 달린 정장을 입었다. 그러고는 회의에 갈 땐 자주 신지만 할리우드

배우의 아내로 살 땐 신을 생각도 하지 않았던 값비싼 흰색 하이힐을 신었다.

"회사 중역처럼 보이는데, 미란다." 미란다는 거울 속의 자신에게 말했다. 동시에 '너 참 낯설어 보인다'라는 생각이 불쑥 떠올랐지만 그 생각을 단호히 밀어냈다.

미란다는 날이 어스름해질 무렵에 출발했다. 바깥공기는 상쾌하고 매서웠다. 호수에서 차가운 바람이 불어왔다. 이 거리가 매우 익숙하게 느껴졌다. 카페인 없는 라테를 사기 위해 스타벅스에 들른 그녀는 바리스타의 밝은 초록색 머리를 보고 충격을 받았다. "머리가 참 멋지네요." 그녀가 말했고 바리스타는 미소를 지었다. 뜨거운 커피를 들고 쌀쌀한 거리를 걷는 즐거움. 왜 스테이션 일레븐에는 초록색 머리가 하나도 없지? 언더시에 있는 누군가가 초록색 머리를 하는 게 좋겠다. 아니면 닥터 일레븐의 동료들 중 하나가. 아냐, 언더시 사람이 낫겠어. 극장까지 세 블록 남았을 때 그녀는 니트로 된 모자를 써서 머리를 가리고 짙은 선글라스를 꼈다.

극장 밖에는 줌렌즈 카메라를 목에 건 남자 대여섯 명이 서 있었다. 그들은 담배를 피우고 휴대전화를 만지작거렸다. 미란다는 마음이 지극히 고요해지는 것을 느꼈다. 그녀는 자신이 아무도 미워하지 않는 사람이라고 생각하고 싶었지만, 지금 이 남자들에게 느끼는 감정이 혐오가 아니면 뭐란 말인가? 그녀는 최대한 눈에 띄지 않게 조용히 지나가려고 했지만 해가 진 다음에 선글라스를 낀 게 전술상의 실수였다.

"저기 미란다 캐럴 아냐?" 그들 중 한 명이 말했다. 빌어먹을 기생충들 같으니라고. 그녀는 고개를 숙이고 폭발하듯 터지는 플래시 세례를 받으면서 관계자 출입문을 통해 극장으로 미끄러지듯 걸어 들어갔다.

—

아서의 대기실은 호텔 스위트룸이라고 하는 것이 더 적절해 보였다. 비서가 그녀를 거실로 안내했다. 거실에는 유리로 된 탁자를 가운데 두고 소파 두 개가 마주보고 있었다. 문이 열려 있어서 화장실과 의상실이 보였다. 의상실에는 수많은 의상을 걸어놓은 행거와 거울이 있었다. 그중에서 벨벳 망토가 특히 눈에 띄었다. 아서가 의상실에서 나타났다.

아서는 늙지 않았지만, 멋있게 나이 들어가고 있지도 않았다. 얼굴에 불만스러운 표정이 영구히 자리 잡은 것 같았고, 눈 주위에 보톡스를 많이 맞은 것 같았다.

"미란다, 이게 얼마만이야?" 그가 말했다.

그녀에게는 그의 말이 어리석게 느껴졌다. 그 순간 그녀는 모두가 아서와 자신의 결혼 날짜를 기억하는 것처럼 이혼한 날짜도 기억하고 있을 거라고 생각했다는 사실을 깨달았다.

"11년 만이지." 그녀가 말했다.

"자, 어서 앉아. 뭐 마실 거라도?"

"차 있어?"

"있고말고."

"있을 줄 알았어." 미란다는 외투와 모자를 벗고 소파에 앉았다. 소파는 보기에도 불편할 것 같더니, 앉아보니 역시 불편했다. 아서는 카운터에 놓인 전기 찻주전자를 가지고 법석을 떨었다. 여전하네. 그녀는 생각했다. "시사회는 잘되어가?"

"응, 잘되고 있지." 아서가 말했다. "사실 꽤 반응이 좋아. 셰익스피어를 한 지 꽤 오래됐지만 이번엔 코치와 함께 연습해왔어. 코치란 말은 적절하지 않은 것 같네. 셰익스피어 전문가라고 하는 게 낫겠어." 그는 그녀의 맞은편에 앉았다. 그녀는 그의 눈길이 그녀의 정장과 반짝이는 하이힐을 훑어보는 것을 보았고, 그도 그녀와 마찬가지로 조정을 하고 있다는 것을, 예전 배우자에 대해 마음속에 품고 있던 이미지를 버리고 자기 앞에 앉아 있는 사람의 바뀐 모습을 받아들이기 위해 노력하고 있다는 것을 깨달았다.

"셰익스피어 전문가?"

"셰익스피어 학자야. 토론토대학교 교수지. 같이 작업하는 게 정말 재밌어."

"진짜 재밌을 것 같네."

"맞아. 그는 굉장히 인상적인 지식을 많이 갖고 있고 많은 것을 가르쳐주지만, 그와 동시에 그 역할에 대한 나의 비전을 전적으로 지지해주기도 해."

나의 비전을 전적으로 지지해주기도 해? 그는 새로운 화법을 구사했다. 물론 그럴 만도 했다. 두 사람이 마지막으로 본 뒤로 11년이 흘렀고 그동안 수많은 친구와 지인과 회의와 파티와 여행과 영화 촬영과 두 번의 결혼과 두 번의 이혼과 아이가 있었기 때문이다. 이젠 완전히 다른 사람이 되었다고 해도 과언이 아닐 것이다. "그런 사람이랑 같이 일하게 되다니 정말 좋은 기회를 얻었네." 그녀가 말했다. 인생에서 이렇게 불편한 소파에 앉아보기는 처음인 것 같았다. 손톱으로 발포 고무를 꾹 눌러보니 자국이 거의 나지 않았다. "아서, 아버님이 돌아가셔서 정말 유감이야."

"고마워." 그가 그녀를 쳐다보았다. 적절한 표현을 찾으려고 애

쓰는 것 같았다. "미란다, 당신한테 할 말이 있어."

"좋은 소식은 아닌 것처럼 들리는데."

"좋은 소식은 아니야. 저기, 책이 한 권 나올 거야." 그의 어린 시절 친구인 빅토리아가 그가 보낸 편지들을 모아 출판했다. 열흘 후면 『V에게: 아서 리앤더의 민낯』이 시판될 예정이다. 출판업계에서 일하는 친구가 그에게 신간 견본을 한 권 보내주었다.

"내 얘기도 있어?" 그녀가 물었다.

"그런 것 같아. 미안해, 미란다."

"어떤 내용인지 말해봐."

"편지를 쓸 때 가끔 당신을 언급했어. 그게 전부야. 당신에 대해 불쾌한 말은 결코 하지 않았다는 것만은 알아주면 좋겠어."

"알았어. 됐어." 이렇게 화가 나는 게 온당한 일일까? 빅토리아가 편지를 팔아넘길 거라는 건 그도 몰랐을 것이다.

"믿기지 않을지도 모르지만 내가 좀 신중한 편이거든." 그가 말했다. "사실 신중하기로 꽤 유명하다고."

"미안한데, 지금 당신이 신중하기로 유명하다고 한 거 맞아?"

"그러니까 내 말은, 빅토리아에게 전부 다 털어놓지는 않았다는 거야."

"감사할 일이네." 긴장된 침묵이 흘렀다. 미란다는 찻주전자에서 휘파람 소리가 나기를 기다렸다. "그 여자가 왜 그랬는지 이유는 알아?"

"빅토리아? 돈 때문이겠지. 마지막으로 소식을 들었을 땐 밴쿠버 섬 서쪽 해안가에 있는 리조트에서 메이드로 일하고 있었어. 지난 10년 동안 번 돈보다 그 책으로 번 돈이 더 많을걸."

"고소할 거야?"

"그렇게 하면 언론의 주목만 더 받을 거야. 매니저 말로는 그 책이 자기 운명대로 살다가 사라지게 내버려두는 게 나을 거래."

드디어 주전자에서 휘파람 소리가 났다. 벌떡 일어서는 그를 보며 그녀는 그도 물이 끓기를 기다리고 있었다는 사실을 깨달았다. "출간되고 한두 주 정도 이슈가 되다가 스르르 사라져주기를 바랄 뿐이야. 녹차? 아니면 캐모마일?"

"녹차." 그녀가 말했다. "당신이 쓴 편지가 팔리다니, 정말 화 많이 나겠어."

"처음에는 화가 났지. 아직도 화가 나. 하지만 사실 내가 이런 일을 당한 건 다 내 탓이라고 생각해." 그는 녹차가 든 머그컵 두 개를 가지고 탁자로 돌아왔다. 잔이 유리 위에 수증기의 동그라미를 남겼다.

"왜 그런 일을 당한 게 다 당신 탓이라고 생각해?"

"빅토리아를 일기장 취급했거든." 그는 머그컵을 들고 차를 후 불다가 조심스럽게 탁자에 다시 내려놓았다. 왠지 세심하게 계획된 움직임 같아 보였다. 그가 연기를 하고 있다는 이상한 느낌이 들었다. "맨 처음에는 빅토리아가 먼저 편지를 보내왔어. 편지 두 통하고 엽서 세 장이 온 다음부터는 나도 편지를 쓰기 시작했지. 그리고 나선 주소 변경을 알리는 짧은 편지만 두 번 왔어. '안녕, 편지 자주 못 써서 미안해. 바빴어. 이게 내 새 주소야' 하는 식으로 대충 몇 자 적어서 보내더라고."

"그러니까 당신이 그 여자한테 편지 쓰는 걸 나는 그렇게 자주 봤는데, 그 여자는 한 번도 답장을 안 보냈단 말이구나." 미란다가 말했다. 그 사실이 너무 슬프게 다가와서 그녀는 내심 놀랐다.

"맞아. 난 빅토리아를 내 생각의 저장소로 사용했어. 언젠가부터는 그 친구가 내 편지를 읽는 인간이라는 사실을 잊었어." 그가 고개를 들었다. 그가 잠깐 말을 멈춘 이 순간, 미란다는 대본을 읽을 수 있을 것만 같았다. '아서가 고개를 든다. 지칠 대로 지친 표정.' 지금 연기를 하고 있는 건가? 알 수 없었다. "사실 난 빅토리아가 실제 인물이라는 걸 잊고 있었던 것 같아."

배우들은 다 이렇게 연기와 실생활의 경계가 흐려지는 걸까? 나이 들어가는 배우를 연기하는 남자가 차를 조금 마셨다. 그 순간, 그것이 연기든 아니든, 그는 지극히 불행해 보였다.

"듣고 보니 순탄치 않은 한 해를 보낸 것 같네." 그녀가 말했다. "안됐어."

"고마워. 쉽진 않았어. 하지만 나보다 훨씬 더 힘들게 살고 있는 사람들도 많다고 되뇌면서 나 자신을 위로하고 있어." 그가 말했다. "난 몇 번의 전투에서 패배했지만, 전쟁에서 진 건 아니거든."

미란다가 머그컵을 들었다. "전쟁을 위하여." 그녀가 말했다. 이 말은 아서의 미소를 이끌어냈다. "뭐 또 다른 일 있어?"

"내 얘기만 했군." 그가 말했다. "당신은 어떻게 지내?"

"좋아. 아주 좋아. 불만 없어."

"해운업체에 다닌다고 했던가?"

"맞아. 좋은 직장이지."

"결혼은?"

"세상에나, 물론 안 했지."

"아이도 없고?"

"그 주제에 관한 내 입장은 하나도 바뀌지 않았어. 당신은 엘리자베스랑 사이에서 아들이 하나 있지?"

"이름이 타일러야. 얼마 전에 여덟 살이 됐지. 제 엄마랑 예루살렘에 살아."

그때 문 두드리는 소리가 나자 아서가 일어섰다. 미란다는 그가 방을 가로질러 걸어가는 것을 보면서 로스앤젤레스의 그 집에서 열었던 마지막 디너파티를 떠올렸다. 엘리자베스 콜튼이 술에 취해 소파에서 곤드라졌고 아서는 침실로 올라갔던 것이 기억났다. 미란다는 자기가 지금 여기서 뭘 하고 있는 건지 알 수 없었다.

문 앞에 서 있는 사람은 아주 작았다.

"안녕, 커스틴." 아서가 말했다. 방문객은 일고여덟 살 정도 되어 보이는 여자아이였다. 한 손에는 색칠공부 책을, 다른 손에는 필통을 꼭 쥐고 있었다. 머리가 밝은 금발이어서 조명 아래 서면 눈부시게 빛날 것 같았다. 〈리어 왕〉에서 일고여덟 살 어린애가 맡을 수 있는 역할이 뭐가 있는지 생각나지 않았지만, 이런 애들을 워낙 많이 봐서 그런지 한눈에 아역배우라는 것을 알아볼 수 있었다.

"여기서 색칠공부 해도 돼요?" 소녀가 물었다.

"그럼." 아서가 말했다. "들어와. 소개해줄 아줌마가 있어. 내 친구 미란다야."

"안녕하세요." 소녀가 심드렁하게 말했다.

"안녕." 미란다가 말했다. 그녀는 소녀가 도자기 인형처럼 생겼다고 생각했다. 태어나서부터 줄곧 온실 속의 화초처럼 곱게 키워진 아이 같았다. 자라면 미란다의 비서 러티샤나 리언의 비서 테아처럼 자신을 잘 가꾸고 모험과는 거리가 먼 삶을 살게 될 것 같았다.

"여기 커스틴은 가끔씩 내 방에 놀러와." 아서가 말했다. "우린 연기에 관해 의견을 나누지. 돌보미 언니는 네가 어디 있는지 아니?" 소녀를 바라보는 눈길을 보자 아서가 자기 자식, 머나먼 타국에서 살고 있는 아들을 얼마나 그리워하고 있는지 알 것 같았다.

"전화하고 있어서 몰래 도망쳐 나왔어요." 커스틴이 말했다. 소녀는 문 가까운 곳 카펫에 앉아서 색칠공부 책을 펼쳤다. 공주와 무지개와 멀리 배경으로 보이는 성과 개구리 한 마리가 있는, 반쯤 색칠된 페이지였다. 그러고는 색연필을 꺼내 둥그런 종처럼 생긴 공주의 원피스에 붉은색 줄무늬를 그리기 시작했다.

"당신, 아직도 그림 그리나?" 아서가 미란다에게 물었다. 그는 커스틴이 오고 나서부터 눈에 띄게 더 편안해 보였다.

그럼, 항상 그리지. 그녀는 출장 갈 때면 밤에 호텔 방에 혼자 있는 시간을 위해 스케치북을 꼭 챙겨 갔다. 작업의 초점은 점차 바뀌었다. 여러 해 동안 이야기의 주인공은 닥터 일레븐이었는데, 최근에는 그가 신경에 거슬리기 시작했고 언더시에 대한 관심이 더 커졌다. 이 사람들은 자기들이 기억하는 세상이 재건될 수 있다는 희망을 꼭 붙들고 방사상 낙진 대피소에서 살고 있다. 언더시는 어중간한 곳이다. 그녀는 지하에서 펼쳐지는 삶을 스케치하는 데 시간과 정성을 들였다.

"물어보니까 생각났는데, 당신 주려고 뭘 좀 가져왔어." 그녀는 닥터 일레븐 시리즈의 처음 두 권을 자비로 몇 부 인쇄했다. 미란다는 핸드백에서 『닥터 일레븐 1권 1호 : 스테이션 일레븐』과 『닥터 일레븐 1권 2호 : 추격』을 두 권씩 꺼내 그에게 건넸다.

"당신 작품이군." 아서가 미소를 지었다. "아름답네. 첫 번째 권 표지는 당신 작업실 벽에 붙어 있던 것 같은데. 아닌가?"

"기억하네." 아서가 말한 표지는 영화의 배경 장면 같은 거였다. 날카로운 섬들과 거리와 건물들과 바위들, 그 사이의 높은 다리들. 검은 바다 밑에는 언더시로 이어지는 비밀 출입문들이 거대한 괴물처럼 자리하고 있다. 아서가 첫 번째 권을 무작위로 펼치자 바다

위 다리로 연결된 섬들과 황혼, 그리고 포메라니안과 함께 바위 위에 서 있는 닥터 일레븐을 담은 펼침 그림이 나타났다. 밑에 지문이 나와 있었다. **나는 파괴된 내 집을 바라보면서 달콤했던 지구에서의 삶을 잊으려고 노력했다.**

"그가 우주정거장에 살았지, 참." 아서가 말했다. "잊고 있었어." 그는 페이지를 넘겼다. "아직도 그 개 키워?"

"루리? 2년 전에 죽었어."

"저런, 안됐군. 그나저나 책 정말 멋진데." 그가 말했다. "고마워."

"그게 뭔데요?" 카펫에 앉아 있던 소녀가 물었다. 미란다는 잠깐 아이의 존재를 잊고 있었다.

"내 친구 미란다가 만든 책이야." 아서가 말했다. "나중에 보여줄게. 넌 지금 뭐 그리고 있니?"

"공주요." 커스틴이 말했다. "마틸다는 공주 드레스를 줄무늬로 칠하면 안 된대요."

"음, 난 그렇게 생각 안 하는데." 아서가 말했다. "그래서 대기실에서 도망 나온 거야? 마틸다랑 또 싸웠어?"

"드레스에 줄무늬 그리는 거 아니라고 하잖아요."

"난 줄무늬가 너무 멋있다고 생각하는데."

"마틸다가 누군데?" 미란다가 물었다.

"배우예요." 커스틴이 말했다. "가끔 진짜 못됐어요."

"특이한 공연이야." 아서가 말했다. "막이 오르면 여자애 세 명이 리어 왕 딸들의 어린 시절을 연기하다가 들어가고 4막에서 환영으로 다시 나와. 대사는 없고. 그냥 거기 있는 거야."

"마틸다는 자기가 국립발레학교에 다니기 때문에 다른 사람들보다 잘났다고 생각해요." 커스틴이 다시 마틸다로 화제를 옮겼다.

"너도 춤출 줄 아니?" 미란다가 물었다.

"네, 하지만 무용수가 되고 싶지는 않아요. 발레는 바보 같은 춤이에요."

"커스틴은 배우가 되고 싶대." 아서가 말했다.

"우와, 멋지다."

"네." 커스틴이 고개를 들지 않고 말했다. "벌써 작품도 많이 했어요."

"정말?" 미란다가 말했다. 여덟 살짜리하고는 어떻게 의사소통을 해야 할까? 그녀가 아서를 흘끗 쳐다보니 그는 어깨를 으쓱거렸다. "예를 들면 어떤 작품?"

"그냥 작품요." 소녀는 마치 처음에 이 이야기를 꺼낸 사람이 자기가 아니라는 듯 말했다. 미란다는 자기가 아역배우들을 좋아하지 않았다는 기억이 새록새록 났다.

"커스틴은 지난달에 오디션을 받으러 뉴욕에 갔다 왔대." 아서가 말했다.

"비행기를 탔어요." 커스틴은 색칠을 멈추고 공주를 찬찬히 뜯어보았다. "드레스가 이상해요." 목소리가 떨렸다.

"아름다운데?" 미란다가 말했다. "진짜 예쁘게 잘 색칠했어."

"이 문제에 있어서는 미란다 말이 맞는 것 같아." 아서가 말했다. "줄무늬 좋은데 왜."

커스틴이 종이를 넘기자 검은 윤곽선으로 그려진 기사와 용과 나무가 나타났다.

"공주 마저 안 칠할 거야?" 아서가 물었다.

"그건 망쳤어요." 커스틴이 말했다.

그들은 한동안 조용히 앉아 있었다. 커스틴은 초록색과 보라색을 번갈아 써가며 용의 비늘을 색칠했고, 아서는 『닥터 일레븐』을 획획 넘겨 보았고, 미란다는 차를 마시면서 그의 표정을 확대해석 하지 않으려고 애쓰고 있었다.

"애가 자주 찾아와?" 아서가 마지막 페이지에 다다랐을 때 미란 다가 조용히 물었다.

"거의 매일. 다른 애들하고 잘 못 지내거든. 우울한 애야." 그들 은 한동안 말없이 차를 마셨다. 소녀의 색연필이 색칠공부 책을 메 워가는 쓱쓱 소리, 머그컵이 유리로 된 커피 테이블에 남겨놓은 동 그란 테두리, 기분 좋게 따뜻한 차, 따뜻하고 아름다운 방. 이런 것 들이 2주 후 미란다가 말레이시아의 해변에서 의식이 혼미해져 정 신이 오락가락하고 있을 때, 생애의 마지막 시간에 떠올린 것들이 었다.

"토론토에는 얼마나 있을 거야?" 아서가 물었다.

"나흘. 금요일에 아시아로 떠나."

"거기서 뭐하는데?"

"주로 도쿄 지점에서 일하지. 내년에 거기로 발령이 날 가능성 도 있어. 싱가포르랑 말레이시아에 있는 다른 지점 간부들이랑 회 의도 하고 선박 점검도 하고. 그거 알아? 세계 선박의 12퍼센트가 싱가포르 항구에서 80킬로미터 떨어진 지점에 정박해 있다는 거?" 그녀가 말했다.

"몰랐어." 그가 미소를 지었다. "아시아라니, 그런 삶을 누가 상 상이나 했을까?"

—

미란다는 호텔로 돌아오고 나서야 문진 생각이 났다. 그녀가 핸드백을 침대 위로 떨어뜨리자 핸드백 속에 들어 있던 문진이 열쇠와 부딪쳐 땡그랑 소리가 났다. 11년 전 로스앤젤레스에서 열린 디너파티에 클라크 톰슨이 선물로 가져왔고, 그날 밤 미란다가 아서의 서재에서 갖고 온 유리 문진이었다. 아서에게 돌려주려고 가져갔는데, 깜빡하고 그대로 갖고 온 것이다.

그녀는 잠깐 문진을 들고 램프 불빛에 비쳐보며 감상했다. 그러다가 호텔에 비치된 메모지에 메모를 한 뒤 다시 신발을 신고 1층으로 내려가서 배달 서비스를 불러 문진을 엘긴 극장으로 갖다주라고 시켰다.

40

　그로부터 2주 후, 구세계가 끝나기 직전, 미란다는 말레이시아 해변에 서서 바다를 바라보고 있었다. 연이은 회의에 참석하며 하루를 보내고 호텔로 돌아와 보고서를 작성하고 룸서비스로 저녁을 먹은 뒤였다. 일찍 잠자리에 들 생각이었는데 객실 창밖 수평선에서 불을 밝히고 있는 컨테이너 화물선들을 더 자세히 보고 싶어 해변으로 나왔다.

　지난 한 시간 반 사이에 근처 공항 세 곳이 폐쇄되었지만 미란다는 아직 그 사실을 몰랐다. 조지아 독감에 대해서도 조지아와 러시아에서 퍼지고 있는 전염병 정도로만 알고 있었다. 손님들을 놀라게 하지 말라는 교육을 받은 호텔 직원들은 그녀가 로비를 걸어가는 동안 누구도 그 전염병이 대유행 단계로 접어들었다는 사실을 언급하지 않았다. 다만 로비 프런트데스크 직원이 많이 줄어 있었다. 어찌 됐든, 에어컨이 너무 강해서 관 속처럼 추운 객실에서 벗어난 미란다는 불을 환하게 밝힌 길을 걷다가 신발을 벗고 모래 해변을 맨발로 걸었다.

밤이 깊어가면서 그녀는 불안하기도, 또 뜻도 잘 모르면서 '위기'라는 단어를 함부로 쓰는 사람들을 떠올리며 조금 유쾌한 기분이 들기도 했다. 어쨌든 경제 위기가 있었다. 혹은 모두가 그 시기를 그렇게 불렀다. 그 결과 지금 싱가포르 항에서 80킬로미터 떨어진 해상에 선박들이 사상 최대 규모로 모여 있었다. 그중 열두 척은 넵튠 로지스틱스 소유였고, 그중 두 척은 아직 화물을 한 번도 실어보지 않은 신형 파나맥스 선박이었다. 한국의 조선소에서 만든 갑판은 아직도 반짝반짝 빛나고 있었다. 3년 전 주문을 넣을 때만 해도 수요가 한없이 늘어날 것으로 예상했는데, 경제가 와르르 무너지고 아무도 돈을 쓰지 않는 지금은 아무짝에도 소용없는 물건이 되었다.

그날 이른 오후, 지점 사무실에서 미란다는 이 지역 어부들이 그 선박들을 두려워한다는 이야기를 들었다. 어부들은 그 거대한 배들이 낮에는 꼼짝도 안 하다가 밤만 되면 휘황찬란하게 불을 밝히는 것을 보고 그 안에 초자연적인 존재가 살고 있는 게 아닌지 의심했다. 지점장은 어부들의 어리석음에 껄껄 웃었고 미란다도 둘러앉은 다른 사람들과 마찬가지로 따라 웃었지만, 그런 빛들이 어쩌면 이 지구상의 것이 아닐지도 모른다고 의심하는 게 그렇게나 비합리적인 생각인가 하는 의문도 들었다. 배들은 충돌을 피하기 위해서 불을 밝히는 것뿐이지만, 이 저녁 해변에서는 배 속에 초자연적인 무언가가 정말 있는 것처럼 보였다. 그때 휴대전화가 부르르 울렸다. 아서의 오랜 친구인 클라크 톰슨이 뉴욕에서 전화를 건 것이다.

"미란다." 어색한 인사말이 오간 다음 그가 말했다. "미안하지만 좋지 않은 소식을 전하려고 전화했습니다. 우선 어디 좀 앉아요."

"무슨 일이에요?"

"아서가 어젯밤에 심장마비로 죽었어요. 정말 유감입니다."

오, 아서.

—

클라크는 전화를 끊고 의자에 등을 기댔다. 그의 회사는 누가 해고당하지 않는 한 개인 사무실 문을 절대로 닫지 않는 분위기였다. 그러니 그가 지금쯤 직원들 입방아에 오르내리고 있을 것은 분명했다. 궁금해 죽겠네! 클라크 사무실에서 도대체 무슨 일이 일어나고 있는 거지? 그는 아까 용기를 내 커피를 가지러 갔는데, 복도를 지나가는 그를 다들 무심한 듯하면서도 걱정스러운 표정으로 바라봤다. 마치 '강요하는 건 아니지만 혹시 할 말이 있으면 해' 하고 말하는 듯한 눈길이었다. 그는 인생 최악의 오전을 보내고 있었지만, 호기심을 한 몸에 받으면서도 아무 말도 안 해주는 것에서 약간의 만족감을 느끼기도 했다. 그는 미란다 캐럴의 이름에 줄을 그어 지우고 엘리자베스 콜튼에게 전화하려고 수화기를 들다가 생각을 바꿔 창가로 걸어갔다. 거리에서 한 청년이 색소폰을 연주하고 있었다. 창문을 열자 연안 도시에 흐르는 가냘픈 색소폰 멜로디와 지나가는 자동차에서 들려오는 귀청 터지게 시끄러운 힙합 음악과 길모퉁이에서 누군가 울려대는 경적 소리가 사무실 안을 가득 채웠다. 눈을 감고 색소폰 소리에 집중하려는데 비서가 인터폰을 했다.

"아서 리앤더 씨 변호사한테서 또 전화가 왔는데요." 타비타가 말했다. "회의 중이라고 할까요?"

"빌어먹을, 그 인간은 잠도 안 자나?" 로스앤젤레스 시각으로 자정, 뉴욕 시각으로 새벽 3시에 "긴급 상황. 즉시 전화 주시길"이라고 음성메시지를 남긴 사람은 바로 헬러였다. 클라크가 뉴욕 시각으로 6시 15분, 로스앤젤레스 시각으로 새벽 3시 15분에 전화를 걸었을 때도 헬러는 일하고 있었다. 그들은 아서의 가족을 만나본 클라크가 유족에게 전화를 걸어 사망 소식을 알리는 것이 좋겠다는 데 동의했다. 클라크는 그 소식을 전처들에게도, 심지어 그가 별로 좋아하지 않는 가장 최근에 이혼한 전처에게도 말해주기로 결심했다. 너무 감상적이라 말로 표현하기 머쓱하고 이혼한 친구들 중 어느 누구도 인정하지는 않지만, 그는 결혼했던 남녀 사이에는 틀림없이 무언가 남아 있게 마련이라고 생각했다. 결혼생활에 대한 기억, 혹은 사랑이라는 감정에 대한 기억이라도. 이 사람들이 이제 서로를 전혀 좋아하지 않는다고 해도 서로에게 어떤 의미로든 남아 있지 않겠는가.

헬러는 그로부터 30분 뒤에 다시 전화를 걸어 유족에게 소식을 전했느냐고 물었다. 물론 클라크는 아직 소식을 전하지 않은 상태였다. 로스앤젤레스에서 새벽 3시 45분이면 아서의 남동생이 살고 있는 캐나다 서해안도 새벽 3시 45분이다. 어떤 이유로든 전화를 하기에는 너무 이른 시간이다. 클라크가 있는 뉴욕은 이제 겨우 오전 9시가 됐고 헬러가 사는 서해안 지역은 아침 6시였는데, 밤을 꼬박 새운 것이 분명한 이 남자가 아직도 안 자고 일하고 있는 것이 클라크에게는 정말 터무니없는 일처럼 느껴졌다. 사실 헬러는 낮에는 잠을 자고 밤에만 활동하는 사악한 뱀파이어 변호사 아닐까? 아니면 각성제 중독자인가? 클라크의 생각은 이리저리 떠돌다가 20여 년 전 토론토에서의 특별히 흥분했던 일주일로 달려갔다.

그때 클럽에서 사귄 친구가 그와 아서에게 알약을 조금 줬는데, 두 사람은 그로부터 72시간 동안 한숨도 자지 못했다.

"전화 받으시겠어요?" 타비타가 물었다.

"그래, 연결시켜줘."

잠깐 동안 타비타는 아무 말도 하지 않았다. 7년 동안 가까이서 함께 일했던 터라 그는 이 특정한 종류의 침묵이 '무슨 일인지 말해봐요. 나 소문 좋아하는 거 알잖아요'라는 뜻이라는 걸 알았지만 잠자코 있었다. 조금 있다가 나온 "잠깐만 기다리세요"라는 완벽하게 직업적인 말에서 그는 실망의 기색을 읽을 수 있었다.

"클라크? 헬러예요."

"네, 그렇다고 들었습니다." 클라크가 말했다. 그는 상대방을 이름으로 부르면서 자기는 성으로 소개하는 사람들을 보면 불쾌했다. "안녕하세요, 개리? 무려 90분 동안이나 통 연락을 못 하고 지냈군요."

"그럭저럭 견디고 있었지요." 헬러가 말했다. 클라크는 가장 싫어하는 시시한 말 목록에 이 표현을 집어넣었다.

"그냥 내가 유족에게 통지했습니다."

"왜요? 그건 내가 하기로 한 것……."

"유족을 깨우고 싶지 않아 하시는 것 같아서요. 하지만 이럴 때는, 이런 상황에서는 유족을 깨워야 하는 거거든요. 유족을 깨우고 싶어 해야 한다고요. 그게 유족에 대한 예의니까요. 누가 소식을 퍼뜨리기 전에, 사진이나 동영상이나 다른 뭔가를 퍼뜨리기 전에, 그래서 《엔터테인먼트 위클리》가 유족에게 전화해서 한마디 해달라고 하기 전에 유족이 사실을 알고 있어야 하는 겁니다. 생각해보세요, 유명 배우가 무대에서 죽었습니다."

"그렇군요." 클라크가 말했다. "알겠습니다." 색소폰 연주자는 이제 사라졌다. 11월의 회색빛 하늘을 보니 런던에 계신 부모님을 찾아뵐 때가 되었다는 생각이 들었다. "엘리자베스한테는 알렸습니까?"

"누구요?"

"엘리자베스 콜튼. 두 번째 전처요."

"아뇨, 그 여자를 유족이라고 할 수 있을까요? 난 아서의 동생만 생각했는데요."

"아서의 유일한 아들의 어머니인데도요?"

"네, 물론 그렇죠. 그 애가 몇 살이죠?"

"여덟 살 아니면 아홉 살쯤 됐겠네요."

"어린애가 참 안됐군요. 이런 일을 겪기에는 너무 어린데." 슬픔 때문인지 피곤 때문인지 헬러의 목소리가 갈라졌다. 클라크는 그의 이미지를 거꾸로 매달린 박쥐 같은 변호사에서 우울하고 창백하며 만성적인 불면증을 앓고 있고 카페인에 중독된 사람으로 바꿨다. 헬러를 만난 적이 있었나? 여러 해 전, 미란다와 아서가 이혼하기 직전에 로스앤젤레스에서 열렸던 그 끔찍했던 디너파티에 헬러도 왔던가? 아마도 그랬겠지만 잘 기억나지 않았다.

"그나저나 클라크, 아서가 최근에 타냐 제라드라는 여자에 대해서 무슨 말 안 하던가요?" 헬러가 무심한 태도로 물었다. 캘리포니아 사람들은 중요한 이야기도 별거 아니라는 듯 얘기하는 버릇이 있다.

"그 이름은 익숙지 않은데요."

"확실합니까?"

"확실하지는 않죠. 근데 왜요? 그 여자가 누군데요?"

"우리끼리 하는 얘긴데, 우리의 아서가 연애를 하고 있었던 것 같아요." 그는 단순한 가십이 아니라 극도로 중요한 일에 대해 이야기하는 것처럼 심각하게 말했다. 남들이 모르는 것들을 반드시 알아야만 하는 사람 같았다.

"그렇군요." 클라크가 말했다. "근데 그게 우리랑 무슨……."

"아, 물론, 상관없죠. 사생활인데 우리가 상관할 바 아니죠. 누구한테 피해주는 일도 아니고, 어른들끼리 합의하에 하는 일이니까. 아마 나만큼 사생활을 존중하는 사람도 없을 겁니다. 나는 페이스북 계정도 없어요. 그만큼 사생활이 중요하다고 생각하는 거죠. 아마 이 지구상에 페이스북 계정이 없는 사람은 나밖에 없을걸요. 그건 그렇고 이 타냐라는 여자는 〈리어 왕〉 의상 담당이었답니다. 아서가 혹시 말한 적이 있는지 그냥 궁금해서 물어봤어요."

"아뇨, 개리, 들은 적 없어요."

"제작자 말로는 완전히 비밀 연애였다는데, 어쨌든 그 여자는 의상을 챙겨주거나 아역배우들을 돌보는 아가씨였대요. 아역배우들에게 의상을 챙겨 입혀주는 일이었을까요? 아마도 그랬던 것 같은데. 근데 〈리어 왕〉에 아역배우라니, 좀 아리송하네요. 하지만 뭐 아서는……."

이스트 강 저 반대편에 보이는 것은 햇빛일까? 멀리서 한 줄기 빛이 구름을 뚫고 내려와 퀸즈 지역을 비스듬히 비추고 있었다. 클라크는 그 풍경이 한 폭의 유화 같다고 생각했다. 그는 토론토의 연기학교에서 아서를 처음 만났던 때를 떠올렸다. 그때 아서는 열여덟 살이었고 자신만만했지만, 수업을 받은 처음 6개월 동안은 연기가 정말 형편없었다. 어느 날 밤 게이 바에서 한잔할 때 연기 강사가 선언하듯 그렇게 말한 기억이 남아 다른 기억이 왜곡된 것일 수도 있지만, 강사는 클라크를 유혹하려고 애쓰고 있었고 클라크는 형식적으로나마 저항하고 있었다. 그리고 그 당시 아서는 아름다웠다.

"그러니까 문제는 아서가 유언으로 그 아가씨에게 뭐라도 남겨주려고 했느냐 하는 겁니다." 헬러가 말했다. "아서가 지난주에 유언장을 다시 쓰겠다고 이메일을 보냈거든요. 어떤 사람을 만났다면서, 상속자를 한 명 더 추가하고 싶다고요. 그 아가씨를 두고 하는 말이겠다 싶어서요. 최악의 시나리오는 이겁니다. 어딘가에 유언장이 하나 더 존재하는 거요. 내가 이삼 주 동안 못 만날 거라고 해서 자기가 직접 비공식적인 문서를 작성해놓았을 수도 있거든요. 그래서 그 아가씰 아느냐고 물어본 겁니다."

"아서를 봤어야 하는데 안타깝군요." 클라크가 말했다.

"네, 그렇죠, 아서를…… 네? 뭐요?"

"아주 옛날로 돌아가서, 아서가 배우 일을 막 시작했을 때를 봤어야 한다고요. 아서의 재능이야 알고 있겠지만, 그 모든 것 이전의 그 모든 타블로이드 신문과 영화와 이혼과 명성, 그 모든 뒤틀린 것들 이전의 아서를 봤으면 좋았을 텐데. 안타까워요."

"죄송한데 무슨 말인지 잘 모르겠네요. 나는……."

"아서는 참 좋은 사람이었어요." 클라크가 말했다. "그 옛날에, 처음 만났을 때, 난 아서를 무척 좋아하게 됐어요. 연애감정이 있었다거나 그런 건 전혀 아니고요. 때로는 누군가가 그냥 좋을 때도 있잖아요. 아서는 참 친절했어요. 가장 생생하게 기억나는 게 그거예요. 만나는 사람 누구한테나 친절했죠. 참 겸손한 사람이었고요."

"도대체 무슨……."

"개리, 그만 끊겠습니다." 클라크가 말했다.

그는 창밖으로 고개를 내밀고 11월의 쌀쌀하고 신선한 공기를 한껏 들이마신 후 책상으로 돌아와 엘리자베스 콜튼에게 전화를 걸었다. 그가 소식을 전하자 그녀는 길게 한숨을 내쉬었다.

"장례식 일정은 나왔나요?"

"토론토에서 합니다. 내일모레."

"토론토요? 거기 가족이 있어요?"

"아뇨, 근데 아서가 유언장에 분명하게 명시해놓았더군요. 아마도 그곳에 애착을 느꼈던 것 같아요."

엘리자베스 콜튼의 질문에 대답하는 클라크의 머릿속에 여러 해 전 뉴욕의 어느 술집에서 아서와 나눈 대화가 떠올랐다. 두 사람은 이제껏 살았던 도시들에 대해 이야기를 나눴다. "넌 런던 출신이잖아." 아서가 말했다. "너 같은 사람은 도시를 당연하게 생각할 거야. 하지만 촌구석에서 온 나 같은 사람은…… 내가 어릴 때 살았던 델라노 섬은 아주 작은 곳이었어. 전부 나를 알았는데, 내가 특별해서가 아니라 그냥 모든 사람이 모든 사람을 알고 지냈던 거야. 거기서 느낀 밀실 공포증은 정말 말도 못 하게 고통스러웠어. 사생활이 있었으면 하고 얼마나 바랐는지. 내 기억으로는 아주 어릴 때부터 그냥 그곳을 벗어나고 싶었어. 그래서 토론토로 왔는데 날 알아보는 사람이 한 명도 없더라고. 자유 그 자체더라."

"그러고 나서는 로스앤젤레스로 가서 유명해졌잖아." 클라크가 말했었다. "이젠 또 모두가 널 알아보고."

"맞아." 아서는 마티니 속에 든 올리브를 이쑤시개로 찌르려고 애를 썼다. "토론토는 내가 자유를 느꼈던 유일한 곳인 것 같아."

—

클라크는 다음 날 새벽 4시에 일어나 택시를 타고 공항으로 갔다. 이 새벽은 위기일발의 시간이기도 했고 기적의 시간이기도 했는데, 그 사실은 며칠이 지난 다음에야 깨달을 수 있었다. 조지아 독감이 벌써 도시에 스며들고 있었지만 그가 부른 택시 운전사는 발병하지 않았고, 앞선 승객 중에 보균자도 없었다. 그는 이 믿을 수 없을 정도로 운 좋은 택시에 앉아서 동 트기 전의 도로들이 휙휙 지나가는 것과, 희미하게 불이 켜진 잡화점과, 비닐로 막아놓은 꽃집의 꽃들을, 그리고 인도를 걷고 있는 야간 근무자들을 바라보았다. SNS에는 독감이 뉴욕에 착륙했다는 이야기가 무성했지만 클라크는 SNS를 하지 않았기 때문에 그런 소문을 알지 못했다.

존 F. 케네디 국제공항에 도착한 클라크는 터미널을 통과했다. 그 터미널에는 감염자가 몇 명 있었지만 그는 너무나 다행스럽게도 그들과 가까이 있거나 그들이 만진 부분을 만지지 않았고, 그와 비슷하게 운 좋은 사람들로 가득 찬 비행기에 탑승할 수 있었다. 그 공항에서 이륙한 비행기들 중 끝에서 스물일곱 번째 비행기였다. 짐을 싸느라 잠을 제대로 못 잔 데다 공항에 와서도 수속을 밟고 탑승하느라 지친 클라크는 아서에 대해 잠깐씩 생각하거나, 헤드폰으로 콜트레인의 음악을 듣거나, 출발 게이트 앞에서 내키지 않는 마음으로 전방위 평가보고서를 작성했다. 탑승구 앞에서 고개를 들었을 때에야 그는 엘리자베스 콜튼과 그 아들이 같은 비행기에 탄다는 사실을 알게 되었다.

우연이었지만 대단한 우연은 아니었다. 전날 통화할 때 오전에 눈보라 예보가 있어서 아침 일찍 출발해야겠다며, 토론토행 7시

비행기를 타겠다고 했었다. 그녀는 자기도 같은 비행기에 타도록 애써보겠다고 말했다. 클라크는 머리를 짧게 자르고 짙은색 정장을 입은 채 아들 손을 잡고 나타난 엘리자베스를 금방 알아볼 수 있었다. 모자는 1등석에 앉았고 클라크는 이코노미석에 앉았다. 1등석을 지나면서 짧게 인사를 나눈 것 외에 그녀와 다른 이야기는 하지 않았다. 이륙 후 한 시간 반이 지났을 때 기장이 운항 방향을 바꿔 클라크가 한 번도 들어보지 못한 미시간 어느 곳으로 가겠다고 방송을 했다. 얼마 후 모두들 어리둥절하고 혼란스러운 표정으로 세번시티 공항에 내렸다.

41

아서의 사망 소식을 전해 들은 후에도 미란다는 한동안 해변을 떠나지 않았다. 모래사장에 앉아서 작은 배가 해안으로 다가오고 배 위의 밝은 조명이 수면을 훑고 지나가는 것을 바라보면서 아서를 생각했다. 중요한 사람이든 잘 만나지 않고 자주 생각도 안 하는 사람이든, 사람들이 세상에 존재한다는 것을 너무 당연하게 여겼다는 생각이 들었다. 그중 누구라도 없다면 세상은 다이얼을 1도 정도 살짝 돌리는 것처럼 미세하지만 확실히 달라질 것이다. 갑자기 목이 아프기 시작했다. 몸이 좋지 않다는 게 느껴졌다. 내일도 또 회의가 여러 건 잡혀 있었다. 깜박하고 클라크에게 장례 일정을 물어보지 않은 게 생각났지만, 어차피 가지 않을 테니 상관없었다. 파파라치들과 아서의 다른 전처들 사이에 서 있는 장면은 상상만 해도 끔찍했다.

그녀는 일어나서 호텔로 걸어갔다. 해변에서 보니 호텔은 흰 발코니가 두 층 있는 것이 꼭 웨딩케이크처럼 보였다.

이상하게도 로비가 텅 비어 있었다. 프런트데스크에 직원이 한 명도 없었다. 안내원은 수술용 마스크를 끼고 있었다. 미란다가 무슨 일인지 물어보려고 다가가자 그는 두려운 기색이 분명한 표정으로 그녀를 쳐다보았다. 가까이 오지 말라고 소리치기라도 한 것처럼, 미란다는 뒤로 물러서서 엘리베이터를 향해 빠르게 걸어갔다. 몸이 떨렸다. 등에 닿는 안내원의 시선이 느껴졌다. 위층 복도에도 사람이 없었다. 방으로 돌아온 그녀는 노트북 컴퓨터를 켜고 그날 처음으로 뉴스를 찾아보았다.

—

미란다는 두 시간 동안이나 여기저기 전화를 걸어보았지만 어떻게 할 방법이 없었다. 근처의 모든 공항이 폐쇄되었다고 했다.

"제 말 좀 들어보세요, 고객님." 지친 항공사 직원이 마침내 폭발했다. "말레이시아를 떠나는 항공편에 고객님의 좌석을 예약해드릴 수 있다고 해도, 고객님은 정말 열두 시간씩 비행기에 앉아서 200명의 승객이 내쉬고 들이마시는 공기를 호흡하고 싶으신 겁니까? 진짜로요?"

미란다는 전화를 끊었다. 의자에 등을 기대고 앉자 책상 위에 있는 에어컨 통풍구가 눈에 들어왔다. 공기가 이 방 저 방 돌아다니며 건물 전체를 순환한다는 걸 잊고 있었다. 상상이 아니라 정말로 목이 아팠다.

"심리적인 거야." 그녀가 소리 내어 말했다. "아플까 봐 겁을 내니까 진짜로 아픈 것 같잖아. 아무것도 아닌데." 그러다가 자신의 상황을 신나는 모험담으로 바꿔보려 했다. '조지아 독감이 창궐했을 때 내가 아시아에서 발이 묶였는데 말이야.' 하지만 이게 과연 후일담이 될 수 있을까? 그녀는 한동안 스케치를 하면서 마음을 진정시키려고 애썼다. 바위섬과 작은 집 한 채. 스테이션 일레븐의 어두운 바다에 떠 있는 불빛들.

—

다음 날 새벽 4시 미란다는 열에 들떠 눈을 떴다. 아스피린 세 알로 열은 물리쳤지만 관절 마디마디가 끊어질 듯 아팠고 다리에 힘이 들어가지 않았다. 옷이 피부에 닿자 따갑고 아팠다. 방을 가로질러 책상으로 가기조차 힘들었다. 노트북으로 최신 뉴스를 읽는데 모니터 불빛 때문에 눈이 아팠다. 그제야 그녀는 상황을 받아들였다. 아스피린 기운을 몰아내고 다시 열이 올라왔다. 프런트데스크, 넵튠 로지스틱스 뉴욕 지사와 토론토 지사, 캐나다와 미국과 영국과 호주 영사관에 차례로 전화를 걸었지만, 녹음된 인사말만 나올 뿐 아무도 전화를 받지 않았다.

—

미란다는 얼굴을 옆으로 돌려 책상에 대고 엎드려서 이 방의 빈곤함에 대해 생각했다. 차가운 합판에 화끈화끈한 피부가 닿으니 너무 좋았다. 경제적인 의미의 빈곤이 아니었다. 이 중대한 시점에 대응할 준비가 충분히 되어 있지 않다는 면에서, 이 방은 극히 빈곤했다. 그런데 어떤 준비? 그것에 대해서는 잘 생각나지 않았다. 그녀는 해변과 선박들과 수평선에 떠 있는 불빛들을 떠올리면서 해변으로 가는 게 어떨까 생각했다. 해변에 있는 누군가가 도와줄

지도 모른다. 이대로 방에 있으면 더 아파지기만 할 뿐이다. 프런트데스크나 영사관은 도와주기는커녕 전화도 받지 않는 상태였다. 더 아파져서 꼼짝도 못 하게 되면 영영 방을 벗어날 수 없게 될 거라는 생각이 들었다. 해변에 어부들이 있을지도 모른다. 그녀는 비틀거리며 일어났다. 신발을 신는 데도 오랜 시간과 상당한 집중력이 필요했다.

—

복도는 조용했다. 미란다는 한 손으로 벽을 짚고 아주 천천히 걸었다. 엘리베이터 근처에 한 남자가 몸을 한껏 웅크리고 누워서 떨고 있었다. 말을 걸고 싶었지만 말할 힘이 없어서 쳐다만 보았다. 내가 당신을 보고 있어, 당신을 보고 있어. 그것만으로도 그에게 충분한 위로가 되었기를 바랐다.

—

로비는 텅 비어 있었다. 직원들이 모두 도망가고 없었다.

—

바깥 공기는 둔중했다. 수평선에서 초록 불빛 하나가 반짝였고, 해가 떠오르고 있었다. 하도 느리게 움직이다 보니 바다 밑이나 꿈속을 걷는 것 같았다. 그녀는 한 걸음 한 걸음 조심스럽게 내디뎠다. 이 끔찍한 무기력감이라니. 그녀는 두 팔을 벌리고 길 양쪽의 야자수 잎들을 스치면서 해변으로 난 길을 아주 천천히 걸어갔다. 길 끝에 하얀색 호텔 일광욕의자가 일렬로 놓여 있었지만 앉아 있는 사람이 아무도 없었다. 해변 전체에 아무도 없었다. 그녀는 가장 가까이 있는 의자에 털썩 주저앉아 눈을 감았다.

—

탈진. 타 죽을 듯이 열이 올랐다가 갑자기 한기가 들어 오들오들 떨었다. 정신이 혼미했다. 아무도 오지 않았다.

—

그녀는 수평선에 떠 있는 컨테이너 화물선들에 대해 생각했다. 거기 있는 선원들은 독감 바이러스에 노출되지 않았을 것이다. 자신이 배에 오르기엔 너무 늦었지만, 이 비틀거리는 세상에도 안전한 사람들이 남아 있다는 생각이 들자 저절로 미소가 피어올랐다.

—

눈을 떴을 때는 해가 떠오르고 있었다. 바다와 하늘에 강렬한 분홍색과 진한 오렌지색 빛줄기가 너울거렸다. 컨테이너 화물선들은 하늘과 마찬가지로 불타는 색의 바닷물 사이 수평선에 떠 있었다. 피 흘리는 것 같은 풍경을 보고 있자니 스테이션 일레븐의 강렬한 일몰과 쪽빛 바다가 생각났다. 배의 불빛이 희미해지면서 아침이 왔고, 바다가 불타올라 하늘이 되었다.

제7부

터미널

STATION
ELEVEN

42

세번시티 공항에 있는 사람들은 처음에 자기들이 일시적으로 발이 묶인 것처럼 날짜를 계산했다. 어째서 그랬는지 그다음 수십 년 동안 젊은이들에게 설명하기는 어려웠지만, 공정하게 말하자면 원래 공항에서 발이 묶이는 일의 역사는 결국 묶인 발이 풀려서 비행기를 타고 날아가는 일의 역사이기도 하지 않았던가. 처음에 는 모두들 국경수비대가 곧 담요와 식료품이 들어 있는 상자들을 가져오고, 공항 직원들은 업무에 복귀하고, 비행기들이 다시 이착 륙하기 시작할 거라고, 반드시 그렇게 될 거라고 믿었다. 하루, 이 틀, 48일, 90일. 그때까지는 정상적인 상황으로 돌아갈 거라는 기 대가 있었다. 그러다가 1년, 2년, 3년이 지났다. 그러다 시간이 재 설정되었다. 그들은 날짜와 달은 예전처럼 쓰면서도 해는 3년 1월 1일, 4년 3월 17일 하는 식으로 세었다. 4년째에야 클라크는 앞으 로 계속 해가 이런 식으로 기록이 될 것임을, 재앙의 순간을 기준 으로 한 해 두 해 세어갈 것임을 깨달았다.

세상이 과거와 같은 모습으로 돌아가는 일은 없을 거라는 깨달음은 더 빨리 왔다. 그 깨달음은 기억을 더 선명하게 만들었다. 마지막으로 공원에서 햇빛을 받으며 아이스크림콘을 베어 물었던 때. 마지막으로 클럽에서 춤을 췄던 때. 마지막으로 움직이는 버스를 봤던 때. 마지막으로 비행기에, 주거용이 아니라 실제로 날아다니는 비행기를 탔던 때. 마지막으로 오렌지를 먹었던 때.

—

공항에서 살기 시작한 지 20년이 다 되어갈 무렵, 클라크는 자신이 얼마나 운이 좋은지 생각했다. 생존했다는 단순한 사실 때문만이 아니었다. 물론 그 자체로도 대단한 일이지만, 한 세상이 끝나고 다른 세상이 시작되는 것을 보았다는 점에서 그는 대단한 행운이었다. 아직도 기억에 남아 있는 이전 세계의 멋진 물건들을, 우주왕복선과 전기전력망, 소리증폭기를 단 기타, 손바닥만 한 크기의 컴퓨터와 도시 사이를 오가는 고속철도 같은 것들을 보았기 때문만이 아니라, 그토록 오랫동안 그 경이로운 것들 속에서 살았기 때문이었다. 그는 인생에서 51년을 그런 멋진 세상에서 살았다. 가끔씩 그는 세번시티 공항 중앙홀 B에 누워서 잠을 못 이루면서 '그래, 나도 거기 있었지' 하고 생각했고, 그러면 슬픔과 유쾌함이 함께 어우러져 그의 가슴을 고통스럽게 찔러댔다.

"그건 설명하기 참 힘들어." 그는 박물관에 찾아오는 청년들에게 이렇게 말하곤 했다. 그의 박물관은 예전에는 중앙홀 C에 있는 스카이마일스 라운지였다. 그는 큐레이터 역할을 진지하게 받아들였고, "그건 설명하기 참 힘들어"라는 말만으로는 충분치 않다고 여러 해 전에 결론을 내렸다. 그래서 그는 오랜 세월에 걸쳐 공항에서 혹은 그 너머 어딘가에서 수집해온 물건들 중 어느 것에 대해서라도 누가 무슨 질문을 던지면 어떻게든 설명해주려고 애를 썼다. 노트북 컴퓨터, 아이폰, 행정직원의 책상에서 가져온 라디오, 공항 직원 라운지에서 가져온 전기 토스트기, 어느 낙관적인 수집가가 세번시티에서 모아온 턴테이블과 레코드판, 그리고 그 물건들과 이전 세계의 관계에 대해서. "아냐, 비행기는 수직으로 날아오르지 않았어. 긴 활주로를 달리면서 속력을 높인 다음에 비스듬히 날아올랐지." 그는 공항에서 태어난 열여섯 살 소녀에게 설명하는 중이었다.

"활주로가 왜 필요했어요?" 소녀가 물었다. 소녀의 이름은 엠마누엘이었다. 클라크는 그 소녀에게 특별한 호감을 갖고 있었는데, 소녀의 탄생이 그 끔찍했던 첫 해에 일어난 일 중에서 유일하게 기쁜 일이었기 때문이었다.

"속력을 높이지 않고는 땅에서 뜰 수가 없었거든. 가속도가 필요했으니까."

"아, 그러면 엔진이 그렇게 강력했던 건 아니었네요?" 소녀가 말했다.

"강력했지. 하지만 로켓만큼 강력하진 않았던 거야."

"로켓은 또……."

"우주로 갈 때 타고 가는 비행기를 로켓선이라고 불렀어."

"우주요? 우와, 진짜 믿기지가 않아요." 소녀가 고개를 가로저으면서 말했다.

"그래, 맞아." 돌이켜보면 그 모든 것이 다 믿기지 않지만, 그중에서도 특히 여행과 통신과 관계된 것들은 더욱 믿기지 않았다. 그가 이 공항에 도착하게 된 경위도 그랬다. 그는 지구 표면 위 상공에서 엄청나게 빠른 속력으로 이동하는 기계에 담겨 이곳에 오게 되었다. 미란다 캐럴에게 아서의 사망 소식을 전한 방법도 역시 믿기지 않았다. 그는 몇 초 안에 지구 반대편에 있는 기기와 연결시켜주는 기기에 일련의 번호를 눌렀고, 백사장에 맨발로 서서 반짝이는 선박들을 바라보고 있던 미란다는 위성을 경유해 뉴욕과 자신을 연결시켜주는 버튼을 눌렀다. 그들 주위에는 늘 기적이 존재했는데, 그것을 그때는 그토록 당연하게 여겼다.

—

　20년째에는 공항 사람들 대다수가 그곳에서 태어났거나 나중에 걸어 들어온 사람들이었지만, 비행기가 착륙한 그날 이후로 줄곧 공항에서 살아온 사람들도 스무 명 남짓 있었다. 클라크가 탄 비행기는 누구도 즉시 설명할 수 없을 것 같은 이유로 토론토가 아니라 이곳으로 날아왔고, 무사히 착륙해서 중앙홀 B에 있는 게이트까지 천천히 이동했다. 전방위 평가보고서를 편집하다가 고개를 든 클라크는 타맥으로 포장된 도로에 서 있는 다양한 항공기들을 보고 깜짝 놀랐다. 싱가포르항공, 캐세이퍼시픽, 에어캐나다, 루프트한자, 에어프랑스 등 여러 항공사의 거대한 제트 여객기가 끝도 없이 늘어서 있었다.

　탑승교를 건너와 중앙홀 B의 밝은 조명 속으로 들어온 클라크는 텔레비전 모니터 밑에 사람들이 몰려 있는 것을 발견했다. 그들이 뭘 보고 있든, 클라크는 차를 한 잔 마시지 않고는 그 뉴스를 견뎌낼 수 없을 것 같았다. 테러 공격이 벌어진 것일까? 그는 매점에서 얼 그레이를 한 잔 사서 천천히 우유를 부었다. 무슨 일이 일어났는지 모르는 채 홍차에 우유를 섞는 일은 이번이 마지막이 되겠지 하고 생각하며, 클라크는 지금 이 순간을 미리 그리워했다.

텔레비전에선 CNN이 나오고 있었다. 그가 하늘을 날고 있는 동안 범세계적 유행병이 북아메리카에 착륙했다는 뉴스였다. 여러 해 뒤에 설명하기 힘들어진 또 하나의 사실은, 그날 아침까지만 해도 조지아 독감은 먼 나라 이야기였고 소셜 미디어를 사용하지 않는 사람에게는 더 그랬다는 사실이었다. 클라크는 사실 비행기를 타기 하루 전에야 처음으로 조지아 독감 이야기를 들었다. 파리에서 발생한 어떤 바이러스가 불가사의하게 확산되고 있다는 신문 단신을 통해서였는데, 그것이 대유행으로 발전하는 중인지는 명시되지 않았다. 텔레비전 화면에 뜬 너무 늦은 피난 행렬과 세 개 대륙의 온갖 병원 밖에서 벌어지고 있는 폭동, 도로를 꽉 메운 자동차들을 보면서 클라크는 그제야 좀 더 관심을 갖지 않은 것을 후회했다. 그런데 저 사람들은 다 어디로 가는 걸까? 뉴스 보도가 사실이라면 조지아 독감은 벌써 북미 대륙에 상륙했을 뿐만 아니라 이미 모든 곳에 퍼져 있을 터였다. 정부 관리들과 소매를 걷어붙인 학자들이 긴급 브리핑을 했는데, 모두 안색이 창백하고 충혈된 눈 밑에 검푸른 다크서클이 짙었다.

"이 비상사태가 조속히 해결될 가능성은 그리 크지 않아 보입니다." 뉴스 진행자가 말했다. 절제된 표현의 역사에서도 전례를 찾아볼 수 없을 정도로 절제된 표현이었다. 그러고 나서 뉴스 진행자가 눈을 깜박거리며 카메라를 쳐다보았는데 그의 마음속에 있는 무언가가 말을 더듬거리는 것으로 보였다. 사생활과 직장생활을 잘 나눠서 관리해주던 기제가 무너져 내린 것 같았다. 그가 갑자기 다급한 표정으로 카메라를 바라보며 말했다. "멜라니, 이거 보고 있으면 애들 데리고 당신 부모님 목장으로 가. 뒷길로만 가야 돼. 고속도로는 안 돼. 사랑해, 아주 많이."

"방송을 자기 마음대로 할 수 있으니 좋겠구먼." 클라크 옆에 서 있던 남자가 말했다. "나도 마누라가 어디 있는지 모르는데. 당신은 마누라가 어디 있는지 알아요?" 남자의 목소리는 두려움 때문에 약간 높아져 있었다.

클라크는 그가 남자친구가 어디 있는지 아느냐고 물었다고 생각하기로 했다. "아뇨, 모르겠는데요." 그는 그 뉴스를 단 1초라도 더 볼 수 없을 것 같아서 텔레비전 앞에서 돌아섰다. 이곳에 얼마나 서 있었던 것일까? 차가 차갑게 식어버렸다. 그는 중앙홀을 천천히 걸어 내려가 비행일정 안내판 앞에 섰다. 모든 항공편이 취소되어 있었다.

어떻게 이 모든 일이 이렇게 빠르게 일어났을까? 공항으로 출발하기 전에 왜 뉴스를 확인하지 않았을까? 누군가에게, 아니 자신이 아는 모든 사람에게 전화를 걸어야 한다는 생각이, 자신이 사랑했던 모든 사람들에게 전화를 걸어 그들과 이야기를 나누고 중요한 일들을 말해주어야 한다는 생각이 불현듯 들었지만 그러기에는 너무 늦은 게 분명했다. 휴대전화에는 이제까지 본 적 없는 메시지가 떠 있었다. 시스템 과부하. 긴급통화만 가능. 차가 식어서 한 잔 더 샀다. 그는 끔찍한 두려움에 사로잡혔다. 매점까지 걸어가는 데도 결단력이 필요했다. 매점에서 일하는 젊은 여자 두 명은 뉴스에서 펼쳐지는 일에 지극히 무관심해 보였다. 진짜로 무관심하거나 참을성이 많거나 아니면 아직 사태를 파악하지 못한 것 같았다. 그들에게로 돌아가는 길은 모든 것이 허물어지고 있다는 것을 알기 전의 천국으로 돌아가는 길 같았다.

—

　"국민들이 주의해야 할 점이나 증세에 대해 좀 더 자세히 말씀 해주시겠습니까?" 뉴스 진행자가 물었다.

　"독감 증상은 거의 똑같습니다." 역학자가 말했다. "다만 이번에는 정도가 심할 뿐이죠."

　"그러니까 예를 들면⋯⋯?"

　"온몸이 아프고, 갑자기 고열이 나고, 숨을 쉬기가 힘들어집니다." 역학자가 말했다. "그리고 잠복기가 굉장히 짧아요. 바이러스에 노출되면 서너 시간 안에 증세가 나타나고 하루이틀 만에 사망에 이릅니다."

　"광고 후에 다시 오겠습니다." 뉴스 진행자가 말했다.

—

　항공사 직원들 역시 아무런 정보도 없었다. 겁먹은 표정으로 입을 굳게 다물고 있을 뿐이었다. 그들이 식권을 나눠주자 연상의 힘으로 모두 허기를 느꼈다. 승객들은 중앙홀 B에 있는 유일한 식당인 멕시코 식당에서 기름진 치즈 케사디야와 나초를 사려고 줄을 섰다. 매점 여직원 두 명은 여전히 뜨거운 음료와 신선도가 약간 떨어진 빵을 팔았고, 가끔씩 쓸모없어진 휴대전화를 노려보며 얼굴을 찌푸리곤 했다. 입장료를 내고 스카이마일즈 라운지에 들어간 클라크는 엘리자베스 콜튼이 텔레비전 근처에 있는 안락의자에 앉아 있는 것을 보았다. 타일러는 그 근처 바닥에 양반다리를 하고 앉아서 닌텐도 게임을 하면서 우주에서 온 외계인들을 죽이고 있었다.

"말도 안 되는 일이에요." 클라크가 엘리자베스에게 말했다.

그녀는 두 손으로 목을 꽉 잡은 채 뉴스를 보고 있었다. "전례가 없는 일이에요. 인류 역사를 통틀어서……." 엘리자베스는 고개를 가로저으며 말끝을 흐렸다. 타일러가 작게 신음소리를 냈다. 외계인들과의 전쟁에서 밀리는 모양이었다. 그들은 한동안 조용히 앉아서 뉴스를 보았다. 한참 후에 클라크는 더 이상 보고 있을 수 없어서 나초를 사러 가야겠다며 라운지를 나왔다.

그때 마지막 비행기가, 에어그라디아의 제트 여객기가 착륙했다. 클라크가 지켜보는 동안 그 비행기는 천천히 방향을 바꾸더니 터미널 건물을 향해서가 아니라 터미널 건물에서 멀어지는 방향으로 움직였다. 저 멀리 떨어져서 멈춰 섰지만 비행기를 맞으러 달려가는 공항 직원은 한 명도 없었다. 클라크는 나초를 포기하고 창가로 걸어갔다. 문득 에어그라디아 제트 여객기가 터미널에서 최대한 멀리 떨어진 곳으로 가서 선 게 이상하다는 생각이 들었다. 그가 창가에 서 있는데, 공중보건상의 이유로 공항을 즉시 폐쇄하겠다는 안내방송이 나왔다. 앞으로 무기한 비행기의 이착륙이 없을 거라고 했다. 모든 승객들은 수하물 찾는 곳에서 자기 짐을 찾은 뒤 절대 동요하지 말고 침착하게 공항을 떠나달라고 했다.

"어떻게 이런 일이." 승객들은 서로에게, 그리고 혼잣말로, 나초 접시를 앞에 두고서, 그리고 자판기 앞에 모여서서 화를 내며 이렇게 말했다. 그들은 공항관리국에 대해, 연방교통안전청에 대해, 항공사에 대해, 자신들의 쓸모없어진 휴대전화에 대해 욕을 했다. 분노는 뉴스 내용을 이해하는 것에 대한 마지막 저항이었다. 그 아래에는 도저히 말로 표현할 수 없는 감정이 존재했다. 텔레비전은 누구도 받아들이고 싶지 않아 하는 것들을 계속해서 암시하고 있었다. 사람들은 전염병이 발생해서 확대된 범위는 이해할 수 있었지만, 그게 어떤 의미인지는 이해할 수 없었다. 클라크는 멕시코 식당 안의 터미널 유리벽 앞에 서서 저 멀리서 움직이지 않고 있는 에어그라디아 제트 여객기를 바라보았다. 나중에 그는 자기가 그때 그 비행기가 거기 홀로 서 있는 이유를 알지 못한 것은 그 이유를 알고 싶지 않았기 때문이라는 것을 깨달았다.

—

식당과 기념품 상점 직원들은 손님들을 쫓아내고 셔터 문을 자물쇠로 잠근 후 뒤도 돌아보지 않고 걸어 나갔다. 클라크 주위에 있던 승객들도 공항을 떠나기 시작했다. 이 탈출 행렬은 다른 두 개의 중앙홀을 떠나는 승객들의 느린 행렬과 합쳐졌다. 엘리자베스와 타일러가 스카이마일즈 라운지에서 나와 모습을 드러냈다.

"떠나려고요?" 클라크가 물었다. 이 모든 일이 아직도 도무지 실감 나지 않았다.

"아직은 아니에요." 엘리자베스가 말했다. 약간 넋이 나간 것 같았다. 그건 다른 모든 사람들도 마찬가지였다. "어디로 갈까요? 뉴스를 봤잖아요." 뉴스를 본 사람들은 다들 모든 도로가 꽉 막혀 있다는 것을, 차들이 기름이 떨어진 곳에 멈춰선 후 버려졌다는 것을, 모든 항공사가 운항을 중단했고, 기차도 버스도 다니지 않는다는 것을 알고 있었다. 그런데도 떠나라는 공항 안내방송에 대다수의 사람들이 공항을 떠나고 있었다.

"우선은 여기 좀 있어보려고요." 클라크가 말했다. 몇 사람도 같은 생각을 한 게 분명했다. 30분쯤 후에 떠난 사람들 중 몇 명이 돌아와 교통수단이 전혀 없다는 소식을 전했다. 돌아오지 않은 사람들은 걸어서 세번시티로 갈 작정이라고 했다. 클라크는 공항 직원이 와서 터미널에 남아 있는 100여 명의 승객들을 모두 쫓아내기를 기다렸지만 아무도 오지 않았다. 에어그라디아 여직원이 발권 카운터에서 눈물을 흘리고 있었다. 그녀의 머리 위 화면에는 아직도 '에어그라디아 452편 지금 도착'이라고 나와 있었다. 클라크는 치직 소리를 내는 그녀의 무전기에서 '격리'라는 단어를 들었다.

—

남아 있는 승객들 중 절반 정도는 스카프나 티셔츠로 입과 코를 가렸지만, 이곳에 모여 있은 지 여러 시간이 지났으니 모두 독감으로 죽을 거라면 적어도 몇 명 정도는 벌써 증세가 나타나야 하지 않을까 하고 클라크는 생각했다.

—

공항에 남은 승객들은 대체로 외국인이었다. 그들은 창밖으로 자기들이 타고 온 캐세이퍼시픽, 루프트한자, 싱가포르항공, 에어프랑스 같은 비행기들을, 타맥을 깐 비행장에 끝도 없이 늘어서 있는 비행기들을 바라보았다. 그들은 클라크가 알아듣지 못하는 언어로 말을 했다.

—

어린 소녀 하나가 중앙홀 B에서 옆으로 재주넘기를 했다.

—

클라크는 가만히 있을 수 없어서 공항 안을 돌아다니다 보안검색대에 직원이 아무도 없는 것을 보고 깜짝 놀랐다. 그는 별다른 이유 없이, 다만 할 수 있기 때문에 검색대를 서너 번 통과했다. 해방된 기분이 들어야 할 텐데 무섭다는 생각밖에 안 들었다. 그는 눈에 보이는 모든 사람을 노려보면서 증상이 있는지 살피고 있는 자신을 발견했다. 아파 보이는 사람은 아무도 없었다. 하지만 그래도 감염 가능성은 있지 않을까? 다른 승객들로부터 최대한 멀리 떨어져 있는 한 모퉁이를 발견한 그는 거기서 한참을 머물렀다.

—

"그냥 기다려야 해요." 클라크가 다시 엘리자베스를 찾아갔을 때 그녀가 말했다. "분명히 내일 오전쯤에는 국경수비대가 올 거예요." 클라크는 아서가 그녀의 낙천적인 성격을 좋아했었다는 사실이 기억났다.

—

비행장 저 멀리 서 있는 에어그라디아 제트 여객기에서는 아무도 나오지 않았다.

—

게이트 B20 옆에서 한 청년이 팔굽혀펴기를 했다. 열 번씩 한 세트를 한 뒤 바닥에 바르게 누워서 눈을 깜박이지 않고 천장을 한동안 바라보다가 다시 팔굽혀펴기 한 세트를 하는 식이었다.

—

클라크는 벤치에 버려진 《뉴욕 타임스》에서 아서의 부고 기사를 읽었다. 유명한 영화배우이자 연극배우, 51세로 생을 마감하다. 그의 인생은 몇 번의 실패한 결혼생활과—미란다, 엘리자베스, 리디아—아들 하나로 요약되어 있었다. 그 아들은 지금 닌텐도를 손에 들고 게임에 온전히 몰입하고 있었다. 아서가 무대에서 쓰러졌을 때, 객석에 있던 누군가가 뛰어 올라와서 심폐소생술을 실시했는데 그 관객의 신원은 밝혀지지 않았다고 부고 기사는 전했다. 클라크는 신문을 접어서 여행가방에 넣었다.

클라크는 북미 대륙 중서부 지방의 지리에 대해서는 잘 알지 못했다. 자기가 지금 어디쯤 있는지도 정확히 몰랐다. 기념품 상점의 상품들을 보면서 여기가 미시간 호 근처인가 보다고 추측했지만—토론토에 있을 때 오대호를 찍은 사진을 갖고 있었기 때문에 어디인지 대강 그려볼 수 있었다—세번시티라는 지명은 한 번도 들어본 적 없었다. 공항은 최근에 지어진 것 같았다. 타맥이 깔린 비행장과 활주로 너머에는 일렬로 늘어선 나무들만 보였다. 그는 아이폰으로 자신의 정확한 위치를 알아내고 싶었지만 지도가 뜨지 않았다. 모든 휴대전화가 작동을 멈췄다. 수화물 찾는 곳에 공중전화가 있다는 소문이 돌았다. 클라크는 30분 동안 줄 서서 기다렸다가 자기가 아는 모든 사람들에게 전화를 걸었지만 통화 중이라는 신호음이나 벨소리만 계속 들렸다. 다들 어디 간 거야? 뒤에 있는 남자가 큰 소리로 한숨을 쉬어서 그는 전화 걸기를 포기하고 한동안 공항 안을 돌아다녔다.

걸어 다니다가 지치자 그는 눈여겨 봐두었던 게이트 B17 옆 벤치로 돌아가 벤치와 유리벽 사이 공간의 카펫에 누웠다. 늦은 오후, 눈이 내리기 시작했다. 엘리자베스와 타일러는 아직도 스카이마일즈 라운지에 있었다. 클라크는 사교성을 발휘해 그들과 이야기를 나눠야 한다고 생각했지만, 당장은 혼자 있고 싶었다. 겁에 질리거나 우는 사람들로 가득한 이 공항에서 여건이 허락하는 한 최대한 혼자이고 싶었다. 그는 자판기에서 산 콘칩과 초코바로 저녁을 때웠고, 아이팟으로 콜트레인의 음악을 들었다. 그리고 사귄지 3개월 된 남자친구 로버트를 생각했다. 그가 너무도 보고 싶었다. 로버트는 지금 무엇을 하고 있을까? 클라크는 뉴스 화면을 올려다보았다. 밤 10시쯤 그는 양치질을 하고 게이트 B17 옆에 있는 자기 자리로 돌아와 카펫에 대자로 몸을 뻗고 누워서 자기 집 침대에 누워 있다고 애써 상상했다.

그는 새벽 3시에 오들오들 떨면서 눈을 떴다. 뉴스는 더 안 좋은 소식을 전했다. 시스템이 붕괴되고 있었다. 돌아가기 쉽지 않겠다는 생각이 들었다. 그래도 처음 며칠 동안은 문명이 영원히 예전으로 돌아가지 못할 수도 있다는 것은 상상도 하지 못했다.

—

클라크가 NBC를 보고 있을 때 한 소녀가 다가왔다. 전에 두 손으로 머리를 감싸 쥐고 혼자 앉아 있는 것을 본 적 있었다. 열일곱 살쯤 되어 보였고, 빛을 받아 반짝이는 다이아몬드 코걸이를 하고 있었다.

"저기, 죄송한데요, 혹시 이펙사 갖고 계세요?" 소녀가 물었다.

"이펙사?"

"다 떨어져서요. 사람들한테 물어보고 다니는 중이에요." 소녀가 말했다.

"미안하지만 없는데. 그게 뭐니?"

"항우울제요." 소녀가 말했다. "지금쯤이면 애리조나에 있는 집에 도착할 줄 알았죠."

"저런, 안됐구나. 어쩌면 좋으냐."

"어쨌든 고맙습니다." 소녀가 말했다. 클라크는 소녀가 자신보다 약간 나이가 많아 보이는 남녀에게로 걸어가 물어보는 것을 지켜보았다. 남녀는 잠깐 이야기를 듣더니 동시에 고개를 가로저었다.

—

클라크는 앞날을, 뉴욕이나 런던의 어느 식당에서 로버트와 나란히 앉아 와인 잔을 들고 엄청나게 운이 좋아 무사히 살아남을 수 있었던 것을 자축하는 모습을 그려보았다. 그가 로버트를 다시 만날 때까지 얼마나 많은 친구들이 죽을까? 가야 할 장례식과 추도식이 많을 것이다. 커다란 슬픔과 살아남은 자의 죄책감에 시달릴 것이고, 심리치료를 받아야 할지도 모른다.

"얼마나 끔찍한 시기였는지 몰라." 클라크는 상상 속의 로버트에게 부드럽게 말했다. 미래를 위해 미리 연습하는 거였다.

"끔찍했지." 상상 속의 로버트가 동의했다. "자긴 공항에 있고 난 자기가 어디 있는지 몰랐던 때 기억나?"

클라크는 눈을 감았다. 머리 위 텔레비전에서는 뉴스가 계속 나오고 있었지만 도저히 볼 수 없었다. 차곡차곡 쌓인 시신 가방들, 폭동, 폐쇄된 병원들, 무감한 표정으로 주간 고속도로를 걷고 있는 피난민들. 다른 것을 생각해보자. 미래가 아니라면 과거를. 젊었을 때 토론토에서 아서와 함께 춤을 추던 일. 캐나다의 쇼핑몰에서만 맛볼 수 있는 달달한 오렌지 주스인 오렌지 줄리어스의 맛. 로버트가 7학년 때 팔이 심하게 골절돼서 생긴 팔꿈치 바로 위의 흉터. 지난주에 로버트가 클라크의 사무실로 보낸 참나리 한 다발. 로버트가 아침을 맞는 모습. 그는 아침을 먹으면서 소설을 즐겨 읽었다. 이제까지 클라크가 본 것 중에 가장 세련된 습관이었다. 지금 이 순간 로버트는 깨어 있을까? 뉴욕을 떠나려고 애쓰고 있을까? 눈보라는 지나갔지만 비행기 날개 위에는 눈이 높이 쌓여 있었다. 제빙장치도 없고, 타이어 자국도 없고, 발자국도 없었다. 공항 직원들도 모두 떠나고 없었다. 에어그라디아 452편은 아직도 비행장 한쪽 끝에 홀로 서 있었다.

—

잠시 후 클라크는 눈을 깜박이다가 자신이 빈 공간을 오랫동안 응시하고 있었다는 것을 깨달았다. 생각이 머릿속을 마음대로 돌아다니게 놔두면 위험하겠다 싶어서 일을 하려고, 전방위 보고서를 검토하려고 애를 썼다. 그러나 정신이 너무 산만했고, 전방위 평가의 표적과 그가 인터뷰했던 사람들이 죽었는지 살았는지 궁금해지기만 했다.

그는 신문은 보고서보다 집중력이 덜 필요할 거라고 생각하고 신문을 읽으려고 펼쳤다. 《뉴욕 타임스》에 나온 아서의 부고 기사를 다시 보자 아서가 죽은 세상과 지금 자신이 있는 세상은 이미 상당히 멀어진 것 같다는 생각이 들었다. 그는 가장 오래된 친구를 잃었지만, 뉴스 보도가 정확하다면, 지금 공항에 그와 함께 있는 사람들도 모두 사랑하는 누군가를 잃었을 것이다. 그는 갑자기 옆에 있는 피난민들에게, 공항에서 함께 생활하는 100명 남짓한 낯선 이들에게 가슴 아린 연민을 느꼈다. 그는 신문을 접고 나서 그 동료들을 쳐다보았다. 그들은 벤치나 카펫 위에서 자고 있거나 조바심을 내며 깨어 있었고, 서성거리거나 텔레비전 화면을 노려보거나 밖에 나가 비행기와 눈을 바라보았다. 다음에 어떤 일이 생길지 모르지만 모두들 그 어떤 일을 기다리고 있었다.

43

세번시티 공항에서의 첫 겨울:

둘째 날 공항에는 흥분과 전율이 넘쳤다. 누군가가 엘리자베스와 타일러를 알아보고 소문을 퍼뜨린 것이다. "아, 내 휴대전화." 클라크는 한 청년이 탄식하듯 말하는 소리를 들었다. 스무 살 정도 되어 보였고 머리카락이 이마를 덮고 눈을 찌를 정도로 내려와 있었다. "빌어먹을, 도대체 왜 전화가 안 되는 거야? 이거 꼭 트윗해야 하는데."

"그러게 말이야." 그의 여자친구가 애석한 표정으로 말했다. "'뭐, 별거 아냐. 아서 리앤더의 아들과 세상의 종말을 느긋하게 즐기고 있을 뿐.' 이렇게 써서 트윗해야 하는데."

"내 말이." 청년이 말했다. 클라크는 같이 미치지 않으려고 그들 곁을 떠났다. 나중에 마음이 좀 너그러워졌을 땐 그들이 아마도 쇼크 상태였을 거라는 생각이 들었다.

—

사흘째가 되자 공항에 있는 모든 자판기가 텅 비었고, 타일러의 닌텐도 게임기 배터리도 나가버렸다. 타일러는 슬픔을 가누지 못하고 눈물을 흘렸다.

이펙사가 필요하다는 소녀는 많이 아팠다. 금단 증상이라고 소녀가 말했다. 공항 내의 어느 누구도 소녀가 필요로 하는 그 약을 갖고 있지 않았다. 한 무리의 사람들이 모든 방과, 행정실, 연방교통안전청의 유치장과 모든 책상 서랍을 뒤졌고, 그런 다음에는 밖으로 나가 주차장에 버려져 있는 10여 대의 자동차 문을 따고 들어가 글러브 박스와 트렁크를 뒤졌다. 여분의 신발과 따뜻한 옷 같은 유용한 물품들을 많이 찾아냈지만, 의약품은 진통제와 제산제와 뭔지 모를 알약이 들어 있는 약통뿐이었다. 누군가는 그 알약이 위궤양 치료제라고 했다. 그러는 동안 소녀는 땀에 흠뻑 젖은 채로 몸을 사시나무처럼 떨면서 벤치에 누워 있었다. 움직일 때마다 머릿속에서 전기 불꽃이 튀는 것 같다고 말했다.

—

그들은 수화물 찾는 곳에 있는 공중전화로 911에 전화를 걸었지만 아무도 받지 않았다. 그들은 밖을 헤매다가 눈에 덮인 주차장과 숲으로 사라지는 공항도로를 물끄러미 바라보았다. 저 너머에는 독감 말고 또 무엇이 있을까?

—

뉴스 진행자들이 '대참사'라는 단어를 쓰기 시작했다.

"저 사람들 좀 봐." 클라크가 상상 속의 로버트에게 말했지만 상상 속의 로버트는 아무 대꾸도 하지 않았다.

—

그날 저녁 그들은 멕시코 식당에 침입해서 다짐육과 토르티야 칩과 치즈와 거기에 끼얹을 소스까지 넉넉히 준비해서 엄청난 양의 저녁식사를 만들었다. 이 일에 대해 마음이 복잡한 사람들도 있었다. 그들이 여기에 버려진 게 분명하고, 다들 배가 고팠으며, 911은 전화도 받지 않으니 이렇게라도 배를 채워야 한다는 생각이 들었지만, 도둑이 되고 싶지는 않았다. 그때 맥스라는 출장 중인 기업인이 말했다. "저기, 다들 느긋하게 맛있게 많이들 드세요. 음식값은 제 아멕스 카드로 계산하겠습니다." 이 발표에 박수갈채가 터져 나왔다. 그는 과장된 동작으로 지갑에서 아멕스 카드를 꺼내 금전등록기 옆에 놓았고, 그 카드는 다음 92일 동안 아무도 건드리지 않은 채 그곳에 놓여 있었다.

—

나흘째 되는 날 멕시코 식당의 음식과 중앙홀 C에 있는 샌드위치 가게에 있던 음식이 동이 났다. 그날 밤 그들은 비행장에서 처음으로 모닥불을 피웠고 신문가판대에 있던 신문과 잡지들과 중앙홀 A에 있던 나무 벤치를 태웠다. 누군가가 스카이마일즈 라운지를 습격했다. 그들은 스카이마일즈 라운지에 있던 샴페인을 마시고 취했고 오렌지와 과자를 먹었다. 어쩌면 지나가던 비행기나 헬리콥터가 모닥불을 보고 내려와 그들을 구해줄지 모른다고 말하는 사람들도 있었지만, 구름 한 점 없는 하늘을 가로지르는 불빛은 전혀 보이지 않았다.

—

나중에 클라크는 그것이 자기가 이 세상에서 먹은 마지막 오렌지였을 거라는 사실을 깨달았다. 이 오렌지 없는 세상 같으니라고! 클라크는 자신에게, 혹은 상상 속의 로버트에게 이렇게 말하면서 신경질적으로 웃음을 터뜨렸다. 다른 사람들은 걱정스러운 듯 그를 힐끔힐끔 쳐다보았다. 그 첫해에는 모두가 조금씩 미쳐 있었다.

—

닷새째 되는 날 그들은 깨끗한 옷이 없는 사람들을 위해 기념품 상점에 침입했다. 그 후로는 어느 순간에라도 사람들 중 절반 정도는 빨간색이나 파란색의 '아름다운 노던 미시간' 티셔츠를 입고 있었다. 그들은 세면대에서 옷을 빨았다. 고개를 어디로 돌려도 빨래가 벤치 등받이에 널려 있는 것이 보였다. 만국기를 연상시키는 그 광경은 이상하게도 기분을 유쾌하게 하는 효과가 있었다.

—

중앙홀 B에 있는 기념품 가게의 스낵도 엿새째가 되자 몽땅 동이 났다. 국경수비대는 아직 도착하지 않았다.

—

이레째가 되자 텔레비전 방송사가 하나둘 방송을 중단했다. "우리 모두가 가족과 함께 있을 수 있도록 CNN은 모든 방송을 일시적으로 중단합니다." 48시간 동안 잠을 못 자서 잿빛 얼굴에 명한 눈을 한 CNN 앵커가 말했다. "편안한 밤 보내십시오. 그리고 행운을 빕니다." 한 시간 후에는 CBS 앵커가 작별을 고했다. NBC는 아무런 언급 없이 〈아메리카 갓 탤런트〉 재방송을 내보냈다. 이때가 새벽 5시였는데 깨어 있던 사람들은 모두 몇 시간 동안 이 방송을 보았다. 세상의 종말에서 잠깐 휴식을 취하게 되어 좋았다. 그러고 나서 이른 오후에 전기가 완전히 나갔다. 그러나 1초도 지나지 않아 전기가 다시 들어왔는데, 전력망이 끊어지자 공항이 자동으로 발전기 전력으로 전환했기 때문이라고 어느 조종사가 설명했다. 발전기 작동법을 아는 직원들은 그땐 이미 떠나고 없었다.

사람들은 셋째 날부터 조금씩 빠져나가기 시작했다. "기다리는 게 문제야." 클라크는 한 여자가 말하는 것을 들었다. "기다리는 게 너무 힘들어서 못 견디겠어. 무슨 일이라도 해야지 원. 가장 가까이에 있는 마을까지 걸어가서 상황이 어떤지 보기라도……."

—

미 연방교통안전청 직원이 딱 한 명 공항에 남아 있었다. 타이런 이라는 그 직원은 사냥을 할 줄 알았다. 여드레째가 되자 새로 공 항으로 들어오는 사람도 없고 공항을 떠났다가 돌아오는 사람도 없었으며, 착륙하는 비행기나 헬리콥터도 없었다. 그리고 모두 배 가 고팠다. 다들 예전에 본 재난영화들을 생각하지 않으려고 애쓰 고 있었다.

타이런은 예전에 공원 경비원이었다는 여자와 함께 연방교통 안전청이 지급한 권총 두 자루를 가지고 숲으로 가서는 한참 뒤에 사슴 한 마리를 잡아서 돌아왔다. 그들은 금속 의자 두 개에 사슴 을 묶어놓고 그 밑에 불을 피워서 구웠다. 그날 저녁에는 모두가 구운 사슴고기를 먹고 얼마 안 남은 샴페인을 마셨다. 이펙사가 필 요하던 소녀는 공항 반대쪽 끝에 있는 출구로 살며시 나가서 숲 속으로 사라졌다. 몇 명이 소녀를 찾으러 뛰어갔지만 찾지 못했다.

—

이펙사가 필요했던 소녀는 여행가방과 모든 소지품을 남겨두고 떠났는데, 그중에는 운전면허증도 있었다. 사진 속의 소녀는 졸려 보였고, 지금보다 약간 더 어려 보이고 머리는 길었다. 이름은 릴 리 패터슨이고 나이는 열여덟 살이었다. 이 운전면허증을 어떻게 할지 아무도 몰랐다. 결국 누군가 그것을 멕시코 식당 카운터 위 에, 맥스의 아멕스 카드 옆에 올려놓았다.

타일러는 스카이마일즈 라운지에 있는 안락의자에 웅크리고 앉아서 만화책을 읽고 또 읽으며 하루하루를 보냈다. 엘리자베스는 아들 곁에 앉아서 두 눈을 꼭 감고 계속 빠르게 입술을 움직이고 있었는데 무슨 기도를 반복하는 것 같았다.

—

텔레비전에서는 시험방송 화면이 조용히 나오고 있었다.

—

공항에서 생활한 지 12일째 되는 날, 전기가 완전히 나갔다. 그러나 화장실은 변기에 물을 부으면 내려가서, 그들은 보안검색대에 있는 플라스틱 쟁반을 모아서 거기에 눈을 가득 채운 뒤 수레에 실어 화장실로 가져가 녹게 놔두었다. 클라크는 공항 설계에 대해서는 생각해본 적이 별로 없었지만, 이 공항의 많은 부분이 유리로 되어 있어 다행이라고 생각했다. 그들은 해가 뜨면 일어나 생활하고 해가 지면 잠자리에 들었다.

—

공항에 발이 묶인 사람들 중에는 비행기 조종사가 세 명 있었다. 공항에서 생활한 지 15일째 되는 날 그들 중 한 명이 비행기를 몰고 로스앤젤레스로 가겠다고 선언했다. 눈이 다 녹았으니까 제빙 장치 없이도 어떻게든 해볼 수 있을 것 같다고 말했다. 사람들은 뉴스에서 보니까 로스앤젤레스는 상황이 매우 안 좋은 것 같았다면서 그를 만류했다.

"그렇긴 한데요, 뉴스를 보면 다 나빠 보이지 좋아 보이는 곳이 어디 있나요." 조종사가 말했다. 그의 가족이 로스앤젤레스에 있었다. 그는 가족을 다시 보지 못할 수도 있다는 가능성을 받아들이려고 하지 않았다. "함께 가고 싶은 분들, 환영합니다." 그가 말했다. "로스앤젤레스까지 공짭니다." 이 사실 하나만으로도 세상이 끝나가고 있다는 것을 실감할 수 있었다. 지금은 사람들이 짐을 부치는 데도, 머리 위 짐칸이 짐으로 가득 차기 전에 짐을 밀어 넣기 위해 일찍 탑승을 하는 데도, 생사의 기로에 설 때 남을 도와줄 의무가 있는 비상구열 좌석에 앉아 발 뻗을 공간을 5센티미터 더 확보하는 특혜를 누리기 위해서도 추가로 돈을 내야 하는 세상이 아니던가. 사람들이 서로 눈치를 보았다.

"연료는 가득 채워져 있어요." 조종사가 말했다. "보스턴에서 샌디에이고로 비행하다가 이곳으로 왔거든요. 그리고 정원을 채워서 비행하게 될 것 같지도 않고요." 클라크는 공항에 있는 사람들 모두가 그와 함께 가더라도 비행기에 빈 좌석이 많이 남을 거라고 생각했다. "생각할 시간을 하루 드리겠습니다." 조종사가 말했다. "내일 기온이 또 떨어지기 전에 이륙할 겁니다."

물론 보장할 수 있는 것은 아무것도 없었다. 텔레비전이 꺼진 뒤로 바깥 세계에서 들어오는 소식은 전혀 없었다. 이 공항에 남은 79명이 이 지구상에 살아남은 마지막 인간인 것처럼 보이는 순간도 있었다. 모르긴 몰라도 로스앤젤레스 공항은 연기가 피어오르는 잔해 더미로 변해 있을 것 같았다. 고뇌에 찬 계산이 시작되었다. 로키산맥 서쪽에 사는 사람들은 거의 모두 조종사의 제안을 받아들였다. 아시아에 사는 사람들도 대다수 비행기를 타는 쪽을 택했는데, 로스앤젤레스에 가더라도 여전히 자신들과 사랑하는 사람들 사이에는 바다가 있었지만, 집까지 적어도 3000킬로미터는 더 가까워질 것이기 때문이었다.

다음 날 정오, 승객들은 격납고에서 찾아낸 바퀴 달린 계단을 이용해서 비행기에 탑승했다. 남는 사람들은 비행장에 모여서 비행기가 이륙하는 것을 지켜보았다. 스무 날 가까이 조용하게 살다가 들은 엔진 소리는 깜짝 놀랄 정도로 컸다. 오랫동안 엔진이 포효할 뿐 아무 일도 일어나지 않다가 드디어 비행기가 덜컹거리면서 줄지어 늘어선 비행기들 사이를 빠져나갔다. 그러자 캐세이퍼시픽과 루프트한자 제트 여객기 사이에 빈 공간이 생겼다. 비행기는 천천히 곡선으로 돌아 활주로로 들어섰다. 누군가 비행기 안에서 창문에 대고 손을 흔들고 있었다. 밖에 서 있던 사람들 중에서 서너 명이 손을 흔들어주었다. 비행기가 활주로를 달리기 시작하더니 점점 더 속력이 붙었고 어느 순간 바퀴가 땅에서 떨어졌다. 구경꾼들이 숨을 죽이고 지켜보는 가운데, 비행기는 비틀거리거나 떨어지지 않고 그대로 하늘로 날아올랐다. 비행기가 화창한 파란 하늘 속으로 들어가는 것을 보면서 클라크는 자기도 모르게 눈물을 흘리고 있다는 사실을 깨달았다. 그동안 그토록 빈번하게 비행기를 타고 여행을 했으면서 비행의 아름다움을 왜 깨닫지 못했을까? 가능할 것 같지 않은 일의 아름다움. 엔진 소리가 서서히 작아지고, 비행기가 파란 하늘 속으로 사라지면서 점차 주변이 조용해졌다. 비행기는 하늘 아주 멀리 떠 있는 작은 점이 되었다. 클라크는 그 점이 사라질 때까지 지켜보았다.

—

　그날 밤 모닥불 주위에 모인 사람들은 다들 아무런 말이 없었다. 이젠 54명이 남아 있었다. 로스앤젤레스에 가지 않기로 결정한 사람들이었다. 사슴고기는 너무 질겼지만 다들 말없이 고기를 씹었다. 입을 여는 모습을 거의 볼 수 없는 타일러는 엘리자베스 옆에 서서 불꽃을 물끄러미 바라보았다.
　클라크는 손목시계를 확인했다. 다섯 시간 전에 이륙했으니 비행기는 지금쯤 대륙의 서쪽 끝에 가까워졌거나, 캘리포니아 못 가서 어느 비행장의 불이 켜지지 않은 활주로에 비상착륙을 했거나, 어느 어두운 산야에 추락해서 화염에 휩싸였을 수도 있다. 로스앤젤레스 공항에 착륙해 달라진 세상으로 걸어 나갔을 수도 있고, 착륙은 했지만 기다리고 있던 폭도들에게 제압되었을 수도 있으며, 활주로에 다른 비행기들이 꽉 들어차 있어 충돌했을 수도 있다. 사람들은 가족들을 다시 만났을 수도 있고 만나지 못했을 수도 있다. 로스앤젤레스에는 아직 전기가 있을까? 남극광 속에 놓인 태양 전지판들. 그 도시에 대한 기억들이 떠올랐다. 디너파티에서 보았던 미란다. 남편이 다음 부인이 될 여자와 시시덕거리는 동안 그녀는 밖에 나와 담배를 피웠다. 수영장 옆에서 선탠을 하는 아서, 그 옆에서 졸고 있던 임신한 엘리자베스.
　"아, 정말 모든 것이 빨리 정상으로 돌아갔으면 좋겠어요." 엘리자베스가 불가에 앉아 오들오들 떨면서 말했다. 클라크는 대꾸할 말이 도무지 생각나지 않았다.

—

이제 조종사는 스티븐과 로이 두 명만 남았다. 로스앤젤레스행 비행기가 떠난 다음 날, 로이는 자기도 비행기를 몰고 떠나겠다고 발표했다.

"정찰 가는 겁니다." 그가 말했다. "마켓까지 날아가보려고요. 거기 친구가 한 명 살거든요. 가서 둘러보고, 상황이 어떤지 알아보고, 식량과 물품을 구해서 돌아올게요."

다음 날 아침 그는 혼자 경비행기를 몰고 떠났다. 그리고 돌아오지 않았다.

—

"도무지 이해가 안 돼요." 엘리자베스가 말했다. "문명이 끝났다고 믿어야 하는 거예요?"

"항상 좀 위태위태했잖아요, 안 그래요?" 클라크가 말했다. 그들은 엘리자베스와 타일러가 진을 치고 있는 스카이마일즈 라운지에 앉아 있었다.

"글쎄요." 엘리자베스가 비행장을 내다보며 느리게 말했다. "그동안 작품을 하는 사이사이에 미술사 수업을 들었거든요. 미술사는 비예술사와 마찬가지로 힘겹고 끈질기게 명맥을 이어왔어요. 재앙 다음엔 또 다른 재앙이, 끔찍한 일들이 일어났고, 그때마다 모두가 세상이 곧 끝날 거라고 생각했는데, 나중에 돌이켜보면 모두 일시적인 현상이었어요. 항상 지나갔거든요."

클라크는 아무 말도 하지 않았다. 그는 이번에도 그냥 지나갈 거라고는 생각하지 않았다.

엘리자베스는 몇 년 전 공항에서 발이 묶였을 때—물론 지금처럼 이렇게 묶이진 않았을 때—읽었던 책 이야기를 하기 시작했다. 그 책은 뱀파이어에 관한 것으로, 그녀가 즐겨 읽는 장르는 아니었지만 아주 인상적인 기법을 사용했다. 시간적 배경은 대재앙이 일어난 후였고, 그래서 당연히 책을 읽으면서 세상에 종말이 왔구나 하고 추측했는데, 이야기 도중에 미래의 장면을 하나 삽입하는 기법을 통해서 사실 문명 전체가 몰락한 게 아니라 흡혈귀가 확산되는 것을 막기 위해 북아메리카만 격리되었다는 사실을 알려주었다.

"하지만 이건 격리가 아닌데요." 클라크가 말했다. "사실 저 바깥에는 아무것도 없잖아요. 적어도 좋은 건 아무것도 없어요."

격리 이론에 반하는 논거는 많았다. 조지아 독감은 유럽에서 시작되었고, 마지막 뉴스 보도에 따르면 남극을 제외한 모든 대륙이 대혼란에 휩싸여 있었다. 그리고 항공 여행의 발달과 남아메리카는 북아메리카와 붙어 있는 것과 마찬가지라는 사실을 고려해볼 때 어떻게 북아메리카를 고립시킬 수가 있겠는가?

그러나 엘리자베스의 신념은 흔들리지 않았다. "모든 일이 일어나는 데는 다 이유가 있어요." 그녀가 말했다. "이 일도 지나갈 거예요. 모든 일이 지나갈 거예요." 클라크는 굳이 그녀와 논쟁을 벌이고 싶지 않았다.

—

클라크는 잊지 않고 사흘마다 한 번씩 면도를 했다. 남자화장실에는 창문이 없어서 기념품 가게에서 가져온 향초로만 불을 밝힐 수 있는 데다 물은 밖의 모닥불로 데워서 써야 했지만, 그는 면도하는 데 그만한 노력을 기울일 가치가 있다고 생각했다. 공항에 있는 남자들 중 몇 명은 아예 면도를 하지 않았고, 그 결과 야생의 상태로 돌아간 듯했다. 솔직히 별로 보기 좋지 않았다. 클라크가 면도를 하는 것은 미적인 이유 때문이기도 했지만 깨진 창문 이론—퇴락한 외관이 더 심각한 범죄를 불러일으킨다는 이론—을 신봉하기 때문이기도 했다. 27일째 되는 날 그는 머리 한가운데 가르마를 타고 왼쪽을 빡빡 밀었다.

"열일곱 살 때부터 열아홉 살 때까진 이러고 다녔어." 돌로리스가 깜짝 놀라 눈을 치켜뜨자 클라크가 말했다. 비즈니스 여행객인 돌로리스는 딸린 가족이 없어서 공항에 있는 사람들 중 그나마 정신이 온전한 축에 들었다. 그녀와 클라크는 상대방이 정신 나간 것 같은 기색을 보이면 즉시 얘기해주기로 약속했다. 그는 수십 년 동안 기업 문화에 맞춰 점잖은 모습으로 살다가 이렇게 머리를 깎으니까 다시 자기 자신이 된 것 같다는 말은 그녀에게 하지 않았다.

—

온전한 정신을 유지하기 위해서는 기억력과 시력을 재설정해야 했다. 클라크는 어떤 것들은 생각하지 않기로 결심하고 노력했다. 예를 들어, 공항 밖에서 그가 알았던 사람들 전부. 그리고 저 멀리 공항 외벽 울타리 근처에 홀로 고요히 서 있는 에어그라디아 452편. 클라크는 그 비행기를 보지 않으려고 노력했고 가끔은 그 비행기가 저 밖에 서 있는 다른 비행기들과 마찬가지로 비어 있다고 자신을 믿게 만드는 데 가까스로 성공을 거두기도 했다. 사람들이 꽉 들어찬 공항을 치명적인 전염병에 노출시키기보다는 그 비행기를 계속 폐쇄하기로 한, 말로 표현할 수 없는 그 결정에 대해서는 생각하지 말자. 그 결정을 실행에 옮기기 위해 무엇이 필요할지에 대해서도 생각하지 말자. 승객들이 맞이했을 마지막 몇 시간에 대해서도 생각하지 말자.

—

로이가 떠난 후로 이삼 일마다 한 번씩 눈이 내렸지만 엘리자베스는 활주로를 항상 깨끗하게 치워놓아야 한다고 주장했다. 그녀는 모두가 겁을 먹을 정도로 매섭게 노려보다가 혼자서 거의 한 시간에 한 번씩 밖에 나가 7번 활주로에 쌓인 눈을 삽으로 퍼냈다. 곧 서너 명이 밖으로 나가 그녀와 함께 눈을 퍼내기 시작했다. 사람들은 아직도 그녀를 유명인사로 대접해주었고, 아름답고 독신인 그녀가 저 밖에 홀로 있다는 것을 견디기 힘들어 했다. 그리고 밖에서 육체노동을 하는 것이 혐오스러울 정도로 변화 없는 중앙 홀을 헤매 다니거나, 어딘가에 주저앉아서 앞으로 다시는 보지 못할 사랑하는 사람들을 생각하거나, 에어그라디아 여객기에서 무슨 소리가 나는 것을 들었다고 생각하며 불안해하는 것보다는 차라리 나았다. 결국에는 10명 정도가 활주로를 관리하게 되었고 이 핵심 그룹 말고도 가끔씩 자원자가 나섰다. 뭐 그렇게 해서는 안 될 이

유도 없었다.

엘리자베스는 어딘가에서는 바이러스의 영향을 받지 않은 삶이 예전과 마찬가지로 계속되고 있을 거라고 주장했다. 아이들이 학교에 가고 생일파티에도 가고, 어른들은 출근하고 친구들을 만나 칵테일을 한잔하고, 모두들 북아메리카를 잃은 것은 참으로 안타까운 일이라고 이야기하다가도 대화는 점차 스포츠나 정치나 날씨 이야기로 넘어가는 곳이 어딘가에는 존재할 거라고 했다. 엘리자베스의 격리 이론은 너무도 환상적이어서 믿기 힘들었지만, 비밀 작전과 지하 대피소와 연료와 의약품과 식량을 엄청나게 비축해놓은 군대는 어딘가에 있을 것 같았다.

"그들이 우리를 구하러 올 때 깨끗한 활주로가 있어야 착륙을 하죠." 엘리자베스가 말했다. "우리를 구하러 올 거예요. 알죠?"

"그럴 수도 있겠네요." 클라크가 친절하려고 노력하며 대꾸했다.

"누가 우리를 구하러 올 거라면 지금쯤 여기 와 있어야 하는 거 아닌가?" 돌로리스가 말했다.

—

문명의 몰락 이후에도 비행기를 보긴 했다. 딱 한 대. 65일째 되던 날 헬리콥터가 저 멀리 하늘을 가로질러 날았다. 희미한 진동음이 북쪽에서 남쪽으로 빠르게 지나갔다. 그들은 헬리콥터가 지나간 뒤에도 한동안 그쪽 하늘을 뚫어지게 바라보았다. 그 후에 한동안 그들은 두 명씩 짝을 지어 교대로 밤샘을 했다. 낮에는 마구 흔들어 비행기에 정지신호를 보내려고 밝은색 티셔츠를 들고 있었고, 밤에는 밤새도록 봉화를 피웠다. 그러나 그 후로 새들과 유성을 제외하고는 아무것도 하늘을 날아가지 않았다.

—

밤하늘은 전보다 밝아졌다. 청명한 밤에는 넓은 밤하늘 전체에 작은 보석을 뿌려놓은 듯 별이 점점이 박혀 있었다. 이 광경을 처음 보았을 때 클라크는 헛것이 보이는 게 아닌가 하는 의심이 들었다. 자기 마음속에 말로 표현할 수 없는 깊은 상처가 있어서, 예전에 골수암을 앓았던 할머니가 돌아가시기 전 몇 달 동안 엑스레이를 찍어보면 암이 온몸에 쫙 퍼져 있었던 것처럼, 자신의 상처가 어느 순간 광기로 발전한 것이 아닐까 하는 생각도 들었다. 하지만 한두 주 지나자 별이 만들어내는 풍경이 너무도 지속적이고 일관적이어서, 그리고 초승달마저도 활주로에 선 비행기들이 그림자를 드리우게 할 만큼 지극히 밝아서 자신이 헛것을 본 것은 아니라는 생각이 들었다. 그래서 그는 위험을 무릅쓰고 돌로리스에게 그 이야기를 했다.

"당신 상상이 아니야." 돌로리스가 말했다. 클라크는 그녀를 가장 친한 친구로 생각하고 있었다. 그들은 그날 실내에서 같이 세탁을 하며 유쾌하고 다정한 하루를 보냈다. 지금은 누군가가 숲에서 모아 온 나뭇가지들로 모닥불 피우는 것을 돕고 있었다. 그녀가 그에게 설명했다. 갈릴레오 시대에 사람들이 품었던 위대한 과학적인 의문 중 하나가 바로 은하수가 개별적인 별들로 이루어졌는가 하는 것이었다. 전기의 시대에는 이런 것이 의문이었다는 것 자체가 놀라운 일이었지만, 갈릴레오 시대의 밤하늘은 빛의 바다였고 지금의 밤하늘도 빛의 바다였다. 빛 오염의 시대는 끝났다. 밤하늘이 밝아졌다는 것은 전력망이 무너져 전기가 사라지고 어둠이 지구를 덮었다는 것을 뜻했다. 내가 여기서 전기의 종말을 목격하다니. 클라크는 등골이 오싹해졌다.

"언젠가는 전기가 다시 들어오고 우리 모두 집으로 돌아가게 될 거예요." 엘리자베스는 계속 주장했다. 그러나 이 말을 믿을 만한 근거가 어디 있을까?

공항 사람들은 매일 밤 모닥불 앞에서 모임을 가졌다. 이것은 클라크가 좋아하기도 하고 싫어하기도 하는 무언의 전통이 되었다. 그가 좋아하는 점은 대화와 밝은 분위기와 침묵, 그리고 누군가와 함께 있다는 느낌이었다. 그러나 가끔 작은 모닥불 주위에 얼마 안 되는 사람들이 둥글게 모여앉아 있는 것이 대륙의 공허함과 외로움, 거대한 암흑 속에 깜박이는 촛불 같은 자신들의 운명을 강조하는 것처럼 보이기도 했다.

—

비행기 탑승구 옆 벤치에 올려놓은 여행가방 하나로 살아가는 것이 이토록 빨리 정상처럼 보이기 시작한다는 사실이 참으로 놀랍다.

—

타일러는 자기 무릎까지 내려오는 엘리자베스의 스웨터를 입고 있었다. 갈수록 더러워지는 소매는 계속 접어 입어야 했다. 아이는 만화책을 읽거나 엘리자베스가 갖고 있던 신약성경을 읽으면서 주로 혼자 지냈다.

—

그들은 서로에게 언어를 가르치고 배웠다. 80일 정도가 되자 영어를 모른 채 이곳에 온 사람들 거의가 하나둘씩 짝을 지어 영어를 배우고 있었고, 영어 사용자들은 루프트한자, 싱가포르항공, 캐세이퍼시픽, 에어프랑스가 싣고 온 언어들 중 하나 이상을 공부하고 있었다. 클라크는 루프트한자 승무원이었던 아네트로부터 불어를 배웠다. 그는 하루하루 살아내기 위한 잡일을 하면서, 물을 끓어오고, 세면대에서 옷을 빨고, 사슴 가죽을 벗기는 법을 배우고, 모닥불을 피우고, 청소를 하면서 배운 표현들을 입속말로 익혔다. 주 마펠 클락. 좌 비트 당 레호포트. 튀 므 멍크. 튀 므 멍크. 튀 므 멍크. 내 이름은 클라크입니다. 나는 공항에 살아요. 나는 당신이 그리워요. 나는 당신이 그리워요. 나는 당신이 그리워요.

—

85일째 되는 날 밤, 강간 사건이 일어났다. 자정이 지난 후 여자의 비명 소리에 공항 사람 모두 깜짝 놀라 잠이 깼다. 그들은 강간범을 해가 뜰 때까지 묶어놨다가 총구를 들이대고 위협해서 숲으로 끌고 간 뒤, 돌아오면 쏴버리겠다고 말했다. "여기 혼자 있으면 죽을 거예요." 남자가 흐느끼며 말했다. 아무도 아니라고 말하지 못했지만, 달리 어떻게 할 수 있겠는가?

一

"왜 아무도 여기로 오지 않는걸까?" 돌로리스가 물었다. "그게 계속 궁금해. 구조대를 말하는 게 아니야. 왜 헤매다가 들어오는 사람이 한 명도 없느냐고." 공항이 특별히 멀리 떨어져 있는 것도 아니다. 세번시티는 공항에서 고작 30킬로미터 떨어진 곳에 있었다. 그런데도 공항으로 걸어오는 사람이 한 명도 없었다. 하지만 누가 얼마나 살아남아 있겠는가? 초기에 나온 뉴스 보도에서는 치사율이 99퍼센트라고 했었다.

"사회적 붕괴도 고려해야지." 개릿이 말했다. "아무도 남지 않은 건지도 몰라." 그는 캐나다 동부에서 온 비즈니스맨이었다. 타고 온 비행기가 이 공항에 착륙한 후 그는 줄곧 똑같은 정장을 입고 있었다. 다만 요즘에는 기념품 상점에서 가져온 '아름다운 노던 미시간' 티셔츠를 재킷 안에 입었다. 그는 클라크가 보기에 당혹스러울 정도로 눈을 반짝였다. "폭력, 콜레라, 장티푸스, 항생제를 구할 수 있었던 시절에 항생제로 치료할 수 있었던 모든 감염성 질병들, 그리고 벌에 쏘인 것, 천식…… 누구 담배 가진 것 없어?"

"지금 장난해요?" 아네트가 말했다. 그녀는 4일째 되는 날 갖고 있던 니코틴 패치를 다 써버렸다. 몇 주 전 특히 힘들었을 땐 커피 매점에서 가져온 계피를 피우려고 애써보기도 했다.

"없단 말이지? 그리고 당뇨병." 개릿이 말했다. 벌써 담배는 잊은 듯했다. "에이즈, 고혈압, 화학요법에 반응하는 여러 암들, 물론 화학요법을 쓸 수 있을 때 말이지만."

"화학요법은 더 이상 없죠." 아네트가 말했다. "나도 그건 생각해봤어요."

"모든 일이 일어나는 데는 다 이유가 있어요." 타일러가 말했다. 클라크는 소년이 다가오는 것도 모르고 있었다. 요즘 들어 타일러는 공항 안을 돌아다녔는데, 너무 조용히 움직여서 난데없이 불쑥 나타나는 것처럼 보였다. 말도 거의 하지 않아서 소년이 그 자리에 있다는 것을 잊기가 쉬웠다. "우리 엄마가 그렇게 말했어요." 모두가 쳐다보자 소년이 덧붙여 말했다.

"그래, 그건 너희 엄마가 완전히 미쳤다는 증거야." 개릿이 말했다. 클라크는 그가 때와 장소에 맞게 말을 가려지 못한다는 것을 알아차렸다.

"애 앞에서 그런 말을." 아네트가 목에 맨 루프트한자 스카프를 비비 꼬았다. "애 앞에서 애 엄마 이야기를 그렇게 하면 어떻게 해요. 타일러, 저 아저씨 얘기 듣지 마."

타일러는 개릿을 노려보았다.

"미안하다." 개릿이 타일러에게 말했다. "내가 말실수를 했구나." 타일러는 눈 하나 깜짝하지 않았다.

"정찰대를 파견해보는 게 어떨까?" 클라크가 말했다.

―

100일째 되는 날 새벽, 타이런, 돌로리스, 앨런, 그리고 시카고 출신의 교사로 이루어진 정찰대가 길을 떠났다. 정찰대를 파견하는 게 과연 좋은 생각인가를 놓고 논쟁이 벌어졌다. 사슴은 충분했고 완전히 소진된 비누와 배터리를 제외하고 필요한 것은 여기서도 대부분 구할 수 있었다. 그리고 저 바깥세상에 전염병 말고 특별한 게 있을 것 같지도 않았다. 그럼에도 불구하고 정찰대는 타이런의 연방교통안전청 권총과 지도 몇 장으로 무장을 하고 출발했다.

—

100일째 되는 날, 공항에 남은 사람들은 침묵 속에서 정찰대가 물자를 가지고 돌아오기를, 혹은 독감 바이러스를 묻혀서 돌아오기를, 혹은 모두를 죽이고 싶어 하는 실성한 생존자들을 뒤에 달고 돌아오기를, 혹은 아예 돌아오지 않기를 기다렸다. 전날 밤 눈이 내려서 세상은 고요하기 그지없었다. 흰 눈, 어두운 색 나무들, 회색빛 하늘, 이 칙칙한 풍경 속에서 유일하게 화사한 색을 자랑하는, 비행장에 서 있는 비행기들의 꼬리에 있는 항공사 로고들.

클라크는 스카이마일즈 라운지로 천천히 걸어 들어갔다. 요즘 들어 엘리자베스를 피하고 있었기 때문에 거의 오지 않았지만, 이곳은 공항에서도 비교적 한적한 곳이었다. 그는 비행장이 내다보이는 자리에 놓인 안락의자들을 좋아했다. 줄지어 서 있는 비행기들을 바라보고 있자니 오랜만에 남자친구 로버트가 떠올랐다. 로버트는 큐레이터였다. 아니 '큐레이터였었다'라고 해야 맞을까? 아마도 로버트는 거의 모든 사람들과 마찬가지로 과거시제로 존재할 것 같았다. 그런 생각을 떨쳐버리려고 애쓰면서 창문에서 고개를 돌리던 클라크의 눈길이 예전에는 샌드위치를 넣어두던 유리 진열장에서 멈췄다.

로버트가 여기 있다면,—오 하나님, 정말 그가 여기 있다면 얼마나 좋을까—로버트가 여기 있다면, 분명히 인공 유물들로 진열장 선반을 가득 채우고 임시 박물관을 열었을 것이다. 클라크는 진열장 맨 위 선반에 쓸모없어진 아이폰을 올려놓았다. 또 뭐가 있을까? 맥스는 지난번에 로스앤젤레스로 떠나는 비행기를 타고 떠났지만, 그의 아멕스 카드는 아직도 중앙홀 B에 있는 멕시코 식당 카운터에서 먼지를 뒤집어쓰고 있었다. 그 옆에는 릴리 패터슨의 운전면허증이 있었다. 클라크는 이 유물들을 스카이마일즈 라운지로 가져와서 진열장 속에 나란히 놓았다. 그것만으로는 부족해보여서 자신의 노트북을 가져다 놓았다. 이것이 문명 박물관의 시작이었다. 그는 이 일을 아무에게도 말하지 않았지만 몇 시간 후에 돌아와보니 누군가가 아이폰을 하나 더 가져다놓았고, 굽이 10센티미터가 넘는 빨간색 뾰족구두 한 켤레와 스노글로브가 놓여 있었다.

클라크는 항상 아름다운 물건들을 좋아했다. 현재의 마음 상태에서는 모든 물건이 아름다웠다. 그는 진열장 속에 놓인 모든 물건들의 아름다움에, 그 물건 하나하나를 만드는 데 필요했던 인간의 진취성에 감동하면서 진열장 옆에 서 있었다. 스노글로브를 보라. 그 아주 작은 폭풍우를 창조해낸 정신을, 얇은 비닐 쪼가리를 하얀 눈송이로 바꾼 공장 근로자를, 교회 첨탑과 시청이 있는 세번시티 모형의 설계도를 그린 손을, 중국의 어느 공장에서 글로브가 컨베이어 벨트를 미끄러져 가는 것을 지켜본 조립라인 근로자를 생각해보라. 스노글로브를 박스에 넣은 여자가 낀 하얀 장갑을 그려보라. 그렇게 상자에 든 스노글로브는 더 큰 종이 상자에 들어가고 다시 화물용 나무 상자에 들어가 선적 컨테이너에 실리게 된다. 그 컨테이너들을 싣고 바다를 건너가는 배의 선창에서 밤마다 벌어지는 카드 게임 판을, 넘쳐나는 재떨이에 담배를 비벼 끄는 손을, 희미한 불빛 속에 자욱하게 걸려 있는 푸른 담배연기를, 대여섯 가지의 언어가 시끄럽게 오가지만 보편적인 욕과 비속어로 하나되는 분위기를, 육지와 여자를 그리는 선원들의 꿈을, 바다라는 것을 옆으로 누운 고층빌딩 크기의 배를 타고 횡단해야 할 회색빛 수평선이라고 생각하는 선원들을 상상해보라. 배가 항구에 도착했을 때 오가는 화물 목록의 서명을, 지구상의 다른 어느 누구의 서명과도 같지 않은 서명을, 상자들을 물류센터로 전달하는 운전자의 손에 든 커피 컵을, 스노글로브가 든 상자들을 그곳에서 세번시티 공항으로 실어 나르는 UPS 택배회사 직원이 품은 희망을 생각해보라. 클라크는 글로브를 흔들어 빛을 향해 들어올렸다. 그 너머 비행장에 있는 비행기들은 뒤틀려 보였고, 휘날리는 눈 속에 갇힌 것같았다.

—

정찰대는 그다음 날 식당 부엌에서 쓰는 철제 카트 세 대에 생필품을 가득 싣고 지치고 꽁꽁 언 몸으로 돌아왔다. 그들은 아무도 약탈하지 않은 칠리스 레스토랑을 발견했고 칸막이 좌석에서 오들오들 떨면서 하룻밤을 보냈다고 했다. 그들은 화장지와 타바스코 소스, 냅킨, 소금과 후추 가루, 토마토가 든 커다란 깡통 여러개, 식기, 쌀 여러 포대, 그리고 수십 리터의 분홍색 액체비누를 챙겨왔다.

그들은 공항도로를 따라 가다가 공항에서 보이지 않는 지점에 이르자 바리케이드가 쳐져 있고 격리를 알리는 경고판이 붙어 있었다고 말했다. 이제까지 아무도 공항에 오지 않은 것은 경고판에 공항에 조지아 독감이 퍼져 있고 발병한 승객들이 있으니 접근하지 말라고 적혀 있기 때문이었다. 바리케이드를 넘어가자 버려진 차들이 끝 간 데 없이 늘어서 있었고 일부 자동차 안에는 시신들이 있었다. 그들은 공항 근처에 있는 호텔을 발견하고 안에 들어가서 시트와 수건을 챙겨올까 의논했지만 지독한 악취가 나서 어두워진 로비에 무엇이 기다리고 있을지 알아차리고 들어가지 않기로 결정했다. 그러고 나서 도로를 따라 좀 더 내려가자 패스트푸드 레스토랑들이 있었다. 다른 사람은 한 명도 보지 못했다.

"저 밖은 어땠어?" 클라크가 물었다.

"조용했어." 돌로리스가 말했다. 그녀는 돌아오는 길에, 냅킨과 딸그락거리는 타바스코 소스 병들을 포함한 여러 생필품을 가득 실은 카트를 밀면서 바리케이드를 넘고 공항도로를 걸어오다가 드디어 나무들 사이로 공항이 보였을 때 자신을 압도했던 감정 때문에 많이 놀랐다. 드디어 집에 왔다는 생각이 들면서 커다란 안도 감을 느꼈기 때문이었다.

—

하루가 지난 후 첫 번째 손님이 찾아왔다. 그들은 낯선 이의 접근에 대비하기 위해 호루라기를 지닌 경비를 배치해놓았었다. 다들 마지막 몇 조각의 빵을 차지하겠다고 목숨 걸고 싸우는 위험한 낙오자들이 나오는 재난영화를 본 적 있었기 때문이다. 아네트는 생각해보니 자기가 본 재난영화에선 모두 좀비가 나왔다고 말했다. "그러니까 제 말은 상황이 훨씬 더 심각할 수도 있다는 거죠." 그녀가 말했다.

그러나 낮게 깔린 회색빛 하늘 아래 공항으로 걸어 들어온 첫 번째 남자는 위험하다기보다는 멍하고 넋이 나간 것 같았다. 그 중년 남자는 더러웠고 옷을 여러 겹 껴입고 있었으며 오랫동안 면도를 하지 않은 모습이었다. 총을 들고 도로에 나타났지만 타이런이 총을 버리라고 소리치자 걸음을 멈추고 포장도로 위로 총을 떨어 뜨렸다. 그는 두 손을 머리 위로 들고 주위로 모여드는 사람들을 쳐다보았다. 다들 질문을 해댔다. 그는 말을 하기가 힘든 것 같았다. 입술을 달싹거리며 목소리를 여러 번 가다듬고 나서야 말이 나왔다. 클라크는 그가 오랫동안 말을 하지 않은 것이 분명하다고 생각했다.

"난 호텔에 있었소." 마침내 그가 말했다. "눈 속에 난 당신들의 발자국을 따라왔어요." 그의 얼굴에 눈물이 흘러내렸다.

"그렇군요. 그런데 왜 울죠?" 누군가가 말했다.

"나밖에 안 남았다고 생각했소." 그가 말했다.

44

15년이 끝나갈 무렵 공항에는 300명 정도가 있었고 스카이마일즈 라운지 전체가 문명 박물관으로 변해 있었다. 사람이 적었을 때는 클라크도 땔감을 모으고, 변기를 계속 사용할 수 있도록 화장실로 물을 끌어오고, 세번시티의 버려진 마을에서의 구조 작전에 참여하고, 활주로를 따라 만든 좁은 밭에 농작물을 심고, 사슴 가죽을 벗기는 등 생존을 위한 일에 하루 종일 매달렸다. 그러나 이젠 사람이 많이 늘었고 클라크도 늙어서, 그가 하루 종일 박물관에 앉아 있어도 아무도 개의치 않는 것 같았다.

세상에는 민감한 버튼이 있는 휴대전화와 아이패드, 타일러의 닌텐도 게임기, 노트북 컴퓨터처럼 실용성은 전혀 없지만 보존하고 싶어지는 물건들이 한없이 많았다. 문명 박물관에는 이런 물건들 외에도 뾰족구두처럼 그저 아름답기만 한 물건도 많이 전시되어 있었다. 자동차 엔진 세 대가 깨끗이 닦고 광을 낸 상태로 나란히 놓여 있었고, 주로 반짝이는 크롬으로 만들어진 오토바이도 한대 들어와 있었다. 때로는 행상들이 잡지와 신문, 우표수집책과 동전처럼 실질적인 가치는 전혀 없지만 클라크가 좋아할 만한 물건들을 가져왔다. 공항에서 살다가 사망한 사람들의 여권이나 운전면허증, 신용카드도 들어왔다. 클라크는 이 모든 물품들을 완벽하게 기록해두었다.

—

그는 엘리자베스와 타일러의 여권을 사진이 보이게 펼쳐서 전시했다. 2년째 여름, 떠나기 전날 밤 엘리자베스가 준 것들이었다. 그는 이렇게 오랜 세월이 흘렀는데도 그 여권들을 보면 아직도 마음이 불안했다.

"사람 마음을 굉장히 불안하게 만드는 사람들이었어." 돌로리스가 말했다.

다시 2년째로 돌아가 엘리자베스와 타일러가 떠나기 두세 달 전, 나뭇가지들을 잘라 불쏘시개를 만들고 있던 클라크가 고개를 들자 에어그라디아 여객기 옆에 누가 서 있는 것이 보였다. 어린아이였는데 그때 공항에는 어린아이가 많아서 이 정도 거리에서는 누군지 알 수 없었다. 그 비행기는 접근 금지 구역이었지만, 아이들은 귀신을 봤다는 이야기로 서로를 놀라게 하기를 좋아했다. 아이는 무언가를 들고 있었다. 책인가? 자세히 보니 타일러가 비행기 옆에 서서 문고판 책을 큰 소리로 읽고 있었다.

"그러므로 하루 동안에 그 재앙들이 이르리니." 클라크가 다가갔을 때 타일러가 비행기를 향해 말했다. 아이는 잠깐 말을 멈추고 고개를 들었다. "들었어요? 재앙들이래요. 하루 동안에 그 재앙들이 이르리니 곧 사망과 애통함과 흉년이라. 그가 또한 불에 살라지리니 그를 심판하시는 주 하나님은 강하신 자이심이라."

클라크는 그것이 무슨 내용인지 알고 있었다. 요한계시록. 토론토에서 같이 살던 남자친구가 독실한 기독교인이었는데, 항상 침대 옆에 성경책을 놓아두었다. 타일러가 읽기를 멈추고 고개를 들었다.

"나이도 어린데 참 잘 읽는구나." 클라크가 말했다.

"감사합니다." 소년은 분명히 약간 이상했지만, 누가 그 아이를 위해 뭘 해줄 수 있었겠나? 2년째에는 모두가 아직 비틀거리고 있었다.

"뭐하고 있었어?"

"안에 있는 사람들을 위해서 성경을 읽어주고 있어요." 아이가 말했다.

"저 안에는 아무도 없는데." 물론 사람들이 있었다. 그러나 그걸 들을 수 있는 사람은 없었다. 클라크는 햇빛 속에서도 한기를 느꼈다. 비행기 문을 여는 것은 누구도 생각하고 싶지 않은 악몽이었기 때문에, 죽은 사람한테서도 바이러스가 옮을 수 있는지 아무도 알지 못했기 때문에, 그리고 비행기는 그 어느 무덤 못지않게 좋은 무덤이었기 때문에 에어그라디아 비행기는 계속 폐쇄된 상태로 있었다. 클라크가 그 비행기에 이렇게 가까이 다가간 것도 처음이었다. 다행히도 비행기 창문들은 어두웠다.

"난 그냥 저 사람들한테 그런 일이 일어난 것도 다 이유가 있기 때문이라고 말해주고 싶었어요."

"타일러, 이유 없이 그냥 일어나는 일들도 있어." 이렇게 가까이 있으니 유령 비행기의 고요함이 그를 압도했다.

"그럼 왜 우리는 안 죽고 저 사람들은 죽었어요?" 소년이 말했다. 잘 연습한 주장을 끈기 있게 다시 펼치는 것 같은 느낌이었다. 소년은 눈 한 번 깜박하지 않고 클라크를 쳐다보았다.

"저들은 특정한 바이러스에 노출되었고 우리는 노출되지 않았으니까. 물론 이유를 찾아볼 순 있을 거야. 여기 있는 몇 명은 이유를 찾으려다가 반쯤 미쳐버렸지만. 타일러, 그게 전부란다."

"우리가 다른 이유로 구원을 받은 거라면요?"

"구원을 받았다고?" 클라크는 자기가 타일러와 자주 이야기를 나누지 않는 이유가 기억이 났다.

"어떤 사람들은 구원을 받았잖아요. 우리 같은 사람들은요."

"'우리 같은 사람들'이라니?"

"착한 사람들요." 타일러가 말했다. "나약하지 않은 사람들."

"타일러, 이건 착하고 못됐고의 문제가 아니야. 저 에어그라디아 비행기 안에 있는 사람들은 잘못된 시각에 잘못된 장소에 있었을 뿐이란다."

"네." 타일러가 말했다. 클라크가 돌아서는 것과 거의 동시에 뒤에서 타일러의 목소리가 다시 들렸다. 이번에는 좀 더 부드러운 목소리로 성경 구절을 읽었다. "그가 또한 불에 살라지리니 그를 심판하시는 주 하나님은 강하신 자이심이라."

엘리자베스와 타일러는 에어프랑스 여객기의 1등석 선실에 살고 있었다. 클라크는 그녀가 비행기 출입구로 이어지는 바퀴 달린 계단에 앉아서 뭔가를 뜨개질하고 있는 것을 보았다. 그는 정확히 말해서 그녀를 피하지는 않았지만 그녀 곁에 있으려고 애를 쓰지도 않았다.

"당신 아들이 걱정이에요." 클라크가 말했다.

엘리자베스가 뜨개질을 멈췄다. 공항 생활 초기에 보이던 광적이고 예민한 태도는 사라지고 없었다.

"왜요?"

"지금 저기 격리된 비행기 옆에서 망자들에게 요한계시록을 읽어주고 있어요." 클라크가 말했다.

"아, 걔가 글을 아주 잘 읽어요." 그녀는 미소를 지으며 다시 뜨개질을 하기 시작했다.

"내 생각엔 걔가 우리에게 일어난 일에 대해 이상한 생각을 하게 된 것 같아요." 그는 아직도 그 일을 표현할 방법을 찾지 못했다는 것을 깨달았다. 그 일에 대해 직접적으로 이야기하는 사람은 아무도 없었다.

"어떤 이상한 생각요?"

"전염병이 창궐한 게 다 이유가 있어서라고 생각하더군요." 클라크가 말했다.

"이유가 있어서 일어난 거 맞잖아요."

"맞지요. 근데 지구상의 거의 모든 인간이 지극히 치명적인 돼지인플루엔자 돌연변이 바이러스에 감염됐다는 사실 말고 다른 이유가 있다고 생각하는 것 같더라니까요. 타일러는 이 일이 하나님이 우리를 심판하신 거라고 생각하는 것 같아요."

"타일러의 생각이 맞아요." 그녀가 말했다. 그녀는 잠깐 뜨개질을 멈추고 뜨개질한 줄 수를 셌다.

클라크는 아찔한 기분이 들었다. "엘리자베스, 이런 일에 무슨 이유가 있을 수 있겠어요? 무슨 계획이 필요하겠어요……?" 그는 자기 목소리가 높아졌고 주먹을 꼭 쥐고 있다는 것을 깨달았다.

"모든 일은 이유가 있어서 일어나는 거예요." 그녀가 말했다. 그녀는 그를 바라보지 않았다. "우리 인간이 그 이유를 꼭 알아야 하는 것은 아니지만요."

그해 여름이 끝나갈 무렵, 남쪽으로 향하던 종교집단이 공항에 들렀다. 그들 종교의 정확한 본질은 잘 알 수 없었다. "새 세상에는 새로운 신들이 필요합니다." 그들이 말했다. "우리는 계시에 의해 인도되고 있습니다." 그들은 신호와 꿈에 대해 모호한 이야기를 늘어놓았다. 그들을 쫓아내는 것보다는 받아주는 것이 덜 위험해 보였기 때문에 공항 사람들은 그들을 맞아들여 불안한 며칠 밤을 함께 보냈다. 그 종교적 방랑자들은 공항 사람들이 제공하는 음식을 먹고 답례로 축복 기도를 해주었다. 이마에 손바닥을 대고 뭔가를 중얼거리는 식이었다. 그들은 밤이면 중앙홀 C에 둥그렇게 모여앉아 공항 사람 누구도 들어본 적 없는 언어로 큰 소리로 기도를 했다. 그들이 떠날 때 엘리자베스와 타일러가 그들을 따라나섰다.

"우리는 좀 더 영적인 생활을 하고 싶어요." 엘리자베스가 말했다. 그녀는 마치 자기가 떠나는 것이 공항 사람들을 버리고 가는 것이기라도 한 듯 떠나서 미안하다고 사과를 했다. 떠날 때 무리 끝에서 따라가던 타일러는 아주 작아 보였다. 엘리자베스에게 좀 더 잘해줬어야 했다고 클라크는 생각했다. 절벽에서 손을 잡고 끌어당겨줬어야 했다. 하지만 그 자신이 절벽에서 떨어지지 않기 위해서 사력을 다해야 했는데, 그녀를 위해 무엇을 할 수 있었겠는가? 종교집단이 공항도로의 굽은 지점을 돌아 사라졌을 때 그는 안도감을 느낀 사람이 자기 혼자만이 아닐 거라고 확신했다.

"저런 광기는 전염성이 있어." 돌로리스가 그의 생각을 대변하듯 말했다.

몰락 후 15년, 사람들은 일을 하며 긴 하루를 보내고 나서 과거를 보기 위해 박물관을 찾았다. 처음에 여기 1등석 라운지에 있었던 안락의자 서너 개가 아직 그 자리에 있었다. 사람들은 클라크가 호텔 시트로 만든 허술한 장갑을 끼고, 거기 앉아 낡고 삭아서 부서질 것 같은 종이를 넘기면서 발행된 지 15년이 지난 마지막 신문을 읽곤 했다. 이곳을 찾는 사람들은 마치 기도를 하러 오는 것 같았다. 박물관을 찾은 최초의 방문객인 제임스는 오토바이를 보러 거의 매일 박물관에 왔다. 그는 2년째에 세번시티에서 그 오토바이를 발견했고, 자동차 휘발유가 상하고 항공용 휘발유가 바닥날 때까지 오토바이를 탔다. 그는 그때를 무척 그리워했다. 공항에서 태어난 첫 번째 아이인 이매뉴얼도 자주 찾아와서 전화기들을 보고 갔다.

공항에는 이제 학교도 생겼다. 교사는 예전에 두 개 항공사의 단골 고객이었던 남자였다. 다른 모든 곳의 학생들처럼 중앙홀 C에 마련된 학교의 학생들도 추상적인 개념들을 암기했다. 이를테면 이런 것들이다. 저 밖에 있는 비행기들은 예전에 하늘을 날아다녔다. 비행기를 타고 세상의 반대편으로 날아갈 수 있었다. 비행기에 탑승하면 이륙하기 전이나 착륙하기 전에 전자기기를 모두 꺼야 했다. 그런 전자기기에는 음악을 재생하는 작고 납작한 기계들과, 책처럼 펼쳐지고 항상 어둡지는 않은 액정화면이 있는 더 큰 기계들이 있었는데, 그 내부는 전기회로망으로 가득 차 있었다. 이런 기계들은 범세계적인 정보망으로 들어가는 관문이었다. 인공위성이 지구에 정보를 전송했다. 상품들이 배와 비행기에 실려 전 세계를 돌아다녔다. 너무 멀리 떨어져 있어 갈 수 없는 곳은 지구상에 없었다.

학생들은 인터넷에서 대해서도 배웠다. 인터넷이 세상 어디에나 존재했고 모든 것을 연결해주어서 세상 모든 사람들이 하나가 될 수 있었다는 것을 배웠다. 교사는 학생들에게 지도와 지구본을 보여주면서 인터넷이 초월한 국경선이 어떤 것인지 가르쳐주었다. 이것이 벙어리장갑 모양의 거대한 땅덩어리야. 벽에 있는 여기 이편이 세번시티야. 저건 시카고였어. 저건 디트로이트였고. 학생들은 지도에 있는 점들은 이해했지만 국경선에 대해서는 10대들조차 혼란스러워했다. 옛날에는 국가와 국가 사이에 국경선이라는 것이 있었어. 이것은 설명하기 어려웠다.

—

15년째 가을, 놀라운 일이 일어났다. 한 행상이 신문을 가지고 왔다. 6년째부터 이따금씩 취사도구와 양말과 바느질도구를 들고 찾아오던 사람이었다. 그는 그날 밤 에어프랑스 제트기에서 묵고 다음 날 아침 떠나기 전에 클라크를 찾아왔다.

"좋아하실 것 같아서 가져왔어요." 행상이 말했다. "저 박물관에 갖다 놓으면 좋겠네요." 그는 거친 종이 세 장을 그에게 건넸다.

"이게 뭡니까?"

"신문이에요." 행상이 말했다.

두세 달 전에 연속적으로 나온 신문 세 장이었다. 뉴페토스키라는 곳에서 비정기적으로 발행되는 신문이라고 행상이 설명했다. 출생과 사망, 결혼 소식 알림란이 있었다. 물물교환 광고란도 있었다. 그 지역에 사는 남자가 우유와 달걀과 바꾸자며 새 신발을 찾고 있었다. 다른 사람은 갖고 있는 돋보기를 27인치 청바지와 바꾸고 싶어 했다. 마을 남서쪽에서 살쾡이 세 마리가—어미와 새끼 두 마리— 목격되었다는 소식도 있었다. 혹시라도 이 살쾡이들을 보게 되면 피하라고, 부드럽게 말하고 갑작스러운 움직임은 피하라고 적혀 있었다. 유랑악단이 마을에 들어왔었다는 소식도 있었는데, 그들은 단순한 관현악단이 아니었다. 〈리어 왕〉 공연에 대한 호평 일색의 기사에는 리어 역을 맡은 길 해리스와 코딜리아 역을 맡은 커스틴 레이먼드의 연기가 특별히 언급되어 있었다. 그 지역에 사는 소녀는 한 배에서 난 새끼 고양이들을 분양하겠다면서 이 새끼들의 어미는 쥐를 잘 잡는다고 전했다. 도서관에서 상시로 책을 구한다고, 책을 가져오면 와인으로 책값을 지불하겠다고 알리는 광고도 있었다.

사서인 프랑수아 디알로가 그 신문의 발행인이었다. 그는 신문에 빈 공간이 있을 때면 자기가 모아놓은 좋은 글을 실어서 빈자리를 채우는 것 같았다. 첫 번째 호에는 에밀리 디킨슨의 시가 실려 있었고, 두 번째 호에는 에이브러햄 링컨 전기의 발췌문이 실려 있었다. 세 번째 호의 뒷면 전체는—그 달은 새로운 소식과 안내할 내용이 별로 없었던 게 분명하다—코딜리아를 연기한 여배우 커스틴 레이먼드의 인터뷰가 차지했다. 그녀는 문명 몰락 당시 오빠와 함께 토론토를 떠났지만 자신은 그 상황을 전혀 기억하지 못하고 오빠가 이야기해줘서 알고 있을 뿐이라고 했다. 그녀는 기억하지 못하는 것이 훨씬 더 많았지만, 세상의 종말이 찾아오기 전날 밤은 자세하게 기억하고 있었다.

커스틴: 저는 다른 여자아이들 두 명과 함께 무대에 있었어요. 아서 뒤에 있어서 얼굴은 못 봤어요. 하지만 무대 앞쪽에서 소동이 있었던 건 기억나요. 갑자기 퍽 하는 소리가 들렸어요. 아서가 손으로 내 머리 옆에 있는 합판 기둥을 치는 소리였죠. 그가 한 팔을 마구 흔들면서 비틀거리며 뒤로 물러났어요. 그때 객석에서 한 남자가 무대 위로 뛰어올라 그에게로 달려왔어요.

클라크는 그 인터뷰를 읽는 순간 숨이 멎는 것 같았다. 아서를 아는 사람, 아니 알기만 했던 것이 아니라 그가 죽는 것을 본 사람이라니, 충격적이었다.

공항 사람들은 나흘간 그 신문들을 돌려 읽었다. 그것들은 문명 몰락 이후 최초로 발간된 신문이었다. 신문이 박물관으로 돌아왔을 때 클라크는 한참 동안 신문을 들고 여배우의 인터뷰 기사를 다시 읽었다. 아서에 대한 언급이 있었다는 사실 말고도 이 신문은 놀라운 발전의 증거였다. 신문이 나왔다면 다른 것도 가능하지 않을까? 예전에 뉴욕과 로스앤젤레스를 밤 비행기로 오갈 때면 햇살이 동쪽에서부터 서쪽으로 퍼져나가고, 비행기 창문 밑으로 10킬로미터 아래 있는 강과 호수가 햇빛으로 붉게 물드는 순간이 있었다. 물론 그는 이것이 시간대 때문에 볼 수 있는 풍경이고, 지구상에는 항상 밤인 지역과 낮인 지역이 있다는 것을 알고 있었지만, 햇빛이 그렇게 번져가는 그 순간에는 세상이 깨어나고 있다는 생각이 들면서 비밀스러운 기쁨으로 마음이 벅차올랐다.

그는 신문이 계속 나오기를 바랐지만, 더는 나오지 않았다.

45

15년에 있었던 인터뷰의 계속:

커스틴: 더 물어보실 것 있으세요?
프랑수아: 더 있긴 한데, 아까 대답하고 싶지 않다고 해서요.
커스틴: 기록하지 않는다면 대답할게요.

프랑수아 디알로는 펜과 공책을 탁자에 내려놓았다.
"감사합니다." 커스틴이 말했다. "이제 질문하시면 대답할게요. 신문에 실리는 게 아니라면요."
"좋아요. 당신의 평생에서 세상이 어떻게 바뀌었나를 생각할 때 제일 먼저 생각나는 건 뭐죠?"
"살인요." 그녀의 눈빛은 흔들리지 않았다.
"진짜요? 왜죠?"
"그 일을 해야만 했던 적 있으세요?"
프랑수아가 한숨을 쉬었다. 그런 건 생각하고 싶지 않았다. "숲에서 놀라서 그랬던 적이 한 번 있어요."

"저도 놀라서 그랬어요."

저녁때라 프랑수아는 도서관에 촛불을 밝혀놓고 있었다. 촛불은 안전을 위해 플라스틱 욕조 한가운데 세워놓았다. 촛불 덕분에 커스틴의 왼쪽 광대뼈에 있는 흉터가 약간 희미하게 보였다. 그녀는 빨간 바탕에 흰 꽃무늬가 있는 낡은 여름 원피스를 입고 허리띠에 칼 세 자루를 차고 있었다.

"몇 명이나요?" 그가 물었다.

그녀는 손목을 돌려 칼 모양 문신 두 개를 보여주었다.

유랑악단이 뉴페토스키에 머문 열흘 동안 프랑수아는 거의 모든 단원들과 인터뷰를 했다. 어거스트는 바이올린을 들고 매사추세츠에 있는 자신의 빈 집을 빠져나와 걷다가 사이비 종교집단을 만나 3년이나 빠져 살았고, 그 후에 다시 그 집단을 나와 걷다가 우연히 유랑악단을 만나게 되었다고 말했다. 비올라가 들려준 인생역정은 참으로 고단했다. 그녀는 열다섯 살 때 코네티컷 교외에 있는 불에 타 무너진 자기 집을 떠나서 캘리포니아로 가야겠다는 막연한 생각만 가지고 자전거를 타고 서쪽으로 달려가다가 얼마 가지도 못하고 사람들에게 공격을 받아 중상을 입었다. 그 후에는 약탈을 일삼는 거친 청소년 무리에서 생활하다가 도망쳐 나왔다. 자기 인생에서 일어난 끔찍한 일은 전부 다 영어로 일어났으니까 언어를 바꾸면 살 수 있을지도 모른다는 생각에 불어를 중얼거리면서 혼자서 150킬로미터 이상 걸어서 어느 마을로 들어가 정착했다. 그로부터 5년 후 그곳을 지나가는 유랑악단을 만나 합류했다. 제3첼로는 부모님이 인슐린 부족으로 돌아가시자 부모님을 묻어드리고 나서 미시간 주 상부 반도에 있는 외딴 오두막집에서 4

년 동안 안전하고도 지루하게 숨어 살았다. 그러다가 함께 이야기를 나눌 사람을 찾지 못하면 미쳐버릴 것만 같아서, 그리고 사슴고기를 물릴 정도로 먹어서 그것 말고 다른 어떤 것을 먹을 수 있다면 기꺼이 오른팔이라도 내줄 심정이어서 길을 나섰다. 남쪽으로, 그다음에는 동쪽으로 향하다가 매키너 다리가 무너지기 10년 전에 그 다리를 건너 매키너시티 외곽에 있는 어부들의 결속력이 강한 마을에서 살다가 지나가던 유랑악단에 합류하게 되었다. 프랑수아는 유랑악단 단원들의 이야기는 크게 두 가지로 요약할 수 있다고 생각했다. 하나는 다른 모두가 죽었고, 그래서 나는 걸었고, 유랑악단을 만났다는 것이다. 나머지 하나는 그 일이 일어났을 때 너무 어렸거나 그 일이 일어난 후에 태어났기 때문에 다른 방식의 삶이 존재했던 때에 대한 기억이 거의 없거나 전혀 없고, 평생을 걸어왔다는 것이다.

"이제 선생님도 말씀해주셔야죠." 커스틴이 말했다. "어떤 게 생각나세요?"

"세상이 어떻게 바뀌었나를 생각할 때 제일 먼저 뭐가 생각나느냐는 거죠?"

"네."

"파리에 있는 내 아파트요." 항공 여행이 중단되었을 때 프랑수아는 미시간에서 휴가를 보내는 중이었다. 눈을 감자, 파리의 아파트 거실 천장에 있는 복잡한 몰딩과 발코니로 나가는 높은 흰색 문과 나무로 된 마룻바닥과 책들이 눈앞에 펼쳐졌다.

"살인이 생각나는 건 왜죠?" 프랑수아가 물었다.

"선생님은 이전 세계에서 다른 사람을 해쳤던 적이 있나요?"

"물론 없죠. 카피라이터였는데."

"카, 뭐요?"

"광고업에 종사했다고요." 그 단어를 내뱉는 것은 굉장히 오랜만이었다. "광고판 같은 거 알죠? 카피라이터는 광고 문구를 만드는 사람이에요."

커스틴은 고개를 끄덕이더니 눈길을 돌렸다. 도서관은 현재의 삶에서 프랑수아가 가장 좋아하는 장소였다. 그는 여러 해에 걸쳐 책, 잡지, 신문 등을 수집해왔다. 신문을 만들어보자는 생각은 최근에야 하게 되었다. 그 후로 신문 발행 작업은 활기차게 진행되었다. 커스틴은 방 뒤쪽 그늘에 있는, 임시변통으로 만든 커다란 인쇄기를 바라보았다.

"얼굴의 흉터는 어떻게 생긴 거예요?" 그가 물었다.

그녀는 어깨를 들썩였다. "모르겠어요. 제가 기억하지 못하는 시기에 생긴 것 같아요."

"오빠가 얘기 안 해줬어요, 죽기 전에?"

"기억 못 하는 게 낫다고 했어요. 전 오빠 말을 곧이곧대로 믿었고요."

"어땠어요, 오빠는?"

"슬픔이 많았어요." 그녀가 말했다. "모든 것을 기억했거든요."

"오빠가 어떻게 된 건지 물어봐도 될까요?"

"구세계에서는 절대로 일어나지 않았을 황당한 죽음을 맞았죠. 못을 밟아서 세균 감염으로 죽었어요." 그녀는 창문을, 약해지고 있는 햇빛을 올려다보았다. "가야겠어요. 이러다가 해가 넘어가겠는데요." 그녀가 말했다. 그녀가 일어서자 허리띠에 꽂힌 칼 세 자루의 손잡이가 어스름한 빛 속에서 반짝였다. 저렇게 온순하고 가냘픈 여자가 평생 칼로 무장하고 돌아다닌 무서운 여자라니. 그는 다른 유랑악단 단원들로부터 그녀의 칼 던지는 실력에 대해 익히 들었다. 눈을 가린 상태에서도 표적의 한복판에 칼을 꽂을 수 있을 정도라고 했다.

"오늘 밤엔 연주만 한다고 들었는데요." 그는 그녀를 보내고 싶지 않았다.

"네, 그런데 친구들에게 빨리 가겠다고 했어요."

"인터뷰에 응해줘서 고마워요." 그는 문 앞까지 그녀를 배웅했다.

"무슨 말씀을요."

"이런 거 물어봐도 될지 모르겠지만, 그 마지막 부분은 왜 기록으로 남기고 싶지 않은 건가요? 나는 이런 고백을 들은 게 이번이 처음이 아닌데……."

"알아요." 그녀가 말했다. "단원들 거의 모두가 그렇죠. 사실은 제가 연예계의 뒷얘기를 다룬 기사들을 모으거든요."

"연예계의 뒷얘기……?"

"아서 리앤더라는 배우에 관한 기사요. 덕분에 영원히 기록으로 남는다는 게 얼마나 무서운 일인지 알게 됐어요."

"그러니까 당신은 그런 일로 기억되고 싶지 않다, 뭐 그런 이야기로군요."

"바로 맞히셨어요." 그녀가 말했다. "공연 보러 오실 거죠?"

"물론이죠. 같이 갑시다." 그는 촛불을 끄고 나왔다. 거리에는 이미 땅거미가 내려앉았지만, 만(灣) 위의 하늘에는 아직도 붉은 노을이 걸려 있었다. 유랑악단은 도서관에서 두세 블록 떨어진 곳에 있는 다리에서 공연을 할 예정이었다. 다리 옆에 마차들이 서 있었다. 프랑수아는 연주자들이 자기 파트를 연습하고 악기를 조율하는 불협화음을 들었다. 어거스트는 찡그린 얼굴로 두 마디를 반복

연주하고 있었다. 찰리는 악보를 들여다보고 있었다. 마을 주민 서너 명이 시청에서 긴 벤치를 여러 개 들고 언덕을 내려와 만이 바라보이는 방향으로 줄지어 놓아두었다. 벤치는 거의 다 채워져 있었는데, 어른들은 자기들끼리 이야기를 나누거나 연주자들을 보고 있었고, 아이들은 홀린 듯한 시선으로 악기를 바라보고 있었다.

"뒷줄에 자리가 좀 있네요." 커스틴이 말했다. 프랑수아는 그녀를 따라갔다.

"오늘 밤 레퍼토리는 뭐죠?"

"베토벤 교향곡이에요. 몇 번인지는 모르겠어요."

커스틴과 프랑수아는 듣지 못했지만 큐 사인이 있었는지, 연주자들이 연습과 조율과 잡담을 멈추고 바다를 등지고 자기 자리를 잡고 앉아 입을 다물었다. 청중도 조용해졌다. 지휘자가 정적 속에서 걸어 나와 청중을 바라보고 웃으면서 인사를 하더니 아무 말도 하지 않고 연주자들과 만을 향해 돌아섰다. 바다갈매기 한 마리가 그들의 머리 위를 미끄러지듯 날아갔다. 지휘자가 지휘봉을 들었다.

46

15년째의 여름 밤, 지반 차드하리는 강가에서 와인을 마시고 있었다. 세상은 크고작은 정착지로 이루어져 있었다. 더 이상 지명이 중요하지 않았지만, 어쨌든 한때 이곳은 버지니아 주의 일부였다.

지반은 1000킬로미터를 훨씬 넘게 걸어서 이곳으로 왔다. 3년째 그는 매킨리라는 정착지에 흘러 들어갔는데, 그 이름은 마을 창립자들이 다니던 회사 이름에서 따온 거였다. 창립자는 원래 여덟 명이었는데, 매킨리 스티븐슨 데이비스라는 마케팅 회사의 영업팀이 기업 연수원에 왔다가 조지아 독감이 대륙을 휩쓸었을 때 고립되어 발이 묶인 거였다. 연수원에서 이삼 일 걸어간 그들은 주요 고속도로에서 멀리 떨어져 있어 차가 거의 다니지 않는 도로변에서 버려진 모텔을 발견했다. 그곳은 방랑을 멈추고 자리 잡고 살기에 나쁘지 않은 것 같았다. 영업팀원들은 각자 객실을 하나씩 차지하고 옆에 붙어 살았다. 처음에는 그 상황이 너무도 두려워서 남들과 멀리 떨어져 살고 싶은 사람이 아무도 없었기 때문이었고, 나중에는 그렇게 사는 것이 익숙해졌기 때문이었다. 지금은 스물일곱 가족이 도로를 가운데 두고 강 맞은편에서 평화롭게 살고 있었다. 10년째 여름, 지반은 그 정착지의 창립자들 중 한 명과 결혼했다. 오늘 저녁 강둑에는 전직 영업대리이자 지반의 아내인 다리아와 지반, 두 사람의 친구 마이클이 앉아 있었다.

"난 잘 모르겠어." 지반 부부의 친구가 말했다. "아이들에게 옛날에는 어땠다고 가르칠 필요가 있을까?" 마이클은 예전에 트럭 운전사였다. 매킨리에는 학교가 있었는데, 열 명의 아이들이 날마다 제일 큰 모텔 방에 모여서 공부를 했다. 마이클의 열한 살 된 딸이 그날 오후에 울면서 집에 오더니 선생님이 조지아 독감 이전에는 인간의 평균 수명이 지금보다 훨씬 더 길었다고, 예전에는 예순 살이 그렇게 늙은 나이가 아니었다고 말했다면서, 자기는 도무지 이해가 안 가고 불공평한 것 같다고, 자기도 옛날 사람들만큼 오래 살고 싶다는 이야기를 했다.

"솔직히 나도 잘 모르겠어." 다리아가 말했다. "그래도 내 아이가 알고 있으면 좋을 것 같아. 우리가 가졌던 그 놀라운 것들을 알고 있으면 좋지 않을까?"

"뭐하러?" 마이클은 고개를 흔들며 다리아에게서 와인 병을 받아들었다. "항생제나 엔진 이야기만 하면 지루해서 애들 눈이 게슴츠레해지는 거 봤잖아. 걔네들한테는 그런 건 과학소설이나 마찬가지야. 들으면 속만 상하지 뭐⋯⋯." 그는 말을 잠깐 멈추고 와인을 마셨다.

"당신 말이 맞을지도 모르지." 다리아가 말했다. "그러니까 문제는 이거네. 이런 것들을 아는 게 그 아이들을 더 행복하게 하는가 덜 행복하게 하는가."

"내 딸의 경우에는 덜."

지반은 듣는 둥 마는 둥했다. 술에 취하진 않았다. 아주 힘든 하루를 보내고 나서 약간의 알코올로 유쾌하고 편안해진 정도였다. 그날 아침 그들의 이웃이 사다리에서 떨어졌는데, 반경 150킬로미터 이내에 의사와 가장 비슷한 사람이 지반이었기 때문에 그가 그 이웃 남자의 부러진 팔을 접합해야 했다. 끔찍한 작업이었다. 환자는 마취제 대신 취할 정도로 술을 마셨지만 통증 때문에 몹시 예민해진 상태였다. 입에 꽉 물고 있는 나무 조각 사이로 신음소리가 새어나왔다. 지반은 사람들이 힘들 때 의지하는 사람이 되고 싶었고, 남을 도울 수 있다는 것이 그에게는 매우 큰 의미가 있었지만, 마취제도 없이 육체적 고통을 겪는 모습은 자꾸만 그를 겁먹게 만들었다.

강둑에 있는 키 큰 풀 속에서 반딧불이가 날아올랐다. 대화에 끼어들고 싶지는 않았지만 친구와 아내와 함께 있다는 것만으로도 즐거웠다. 와인이 그날의 기억들 중 제일 안 좋은 것들을—지반이 부러진 뼈를 접합하는 동안 환자의 이마엔 식은땀이 송골송골 맺혀 있었다—점점 더 희미하게 만들어주었다. 강물은 부드러운 소리를 내며 흘렀고 나무에서는 매미가 울었으며, 저 멀리 강둑에 서 있는 가지가 휘늘어진 버드나무들 위로 별들이 반짝였다. 이렇게 오랜 세월이 흘렀지만 지금도 가끔 그는 이 고요한 곳과 이 여자를 찾아내고 살아갈 가치가 있는 시대를 다시 보게 된 자신의 커다란 행운에 가슴이 뭉클해지곤 했다. 그는 다리아의 손을 꼭 잡았다.

"오늘 딸아이가 울면서 집에 왔을 때 그런 생각이 들더라고." 마이클이 말했다. "이젠 그런 쓸데없는 이야기는 그만할 때가 된 것 아닌가, 이젠 놔줄 때가 된 거 아닌가 하는 생각."

"난 놔주기 싫은데." 지반이 말했다.

"누가 당신 부르고 있는 거 아냐?" 다리아가 물었다.

"아닐 거야." 지반이 말했다. 그러나 곧 그에게도 소리가 들렸다.

모텔로 돌아가보니 한 남자가 말을 타고 와 있었다. 그는 금방이라도 쓰러질 것처럼 안장에 앉아 있는 여자를 떨어지지 않게 한 팔로 감싸 안고 있었다.

"아내가 총을 맞았습니다." 그가 말했다. 말하는 모습과 말투를 보니 그가 아내를 사랑한다는 것을 알 수 있었다. 그들이 여자를 끌어내렸을 때 저녁의 열기에도 불구하고 여자는 오들오들 떨고 있었고 의식이 혼미한 것 같았다. 여자의 눈꺼풀이 파르르 떨렸다. 그들은 여자를 지반이 수술실로 사용하는 모텔 방으로 데려갔다. 마이클이 석유 램프를 켜자 노란 불빛이 방 안을 가득 채웠다.

"의사이십니까?" 여자를 데려온 남자가 물었다. 낯익은 얼굴인데 어디서 봤는지는 기억나지 않았다. 40대로 보였고 아내와 마찬가지로 머리를 짧은 레게 스타일로 땋았다.

"비슷하다고 봐야죠." 지반이 말했다. "이름이 뭐죠?"

"에드워드. 그럼 정식 의사가 아니라는 건가요?"

"응급구조사 교육을 받았습니다, 조지아 독감 이전에요. 이 근처에 살던 의사 옆에서 5년간 실무를 익혔고요. 그 의사는 더 남쪽으로 내려갔고, 난 여기 남았지요. 배울 수 있는 건 다 배웠으니 걱정하지 마세요."

"하지만 의대는 안 나왔잖아요." 에드워드가 불안한 기색으로 말했다.

"나도 가고 싶죠. 근데 요즘 의대가 어디 있어야 말이죠."

"죄송합니다." 에드워드가 손수건으로 얼굴의 땀을 닦았다. "솜씨가 뛰어나시다는 얘긴 많이 들었어요. 제가 한 말 기분 나빠 하지 마세요. 아내가, 아내가 총에 맞아서…….”

“어디 한번 봅시다.”

지반은 한동안 총상을 본 적 없었다. 15년쯤 되자 탄약이 바닥을 드러내서, 총은 사냥할 때를 빼고는 거의 사용되지 않았다. “무슨 일이 있었는지 말해봐요.” 그는 에드워드의 신경을 딴 데로 돌리기 위해 물었다.

“예언자가 있었어요.”

“누굴 말하는 건지 모르겠군요.” 다행히 상처는 상당히 깨끗했다. 총알이 복부로 들어간 구멍은 있었지만 빠져나간 구멍은 없었다. 피를 많이 흘렸다. 맥박은 약했지만 안정적이었다. “무슨 예언자요?”

“실제보다 소문이 많이 부풀려진 거라고 생각했어요.” 에드워드가 말했다. 그는 아내의 손을 꼭 잡고 있었다. “남부 지방은 진짜로 거의 그 사람 세상이래요.”

“그동안 10여 명의 예언자 이야기를 들었어요. 그렇게 특이한 직업은 아니죠.” 지반은 찬장에서 술병을 찾아냈다.

“그걸로 도구를 소독하려고요?”

“아까 끓는 물에 바늘을 살균하긴 했지만 이걸로 다시 한 번 소독하려고요.”

“바늘요? 총알을 꺼내지도 않고 꿰맨다고요?”

“너무 위험해요.” 지반이 부드럽게 말했다. “봐요, 출혈이 어느 정도 멎었잖아요. 근데 총알을 찾는다고 헤집고 다니면 피를 너무 많이 흘릴 거예요. 그대로 두는 게 더 안전해요.” 그는 밀주를 사발에 부은 뒤 거기에 두 손을 푹 담근 채 비비고는 바늘과 실을 한참 담갔다가 뺐다.

"내가 좀 도울까요?" 에드워드가 주위를 서성이며 물었다.

"세 분은 꿰매는 동안 환자가 움직이지 못하게 꽉 붙잡고 있으세요. 그나저나 예언자가 있었다고요? 그래서요?" 지반이 말했다. 그는 환자와 함께 오는 보호자들의 관심을 딴 데로 돌리는 것이 좋다는 것을 경험으로 알고 있었다.

"오늘 오후에 찾아왔더라고요." 에드워드가 말했다. "예언자와 그 추종자들이 말이에요. 대략 스무 명쯤 될 겁니다."

지반은 어디서 에드워드를 보았는지 기억났다. "저 위 농장에 사시죠? 의사선생님을 도울 때 같이 몇 번 올라가본 적이 있어요."

"네, 농장 맞아요. 밭에 나가 일을 하는데, 친구 하나가 뛰어오더니 스물한두 명쯤 되어 보이는 사람들이 이쪽으로 오고 있다고, 이상한 찬송가 같은 것을 부르면서 걸어오고 있다고 하더라고요. 잠시 뒤 내 귀에도 찬송가 소리가 들렸어요. 그 사람들이 우리한테 다가왔어요. 그 많은 사람들이 웃으면서 무리를 지어 함께 걷고 있었어요. 우리 앞에 다다랐을 때쯤엔 노래가 멈췄어요. 예상했던 것보다는 수가 적더라고요. 전부 합해봐야 열다섯, 열여섯쯤 될까." 에드워드는 잠깐 말을 멈추고 지반이 여자의 배 위에 알코올을 붓는 것을 지켜보았다. 여자가 신음소리를 냈다. 상처에서 피가 가느다랗게 흘러내렸다.

"말씀 계속하세요."

"그래서 누구냐고 물으니까 지도자가 나를 보고 웃으면서 '우리는 빛이다'라고 말하더군요."

"빛이라고요?" 지반은 바늘을 여자의 피부 속으로 찔러 넣었다. "보지 마요." 에드워드가 놀라서 마른침을 삼키자 지반이 말했다. "꽉 붙잡고만 있어요."

"난 그가 누구인지 알아차렸어요. 상인들한테서 소문을 들어 알고 있었거든요. 무자비한 사람들이라고 했어요. 해괴한 종교를 신봉하고, 무장하고 다니면서 원하는 것은 무엇이든 갈취한다고 하더라고요. 난 침착하려고 애를 썼죠. 우리 모두 그랬어요. 다들 그들이 누군지 알아차린 것 같더라고요. 뭐 필요한 게 있느냐고 아니면 그냥 인사차 방문한 거냐고 물어보니까, 예언자가 웃으면서 우리가 원하는 걸 갖고 있으니까 교환하자고 그랬어요. 우리가 가진 총과 탄약을 주면 우리가 원하는 걸 주겠다고 했어요."

"아직도 탄약을 갖고 있어요?"

"오늘까지는 갖고 있었죠. 농장에 꽤 많이 비축해놓았거든요. 예언자가 말할 때 주위를 둘러보니까 우리 애가 안 보이는 거예요. 제 엄마랑 같이 있었는데 엄마도 안 보이고. 그래서 내가 물었죠. 우리가 원하는 걸 갖고 있다고 했는데 그게 뭐냐고."

"그랬더니 뭐래요?"

"그랬더니 사람들이 둘로 갈라지면서 가운데를 터주는데, 거기 내 아들이 있더라고요. 내 아들을 인질로 잡은 거였지요, 그 사람들이. 다섯 살밖에 안 된 아이를 꽁꽁 묶고 재갈을 물려놨더라고요. 너무 겁이 났어요. 애 엄마가 보이지 않아서요."

"그래서 무기를 줬어요?"

"총을 줬더니 아들을 돌려줬어요. 다른 무리가 내 아내를 잡아놨다더라고요. 그래서 내 앞에 열다섯 명밖에 없었던 거예요, 스무 명이 아니라. 그들은 아내를 일종의, 뭐랄까, 보험으로 생각하고 데리고 먼저 길을 나섰어요." 그는 치밀어 오르는 혐오감에 목소리가 잠기는 것 같았다. "그러고는 그럽디다. 자기네들을 쫓아오지 않으면 내 아내는 한두 시간 후 멀쩡한 몸으로 돌아올 거라고, 자기네들은 이 지역을 떠나 북쪽으로 갈 거라고, 그러니까 자기들을 보는 건 이게 마지막일 거라고요. 계속 웃으면서 너무도 평화롭게, 아무런 잘못도 안 한 것처럼 말하고 행동하더라고요. 아무튼 우린 아들을 돌려받았고, 그들은 총과 탄약을 가지고 떠났죠. 그러고 나서 기다렸는데 세 시간이 지나도 아내가 돌아오지 않는 거예요. 그래서 몇 명이 쫓아가봤더니 총에 맞아 길에 쓰러져 있었어요."

"왜 쏜 거죠?" 지반이 물었다. 그는 여자가 깨어 있음을 깨달았다. 그녀는 두 눈을 감고 조용히 울고 있었다. 마지막 한 바늘.

"아내 말로는 예언자가 자기네들과 함께 지내자고 했답니다." 에드워드가 말했다. "함께 북쪽으로 가서 자기 신도 중 한 명의 아내가 되라고요. 아내가 싫다고 했더니 예언자가 총을 쐈다네요. 죽일 의도는 아니었던 것 같아요, 분명히. 적어도 빨리 죽게 할 의도는 아니었어요. 고통을 주기 위해서였던 것 같아요."

지반은 실을 자르고 나서 깨끗한 수건으로 여자의 배를 지그시 눌렀다. "붕대." 그가 말하는데, 다리아는 벌써 낡은 시트를 길게 자른 조각을 들고 기다리고 있었다. 그는 여자의 배를 조심스럽게 싸맸다.

"괜찮을 겁니다." 지반이 말했다. "세균 감염이 일어나지만 않는다면. 다행히 감염을 걱정할 만한 이유도 전혀 없고요. 총알은 발사 당시의 열 때문에 자가 살균되거든요. 우리도 알코올로 소독을 했고요. 하지만 여기서 며칠 머물면서 경과를 봐야겠는데요."

"감사합니다." 에드워드가 말했다.

"할 수 있는 일을 한 것뿐입니다."

———

　지반은 주변 정리를 끝낸 후 환자가 잠들자 남편이 곁을 지키게 두고 나와서 피가 묻은 바늘을 냄비에 넣어 들고 길을 건너 강으로 갔다. 그는 풀 위에 무릎을 꿇고 앉아서 냄비에 물을 채운 후 모텔로 돌아와 자기가 사는 방 앞에 임시변통으로 만들어놓은 오븐에 불을 지핀 후 냄비를 그 위에 올려놓았다. 그러고는 옆에 있는 피크닉 테이블에 앉아서 물이 끓기를 기다렸다.

　지반은 셔츠 주머니에서 담배를 꺼내 파이프에 채웠다. 마음을 진정시키기 위한 의식이었다. 그는 별들과 강물 소리만 생각하려고 노력했다. 여자의 고통과 피를, 악의에 차서 여자를 총으로 쏜 후 길가에 버려두고 떠난 사람들을 생각하지 않으려고 애썼다. 매킨리는 그 오래된 농장의 남쪽에 있었다. 예언자의 말이 진심이라면, 그와 그의 추종자들은 매킨리에서 멀어지는 방향으로, 그들의 접근에 대해 아무것도 모르고 있는 북쪽으로 향하고 있을 것이다. 왜 북쪽으로 가려는 것일까? 얼마나 멀리까지 갈까? 지반은 궁금했다. 갑자기 토론토가, 눈 속을 걷던 일이 떠올랐다. 토론토를 생각하니 당연히 동생 생각이 났다. 호숫가에 있던 고층아파트와, 무너지고 있던 유령 도시와, 여전히 〈리어 왕〉 포스터를 내걸고 있을 엘긴 극장과, 아서가 죽은 날 밤이, 모든 것의 시작이자 마지막인 그날 밤이 생각났다.

　다리아가 지반의 뒤로 다가왔다. 그녀가 그의 팔을 잡자 그는 소스라치게 놀랐다. 물이 끓고 있었다. 끓기 시작한 지 꽤 된 것 같았다. 바늘은 이만하면 소독되었을 것이다. 다리아가 그의 손을 잡더니 부드럽게 입을 맞췄다. "늦었어." 그녀가 속삭였다. "침대로 와."

47

문명 몰락 후 19년, 클라크는 일흔 살이었다. 그는 과거 어느 때보다도 고단했고 행동이 굼떴다. 관절과 손이 아팠다. 특히 추운 날씨에는 더했다. 이젠 왼쪽만이 아니라 머리 전체를 빡빡 밀었고 왼쪽 귀에 링 귀걸이를 네 개 했다. 친한 친구 아네트는 17년에 이름 모를 병으로 사망했다. 클라크는 그녀를 추억하기 위해 그녀의 루프트한자 목 스카프를 맸다. 더 이상 슬프지는 않았지만, 그는 항상 죽음을 의식하고 있었다.

박물관 안락의자에 앉으면 비행장 전체가 내다보였다. 737기 날개 밑에 즉흥적으로 만들어놓은 걸이에 사냥꾼들이 사슴과 수퇘지와 토끼를 걸어놓고 사람들이 먹을 고기를 자르고 내장은 개한테 주는 준비구역이 있었다. 6번과 7번 활주로 사이에는 묘지가 있었는데, 무덤마다 비행기에서 떼어온 기내 개인용 테이블을 비석 대신 세워놓고 테이블의 단단한 플라스틱에 고인의 약력을 새겼다. 클라크는 그날 아침 아네트의 무덤에 들꽃을 가져다 놓았는데, 그 자리에선 그 꽃들이, 화사하게 어우러진 파란색과 보라색 꽃들이 다 보였다. 비행장 주변에 한 줄로 길게 늘어서 있는 제트 기들은 이젠 녹이 슬어 줄무늬가 생겼을 정도였다. 게이트 앞에 서 있는 비행기에 반쯤 가려진 밭들도 보였다. 옥수수 밭, 저 멀리 혼자 서 있는 에어그라디아 452편, 굵은 철사를 다이아몬드 모양으로 엮고 위에는 둥근 모양의 가시철조망을 붙여놓은 울타리, 그리고 그 너머에는 숲이, 그가 20년간 봐온 나무들이 있었다.

클라크는 최근에 주식회사 워터의 모든 평가보고서를 일반 열람이 가능하게 만들었다. 관련자들 모두 이미 확실히 죽었을 것이라는 판단에 따른 것이다. 예전에 이 공항의 고위 간부였던 사람들은 굉장한 흥미를 가지고 그 보고서들을 읽었다. 모두 세 개의 보고서가 있었는데 오래전에 사망한 주식회사 워터의 경영간부 댄의 부하직원들과 동료들과 상사들이 작성한 것이었다.

"이걸 예로 들어보자고." 7월 하순 어느 날 오후 개릿이 말했다. 그들은 공항에서 오랜 세월을 함께 보내면서 친한 친구가 되었다. 개릿은 이 보고서들이 특별히 매력적이라고 생각했다. "여기 '소통'이라는 제목이 있고 그런 다음에는……."

"어느 보고서를 보고 있는 거야?" 클라크는 자신이 좋아하는 안락의자에 편안히 몸을 맡긴 채 눈을 감고 있었다.

"부하직원들." 개릿이 말했다. "거기 '소통'이라는 제목 밑에 있는 첫 번째 평가가 이거야. '그는 부하직원들에게 정보를 폭포처럼 쏟아붓는 것을 잘 못한다.' 이 말을 한 사람 취미가 급류타기였어, 클라크? 그냥 궁금해서 물어보는 거야."

"응." 클라크가 말했다. "인터뷰할 때 급류타기 얘기 많이 하더라고. 폭포 얘기도 많이 하고."

"이것도 맘에 드는데. '그는 이미 확보하고 있는 고객들과의 접촉은 잘하지만, 새로운 고객들과의 관계에 있어서는 나무의 낮은 곳에 매달려 있는 열매 같다. 그는 높은 고도에서 전체를 보는 시야를 가졌지만, 우리가 새로운 기회를 만들려고 하는 분야에서의 입도(粒度)까지 드릴로 파고 들어오지는 못한다.'"

클라크가 움찔했다. "그거 기억나. 사무실에서 그 이야기를 듣고 기절하는 줄 알았어."

"이 사람 정체가 의문이군." 개릿이 말했다.

"맞아."

"고도, 나무의 낮은 곳에 매달려 있는 열매, 입도, 드릴."

"쉴 땐 등산을 하고 과수원에서 일을 하는 광부라도 되는 건가? 어쨌든 난 그런 식으로 말하지 않는 나 자신이 자랑스러워." 클라크가 말했다.

"당신은 '곤죽이 되어'라는 표현을 사용해본 적 있어?"

"아니, 없는 것 같은데. 안 썼을 거야."

"그 표현은 진짜 별로다." 개릿은 아직도 보고서를 살펴보고 있었다.

"아, 난 괜찮은 것 같은데. 그 말 들으면 과자 만들기가 생각나. 어렸을 때 가끔 어머니가 쿠키 믹스를 사오시곤 했거든."

"초콜릿칩 쿠키 기억 나?"

"초콜릿칩 쿠키 꿈도 꾼다네. 고문하지 마."

개릿이 너무 오랫동안 말이 없자 클라크는 눈을 뜨고 그가 아직 숨 쉬고 있는 걸 확인했다. 개릿은 비행장에서 아이 두 명이 에어 캐나다 제트기 바퀴들 뒤로 숨기도 하고 서로를 쫓아가기도 하면서 노는 모습을 열중해서 보고 있었다. 그는 공항에서 수십 년 동안 살면서 점점 더 차분해졌지만 무언가를 멍하니 바라보고 있을 때가 찾았다. 클라크는 그의 다음 질문이 무엇인지 알 것 같았다.

"내 마지막 통화 애기 한 적 있었나?" 개릿이 물었다.

"응." 클라크가 부드럽게 말했다. "있었어."

개릿은 핼리팩스에 아내와 네 살짜리 쌍둥이가 있었지만 그가 건 마지막 전화는 직장 상사에게 건 거였다. 그가 전화기에 대고 한 마지막 말에는 직장인들이 쓰는 진부한 표현이 가득해서, 그의 마음속에 끔찍한 기억으로 각인되어 있었다. "낸시와 다시 접촉해보도록 하죠." 그는 이렇게 말했다. "그러고 나서 밥에게 접근해보고 다음 주에 다시 한 바퀴 돌리겠습니다. 래리한테는 제가 이메일 쏘겠습니다." 개릿은 "다음 주에 다시 한 바퀴 돌리겠습니다"라는 말을 작은 소리로, 아마도 무의식적으로 읊조렸다. 그는 목소리를 가다듬었다. "왜 우린 이메일을 쏜다고 했을까?"

"글쎄. 그건 나도 궁금했어."

"그냥 이메일을 보낸다고 하면 될 것을 왜 그렇게 말하지 않았을까? 그냥 단추 하나 누르는 건데."

"진짜 단추도 아니잖아. 모니터에 있는 단추 그림이지."

"맞아." 개릿이 말했다. "내 말이 그 말이야."

"이메일 총도 없었는데. 근데 있었으면 좋았겠다는 생각은 드는군. 애용했을 것 같아."

개릿은 손가락으로 총 모양을 만든 뒤 비행장 저 너머로 보이는 숲을 겨냥했다. "빵빵!" 그가 속삭였다. 그러고는 좀 더 큰 소리로 말했다. "나 예전에 '감사합니다'라고 하고 싶을 땐 그냥 'ㄱㅅ'이라고 썼다."

"나도 그랬어. 왜 그랬을까? 그냥 '감사합니다'라고 다 쓰면 시간과 노력이 너무 많이 들어서? 지금 와서 생각해보니 도무지 이

해가 안 돼."

"'한 바퀴 돌리다'라는 표현을 들으면 항상 배가 생각나. 누군가를 해안가에 내려놓고 배를 타고 크게 한 바퀴 돈 다음에 데리러 오는 게 연상되거든." 개릿은 한동안 말이 없었다. "이거 좋다." 그가 말했다. "'그는 본질적으로 고기능 몽유병자다.'"

"그 말을 한 여자, 기억나." 클라크는 그 여자가 어떻게 됐을지 궁금했다.

최근 들어 클라크는 과거 속에 사는 시간이 많아졌다. 그는 눈을 감고 과거의 기억에 몸을 내맡기는 것을 좋아했다. 기억 속의 인생이란 일련의 사진들과 끊어지는 단편 영화들의 모음이었다. 그가 일곱 살 때 학교에서 했던 연극. 그의 아버지가 맨 앞줄에 앉아서 환하게 웃고 있었다. 토론토에서 아서와 함께 클럽에 가서 빙글빙글 돌아가는 현란한 조명 아래서 춤을 춘 일. 뉴욕대학교의 강의실. 두 손으로 머리를 빗어 넘기면서 자신의 끔찍한 상사에 대해 이야기하던 기업의 중간 간부. 그의 고객. 세세한 것까지 기억나는 그의 연인들. 짙은 파란색 침구 세트. 완벽했던 차 한 잔. 선글라스. 미소. 실버레이크에 있는 친구 집 뒷마당에 서 있던 브라질 후추나무. 책상에 놓여 있던 참나리 한 다발. 로버트의 미소. BBC 방송을 들으면서 뜨개질을 하던 어머니의 손.

클라크는 나지막한 목소리에 눈을 떴다. 요즘 들어 이런 일이, 아무 때나 잠깐씩 조는 일이 잦아졌다. 그는 이것이 혹시 예행연습이 아닌가 싶어 불안했다. 처음에는 잠깐씩 졸다가 자는 시간이 점점 더 길어지고 결국에는 영원히 잠드는 게 아닐까 하는 생각이 들었다. 그는 눈을 껌뻑거리면서 안락의자에서 몸을 일으켜 세우고 앉았다. 개릿은 가고 없었다. 하루의 마지막 햇빛이 유리를 통과해 비스듬히 들어와 오토바이의 완벽한 크롬 표면을 비추고 있었다.

"제가 깨웠습니까?" 설리번이 물었다. 공항 경비 책임자로 10년 전에 딸과 함께 걸어 들어온 50세 남자였다. "오늘 들어온 분들을 소개시켜드리려고요."

"안녕하세요." 클라크가 말했다. 30대 초반 남녀가 거기 서 있었다. 여자는 아기 띠로 아기를 안고 있었다.

"저는 찰리예요." 여자가 말했다. "이쪽은 제 남편 제러미, 얘는 애너벨이고요." 문신이 그녀의 두 팔을 뒤덮고 있었다. 꽃, 악보, 소용돌이 무늬로 멋을 부려 공들여 새긴 이름들, 토끼. 오른 팔뚝에는 칼 네 자루가 일렬로 새겨져 있었다. 클라크는 그 문신이 무엇을 뜻하는지 알았다. 여자의 남편에게서도 이에 상응하는 문신을 보았는데, 그의 왼쪽 팔목에 작고 짙은 화살 두 개가 새겨져 있었다. 네 명을 죽인 여자와 두 명을 죽인 남자가 아기를 안고 공항으로 들어온 것이다. 신세계의 부조리한 기준에 따르면—클라크의 마음속에는 신세계의 부조리한 기준에 대한 비판을 멈추지 않게 하는 일말의 양심이 자리하고 있었다—이것은 완벽하게 정상적인 일이었다. 아기가 클라크를 보며 웃었다. 클라크도 아기를 보며 웃어주었다.

"한동안 여기 머물 거요?" 클라크가 물었다.

"받아주신다면요." 제러미가 말했다. "우리 일행이랑 떨어져버려서요."

"이 사람들 일행이 누군지 아세요?" 설리번이 말했다. "뉴페토스키에서 나온 신문 기억나세요?"

"유랑악단이에요." 찰리가 말했다.

"당신들 일행이라는 그 사람들 말이오." 설리번이 애너벨을 향해서 손가락을 꿈틀꿈틀 움직이자 아기가 손가락들 너머 그의 얼굴을 물끄러미 쳐다보았다. "그들과 어떻게 떨어지게 됐는지 얘기 안 해줬소."

"이야기하자면 길어요." 찰리가 말했다. "예언자가 있었어요. 본인 입으로 여기 출신이라고 하던데요."

여기 출신? 공항에 예언자가 있었던가? 클라크는 누구인지 알 것 같았다. "이름이 뭐였소?"

"이름은 아무도 모르는 것 같던데요." 제러미가 말했다. 그는 카리스마와 폭력과 요한계시록에서 선별한 구절들로 무장한 채 물가의 세인트데버러라는 마을을 지배하고 있는 금발 남자에 대해 설명하기 시작했다. 그러다가 클라크의 표정을 보고 말을 멈췄다. "왜 그러십니까?"

클라크가 안락의자에서 비틀거리며 일어났다. 그들은 그가 박물관의 첫 번째 진열장으로 걸어가는 모습을 지켜보았다.

"그 사람 어머니는 아직 살아 계신가?" 클라크는 엘리자베스의 여권을, 상상도 할 수 없는 과거에 찍은 사진을 보고 있었다.

"누구 어머니요? 예언자 말씀입니까?"

"그래."

"아닌 것 같은데요." 찰리가 말했다. "어머니가 있다는 얘기는 못 들었어요."

"노부인이 예언자와 함께 있지 않았나?"

"네, 없었어요."

엘리자베스, 아들과 길을 가다가 어떻게 된 거야, 당신? 아니, 모두들 어떻게 되었을까? 그의 부모님, 동료들, 공항 이전의 삶을 함께했던 모든 친구들, 로버트는? 그들 모두가 홀연히 사라졌다면 엘리자베스라고 그러지 말라는 법이 있을까? 그는 눈을 감았다. 소년이, 아서 리앤더의 귀한 외동아들이 비행장에서 유령 비행기 에어그라디아 452편 옆에 서서 죽은 이들에게 재앙에 대한 성경 구절을 큰 소리로 읽어주던 모습이 눈앞에 떠올랐다.

STATION
ELEVEN

48

커스틴과 어거스트가 유랑악단과 떨어지고 사흘 후, 세번시티 외곽에 있는 어느 집의 잡초가 무성한 뒷마당에서 커스틴은 눈에 눈물이 가득 맺힌 채 꿈에서 깨어났다. 꿈속에서 그녀는 어거스트와 함께 길을 걷고 있었는데 어느 순간 돌아보니 그가 사라졌고 그가 죽었다는 사실을 깨달았다. 그의 이름을 소리쳐 부르면서 길을 달려갔지만 그는 어디에도 없었다. 그녀가 눈을 떴을 때 그가 그녀의 팔을 만지며 그녀를 보고 있었다.

"나 여기 있어." 어거스트가 말했다. 커스틴이 그의 이름을 큰 소리로 부른 게 틀림없었다.

"아무것도 아냐. 꿈을 꿨어."

"나도 악몽을 꿨어." 그는 다른 손에 은색 엔터프라이즈 우주선을 쥐고 있었다.

아직 완전히 아침이 되지 않았다. 하늘은 밝아오고 있었지만, 어둠이 완전히 물러가지 않아서 그 밑 세상은 어슴푸레했다. 풀잎에 이슬방울이 맺혀 있었다.

"자, 어서 씻자." 어거스트가 말했다. "오늘은 친구들을 만날지도 모르잖아."

그들은 길을 건너 호숫가로 갔다. 진줏빛 바탕에 떠오르는 태양의 불그스름한 빛이 섞인 하늘이 호수 위에서 잔잔하게 흔들리고 있었다. 그들은 커스틴이 마지막 집에서 찾은 샴푸로 목욕을 했다. 그들의 피부에는 인공 복숭아향이 남았고 호수 수면에는 둥둥 떠다니는 거품의 섬들이 남았다.

커스틴은 원피스를 빨아서 꼭 짠 후 젖은 채로 다시 입었다. 어거스트는 여행가방 속에 가위를 넣고 다녔다. 커스틴이 그의 머리를 잘라주었다. 머리카락이 떨어지면서 눈을 찔렀다. 그러고 나서 그가 그녀의 머리를 잘라주었다.

"믿음을 가져." 그가 속삭였다. "친구들을 꼭 만날 수 있을 거야."

호반을 따라서 리조트 호텔들이 늘어서 있었는데, 깨진 창문 파편마다 하늘이 비쳤다. 주차장 안 녹슨 자동차들 사이로 관목들이 쑥쑥 자라나 있었다. 커스틴과 어거스트는 각자의 여행가방을 버리고—바퀴가 거친 보도 위에서 너무 시끄러운 소리를 냈다—침대 시트로 보자기를 만들어서 물건들을 싸서 어깨에 메고 다녔다. 몇 킬로미터 가니까 흰 비행기가 교차로 위를 비스듬히 날아가는 그림과, 시내를 가리키는 화살표가 그려진 표지판이 있었다.

세번시티는 한때 상당히 큰 지역이었다. 빨간 벽돌 건물이 늘어선 상가들이 있고, 화분에는 꽃들이 만개했으며, 단풍나무 뿌리가 땅 위로 솟아 올라와 걸림돌이 되고 있었다. 꽃이 피는 덩굴식물이 우체국을 거의 다 덮고 거리까지 뻗어나와 있었다. 그들은 무기를 손에 든 채 최대한 소리 내지 않고 걸었다. 새들이 깨진 창문을 통해 건물 안팎을 드나들다가 축 늘어진 전선줄 위에 앉았다.

"어거스트."

"왜?"

"개 짖는 소리 들었어?"

바로 앞에, 길옆에 있는 낮은 언덕에, 관목들이 웃자라 야생의 숲 같아 보이는 공원이 있었다. 그들은 재빨리 언덕을 올라가 관목 속에 숨어서 보따리를 옆으로 던져놓고 몸을 낮게 웅크렸다. 골목 끝에서 섬광 같은 움직임이 있었다. 사슴 한 마리가 호반에서 뛰어나왔다.

"뭔가에 놀랐나 봐." 어거스트가 속삭였다. 커스틴은 칼을 꼭 잡았다. 왕나비 한 마리가 날개를 펄럭이며 그녀 곁을 날아갔다. 그녀는 소리에 귀를 기울이고 기다리면서 화사한 종잇장 같은 날개를 가진 나비를 바라보았다. 주위에서 곤충들이 날아다니는 윙윙 소리가 작게 들렸다. 이젠 여러 명의 목소리와 발소리가 들렸다.

도로에 나타난 남자는 너무 더러워서 커스틴은 그를 즉시 알아보지 못했다. 마침내 알아보았을 땐 숨을 헐떡이는 소리가 나오지 않게 입을 틀어막아야 했다. 사이드는 많이 여위어 있었다. 그는 천천히 움직였다. 얼굴에 피가 묻어 있고 한쪽 눈은 퉁퉁 부어서 떠지지 않았다. 그의 옷은 더러워지고 여기저기 찢어져 있었다. 며칠째 깎지 않았는지 수염이 덥수룩했다. 두 남자와 한 소년이 몇 걸음 뒤에서 그를 따라오고 있었다. 소년은 넓적한 정글도를 들고 있었다. 한 남자는 총신을 짧게 자른 산탄총을 총열이 땅으로 향하게 해서 들고 있고, 다른 남자는 화살을 메겨 반쯤 시위를 당긴 활을 들고 등에 화살통을 메고 있었다.

커스틴이 아주 천천히 기어가면서 허리띠에서 두 번째 칼을 빼들었다.

"총 든 놈은 내가 맡을게." 어거스트가 속삭였다. "활 든 놈은 네가 맡아."

그가 자기 주먹만 한 돌멩이를 꽉 쥐었다. 그러고는 일어서서 길을 향해 홱 던지자, 돌이 커다란 호를 그리며 날아가 반쯤 무너진 집의 벽에 부딪쳤다. 그 소리에 깜짝 놀란 남자들이 소리가 나는 곳을 향해 돌아서는 순간 어거스트의 첫 번째 화살이 날아가 총 든 남자의 등에 꽂혔다. 물러가는 발소리가 들려서 커스틴이 돌아보니 정글도를 들고 있는 소년이 달아나고 있었다. 활 든 남자가 활시위를 당겼고 활이 씽 하고 커스틴의 귀 옆을 지나 날아갔지만, 그녀가 쥐고 있던 칼이 그보다 먼저 그녀의 손을 떠났다. 활 쏜 남자가 무릎을 꿇고 털썩 주저앉더니 자기 갈비뼈 사이에 튀어나와 있는 칼 손잡이를 멍하니 바라보았다. 한 무리의 새들이 집 옥상에서 파드득거리며 날아올랐다. 갑자기 사방이 고요해졌다.

어거스트가 낮은 목소리로 욕을 했다. 사이드는 길 위에 무릎을 꿇은 채 두 손으로 머리를 감싸 안고 있었다. 커스틴이 달려가 그의 머리를 끌어안았다. 그는 저항하지 않았다. "이를 어째." 그녀가 피가 엉겨 붙은 그의 머리에 대고 속삭였다. "많이 다쳤어?"

"개가 없네." 어거스트가 이를 악물고 말했다. 얼굴이 땀으로 번들거렸다. "개는 어디 있어? 개 짖는 소리가 들렸는데."

"예언자가 개랑 같이 우리 뒤쪽에서 오고 있어." 사이드가 속삭였다. "부하 두 명도 같이 있어. 1킬로미터쯤 뒤쪽에서 두 그룹으로 나눠서 각각 다른 길로 걸어왔어." 그는 커스틴의 부축을 받고 일어섰다.

"활잡이가 아직 살아 있어." 어거스트가 말했다.

활잡이는 쓰러져 누워 있었다. 그의 눈이 커스틴을 쫓았지만 다른 움직임은 없었다. 그녀는 그의 곁에 무릎을 꿇고 앉았다. 그는 유랑악단이 물가의 세인트데버러에서 〈한여름 밤의 꿈〉을 공연할 때 맨 앞줄에 앉아서 관람하다가 공연이 끝나자 눈물이 그렁그렁한 채로 웃으면서 박수갈채를 보냈던 관객이었다.

"사이드는 왜 데려갔어?" 커스틴이 그에게 물었다. "다른 두 사람은 어디 있어?"

"당신들이 우리에게 속한 것을 가져갔잖아." 남자가 작은 소리로 말했다. "그래서 거래를 할 생각이었어." 피가 그의 셔츠를 빠르게 물들이고, 주름 잡힌 목을 타고 흘러내려 바닥에 피의 웅덩이를 만들었다.

"우리가 뭘 가져갔다고 그래? 도대체 무슨 이야기를 하는 건지 모르겠군." 어거스트는 두 남자의 가방을 뒤졌다. "탄알은 한 개도 없어." 그가 역겹다는 표정으로 말했다. "그리고 장전도 안 되어 있었어."

"그 여자애 말이야." 사이드가 거칠고 쉰 목소리로 말했다. "마차에 몰래 숨어서 따라온 애."

"다섯 번째 신부였거든." 활잡이가 중얼거렸다. "걔를 되찾아오는 게 내 임무야. 선택된 애니까."

"엘리너?" 어거스트가 고개를 들었다. "그 잔뜩 겁먹은 여자애?"

"걔는 예언자의 재산이야."

"걔는 이제 겨우 열두 살이야." 커스틴이 말했다. "설마 예언자가 하는 말을 다 믿는 건 아니겠지?"

활잡이가 미소를 지었다. "그 바이러스는 천사였어." 그가 속삭였다. "우리의 이름이 생명의 책에 기록되어 있어."

"알았어." 커스틴이 말했다. "다른 사람들은 어디 있어?" 활잡이는 빙긋 웃으면서 그녀를 쳐다보기만 했다. 그녀는 사이드에게로 눈길을 돌렸다. "우리 뒤쪽 어딘가에 있어?"

"클라리넷은 도망갔어." 사이드가 말했다.

"디터는?"

"커스틴." 사이드가 부드러운 목소리로 말했다.

"오, 하나님." 어거스트가 말했다. "디터는 안 돼. 안 돼."

"미안해." 사이드가 얼굴을 두 손으로 감쌌다. "나도 어쩔……."

"또 내가 새 하늘과 새 땅을 보니 처음 하늘과 처음 땅이 없어졌고.(요한계시록 21장 1절_옮긴이)" 활잡이가 속삭였다. 얼굴에서 핏기가 사라지고 있었다.

커스틴은 활잡이의 가슴에서 칼을 홱 잡아 뺐다. 그가 헉 하고 숨을 내뱉었다. 피가 샘솟고 눈빛이 희미해지더니 목에서 콸콸 물 내려가는 소리가 났다. 이제 세 명이네, 그녀가 생각했다. 갑자기 피곤이 몰려왔다.

―

"숲에서 훌쩍이는 소리가 들렸어." 사이드가 말했다. 그는 절뚝거리면서 천천히 걸었다. "순찰 나간 날 밤에 말이야. 악단과는 1.5킬로미터 정도 떨어진 곳에 있었지. 막 돌아가려는데, 관목 숲에서 소리가 들리더라고. 아이가 길을 잃고 울고 있는 것 같은 소리가."

"계략이었어." 어거스트가 말했다. 커스틴이 그를 흘끗 쳐다보았을 때 그는 멍한 표정을 하고 있었다.

"그래서 우린 바보같이 살피러 들어갔어. 그다음에 생각나는 건 뭔가가 내 얼굴을 눌렀다는 거야. 뭔가에 적신 헝겊이었는데 화학약품 냄새가 났어. 나중에 눈을 떠보니 숲 속 공터였어."

"디터는 어떻게 된 거야?" 커스틴이 물었다. 디터의 이름을 내뱉으려니 목이 막히는 것 같았다.

"깨어나지 않았어."

"무슨 소리야?"

"말 그대로야. 디터가 클로로포름 알레르기가 있었던 걸까? 사실 클로로포름인지 뭔지도 확실히 모르겠지만. 더 독한 거였나? 예언자의 부하들이 물을 갖다 주면서 자기들은 그 여자애를 원한다고, 그래서 인질 두 명을 잡아서 거래하기로 결정했다고 말했어. 그들은 우리가 문명 박물관으로 가고 있다고 추측하더라. 여행하는 방향이나 찰리와 제러미가 그곳으로 갔다는 소문으로 볼 때 그럴 거라고 생각했나 봐. 그들이 이런 이야기를 하는 동안 나는 줄곧 정신을 잃고 누워 있는 디터를 보고 있었어. 갈수록 얼굴이 창백해지고 입술이 시퍼렇게 변하더라고. 디터를 깨우려고 애를 썼지만 깨울 수 없었어. 디터 옆에 묶여서 깨어나라고 일어나라고 계속 발로 찼어. 하지만……."

"하지만 뭐?"

"하지만 깨어나지 않았어." 사이드가 말했다. "우린 그다음 날도 내내 기다렸어. 난 거기 묶여 있었고 예언자의 부하들은 왔다 갔다 했지. 그리고 늦은 오후에 디터는 숨이 멎었어. 난 그걸 다 봤어." 커스틴의 눈에 눈물이 그렁그렁해졌다.

"난 디터를 계속 보고 있었어." 사이드가 말했다. "얼굴이 백짓장처럼 하얗게 변했어. 가슴이 오르락내리락하다가 마지막으로 숨을 한 번 몰아쉬더니 더 이상 숨을 쉬지 않았어. 내가 소리를 지르니까 그들이 와서 소생시켜보려고 애써봤지만 소용없었어. 아무것도 효과가 없었어. 아무것도. 놈들은 한동안 말다툼을 벌이더니 두 사람을 내보내더라고. 그러더니 두세 시간 뒤에 클라리넷을 데리고 돌아왔어."

사실 클라리넷은 셰익스피어를 싫어했다. 그녀는 대학 때 연극과 음악을 복수 전공했고 세상이 바뀌던 해인 2학년 때에는 21세기 독일 실험주의 연극에 심취해 있었다. 문명 몰락 후 20년이 지났을 때 그녀는 유랑악단의 음악을 사랑했고 그 악단의 단원이라는 것에 자부심을 느꼈지만 악단이 셰익스피어 연극 상연을 고집하는 것은 견디기 힘들었다. 그녀는 이런 생각을 남에게 들키지 않으려고 노력했고 가끔은 성공했다.

예언자의 추종자들에게 붙잡히기 1년 전, 클라리넷은 매키너시티의 해변에 홀로 앉아 있었다. 선선한 아침이었고 바다 위에 안개가 끼어 있었다. 이곳은 유랑악단과 함께 셀 수 없이 자주 지나다녔던 곳이지만 그녀는 이 풍경이 조금도 싫증나지 않았다. 그녀는 안개가 자욱한 날 상부 반도가 안개 속으로 사라져버리는 모습을 좋아했다. 다리가 구름 속으로 숨어버리는 방식에도 무한한 가능성이 있는 것 같은 느낌이 들었다.

최근 들어 그녀는 자기가 직접 희곡을 쓰고 길 감독을 설득해서 유랑악단 단원들과 함께 무대에 올리려고 생각 중이었다. 그녀는 뭔가 현대적인 것을, 어찌 됐든 그들이 발을 내디딘 이 시대의 삶을 반영한 희곡을 쓰고 싶었다. 생존만으로는 충분하지 않다면, 마찬가지로 셰익스피어만으로는 충분하지 않은 것 아닐까. 늦은 밤 디터와 논쟁을 벌일 때 그녀가 주장했다. 그러면 디터는 셰익스피어는 전기도 없고 역병이 창궐하던 사회에서 살았고 유랑악단도 그런 사회에서 살고 있으니까 삶의 모습이 비슷한 것 아니냐고 늘 같은 말을 했다. 하지만 분명히 차이가 있잖아요. 우린 전기를 봤잖아요. 모든 걸 봤잖아요. 심지어 문명이 몰락하는 것까지 봤잖아요. 하지만 셰익스피어는 아니잖아요. 셰익스피어 시대에는 모든 경이로운 기술이 앞으로 올 미래의 일이었잖아요, 이미 지나간 과거가 아니라. 과거에 있었다가 잃어버린 것도 물론 아니었고요. 그녀는 그렇게 주장했다. "당신이 더 잘 쓸 수 있다고 생각하면 하나 써서 길 감독한테 보여주지그래?" 디터가 받아쳤다.

"지금 내가 셰익스피어보다 더 잘 쓸 수 있다고 말하는 게 아니잖아요." 클라리넷은 디터에게 말했다. "난 단지 레퍼토리가 불충분하다고 말하는 것뿐이에요." 그래도 희곡을 쓰는 것은 흥미로운 아이디어였다. 그녀는 다음 날 오전 해안가에서 제1막을 쓰기 시작했지만, 편지 형식으로 구상한 서두 독백의 첫 줄만 써놓고 더 이상 나아가지 못했다. **친애하는 친구들에게. 나는 헤아릴 수 없을 정도로 지쳐서 숲으로 쉬러 갑니다.** 거기까지 썼을 때 마침 바다갈매기가 그녀의 발 옆에 내려와 앉아 그녀의 관심이 그곳으로 쏠렸다. 바다갈매기가 바위에 있는 무언가를 쪼아 먹었다. 이때 디터가 신세계에서는 커피로 통하는 물질이 든 이가 빠진 머그 컵 두 개를 들고 유랑악단 야영지에서 그녀가 있는 쪽으로 걸어왔다.

"뭘 쓰고 있었어?" 디터가 물었다.

"희곡요." 클라리넷이 종이를 접으며 대답했다.

그가 미소를 지었다. "빨리 읽어보고 싶네."

클라리넷은 그 후 여러 달 동안 서두 독백에 대해 생각해보고, 주머니 속의 동전이나 자갈을 만지작거리듯 그 표현들을 곱씹어보았지만, 다음 문장을 만들어낼 수 없었다. 결국 그 독백은 미완으로 남았고 그녀의 배낭 깊숙이 들어가 있다가 11개월 후 클라리넷이 예언자의 부하들에게 붙잡히고 나서 배낭 속에서 발견된다. 그리고 악단은 그게 유서인지 궁금해했다.

—

악단이 그녀의 글을 읽고 있을 때, 클라리넷은 이상한 꿈에서 깨어나고 있었다. 꿈속에서 대학 때 리허설을 하던 공간 같은 방을 보았다. 누가 농담을 했는지 웃음소리가 들렸다. 그녀는 이 단편적인 이미지들을 꼭 붙잡고 놓지 않으려고 애를 썼다. 완전히 깨어나기 전인데도 모든 것이 잘못됐다는 게 분명하게 느껴졌기 때문이다. 그녀는 숲에서 옆으로 누워 있었다. 독가스를 마신 듯한 느낌이었다. 어깨 밑에 느껴지는 땅은 딱딱했고 차가웠다. 두 손은 뒤로 돌려져 묶여 있었고 발목도 묶여 있었다. 그녀는 유랑악단이 근처 어디에도 없다는 사실을 즉시 알아차렸다. 유랑악단의 부재에 그녀는 공포를 느꼈다. 아까 분명히 잭슨과 함께 물통에 물을 채우고 있었는데 그다음엔? 뒤에서 소리가 들려 뒤돌아본 순간, 누가 그녀의 뒤통수를 잡고 헝겊으로 얼굴을 막아 눌렀다. 깨어보니 저녁이었다. 남자 여섯 명이 그녀 근처에 둥그렇게 둘러앉아 있었다.

두 명은 커다란 총으로 무장을 하고, 한 명은 활과 화살 통을 갖고 있었으며, 다른 한 명은 이상하게 생긴 석궁을, 다섯 번째 남자는 정글도를 갖고 있었다. 여섯 번째 남자는 그녀에게 등을 보이고 있어서 무슨 무기를 갖고 있는지 알 수 없었다.

"하지만 어느 길을 택할지 모르잖습니까." 총잡이 중 한 명이 말했다.

"지도를 보게." 그녀에게 등을 돌리고 앉아 있는 남자가 대꾸했다. "여기서 세번시티 공항으로 가는 합당한 경로는 딱 하나뿐이지." 예언자의 목소리였다.

"세번시티에 도착하면 루이스 거리를 택할 수도 있을 겁니다. 더 먼 거리도 아니니까요."

"나눠서 가도록 하지." 예언자가 말했다. "두 조로 나눠서 가다가 공항도로에서 만나자고."

"계획을 세우신 것 같군요, 신사분들." 사이드의 목소리였다. 그 것도 가까이서 들렸다. 사이드! 클라리넷은 그와 말을 하고 싶었다. 여기가 어디인지, 무슨 일이 벌어지고 있는 건지 물어보고, 그와 디터가 사라진 후 유랑악단이 그들을 찾아다녔다는 것을 말해주고 싶었다. 하지만 속이 너무 메스꺼워서 움직일 수 없었다.

"말했잖아, 신부와 당신들 둘을 맞교환할 거라고." 총잡이가 말했다. "아무도 어리석은 짓을 하지 않으면, 우린 신부를 데리고 갈 길을 갈 거야."

"그렇군." 사이드가 말했다. "그런데 당신들은 이런 일을 즐기는 거야, 아니면 품삯 때문에 하는 거야?"

"품삯이 뭔데요?" 정글도를 가진 남자가 물었다. 그는 매우 어려 보였다. 열다섯 살 정도 된 것 같았다.

"이걸 알아야 한다, 사이드." 예언자가 조용히 말했다. "우리의 모든 활동과 너희들의 모든 고통은 더 위대한 계획의 일부다."

"그 생각에서 내가 받은 위로가 얼마나 미미한지 알면 놀랄 거야." 사이드가 말했다. 클라리넷은 사이드에 대해 알고 있는 사실이, 그는 화가 나면 입을 다물고 있지 못한다는 사실이 기억났다. 그녀는 고개를 길게 빼고 디터를 바라보았다. 몇 미터 떨어진 곳에 누워 있는 디터는 전혀 움직이지 않았다. 그의 피부는 대리석처럼 하얬다.

"이 삶에서 일어나는 어떤 일들은 설명할 수 없는 것처럼 보이기도 하지." 활잡이가 말했다. "하지만 우린 더 위대한 계획의 존재를 믿어야 해."

"유감이에요." 정글도를 가진 소년이 말했다. 그 말은 진심인 것 같았다. "친구가 저렇게 된 것, 정말 유감입니다."

"말은 잘하는군." 사이드가 말했다. "그래 놓고는 여기서 전략을 논의하고, 또 나가서 클라리넷을 납치해 왔잖아. 꼭 그래야 했나?"

"인질 한 명보다 두 명이 더 설득력이 있잖아." 활잡이가 말했다.

"당신들 정말 똑똑해." 사이드가 말했다. "그건 칭찬해주지."

총잡이가 뭐라고 중얼거리더니 몸을 일으키려고 하자 예언자가 그의 팔을 잡았다. 그러자 그는 고개를 절레절레 흔들며 다시 땅에 주저앉았다.

"저 인질은 너희에게 주어진 시련이다." 예언자가 말했다. "타락한 자들의 조롱을 견딜 수 있을 것인가. 그것이 우리의 과제 중 하나 아니겠는가."

"용서해주십시오." 총잡이가 중얼거렸다.

"타락한 자들이 우리들 속에서 함께 걷고 있다. 우리가 빛이 되어야 한다. 우리가 빛이다."

"우리가 빛이다." 다른 네 남자가 한 목소리로 중얼거렸다. 클라리넷은 고통스럽게 몸을 뒤척였다. 그러자 눈앞에 작은 빛의 점들이 수도 없이 많이 나타났다. 목을 길게 빼고 주위를 둘러보자 얼마 안 떨어진 곳에 묶여 있는 사이드가 보였다.

"정동향으로 50걸음쯤 가면 길이야." 사이드가 입 모양으로만 말했다. "길에 도착하면 왼쪽으로 가." 클라리넷은 고개를 끄덕였다. 메스꺼움이 밀려와서 눈을 감았다.

"네 클라리넷 친구는 아직도 자고 있나 보지?" 활잡이의 목소리가 들렸다.

"털끝 하나라도 건드리면 죽을 줄 알아." 사이드가 말했다.

"그런 험한 말을 할 필요는 없잖아, 친구. 누가 귀찮게 한다고. 우린 그냥 같은 실수를 반복하고 싶지는……."

"자게 내버려두라." 예언자가 말했다. "밤이 되어 유랑악단도 어딘가에 멈췄을 테니, 내일 아침에 따라잡도록 하자."

클라리넷이 눈을 떴을 때 남자들은 한데 모여 잠을 자고 있었다. 시간이 얼마나 흐른 걸까? 그녀도 좀 잤을까? 아까보다 아픈 것이 훨씬 덜 했다. 누군가가 디터의 얼굴을 천으로 덮어놓았다. 사이드는 그녀가 마지막으로 보았던 그 자리에 그대로 앉아서 정글도를 가진 소년과 이야기를 하고 있었다. 소년은 그녀에게 등을 돌리고 앉아 있었다.

"남쪽에요?" 소년이 말했다. "모르겠어요. 생각하고 싶지도 않아요. 우린 해야 할 일을 했을 뿐이에요."

사이드의 대답은 잘 들리지 않았다.

"그걸 생각하면 마음이 너무 아파요." 소년이 말했다. "우리가 한 일을 생각하면 다 토해버릴 것 같다고요. 달리 어떻게 표현할지 모르겠어요."

"그런데도 다들 그가 한 말을 믿어?"

"클랜시는 진짜 믿어요." 소년의 말투는 매우 부드러웠다. 소년이 자고 있는 남자를 가리켰다. "스티브도요. 아니 거의 전부가 진짜로 믿을걸요. 진심으로 믿지 않는다면 그런 얘길 하진 않겠죠. 근데 젊은 총잡이 톰은? 솔직히 말해서 그가 아직도 여기 붙어 있는 것은 우리 지도자가 자기 여동생과 결혼했기 때문일걸요."

"사람이 아주 약삭빠르군." 사이드가 말했다. "근데 난 왜 굳이 예언자가 너희랑 같이 다니는지 아직도 이해가 안 가."

"가끔씩 순찰할 때 따라와요. 예언자는 가끔씩 자기 제자들을 이끌고 황야로 나가야 하거든요." 소년의 목소리에서 슬픔을 느낀 것은 그녀의 착각일까? 클라리넷은 한동안 가만히 누워서 북극성을 찾았다. 그녀는 옆으로 누워서 등을 구부리면 두 발을 손이 있는 데까지 끌어올려 발목을 묶었던 밧줄을 풀 수 있다는 것을 깨달았다. 사이드와 소년은 아직도 조용히 대화하고 있었다.

"그렇군." 사이드가 말하는 소리가 들렸다. "하지만 너희들은 여섯 명이고 우린 서른 명이야. 유랑악단은 전부 무장하고 있어."

"우리가 얼마나 조용히 접근할 수 있는지 알잖아요." 소년이 한숨을 쉬었다. "그게 옳은 일이라는 말은 아니에요." 그가 말했다. "옳지 않다는 거 알아요."

"옳지 않다는 걸 안다면……."

"다른 방법이 없잖아요. 우리가 살고 있는 이 시대가…… 하기 싫은 일도 하게 만든다는 거 알잖아요."

"그게 무슨 애늙은이 같은 말이야." 사이드가 말했다. "너무 어려서 옛날 세상도 기억 못 하면서."

"책을 읽었죠. 잡지도요. 한번은 신문도 읽은 적 있고요. 그래서 과거에는 달랐다는 거 다 알아요."

"어쨌든 다시 본론으로 돌아가면, 너희들은 여섯 명밖에 안 되고……."

"길에서 우리가 뒤에서 접근하는 소리 들었어요? 못 들었잖아요. 훈련 덕분에 그렇게 된 거예요. 우린 소리 없이 접근해서 뒤에서 공격해요. 그런 식으로 해서 물가의 세인트데버러로 들어가기 전에 열 개의 마을을 무장해제시키고 무기를 빼앗아서 예언자에게 바쳤어요. 예언자의 부인 두 명을 데려온 것도 그런 식이었고요. 예를 들어 당신 친구도 숲에서 우리가 뒤에서 접근했는데 아무 소리도 못 듣던데요."

"도대체 무슨……."

"당신들을 한 명씩 한 명씩 처치할 수 있어요." 소년이 말했다. 사과하는 듯한 말투였다. "난 다섯 살 때부터 훈련을 받았어요. 당신들은 무기를 가졌지만 우리는 기술을 가졌어요. 유랑악단이 당신들과 소녀를 맞바꾸지 않으면 당신들을 한 번에 한 명씩 죽일 거예요, 숲에서 소리 소문도 없이. 당신들이 소녀를 우리에게 되돌려 줄 때까지."

클라리넷은 조금씩 움직이기 시작했다. 발목에 묶인 밧줄의 매듭을 풀려고 애를 썼다. 그녀는 사이드가 그녀를 볼 수 있는데도 계속 소년의 얼굴만 보고 있다는 것을 깨달았다. 밧줄 푸는 데 집중하느라 그녀가 대화를 듣지 못한 채 꽤 오랜 시간이 흘렀다. 드디어 발목의 밧줄이 풀리자 그녀는 기를 쓰고 일어나 무릎을 꿇고 앉았다.

"근데 잘 이해가 안 가." 사이드가 말했다. "세상이 빛이라는 너희들 철학 말이야. 자기들이 이미 빛이라면서 무슨 빛을 또 가지고 온다는 말이야? 그걸 좀 설명해봐……."

클라리넷은 유랑악단에서 제일 유능한 사냥꾼 중 한 명이었다. 그녀는 문명 몰락 후 3년간 숲에서 혼자 살았다. 그들이 무슨 독을 사용했는지 몰라도 그것 때문에 아직 몸이 완전하진 않지만, 그리고 두 팔이 뒤로 돌려져 손목이 묶여 있긴 하지만, 돌아서서 나무들 사이로 소리 없이 사라지는 것은 가능했다. 클라리넷은 공터를 벗어나 거의 소리를 내지 않고 걸어서 도로에 이르렀다. 어둠이 옅어져 어스름한 새벽이 되고 태양이 떠오르는 동안 그녀는 달리기도 하고 비틀거리면서 걷기도 했다. 눈앞에 헛것이 보이는 것 같았고 물이 너무도 마시고 싶었다. 그러다가 드디어 해가 완전히 떠오른 오전 중반에 유랑악단의 후방 정찰조 품에 안겨 메시지를 전할 수 있었다. "당장 이동 경로를 바꿔야 돼."

그들은 유랑악단이 머무는 곳으로 그녀를 데려갔다. 도로를 막고 있던 마지막 나무가 잘려나가는 중이었다. 지휘자가 메시지를 듣고 즉각 경로 변경을 지시하는데 빗방울이 하나둘씩 떨어졌다. 길 앞쪽 어딘가에서 낚시를 하고 있는 커스틴과 어거스트를 찾으러 정찰조를 보냈지만, 폭우가 쏟아져 그들을 찾을 수 없었다. 유랑악단은 내륙으로 방향을 돌려 시골길을 빙 둘러 세번시티 공항으로 가는 길을 택해 출발했다. 클라리넷은 첫 번째 마차의 뒤칸으로 기어들어가 의식을 잃고 쓰러져 누웠다. 알렉산드라가 그 옆에서 물병을 들고 그녀의 입술에 물을 축여주었다.

50

커스틴의 팔목에 있는 칼 문신들:

첫 번째 문신은 그녀가 유랑악단에 합류한 첫 해에, 그러니까 열다섯 살 때, 덤불 속에 숨어 있다가 갑자기 튀어나와 그녀에게 달려들었던 남자를 기억하기 위해 새긴 거였다. 그는 한마디도 하지 않았지만 그녀는 그의 의도를 알아차렸다. 그가 그녀에게로 다가오자, 세상에서 소리가 빠져나가고 시간이 느리게 흘러갔다. 그는 빨리 움직였지만 그녀가 허리띠에서 칼을 빼내 던질 시간은 충분했다. 칼날이 햇빛을 받아 반짝이면서 아주 느리게 날아갔다. 결국 칼은 남자의 목에 꽂혔고 남자는 목을 부여잡았다. 그가 비명을 질렀다. 그녀의 귀에 들리지는 않았지만 그의 입이 열리는 것을 보았다. 악단 단원들이 갑자기 그녀를 둘러싼 것을 보면 다른 사람들은 들은 게 틀림없었다. 그제야 비로소 소리가 들리고 시간도 정상적인 속도를 되찾았다.

"위험에 대한 생리적인 반응이야." 커스틴이 그 순간에 아무 소리도 들리지 않았다고, 시간이 느려지고 길게 늘어나는 것 같았다

401

고 말하자 디터가 말했다. 충분히 타당한 설명 같았지만, 그녀가 남자의 목에서 칼을 빼내 닦을 때 마음이 너무도 차분했던 이유를 설명해줄 만한 것은 아무것도 그녀의 기억 속에 남아 있지 않았다. 그런 이유로 그녀는 길에서의 잃어버린 1년을 기억해내려고 애쓰던 것을 그만두었다. 오빠와 함께 토론토를 떠난 날부터 오하이오에 있는 마을에—그녀는 오빠와 함께 그곳에서 살다가 오빠가 죽자 유랑악단과 함께 그곳을 떠났다—이르기까지 아무런 기억도 남아 있지 않은 13개월을 이제 그만 놓아주기로 했다. 길에서 보낸 그해에 어떤 일들이 있었는지는 몰라도 그녀가 기억하고 싶어 할 만한 것은 전혀 없었을 것임을 그녀는 깨달았다.

두 번째 칼 문신은 그로부터 2년 후 매키너시티 외곽에서 쓰러진 남자 때문에 새겼다. 유랑악단은 그 지역에 노상강도가 출몰하니 조심하라는 얘기를 들었지만, 뿌연 안개 속에서 강도들이 홀연히 나타났을 땐 모두들 깜짝 놀랐다. 남자 넷이었는데, 둘은 총을, 둘은 정글도를 들고 있었다. 총잡이 하나가 단조롭고 단호한 목소리로 음식과 말 네 필과 여자 한 명을 요구했다. "우리가 원하는 것을 주면 아무도 죽지 않을 거야." 그가 말했다. 커스틴은 등 뒤에서 제6기타가 활에 화살을 메기는 것을 느꼈다. "총잡이들부터 먼저." 그가 그녀의 귀 가까이에 대고 중얼거렸다. "왼쪽 놈은 내가 맡을게. 하나, 둘……." 그리고 셋을 세는 순간, 총을 든 남자 둘이 쓰러졌다. 한 명은 이마에 불쑥 튀어나온 화살 너머 어딘가를 보고 있었고, 다른 하나는 자기 가슴에 꽂힌 커스틴의 칼을 움켜쥐고 있었다. 지휘자는 신속히 총알 두 방으로 다른 두 명을 해치웠다. 그들은 무기를 회수하고 남자들을 숲으로 끌고 가 동물의 먹이가 되게 놔두고 나서 〈로미오와 줄리엣〉을 상연하기 위해 매키너시티로 들어갔다.

커스틴은 세 번째 문신이 생기지 않기를 바랐다. "또 내가 새 하늘과 새 땅을 보니……." 활잡이가 중얼거렸다. 어거스트의 표정을 본 그녀는 총잡이가 그의 첫 번째 대상임을 깨달았다. 20년까지 아무도 죽지 않고 살아낼 수 있었다니 그는 엄청나게 운이 좋았던 것이다. 그녀가 그렇게 피곤하지 않았다면, 사이드가 전하는 끔찍한 소식을 들으며 호흡을 고르는데 그렇게 온 힘을 들이지 않았다면, 어거스트에게 자기가 알고 있는 것을 말해주었을 것이다. 이 세상을 살아내는 것은 가능하다고, 하지만 삶이 완전히 바뀌게 될 것이라고, 앞으로 남은 모든 밤을 우리가 죽인 이 남자들과 함께하게 될 것이라고 말해주었을 것이다.

—

예언자는 어디 있을까? 그들은 큰 슬픔에 멍해진 상태로 말없이 걸었다. 사이드는 비틀비틀 걸으면서 개 짖는 소리가 들리는지 귀를 기울였다. 공항 표지판을 따라 걸으니 호수와 시내에서 벗어나 목골 구조의 주택들이 늘어선 주거 지역이 나타났다. 지붕 몇 개는 위만 살짝 무너졌고, 대부분은 쓰러진 나무에 깔려 있었다. 부서지고 무너지고 낡아버린 주변 풍경 속에도 아름다움이 있었다. 햇빛이 잡초가 무성하게 자란 진입로의 자갈 사이로 튀어 올라온 꽃들을 비췄고, 앞 베란다는 이끼가 잔뜩 깔려 밝은 초록색으로 변했으며, 흰 꽃이 핀 관목에는 나비들이 날아들었다. 이 찬란한 세상. 커스틴은 갑자기 목이 메었다. 갈수록 집들이 드문드문해지고, 잡초가 무성한 진입로들 사이의 거리가 점점 더 넓어졌다. 도로의 오른쪽 차선에는 자동차들이, 구멍 난 타이어 위에 얹혀 있는 녹슨 외골격들이 줄을 지어 서 있었다. 커스틴이 자동차 창문을 들여다보니, 구겨진 감자 칩 봉지, 피자 상자, 단추와 화면이 있는 전자기기 등 구세계의 쓰레기들이 보였다.

고속도로에는 공항 방향을 알려주는 표지판도 있었지만, 어차피 꽉꽉 막힌 차들을 따라가면 되니까 공항을 찾는 것은 전혀 어렵지 않았다. 모두들 마지막 순간에 공항으로 가려고 애를 쓴 것 같았다. 그러다가 휘발유가 떨어져서 차를 버리고 떠났거나, 운전석에 앉은 채 독감으로 죽어갔을 것이다. 예언자는 어디에도 보이지 않았다. 햇빛을 받아 반짝이며 끝도 없이 늘어선 자동차들 사이에서는 어떤 움직임도 보이지 않았다.

그들은 자갈이 깔린 갓길을 걸었다. 어느 지점에 이르니 숲에서부터 담쟁이덩굴이 번져와 몇만 평방미터에 달하는 고속도로가 온통 초록으로 덮여 있었다. 그들은 그 속을 걸어갔다. 부드러운 담쟁이가 샌들을 신은 커스틴의 발을 간질였다. 커스틴은 모든 감각을 곤두세우고 주변의 움직임을 살폈다. 예언자가 앞에 있는지 뒤에 있는지 감지하려고 애를 썼지만 주변에서는 세상의 소음만, 매미와 새들과 잠자리와 지나가는 사슴 가족이 내는 소리만 들려왔다. 어느 지점부터는 차들의 줄이 비뚤어졌고, 어떤 차들은 이상한 각도로 서 있었으며, 앞 차 범퍼와 세게 부딪친 차들도 있고, 도로 밖으로 반쯤 튕겨져 나간 차들도 있었다. 앞 유리 와이퍼가 올라와 있고 바퀴 둘레에 녹슨 사슬들이 둥그렇게 엉켜 있었다. 폭설이 내렸는데 제설 작업이 되지 않아 차들이 높이 쌓인 눈과 얼음 위에서 제멋대로 미끄러졌던 것이다.

"왜?" 어거스트가 묻자, 커스틴은 자신이 걸음을 멈추고 서 있었다는 것을 깨달았다. 독감, 눈, 차량 정체, 그리고 결심. 뒤로 쭉 늘어선 차들 때문에 차에 갇혀서 휘발유가 떨어질 때까지 공회전을 하며 히터를 틀어놓고 기다려야 할까? 아니면 차를 버리고 어린 자녀들과 함께 걸을까? 그렇지만 어디로? 앞으로 더 나아가서 공항으로? 아니면 다시 집으로?

"뭐가 보여?" 사이드가 속삭여 물었다. 어거스트가 1킬로미터 넘게 그를 부축해서 걸어오고 있었다.

모든 게 보여. "아무것도 아니야." 커스틴이 말했다. 예전에 그녀가 킨카딘 근처에서 만났던 노인은 살해당한 사람들은 자기를 죽인 살인자들을 무덤까지 쫓아간다고 주장했다. 커스틴은 그들과 함께 걸으면서 노인이 한 말을 생각했다. 그녀는 자기가 죽인 자들의 영혼이 실에 꿴 깡통처럼 자기를 졸졸 따라오고 있는 장면을 상상했다. 활잡이가 숨을 거두는 순간에 웃던 모습도 떠올랐다.

그들은 점심 무렵 공항 방향 출구에 있는 바리케이드 앞에 이르렀다. 조지아 독감 때문에 공항을 폐쇄한다는 표지판이, 오래된 합판 표지판이 있었고, 원뿔형 도로표지들과 주황색 플라스틱 울타리가 아무렇게나 쓰러져 있었다. 마을을 강타한 무서운 역병으로부터 도망쳐야 한다는 절박한 마음에 눈보라를 헤치고 이곳까지 걸어왔는데 그 여정의 끝에 이 표지판이 있다. 표지판을 읽는 순간 당신은 이 전염병에서 도망칠 수 없다는 것을 깨닫는다. 이때쯤이면 당신은 이미 독감에 걸렸거나, 어쩌면 열이 펄펄 끓는 어린 자녀를 안고 있을지도 모른다. 커스틴은 바리케이드에서 돌아섰다. 여기 숲속에 유골이 많이 있을 거라는 것은 보지 않고도 알 수 있었다. 일부는 돌아서서 몇 킬로미터를 되돌아갔을 것이고 그때쯤이면 어디에나 있고 도저히 피할 수 없게 된 질병에서 도망칠 다른 방법을 찾으려고 안간힘을 썼을 것이다. 다른 사람들은, 아프거나 지칠 대로 지쳐서, 도로에서 벗어나 땅바닥에 누워서 눈이 내리는 차가운 하늘을 올려다보았을 것이다. **어젯밤 꿈에서 비행기를 봤어.** 그녀는 디터 생각에 마음이 울적해져서 걸음을 멈췄다. 그 고요한 순간에 멀리서 개 짖는 소리가 들렸다.

"커스틴." 어거스트가 뒤를 돌아보며 말했다. 그의 표정을 보고 그녀는 그가 그 소리를 듣지 못했다는 것을 알아차렸다. "거의 다 왔어."

"숲속에서 예언자의 개 짖는 소리가 난 것 같아." 커스틴이 조용히 말했다. 그들은 사이드를 부축해서 도로에서 벗어났다. 사이드의 얼굴은 매우 창백했다. 그는 덤불에 주저앉아 숨을 헐떡이면서 눈을 감았다.

개 짖는 소리에 이어서 찾아온 고요 속에서 커스틴은 덤불 속에 쭈그리고 앉아 자신의 심장박동 소리를 들었다. 예언자와 그의 추종자들은 그들 뒤로 상당히 떨어진 거리에 있는 것 같았다. 오랜 시간이 지나고 나서야 그들의 발소리가 들렸다. 그 소리는 이상하게 증폭되어 들렸는데 그녀는 긴장감 때문에 소리가 크게 울리는 것임을, 두려움 때문에 감각이 예민해진 것임을 깨달았다. 숲의 나뭇잎들 사이로 햇빛이 스며 들어와 도로를 비췄다. 그녀가 제일 먼저 본 것은 예언자가 걸어가면서 그가 들고 있는 소총의 긴 총열이 그늘 속으로 들어갔다 나왔다 하는 모습이었다. 그는 조용하고도 느긋하게 추종자들을 이끌고 있었다. 개가 그 옆에서 빠른 걸음으로 걷고 있었다. 그날 아침 커스틴과 어거스트의 매복공격을 피해 달아났던 소년은 지금 권총을 들고 있었다. 정글도는 등에 끈으로 묶어놓았다. 그들 뒤에는 네 개의 짧은 화살이 메겨진 날카로운 금속 석궁을 가진 남자가 걷고 있었다. 네 번째 남자는 산탄총을 들고 있었다.

서지 마라. 서지 마라. 그러나 커스틴이 숨어 있는 덤불 숲을 따라 걷던 개는 점점 걸음을 늦추더니 허공으로 코를 치켜들었다. 커스틴은 숨을 참았다. 도로에서 그리 멀리 떨어지지 않았다는 것을 이제야 깨달았다. 그들과의 거리는 불과 열 걸음 정도였다.

"무슨 냄새가 나니, 루리?" 석궁을 든 남자가 물었다. 개가 한 번 짖었다. 커스틴은 숨을 죽였다. 남자들이 개 주위로 모여들었다.

"이번에도 다람쥐일 거예요." 소년이 불안한 목소리로 말했다. 커스틴은 소년이 겁을 먹었다는 것을 알아차렸다. 그런 깨달음은 큰 슬픔을 불러일으켰다. 이런 것을 원한 게 아닌데.

"아니면 숲속에 누가 있던가."

"지난번에 짖었을 땐 다람쥐 때문이었어요."

개가 잠잠해지더니 코를 씰룩였다. 제발, 그녀는 생각했다. 제발. 하지만 루리는 다시 짖으며, 커스틴의 앞을 가리고 있는 나뭇잎들 사이로 그녀를 똑바로 노려보았다.

예언자가 미소를 지었다.

"다 보여." 석궁을 든 남자가 말했다.

덤불에서 일어서서 칼을 던질 수도 있다. 그러면 칼이 회전하며 공기 중을 날아가는 동안 그녀는 총알이나 금속 화살에 맞아 쓰러질 것이다. 석궁과 총 세 자루가 모두 그녀를 겨냥하고 있었다. 혹은 꼼짝도 않고 있다가 그들이 접근했을 때 근거리에서 공격할 수도 있겠지만, 그러면 나머지 사람들 중 한 명에게 죽임을 당할 수도 있다. 그들은 접근할까, 아니면 그녀가 숨어 있는 덤불을 향해 총을 쏴댈까? 그녀는 어거스트의 고통을, 온몸에 흐르는 전율을

느꼈다. 나무 그루터기 뒤에 쭈그리고 앉은 어거스트는 그녀보다
더 잘 숨어 있었다.

쇠화살이 퍽 소리와 함께 그녀의 발 옆 흙 속에 박혔다.

"다음 건 네 심장에 박힐 거야." 석궁을 든 남자는 예언자보다 나
이가 많았고 얼굴과 목에 오래된 화상 상처가 있었다. "일어서. 천
천히. 두 손은 하늘로 들고."

커스틴이 천천히 일어섰다.

"칼을 버려."

커스틴은 칼을 덤불 속으로 떨어뜨렸다. 허리띠에 꽂혀 있는 나
머지 칼 두 자루가, 아주 가까이 있지만 꺼낼 수 없는 그 두 자루
가 너무도 절실했다. 지금이라도 꺼낸다면, 빨리 꺼낸다면, 첫 번
째 총알이 심장을 꿰뚫기 전에 예언자라도 해치울 수 있을까? 그
럴 것 같지 않았다.

"앞으로 걸어 나와. 그 칼을 잡으려고 하면 넌 죽는 거야." 석궁
을 가진 남자가 침착하게 말했다. 뭐 하나 놓친 것 없이 상황을 완
벽하게 파악하고 있는 것 같았다. 소년은 괴로운 표정이었다.

아슬아슬한 위기를 수도 없이 넘기면서 살았는데 이젠 정말 끝
이라는 깨달음이 그녀에게 충격으로 다가왔다. 그녀는 햇빛과 그
림자와 초록으로 덮인 환한 세상 속으로 걸어 들어갔다. 쓰러지면
서 뭔가 영웅적인 행동을 해볼까, 칼을 날려볼까 하는 생각이 들었
다. 저들이 어거스트와 사이드는 찾아내지 못하게 해야겠다는 생
각이 들었다. 디터를 생각하면 열린 상처를 헤집는 것처럼 육체적
인 고통에 가까운 것이 느껴지는데도 자꾸만 디터가 생각났다. 그
녀는 두 손을 하늘로 올린 채 도로의 단단한 표면 위로 올라서서
예언자 앞에 섰다.

"티타니아." 예언자가 말했다. 그는 그녀의 양미간을 향해 소총의 총부리를 겨누었다. 그의 눈 속에는 호기심이 가득했다. 이제 무슨 일이 벌어질지 보고 싶은 거였다. 세 자루의 총이 모두 커스틴을 겨눴다. 석궁을 가진 남자는 덤불을 향해 석궁을 겨누고 있었지만, 무엇을 조준하는 것 같지도 않고 별다른 움직임도 없는 것으로 보아 어거스트나 사이드를 발견한 것 같지는 않았다. 예언자가 소년에게 고개를 끄덕이자 소년이 커스틴에게 다가와 그녀의 허리띠에서 칼 두 자루를 매우 조심스럽게 빼냈다. 커스틴은 소년을 알아보았다. 유랑악단이 물가의 세인트데버러를 떠날 때 길목에서 보초를 서면서 나뭇가지에 꿴 저녁거리를 굽고 있던 소년이었다. 소년은 그녀의 눈길을 피했다. 개는 숲에서 냄새를 추적하는데 흥미를 잃었는지 도로에 엎드려 턱을 발 위에 올린 채 그들을 지켜보고 있었다.

"무릎 꿇어." 예언자가 말했다. 커스틴은 무릎을 꿇었다. 소총의 총부리가 그녀를 향했다. 예언자가 다가왔다.

커스틴은 침을 삼켰다. "이름이 뭐야?" 그녀가 물었다. 시간을 벌어야 한다는 막연한 본능이 작동하고 있었다.

"이름은 거추장스러운 허울일 뿐이다. 네 동료들은 어디 있나?"

"유랑악단? 몰라." 이젠 모든 것이 너무 늦어버렸는데도 유랑악단의 행방을 모른다는 사실은 여전히 고통스러웠다. 유랑악단이, 뜨거운 여름 하늘 아래 길을 가는 마차들이, 말들의 따가닥 소리가 머릿속에 생생하게 떠올랐다. 그들은 어딘가를 지나가고 있을지도 모른다. 이미 공항에 도착해서 안전하게 있을지도 모른다. 그녀는 그들을 지극히 사랑했다.

"그럼 다른 동료들은? 오늘 아침에 길에서 네가 내 친구들을 죽이는 걸 도와줬던 사람들."

"달리 방법이 없었어."

"그랬겠지." 예언자가 말했다. "그 동료들은 어디 있나?"

"죽었어."

"확실한가?" 그는 소총을 살짝 움직여서 공기 중에 작은 동그라미를 그렸다.

"우린 사이드까지 포함해서 세 명이었어. 근데 그쪽 활잡이가 죽기 전에 나 말고 다른 둘을 죽였어." 그럴듯한 말이었다. 정글도를 가진 소년은 활잡이가 쓰러지기 전에 도망쳤다. 커스틴은 소년을 보지 않으려고 애썼다.

"내 활잡이는 좋은 사람이었다." 예언자가 말했다. "충성스러운."

커스틴은 아무 말도 하지 않았다. 그녀는 그 순간 어거스트가 어떤 계산을 하고 있을지 알 수 있었다. 예언자는 그녀의 이마 바로 앞에 소총을 겨누고 있었다. 어거스트가 그의 부하들 중 한 명을 쓰러뜨림으로써 자신의 위치를 노출시킨다면, 다른 부하들은 즉시 그와 사이드에게 달려들 것이다. 피투성이가 되고 지칠 대로 지쳐서 누워 있는 사이드는 방어할 힘이 전혀 없었다. 무기를 빼앗긴 채로 도로에서 무릎을 꿇고 앉아 소총의 표적이 된 커스틴은 십중팔구 죽을 것이다.

"나는 평생 이 오염된 세상 속을 걸어왔다." 예언자가 말했다. "그러면서 지극한 어둠과 그림자와 공포를 목격했지."

커스틴은 더 이상 예언자를 보고 싶지 않았다. 아니 좀 더 정확히 말하면, 그녀가 세상에서 마지막으로 보는 것이 예언자의 얼굴과 소총의 총부리가 되는 것을 원하지 않았다. 그녀는 고개를 들고 그를 지나쳐서 햇빛을 받아 깜박거리는 나뭇잎들과 화사한 파란 하늘을 바라보았다. 새소리. 자신의 숨결과 심장박동이 느껴졌다. 그녀는 어거스트에게 메시지를 전할 수 없어서, '나 혼자 죽느냐 우리 셋이 다 죽느냐 하는 문제라는 것을 알아. 네가 왜 총을 쏠 수 없는지 이해해'라고 말해서 그를 위로해줄 수 없어서 안타까웠다. 사이드에게 아직도 그를 사랑한다고 말할 수 없어서 안타까웠다. 그들이 헤어지기 전, 밤에 사이드 옆에 누워서 그의 몸을 만져보았을 때 느껴지던 갈비뼈의 곡선들, 목 뒤쪽의 부드러운 곱슬머리가 지금도 생생하게 떠올랐다.

"이 세상은 암흑의 바다다." 예언자가 말했다.

커스틴은 권총을 쥐고 있는 소년이 눈물을 흘리는 것을 보고 깜짝 놀랐다. 어거스트에게 말해줄 수 있다면 얼마나 좋을까. 우린 함께 정말 먼 길을 걸어왔지. 네 우정이 내겐 너무나 소중했어. 아주 힘들었지만 아름다운 순간들도 있었지. 모든 것은 끝이 있게 마련이야. 나는 두렵지 않아.

"누가 오고 있습니다." 예언자의 추종자들 중 한 명이 말했다. 커스틴도 소리를 들었다. 멀리서 말발굽 소리가 들렸다. 고속도로 방향에서 말 두세 마리가 빠른 걸음으로 다가오고 있었다.

예언자는 얼굴을 찌푸렸지만 커스틴에게서 고개를 돌리지는 않았다.

"누가 오는 건지 아는가?" 예언자가 물었다.

"아니." 그녀가 중얼거렸다. 말들이 얼마나 멀리 있는 것일까? 그녀는 가늠할 수 없었다.

"누가 오는 건지는 몰라도 너무 늦게 도착할 것이다." 예언자가 말했다. "너는 인간 앞에 무릎을 꿇는다고 생각하겠지만, 사실은 일출 앞에 무릎을 꿇는 것이다. 우리는 바다의 수면 위를 움직이는, 언더시의 어둠 속을 움직이는 빛이기 때문이다."

"언더시?" 커스틴이 낮은 목소리로 되물었지만, 예언자는 더 이상 그녀의 말을 듣고 있지 않았다. 그는 완벽하게 고요하고 평화로운 표정이었다. 그는 입가에 미소를 머금은 채 그녀를 보고 있었다. 아니 그녀 너머 어딘가를 보고 있었다.

"우린 집에 가고 싶을 뿐이야." 커스틴이 말했다. 『스테이션 일레븐』 1권에 나오는 말이다. 닥터 일레븐과 언더시의 대결 장면에서. "우린 햇빛을 꿈꿔. 지구를 걷는 꿈도 꾸고."

예언자의 표정을 읽을 수 없었다. 그녀가 한 말이 『스테이션 일레븐』에 나온 말이란 것을 알아차렸을까?

"우린 너무도 오랫동안 길을 잃고 헤맸어." 커스틴은 그 장면에 나온 대사를 계속 인용했다. 그녀가 예언자를 지나쳐 소년을 바라보았다. 소년은 두 손에 꼭 쥐고 있는 총을 노려보고 있었다. 그는 고개를 끄덕이고 있었는데, 자신에게 무언가를 확신시키려는 듯했다. 그녀는 계속 말했다. "우린 단지 우리가 태어난 세상을 원할 뿐이야."

"하지만 그러기엔 너무 늦었다." 예언자가 말했다. 그가 숨을 들이쉬더니 소총을 다잡았다.

총성이 너무도 커서 커스틴은 자신의 가슴에서 그 소리를 느꼈다. 심장이 쿵 하고 떨어지는 소리가 난 것 같았다. 소년이 움직였다. 그녀는 죽지 않았다. 총성은 예언자의 소총에서 나온 게 아니었다. 총성에 뒤이어 찾아온 깊이를 알 수 없는 침묵 속에서 그녀는 손끝으로 이마를 만져보았다. 예언자가 소총을 떨어뜨리고 그녀 앞에서 쓰러졌다. 소년이 예언자의 머리를 쏜 것이다. 다른 두 남자는 너무 놀라서 멍하니 서 있을 뿐이었다. 바로 그 순간 어거스트의 화살이 공기를 가르고 날아왔다. 석궁을 든 남자가 목에 화살을 맞고 쓰러졌다. 산탄총을 가진 남자는 숲을 향해 마구 총을 쏘아댔다. 곧 방아쇠가 무의미하게 찰칵거렸다. 탄약이 다 떨어진 것이다. 그는 욕을 하면서 주머니 속을 뒤졌다. 잠시 후 화살이 또 하나 날아와 그의 이마에 꽂혔다. 그는 쓰러졌다. 도로 위에는 커스틴과 소년만 남았다.

소년의 눈은 당황해서 흔들렸다. 입술은 계속 달싹거렸다. 그는 빠르게 커지는 피의 웅덩이 속에 누워 있는 예언자를 노려보았다. 소년이 권총을 들어 입으로 가져갔다. "안 돼. 그러지 마, 제발……." 커스틴이 말했다. 그러나 소년은 총열을 꽉 물더니 방아쇠를 당겼다.

—

커스틴은 무릎을 꿇고 앉아 그들을 바라보다가, 잠시 후 도로에 등을 대고 누워서 하늘을 올려다보았다. 새들이 맴돌고 있었다. 살아 있는 것이 놀라웠다. 그녀는 고개를 돌려 죽은 예언자의 파란 눈을 바라보았다. 귀에서 웅웅거리는 소리가 났다. 도로 위에서 말발굽의 진동이 느껴졌다. 어거스트가 그녀의 이름을 외쳐 불렀다. 그녀는 고개를 들어 유랑악단의 정찰조 비올라와 잭슨이 말을 타고 마치 꿈에 나온 것처럼 굽은 길을 돌아서 나타나는 것을 보았다. 그들의 무기와 비올라가 목에 건 쌍안경이 햇빛에 반짝였다.

"이거 가질래?" 시간이 조금 흐른 후 어거스트가 물었다. 커스틴이 예언자 옆에 앉아서 그를 노려보는 동안 잭슨은 숲에서 사이드를 부축해서 데려왔다. 어거스트와 비올라는 예언자와 그의 부하들이 들고 있던 가방들을 뒤졌다. "예언자 가방에 들어 있던 거야."

여기저기 테이프로 붙여놓은 신약성경이었다. 커스틴은 아무 페이지나 펼쳤다. 여백에 빽빽하게 적힌 메모와 감탄부호와 밑줄들 때문에 읽기 힘이 들었다.

성경책에서 접은 종이 한 장이 떨어졌다.

『닥터 일레븐 1권 1호: 스테이션 일레븐』에서 찢은 페이지였다. 『스테이션 일레븐』 첫 페이지였는데, 그녀가 가진 책에서 찢은 것은 아니었다. 한 페이지 전체에 하나의 그림이 그려져 있었다. 닥터 일레븐이 그의 스승이자 친구인 로너건 선장의 시신 옆에 무릎을 꿇고 있다. 그들은 닥터 일레븐이 가끔 회의실로 사용하는 방에 있다. 회의실은 벽이 유리로 되어 있어 도시와 다리들과 섬들과 배들이 내다보인다. 닥터 일레븐은 실의에 빠져 한 손으로 입을 막고 있다. 그의 동료도 거기 있다. 그의 머리 위로 말풍선이 떠 있다. "이 사람 때문에 늘 2인자였잖아, 닥터 일레븐. 이젠 이 사람 없으니까 1인자를 해야지."

당신 누구야? 이 페이지는 어떻게 갖게 됐지? 커스틴은 예언자 옆에, 그의 피가 만들어낸 웅덩이 옆에 무릎을 꿇고 앉아 속으로 물었지만 그는 또 다른 길에서 죽은 또 다른 사람에 불과했다. 대답 없는, 한 세상에서 걸어 나와 다른 세상으로 들어간, 자기만의 사연과 이야기를 가진 사람일 뿐이다. 그의 한 팔이 그녀를 향해 뻗어 있었다.

어거스트가 옆에 쭈그리고 앉아서 입을 열었다. "유랑악단은 우리 뒤로 불과 두세 시간 떨어진 거리에 있대." 그가 매우 부드럽게 말했다. "비올라와 잭슨은 그들에게로 돌아갈 거야. 우린 계속 전진해서 먼저 공항으로 갈 거고. 여기서 멀지 않아."

나는 평생 이 오염된 세상 속을 걸어왔다. 커스틴이 오빠와 함께 토론토를 걸어 나왔을 때, 그녀의 기억 속에 없는 그 첫 해를 보낸 후에, 그녀의 오빠는 악몽에 시달렸다.

"그 길." 그녀가 흔들어 깨워서 무슨 꿈을 꾸었냐고 물어보면 오빠는 항상 이렇게 말했다. "넌 절대로 기억하지 못했으면 좋겠다."

예언자는 그녀와 같은 또래였다. 그가 다른 무엇이 되었든지 간에, 한때 그는 길을 떠돌던 어린 소년이었고, 불행히도 모든 것을 기억하고 있었는지도 모른다. 커스틴은 예언자의 얼굴로 가만히 손을 뻗어 그의 눈을 감겨준 뒤 『스테이션 일레븐』에서 찢은 종이를 손에 쥐여주었다.

51

    사이드와 어거스트와 커스틴이 시신들 옆을 떠나 공항을 향해 다시 천천히 걸어가기 시작하자, 예언자의 개가 어느 정도 거리를 두고 그들을 따라왔다. 그들이 쉬기 위해 걸음을 멈추면, 개도 몇 미터 거리를 두고 걸음을 멈추고 앉아서 그들을 지켜보았다.

    "루리." 커스틴이 개를 불렀다. "루리." 그녀가 사슴고기 육포를 한 조각 던져주자 개는 공중에서 그것을 낚아챘다. 가까이 다가온 개는 그녀가 머리를 쓰다듬어도 가만히 있었다. 그녀는 개의 북슬북슬한 털 속으로 손을 넣어 목 아래를 쓰다듬었다. 그들이 다시 출발했을 때 개는 그녀의 바로 옆에서 걸었다.

—

    1킬로미터쯤 걸어가서 굽은 길을 돌아가자 숲이 사라지면서 저 앞에 거대한 공항 터미널 건물이 나타났다. 바다처럼 광활한 주차장 한가운데 콘크리트와 유리로 된 거대한 2층 건물이 우뚝 서서 희미하게 빛나고 있었다. 지금쯤이면 건물 안에서 다들 지켜보고 있을 텐데 풍경에서는 아무런 움직임도 보이지 않았다. 개가 낑낑거리면서 코를 하늘로 치켜들었다.

"냄새 나?" 사이드가 물었다.

"누가 사슴고기를 굽고 있네." 어거스트가 말했다. 그들 앞에서 도로가 도착, 출발, 주차, 세 갈래로 갈라졌다. "어느 길?"

"이 대륙을 떠날 길." 사이드는 아련한 표정을 지었다. 그가 공항을 마지막으로 본 것은 문명 몰락 두 달 전으로, 베를린에 사는 가족을 방문하고 돌아와 시카고 오혜어 국제공항에 마지막으로 착륙했을 때였다. "출발로 가자."

출발 도로는 언덕을 올라가 2층 입구로 이어졌다. 유리와 강철로 된 회전문들과 시영 버스가 햇빛을 받아 반짝이고 있었다. 그들이 회전문에서 100미터 정도 떨어진 곳에 이르렀을 때 날카로운 휘파람 소리가 세 번 들렸다. 남녀 두 명의 보초가 석궁을 땅으로 향하게 들고 버스 뒤에서 걸어 나왔다.

"석궁은 미안합니다." 남자가 유쾌하게 말했다. "혹시 모를 경우를 대비해서요. 그런데……." 갑자기 남자가 말을 멈추고 어리둥절한 표정으로 그들을 바라보았다. 여자의 활이 포장도로 위로 덜커덕 소리를 내며 떨어지더니 여자가 웃으면서 새로 도착한 사람들을 향해 달려가 그들의 이름을 부르면서 그들 모두를 한꺼번에 끌어안았기 때문이었다.

———

그해 세번시티 공항에는 320명이 살고 있었다. 커스틴이 본 정착지 중 제일 큰 규모였다. 어거스트는 사이드를 의무실로 데려갔고 커스틴은 찰리의 천막에 멍하니 누워 있었다.

2년 초쯤 되었을 때 공항 거주자들은 서로의 얼굴을 보는 것이 넌더리가 났지만 한편으로는 너무 멀리 떨어져서 자고 싶지는 않았기 때문에 중앙홀 B를 따라 두 줄로 천막을 쳤다. 숲에서 끌어온 나뭇가지들로 가로 4미터 세로 4미터 정도 되는 뾰족한 지붕이 있게 천막 뼈대를 만들었다. 그러고는 뼈대 위에 시트를 덮고 공항 사무실을 뒤져서 찾아낸 스테이플러로 집어서 연결했다. 근처 호텔에서 구한 산더미 같은 시트를 이렇게 사용하는 것이 가장 좋은가를 놓고 논쟁이 있었지만 그땐 사생활에 대한 욕구가 다들 강했다. 찰리와 제러미의 천막에는 침대, 옷과 기저귀를 넣어두는 플라스틱 상자 두 개, 그리고 그들의 악기가 있었다. 희미한 빛이 천막을 뚫고 들어왔다. 루리가 천막으로 비집고 들어와 커스틴 옆에 누웠다.

"디터가 그렇게 됐다니 정말 안됐어." 찰리가 말했다. "어거스트한테서 들었어."

"실감이 안 나." 커스틴은 눈을 감고 싶었지만 혹시 잠들면 무슨 꿈을 꿀지 몰라 두려웠다. "여기 문신 새겨주는 사람 있어?"

찰리는 2년 간격으로 새긴 칼 문신 두 개가 있는 커스틴의 오른 팔목을 손끝으로 살살 비볐다. "몇 개나?"

"하나. 길에서 만난 활잡이."

"루프트한자 비행기에 한 명 살아. 내일 소개해줄게."

커스틴은 개미 한 마리가 천막 바깥쪽 지붕 위를 기어가는 것을, 작은 몸이 만들어낸 그림자와 가는 다리들이 섬유를 누르는 미세한 자국을 지켜보았다. "그 아이 놀이방이 가끔씩 생각나더라." 그녀가 말했다.

이삼 년 전 커스틴과 찰리와 어거스트는 세인트클레어 강 어귀에 있는 커다란 시골집을 뒤지고 있었다. 그곳은 한 번 이상 약탈당한 집이었지만 몇 년, 아니 10여 년 정도는 아무도 들어오지 않았는지 사방에 먼지가 수북했다. 집 안을 돌아본 어거스트는 그냥 유랑악단으로 돌아가는 게 좋겠다고 말했다. 찰리를 찾아 2층으로 올라간 커스틴은 예전에 아이들 놀이방이었던 게 분명한 방에서 인형용 도자기 찻잔 세트를 물끄러미 바라보고 있는 찰리를 발견했다. 커스틴이 이름을 부르는데도 그녀는 고개를 들지 않았다.

"가자, 찰리." 커스틴이 말했다. "도로에서 1.5킬로미터 이상 벗어났어." 그러나 찰리는 그녀의 말을 들은 척도 하지 않았다. "자, 어서." 커스틴이 재촉했다. "이건 가져가면 되지." 그녀가 찻잔 세트를 가리키며 말했다. 찻잔 세트는 미니어처 테이블에 믿을 수 없을 정도로 깔끔하게 세팅되어 있었다. 찰리는 여전히 아무 말도 하지 않았다. 찻잔 세트를 홀린 듯이 바라보고만 있었다.

1층에서 어거스트가 그들을 불렀다. 갑자기 커스틴은 방 한구석에서 누군가가 그들을 지켜보고 있는 것 같은 느낌을 받았지만, 커스틴과 찰리를 제외하고는 그 방 안에 아무도 없었다. 아이들 놀이방에 있던 가구는 대부분 없어졌고, 인형용 미니어처 테이블과 구석에 있는 아동용 안락의자만 남아 있었다. 집 안 전체가 약탈당하고 난장판이 되었는데, 이 테이블은 어떻게 멀쩡하게 남아 있을 수 있었을까? 테이블을 자세히 살펴보던 그녀는 찻잔 세트 위에 먼지가 하나도 없다는 것을 알아차렸다. 바닥의 먼지 속에 발자국이라고는 자신과 찰리 것뿐이었고 찰리는 테이블을 만지거나 닦을 만큼 가까이 앉아 있지도 않았다. 어떤 고사리 손이 테이블에 인형의 찻잔들을 차려놓았을까? 안락의자가 아주 살짝 움직인 것 같은 느낌이 들었다. 커스틴은 안락의자 쪽으로 고개를 돌리지 않으려고 애썼다. 그녀는 작은 접시들과 찻잔받침들을 최대한 빨리 베갯잇에 쌌고, 찰리는 말없이 그 모습을 지켜보았다. 커스틴은 그 보따리를 찰리의 가방에 넣은 뒤 그녀의 손을 잡고 아래층으로 내려와 잡초가 무성한 잔디밭으로 나갔다. 밖으로 나오자 찰리가 눈을 깜박거렸다. 늦은 봄날의 햇살 속에서 천천히 정신이 돌아오는 것 같았다.

"이상한 순간이었어." 오랜 세월이 흐른 뒤 공항 천막 안에서 찰리가 말했다. "이상한 순간의 연속이었던 삶 속에서 맞은 또 하나의 이상한 순간. 그때 내가 어떤 상태였는지 설명할 수 없어."

"그게 다야? 그냥 이상한 순간?"

"이 이야기 백 번도 넘게 했잖아. 그때 그 방 안에는 우리 말고 아무도 없었어."

"찻잔 세트에 먼지가 전혀 없었어."

"귀신을 믿느냐고 묻는 거야, 지금?"

"모르겠어. 아마도. 그래."

"물론 안 믿어. 생각해봐. 그럼 이 세상에 귀신이 얼마나 많다는 소리야?"

"그래, 맞아." 커스틴이 말했다. "바로 그거야."

"눈 좀 붙여." 찰리가 중얼거렸다. "내가 옆에 있을게. 좀 자."

—

그날 밤 어거스트와 찰리와 제러미는 작은 음악회를 열었다. 사이드는 상처를 소독하고 붕대를 감은 후 1층 수화물 찾는 곳에 있는 의무실에서 자고 있었다. 찰리는 두 눈을 감고 미소를 지으면서 첼로를 연주했다. 커스틴은 관객들 뒤쪽에 서 있었다. 그녀는 음악에 집중하려고 했지만 음악은 항상 그녀의 마음을 묶어놓았던 밧줄을 풀어주어 생각이 자유롭게 떠다니게 만들었다. 디터. 예언자, 그녀가 이제까지 만난 사람 중『스테이션 일레븐』을 갖고 있던 유일한 사람. 길 위에서 만난 활잡이. 그의 가슴에 꽂힌 그녀의 칼. 〈한여름 밤의 꿈〉에서 테세우스를 연기했던 디터. 그녀와 문신에 대해 논쟁을 벌이던 디터. 반생애 전, 그녀가 열네 살이고 디터가 20대 후반이었을 때 오하이오 중부에서 처음 만났던 날 밤의 디터.

커스틴이 유랑악단에 합류한 첫날 밤, 디터는 모닥불 옆에서 그녀의 식사를 챙겨주었다. 그녀는 오빠가 죽고 난 뒤 너무도 외로웠기 때문에 유랑악단에 입단하는 것을 허락받았을 때 그 일이 자기 생애에서 가장 기쁜 일로 느껴졌고, 그래서 그 첫날 밤 너무 흥분해서 음식이 잘 넘어가지 않았다. 디터가 셰익스피어에 대해서, 그의 작품과 가족에 대해서, 역병에 시달리며 살았던 그의 생애에 대해서 이야기해주던 모습이 생생히 기억났다.

"잠깐만요, 그러니까 셰익스피어가 역병에 걸렸단 말이에요?" 그녀가 물었다.

"아니." 디터가 말했다. "내 말은 그가 역병에 의해 규정되었다는 뜻이야. 학교 교육을 얼마나 받았는지 모르겠는데, 무언가에 의해 규정된다는 말이 무슨 뜻인지 아니?"

그럼요, 알죠. **또 내가 새 하늘과 새 땅을 보니.** 커스틴은 빛과 음악에서 돌아섰다. 터미널의 남쪽 벽은 거의 전체가 유리로 되어 있었다. 어른 허리 높이쯤에는 아이들의 손자국 얼룩이 여기저기 보였다. 밤이 오자 비행기들이 별빛 속에서 희미하게 반짝였다. 저 멀리 짐 싣는 곳에 격리되어 있는 젖소 네 마리가 움직이는 소리와 암탉들이 꼬꼬댁거리는 소리가 들렸다. 아래층 비행장에서는 그림자 속에서 사냥하는 고양이의 유연한 움직임이 보였다.

공연장에서 어느 정도 떨어진 곳에 있는 벤치에 노인 한 명이 앉아서 그녀가 다가오는 것을 보고 있었다. 그는 머리를 빡빡 밀었고 목에 복잡하게 매듭을 지은 실크 스카프를 두르고 있었다. 귀걸이가 반짝거려서 보니까 왼쪽 귓불에 네 개의 링 귀걸이를 하고 있었다. 그녀는 아무하고도 말을 하고 싶지 않았지만 무례하게 보이지 않고 돌아서기에는 너무 늦어버려서 그에게 목례를 하고 나서 벤치 반대쪽 끝에 앉았다.

"커스틴 레이먼드 양이로군." 영국식 말투가 희미하게 남아 있었다. "난 클라크 톰슨이야."

"죄송합니다." 그녀가 말했다. "아까 우리가 인사했던가요?"

"박물관 구경을 시켜줄까 하는데."

"진짜 보고 싶어요. 그런데 내일 어떠세요? 오늘 밤엔 너무 피곤해서요."

"아무렴, 그렇겠지." 그들은 몇 분 동안 말없이 앉아서 음악을 들었다. "유랑악단이 곧 도착한다고 들었는데." 그가 말했다.

커스틴은 고개를 끄덕였다. 디터가 없으니 이젠 예전과는 다른 유랑악단이 될 거라는 생각이 들었다. 지금 그녀가 원하는 것은 잠을 좀 자는 것뿐이었다. 루리가 바닥에 발톱 긁히는 소리를 내면서 그녀에게 다가왔다. 루리는 그녀 옆에 앉아서 그녀의 무릎에 턱을 대고 쉬었다.

"개가 당신을 아주 잘 따르는군."

"제 친구예요."

클라크가 목소리를 가다듬었다. "난 지난 한 해 동안 찰리와 꽤 많은 시간을 함께 보냈어. 찰리가 그러더군. 당신이 전기에 관심이 많다고." 그가 지팡이를 짚고 일어섰다. "피곤하다는 것 알아. 지난 며칠간 많이 힘들었다는 것도 알고. 하지만 당신이 보면 좋아할 만한 것이 있는데."

커스틴은 잠깐 고민하다가 클라크의 제안을 받아들였다. 낯선 이를 따라가는 일을 즐기진 않지만, 그는 나이가 많고 행동이 느렸고 그녀는 허리띠에 칼을 세 자루나 꽂고 있었다. "어디로 가요?"

"항공교통 관제센터."

"밖인가요?"

클라크가 먼저 걸어갔다. 커스틴은 박물관 입구 근처에 있는 철문으로 그를 따라 들어가서 불도 하나 없는 계단을 내려가 밤의 어둠 속으로 들어갔다. 귀뚜라미들의 노랫소리가 들렸다. 작은 박쥐 한 마리가 사냥을 하는지 확 날아갔다. 비행장에서 보니 중앙홀 C에서 열리고 있는 음악회가 빛의 얼룩처럼 보였다.

가까이에서 보니 비행기는 커스틴이 상상했던 것보다 훨씬 더 컸다. 그녀는 비행기의 어두운 창문들과 곡선을 그리고 있는 날개를 올려다보았다. 이렇게 거대한 기계들이 하늘로 날아올랐다니 도무지 상상이 되지 않았다. 클라크는 천천히 걸었다. 그녀는 다시 고양이를 보았는데 항공교통 관제탑 밑에서 몸을 웅크리고 빠르게 달려가고 있었다. 설치류를 덮쳤는지 찍찍거리는 소리가 들렸다. 관제탑 철문을 열고 들어가니 경비가 작은 구멍으로 밖을 살피는 작은 방이 나왔고 엘리베이터 문 앞에서 촛불이 반짝이고 있었다. 계단으로 가는 문은 열린 채 바위로 고정되어 있었다.

"9층이야." 클라크가 말했다. "시간이 좀 걸릴 기야."

"바쁘지 않아요." 그와 함께 계단을 오르는 시간은 평화로웠다. 그는 그녀와의 대화를 기대하지는 않는 것 같았다. 그들은 그의 지팡이가 쇠를 탕탕 두드리는 소리와 함께 그늘진 계단과 달빛이 비치는 층계참 사이를 천천히 올라갔다. 그는 고통스럽게 숨을 몰아쉬었다. 그들은 층계참마다 걸음을 멈추고 쉬었다. 한번은 너무 오래 쉬어서 커스틴은 좀 뻔하다가 그가 철책을 붙잡고 일어서는 소리를 듣고 정신이 들었다. 개는 층계참마다 납작 엎드려서 과장되게 한숨을 쉬었다. 각 층마다 창문이 열려 있었지만 그날 밤에는 바람이 불지 않아서 공기가 무겁고 정체되어 있었다.

"당신이 몇 년 전에 했던 인터뷰 기사 읽었어." 클라크가 6층에서 말했다.

"뉴페토스키의 그 신문 말씀이시군요."

"응." 클라크는 손수건으로 이마의 땀을 닦았다. "그 얘긴 내일 하자고."

아홉 번째 층계참에서 클라크가 지팡이로 문을 일정한 패턴으로 두드리자 문이 열렸다. 안쪽은 유리벽으로 둘러싸인 팔각형 방이었다. 꺼진 모니터 화면들이 늘어서 있고 네 사람이 쌍안경으로 비행장과 터미널과 그늘진 채소밭과 철책선을 보고 있었다. 개가 코를 킁킁거리며 그늘 속을 돌아다녔다. 땅에서 너무 높이 올라와 있어서 그런지 방향감각을 잃고 헤매는 것 같았다. 비행기들이 별빛을 받아 희미하게 반짝였다. 중앙홀 C에서의 연주회는 끝난 것 같았다.

"저기 남쪽을 봐봐." 클라크가 말했다. "내가 당신한테 보여주고 싶은 게 저거야." 그녀는 그의 손가락이 그리는 선을 따라 남쪽 지평선 쪽을 바라보았다. 그곳에 있는 별들은 하늘의 다른 어떤 곳에 있는 것들보다 흐릿했다. "일주일 전에 나타났어." 그가 말했다. "깜짝 놀라 기절하는 줄 알았어. 어떻게 저렇게 대규모로 했는지 모르겠어."

"누가 뭘 어떻게 했는데요?"

"보여줄게. 제임스, 망원경 좀 빌릴까?" 제임스가 삼각대를 움직였다. 클라크가 망원경 렌즈를 하늘에 있는 암점 바로 밑에 맞춰서 망원경을 들여다보았다. 그는 다이얼을 조심히 돌려가며 초점을 맞췄다. "당신이 오늘 밤에 피곤하다는 건 알지만, 이걸 보면 여기까지 올라오길 잘했다고 생각할 거야."

"대체 뭐가 있는데요?"

클라크가 뒤로 물러섰다. "망원경 초점을 맞춰놨어." 그가 말했다. "망원경을 움직이지 말고 들여다보기만 해."

커스틴은 망원경을 들여다보았다. 처음에는 자신이 보고 있는 게 무엇인지 알 수 없었다. 그녀는 뒤로 물러서서 말했다. "안 보이는데요."

"거기 있어. 다시 봐봐."

저 멀리서 작은 빛의 점들이 모여 격자무늬를 만들고 있었다. 몇 킬로미터 떨어진 언덕의 한쪽 면에 빛의 점들이 보였다. 전기로 불을 밝힌 거리들이 있는 마을이었다.

52

커스틴은 망원경을 통해 전깃불을 밝힌 마을을 응시한다.

—

공항 안에서는 찰리와 어거스트가 수화물 찾는 곳에 있는 의무실에서, 침대에 누워 있는 사이드에게 연주회 이야기를 해준다. 그러자 사이드는 여러 날 만에 처음으로 미소를 짓는다.

—

공항에서 남쪽으로 1500킬로미터 이상 떨어진 곳에서는 지반이 실외에 있는 오븐에서 빵을 굽고 있다. 이제 그는 더 이상 예전의 삶을 떠올리지 않지만, 가끔은 무대와 반짝이는 눈발 속에 쓰러진 배우가 나오는 꿈을 꾸기도 하고, 또 가끔은 쇼핑카트를 밀고 눈보라 속을 헤치고 다니는 꿈을 꾸기도 한다. 그의 어린 아들은 발치에 무릎을 꿇고 앉아 강아지와 놀고 있다. 이 소년은 새로운 세상에서 태어났다. 그의 어머니는 아기와 함께 실내에서 쉬고 있다.

"프랭크, 가서 엄마한테 배고프냐고 물어보고 와." 지반이 아들에게 말한다. 그는 빵이 든 팬을, 전생에는 석유 드럼통이었던 팬을 오븐에서 들어올린다. 그의 아들이 집 안으로 뛰어가고 강아지가 바로 아이 뒤를 따라 들어간다.

따스한 밤이다. 이웃의 웃음소리가 들린다. 치자향이 산들바람에 실려 온다. 곧 그는 강으로 내려가 낡은 커피 캔에 담아 물속에 담가 냉장 보관하던 저장육을 꺼내와 가족들을 위해 샌드위치를 만들 것이고 나머지 빵 중 일부는 이웃들에게 나눠줄 것이다. 그러나 지금은 잠깐 뭉그적거리면서 그들이 사는 방 앞에 쳐놓은 얇은 커튼 뒤에서 실루엣으로만 보이는 아내와 아이들을 보고 있다. 다리아가 허리를 굽히고 아기 침대에서 아기를 들어 올리더니 다시 허리를 굽히고 촛불을 끈다. 그 순간 실루엣이 사라지고 프랭크가 그녀보다 먼저 달려 나와 풀밭으로 뛰어온다.

"와서 빵 좀 확인해봐." 지반이 말한다. 어린 프랭크는 엄숙한 표정으로 빵 옆에 무릎을 꿇고 한 손가락으로 빵을 찔러보더니 허리를 굽혀 빵에 얼굴을 가까이 대고 온기를 들이마신다.

"프랭크도 좀 괜찮아 보이네." 다리아가 말한다. 프랭크는 전날 열이 났었다. 지반이 프랭크의 이마에 냉찜질을 해주는 동안 그녀는 부드러운 목소리로 자장가를 불러주었다.

"정상으로 돌아온 것 같아." 지반이 말한다. "빵 어때, 프랭크?"

"너무 뜨거워서 못 먹어."

"그럼 잠깐 식게 놔둬야겠다." 소년이 부모를 향해 돌아서자 석양을 받은 아이의 모습이 순간적으로 이름이 같은 자기 삼촌, 지반의 동생과 똑같아 보인다. 그 순간은 금방 지나간다. 아이가 부모에게로 걸어오자 지반은 아들을 번쩍 안아 올려 비단처럼 부드러운 머리칼에 입을 맞춘다. 이런 기억들이 영원하기를, 절대로 사라지지 않기를.

—

　거기서 아주 먼 북쪽에서는, 너무 멀어서 비행기가 없는 세상에서는 다른 행성과 마찬가지인 그곳에서는 유랑악단의 마차들이 세변시티 공항으로 들어서고 있다.

제9부

스테이션 일레븐

STATION
ELEVEN

53

이 세상에서의 마지막 아침, 아서는 피곤했다. 해가 뜰 때까지 잠을 이루지 못했고, 늦은 오전에는 몽롱한 상태로 잠간 잠들었다 깼다 했으며, 나른하고 탈수 증세가 있고, 눈 안쪽 머리가 지끈지끈 아팠다. 오렌지 주스라도 마시면 좀 나을 것 같은데 냉장고를 열어보니 딱 한 모금 마실 양이 주스 곽 바닥에 깔려 있었다. 왜 더 사놓지 않았을까? 지난 사흘 밤을 불면에 시달린 데다 너무 피곤해서 갑자기 열이 솟구쳤지만, 심호흡을 하고 다섯까지 세었다. 얼굴에 느껴지는 냉장고의 냉기 덕분에 분노를 가까스로 억제할 수 있었다. 그는 냉장고 문을 닫고 마지막 아침식사인 스크램블드에 그를 만들어 먹고 난 후 샤워를 하고 옷을 입고 머리를 빗었다. 그러고는 좋아하는 카페에서 마지막에서 두 번째인 커피를 마시면서 신문을 읽으며 시간을 보내기 위해 한 시간 먼저 극장을 향해 출발했다. 아침을, 인생을 구성하는 모든 작고 세세한 일들.

—

일기예보에서 눈보라가 다가오고 있다고 떠들어대더니, 과연 공기 중에서, 회색빛으로 무겁게 내려앉은 늦은 오전의 하늘에서 눈을 느낄 수 있었다. 아서는 〈리어 왕〉이 끝나면 이스라엘로 이사가기로 결심했다. 생각만 해도 즐거웠다. 모든 의무와 소유를 벗어던지고 아들과 같은 나라에서 다시 시작할 것이다. 엘리자베스의집까지 걸어갈 수 있는 거리에 아파트를 사고 날마다 타일러를 보러 갈 작정이다.

"눈이 오는 것 같은데요." 카페 아가씨가 말했다.

—

아서는 호텔과 극장 중간에 있는 길모퉁이에 항상 서 있는 핫도그 가판대 주인에게 고개를 끄덕여 알은척을 했다. 그러자 그가 환하게 웃었다. 비둘기 한 마리가 떨어진 고명과 부스러기를 바라고 핫도그 가판대 옆을 맴돌았다. 비둘기의 빛나는 목이 아름다웠다.

—

그는 공연 전 전체 회의를 위해 정오쯤 극장에 도착했지만, 회의는 논쟁으로 이어져 예정 시간을 넘기고도 한참 동안 계속되었다. 아서는 집중하려고 노력했지만, 커피는 기대만큼 효과를 발휘하지못했다. 늦은 오후 그는 잠깐의 낮잠으로 기력이 회복되기를 바라면서 대기실 소파에 누웠지만, 몸은 한없이 피곤하고 방 안이 너무

답답했다. 이것저것 생각만 많아졌다. 결국 그는 낮잠을 포기하고 극장 밖으로 나갔다. 아서는 관계자 출입문 밖에 서서 지루해하고 있다가 그를 발견하고 정신없이 셔터를 누르면서 미란다에 관한 질문을 던져대는 파파라치들을 무시하고 지나가는 택시를 손짓해 불렀다. 미란다가 2주 전에 방문했을 때 그가 그녀를 다시 타블로이드의 구렁텅이로 끌어들인 것일까? 그녀는 그런 것을 원하지 않는다. 그는 오래된 죄책감을 느꼈다.

"퀸웨스트와 스파다이나요." 아서는 주황색과 초록색이 칠해진 택시의 운전기사에게 말하고 나서 창문 유리에 이마를 대고 옆으로 지나가는 퀸스트리트를 바라보았다. 이곳은 예전에 그가 살던 동네인데, 그가 알았던 모든 상점들과 카페들은 사라지고 없었다. 그는 퀸웨스트와 스파다이나 근처에 있는 식당을, 클라크와 자기가 열일곱 살이었을 때 자주 갔던 식당을 찾고 있었다. 그 식당이 정확히 어디 있었는지 기억나지 않았지만 결국에는 찾아냈는데, 생각했던 것보다 약간 더 동쪽에 있었다.

수십 년이 흘렀는데도 그 식당은 기괴할 정도로 변한 것이 하나도 없었다. 빨간 천을 뒤집어씌운 의자들이 있는 칸막이 좌석들이 같은 배열로 늘어서 있고, 카운터를 따라 줄지어 놓여 있는 높은 걸상들과 구식 벽시계도 옛날 그대로였다. 여종업원도 똑같은 사람일까? 아니, 그건 불가능했다. 그가 열일곱 살 때 그에게 커피를 갖다줬던 쉰 살쯤 된 아주머니가 지금도 쉰 살일 수는 없기 때문이다. 그는 새벽 서너 시, 때로는 5시에 클라크와 함께 이곳에 오곤 했다. 스스로 어른이 되었다고 생각했던 때였다. 돌이켜 생각해보면 꿈 같은 시기였다. 그 꿈은 딱 한순간만 지속되었고, 그 순간은 매우 밝았다. 그때 그들은 연기 수업을 같이 들었다. 아서는 식당에서 아르바이트를 하고 클라크는 얼마 안 되는 유산을 야금야금 갉아먹으며 살았다. 돌이켜 생각해보면 클라크는 참으로 아름다운 청년이었다. 187센티미터의 키에 빼빼 말랐고 고전적인 정장을 좋아했다. 머리 반쪽은 빡빡 밀고 나머지 반쪽은 축축 늘어뜨려 분홍색이나 청록색이나 보라색으로 염색했고, 특별한 행사 때는 아이섀도를 했으며, 영국 기숙학교에서 쓸 법한 매혹적인 느린 말씨를 썼다.

아서의 그릴 치즈 샌드위치가 나왔다. 그는 클라크에게 전화를 걸어 "내가 지금 어디서 전화하는지 자넨 상상도 못 할걸"이라고 말할까 생각했지만 그러지 않기로 했다. 아들에게 전화하고 싶었지만 이스라엘은 지금 새벽 4시였다.

—

아서는 저녁식사를 마친 후 택시를 타고 극장으로 돌아갔다. 아직도 시간이 좀 남아 있었다. 그는 자신의 대기실 소파에 앉아서 대본을 훑어보았다. 자기 대사는 잘 알고 있었지만, 다른 모든 배역의 대사도 알아두려고 노력하는 것이 그의 습관이었다. 어떤 상황에서 자신의 대사가 나오는지 알아야 한다고 생각했기 때문이다. 1막을 다 훑어보기도 전에 문 두드리는 소리가 들렸다. 일어섰을 때 방이 빙글빙글 돌지는 않았지만, 평소와는 다르게 휘청하는 느낌이 들었다. 타냐가 그의 곁을 스치고 방 안으로 들어왔다.

"얼굴이 왜 그 모양이에요?" 타냐가 말했다. "어디 안 좋아요?"

"피곤해." 아서가 말했다. "불면증으로 어제도 잠을 못 잤어." 그는 그녀에게 키스를 했다. 그녀는 소파 끝에 살짝 걸터앉았다. 그는 그녀를 볼 때마다 마음이 가볍고 밝아졌다. 항상 그랬듯 그는 그녀의 싱싱한 젊음에 마음을 빼앗겼다. 그녀의 나이는 그의 나이 절반보다 약간 더 많았다. 리어의 딸들의 어린 시절 역을 맡은 아역배우 세 명을 돌보는 것이 그녀가 맡은 일이었다.

"함께 아침 먹자고 해놓고선 깜박하셨죠?"

그가 손으로 자기 이마를 툭 쳤다. "정말 미안해. 오늘은 내가 컨디션이 좀 안 좋네. 얼마나 기다렸어?"

"30분요."

"전화하지 그랬어?"

"휴대전화 배터리가 나갔어요." 그녀가 말했다. "괜찮아요. 미안하면 와인이나 한 잔 주세요." 그는 그녀의 이런 점을, 무엇이든 훌훌 털고 마음에 담아두지 않는 성격을 좋아했다. 꽁하게 모든 것을 담아두지 않는 여자와 함께 있는 것이 얼마나 유쾌한지 그는 요즘 들어 새삼 느끼고 있었다. 냉장고에서 반쯤 남은 레드와인을 발견하고—그녀는 차가운 와인을 좋아했다—그녀에게 따라주는데 손이 떨렸다.

"많이 안 좋아 보여요." 그녀가 말했다. "괜찮아요, 진짜?"

"피곤해서 그래." 그는 그녀가 맛에 집중하면서 와인을 마시는 모습을 흐뭇하게 바라보았다. 그녀는 가난한 집에서 자라서 그런지 좋은 물건들을 진심으로 즐길 줄 알았다.

"그때 먹던 초콜릿 남은 거 있어요?"

"있을 것 같은데."

그녀는 그를 향해 환하게 웃어 보였다. 그녀의 웃는 얼굴을 보면 마음이 따뜻해졌다. 그녀는 와인 잔을 커피 테이블에 내려놓고 몇 분 동안 싱크대 옆에 있는 수납장을 뒤지더니 작은 황금색 상자를 들고 의기양양하게 돌아왔다. 그는 동그란 모양의 라즈베리 다크 초콜릿을 골랐다.

"이건 뭐예요?" 그녀가 초콜릿을 먹으면서 테이블에 놓인 『닥터 일레븐 1권 1호: 스테이션 일레븐』을 집어 들고 물었다.

"2주 전에 전처가 놀러 와서 놓고 갔어."

"어떤 전처요?"

슬픔이 잠깐 그의 마음속을 스치고 지나갔다. 이것이 그가 심각하게 잘못 살아왔다는 증거가 아닐까? 전처가 여러 명이라는 것이? 어디서부터 잘못됐는지 알 수 없었다.

"첫 번째 전처. 미란다. 그런데 어떻게 해야 할지 잘 모르겠어."

"뭐예요, 이거 안 가질 거예요?"

"난 만화책은 안 읽어." 아서가 말했다. "각 권을 두 부씩 줘서, 한 세트는 아들한테 보냈어."

"소유물과 모든 것을 던져버리겠다고 하시더니 그런 거예요?"

"바로 그거야. 선물을 받아서 좋긴 하지만 물건을 더 갖게 되는 건 원하지 않아."

"이해할 수 있을 것 같아요." 타냐는 만화책을 뒤적였다. "재밌을 것 같은데요." 몇 페이지를 넘기고 나서 그녀가 말했다.

"난 잘 모르겠던데." 아서가 말했다. "솔직히 말해서 이게 도대체 무슨 소린지 아무리 봐도 모르겠더라고." 이렇게 오랜 세월이 흐른 후에 누군가에게 그 사실을 고백하니 마음의 짐을 던 것 같은 안도감이 들었다. "특히 언더시 사람들. 모든 게 불확실한 상태에서 기다리고 음모를 꾸미고들 있는데, 도대체 왜?"

"전 좋은데요." 타냐가 말했다. "그림이 정말 멋져요."

"미란다는 대화를 쓰는 것보다 그림 그리는 걸 더 좋아했어." 그는 이 사실을 방금 기억해냈다. 언젠가 한번 미란다의 작업실 문을 열고 그가 온 것도 모른 채 작업에 열중하고 있는 그녀를 몇 분간 지켜본 적이 있다. 제도대 위로 몸을 숙이고 온전히 집중하는 그녀의 목선이 아름다웠다. 일에 열중하고 있을 때 그 모습은 너무도 연약해 보였다.

"아름다워요." 타냐는 언더시 그림을 보고 있었다. 스테이션 일레븐의 물에 젖은 숲에서 가져온 마호가니로 만든 아치형 출입구가 있는, 가늘게 비스듬한 평행선의 음영을 넣은 방이었다. 그 방은 언젠가 아서가 가봤던 곳인 것 같은데 어디인지는 알 수 없었다.

그녀가 손목시계를 흘끗 쳐다보았다. "가야겠어요. 골치 아픈 어린애들이 15분 안에 도착하겠네요."

"잠깐만. 줄 게 있어." 2주 전 아서를 만나고 돌아간 미란다가 보낸 유리 문진이 있었다. 함께 보낸 메모에는 예전에 클라크가 로스앤젤레스의 집에 올 때 선물로 가져왔던 것인데 말도 하지 않고 가져갔다며, 미안하다고 적혀 있었다. 미란다 자신이 아니라 아서에게 의미가 있는 것이라 가져온 것일 거라고 확신한다고도 적혀 있었다. 그러나 아서는 아무리 기억을 더듬어보아도 그 문진에 얽힌 기억이 하나도 없었다. 클라크가 그 문진을 준 기억도 없었다. 그리고 지금 그에게 가장 필요 없는 것이 문진이었다.

"아, 정말 예뻐요." 아서가 문진을 건넸을 때 타냐가 말했다. 그녀는 구름 모양이 들어 있는 문진 속을 들여다보았다. "고마워요."

"커스틴이 여기 오면 전화할게. 공연 끝나고 만날까?"

그녀가 그에게 키스를 했다. "물론이죠." 그녀가 말했다.

타냐가 방을 나가자 아서는 소파에 누워서 눈을 감았지만 15분 뒤에 커스틴이 그의 문 앞에 나타났다. 그는 피곤함을 넘어 몸이 아프기 시작했다. 일어섰을 땐 이마에 구슬땀이 맺혔다. 그는 커스틴을 안으로 들이고 나서 재빨리 소파에 앉았다.

"엄마가요, 아저씨가 표지에 나온 책을 샀어요." 커스틴이 말했다. 소녀는 그의 맞은편에 있는 다른 소파에 앉았다.

아서가 표지에 나온 책이라고는 『V에게』밖에 없다. 그는 욕지기를 느꼈다.

"읽어봤어?"

"엄마가 읽으면 안 된대요. 부적절하대요."

"그렇게 말했어? 부적절하다고?"

"네."

"흠, 그 책이 이 세상에 존재한다는 게 부적절한 일인 것 같다. 엄마가 그 책을 너한테 안 보여준 건 잘하신 거야." 아서가 말했다. 그는 커스틴의 엄마를 딱 한 번 만났는데, 그때 그녀는 그를 구석으로 데리고 가서 아역이 있는 작품을 할 계획이 있는지 물었다. 그는 그녀의 어깨를 붙잡아 흔들고 싶었다. 당신 딸은 너무 어려. 커스틴이 아이로 지낼 수 있게 해줘. 기회를 주라고. 아이에게 왜 이런 걸 시키는지 모르겠군. 그는 왜 사람들이 자기 아이를 영화에 출연시키고 싶어 하는지 이해할 수 없었다.

"그 책이 나빠요?"

"그 책이 이 세상에 없으면 좋겠어. 하지만 네가 놀러 와서 기쁘다." 그가 말했다.

"왜요?"

"너에게 줄 선물이 있어." 그는 『스테이션 일레븐』 만화책을 커스틴에게 줬다. 어쨌든 미란다가 그를 위해 가져온 건데 남을 준다고 생각하니 약간 죄책감이 들었지만, 그는 소유를 원하지 않았기

때문에 만화책 역시 원하지 않았다. 그는 아들 빼고는 그 어느 것
도 원하지 않았다.

—

다시 혼자 남았을 때 아서는 무대 의상으로 갈아입었다. 그는 화
려한 옷차림에 장신구를 하고 잠깐 앉아서 벨벳 망토의 묵직함을
즐기다가 왕관을 커피 테이블 위 포도 옆에 놓아두고 홀을 걸어
서 분장실로 갔다. 다른 사람들과 함께 있는 것이 즐거웠다. 아마
도 아까 그 식당에서 뭔가 상한 것을 먹은 게 틀림없다고 그는 결
론 내렸다. 그는 자신의 대기실에서 한 시간가량 혼자 있으면서 캐
모마일 차를 마시고 거울 속에 비친 자신을 바라보며 대본 연습을
했으며, 대기실 안을 서성거리기도 하고, 눈 밑의 처진 살을 쿡쿡
찔러보기도 하고, 왕관을 다시 쓰기도 했다. 공연 시작 30분 전이
라는 외침이 들려왔을 때 그는 타냐에게 전화를 걸었다.

"해주고 싶은 게 있어." 그가 말했다. "갑작스럽게 느껴지겠지만,
일주일 전부터 생각했던 거야."

"그게 뭔데요?" 타냐는 정신이 딴 데 가 있는 것 같았다. 여자아
이 셋이 싸우는 소리가 배경음악처럼 들렸다.

"학자금 대출이 얼마나 남았지?" 타냐가 한번 얘기해주었는데
정확한 액수가 기억나지 않았다.

"4만 7000달러요." 그녀가 말했다. 아서는 그녀의 목소리에서
희망을, '감히 꿈도 꾸면 안 되겠지만, 혹시?'라고 생각하는 것을
느낄 수 있었다.

"그거 내가 다 갚아줄게." 돈이란 건 이런 데 쓰라고 있는 것 아

닌가? 지난 수십 년 동안 오스카상 수상에 번번이 실패하고, 근래에는 흥행에도 연달아 실패했다. 그건 인생의 의미를 이런 데서 찾으라는 뜻 아니었을까? 그는 재산을 사회에 환원한 사람으로 알려질 것이다. 그는 풍족하게 생활할 수 있을 정도만 소유할 것이다. 예루살렘에 아파트를 사고, 날마다 타일러를 만나고, 삶을 다시 시작해볼 것이다.

"아서." 타냐가 말했다.

"너를 위해 이 정도는 하게 해줘."

"아서, 그건 너무 많아요."

"그렇지 않아. 지금처럼 갚아나가면 그 빚을 다 갚기까지 시간이 얼마나 걸릴 것 같니?" 아서가 부드럽게 물었다.

"60대 중반까지는 갚아야겠죠. 하지만 그건 내 빚이고 난⋯⋯."

"내가 좀 돕게 해줘." 그가 말했다. "아무 조건 없다. 약속할게. 오늘 밤 공연 끝나고 내 대기실로 와. 수표를 줄 테니까."

"부모님한테는 뭐라고 말씀드려요? 말씀드리면 그 큰돈을 어디서 구했냐고 캐물으실 텐데요."

"사실대로 말씀드려. 어떤 괴짜 배우가 아무 조건 없이 4만 7000달러짜리 수표를 줬다고."

"뭐라고 감사 인사를 드려야 할지 모르겠어요." 타냐가 말했다.

통화가 끝나자 아서는 예상치 못했던 평화로움을 느꼈다. 그는 배 밖으로 던져 버릴 수 있는 것은 모두, 이 무거운 돈과 소유물을 모두 던져버릴 생각이다. 이렇게 다 던져버리면 좀 더 가벼운 사람이 될 수 있을 것 같았다.

"15분 남았습니다." 무대감독이 문 밖에 서서 말했다.

"네, 15분. 고마워요." 아서는 처음부터 대사를 빠르게 읽어보기 시작했다. "우리의 장녀부터 말해보거라"라는 대사에 이르렀을 때, 그는 손목시계를 확인했다. 이스라엘은 아직 오전 6시밖에 안 됐지만, 타일러와 엘리자베스는 일찍 일어난다는 걸 알고 있었다. 그는 전처를 간신히 설득했다. "2분만, 엘리자베스. 지금 학교 갈 준비 하는 거 알아. 목소리 좀 듣고 싶어서 그래." 그는 눈을 감고 전화기가 아들의 고사리 손에 쥐여질 때까지 바스락거리는 소리를 들었다. 내 장남, 내 외동아들, 내 심장.

"왜 전화했어?" 아이의 뾰로통한 목소리가 들렸다. 그는 타일러가 자신에게 화가 났다는 걸 기억해냈다.

"잘 있냐고 인사하려고."

"그럼 내 생일엔 왜 안 왔어?" 아서는 타일러의 생일에 예루살렘에 가겠다고 약속했는데, 10개월 전에 한 약속이라 어제 타일러가 전화할 때까지 까맣게 잊고 있었다. 아서의 사과는 아직 받아들여지지 않았다.

"갈 수가 없었어, 아들. 갈 수 있었으면 갔지. 하지만 곧 뉴욕에 갈 거잖아, 그치? 다음 주에 만나자, 응?" 타일러는 아무 대꾸도 하지 않았다. "오늘 밤에 뉴욕으로 갈 거야?"

"그럴걸."

"내가 보낸 만화책 읽었어?"

타일러는 대꾸하지 않았다. 아서는 소파에 앉아서 손바닥을 이마에 대고 있었다. "재밌니, 타일러? 그 만화책?"

"응."

"10분 남았어요." 무대감독이 문 앞에서 말했다.

"네, 10분, 고마워요. 나도 그 만화책 봤어." 아서가 말했다. "근데 무슨 내용인지 잘 모르겠더라. 나중에 네가 설명해줄래?"

"뭘?"

"닥터 일레븐에 대해서."

"닥터 일레븐은 우주정거장에서 살아."

"그래? 우주정거장?"

"행성하고 비슷한 거야, 작은 행성." 타일러가 말했다. "그리고 고장 났어. 웜홀을 통과해서 깊은 우주 속에 숨어 있어. 근데 시스템이 전부 고장 났어. 거의 물바다야." 타일러는 그 만화책에 흥미를 느끼고 있는 게 분명했다.

"물바다!" 아서가 고개를 들었다. 타일러를 그렇게 멀리 떠나보낸 건 그의 실수이지만, 도저히 만회할 수 없을 정도의 실수는 아니다. "그러니까 그들이 물속에서 사는구나, 닥터 일레븐과 그의…… 그의 추종자들?"

"그들은 섬에서 살아. 전부 섬으로 이루어진 도시가 있어. 다리와 배 같은 것들도 있었나? 하지만 해마들 때문에 위험해."

"해마들이 위험해?"

"저번에 차이나타운에서 봤던 병에 들어 있는 해마들하고는 달라. 아주 커."

"얼마나 큰데?"

"진짜 커. 진짜로 큰 거 같아. 이만큼 거대한 건데, 물에서 막 위로 올라오고, 눈은 물고기 눈처럼 생겼어. 그리고 사람들은 그걸타고 다녀. 사람들을 잡아가는 것도 좋아해."

"해마가 사람을 잡으면 어떻게 돼?"

"그러면 해마가 사람을 밑으로 잡아당겨. 그럼 그 사람은 언더시에 속하게 되는 거야." 타일러가 말했다.

"언더시?"

"물속에 있는 마을이야." 타일러는 흥분했는지 말이 점점 빨라졌다. "그 사람들은 닥터 일레븐의 적이야. 하지만 진짜 나쁜 사람들은 아니야. 그냥 집에 가고 싶어 하는 사람들이야."

"아들." 아서가 말했다. "타일러, 아빠가 너를 사랑한다는 거 알고 있지?"

침묵이 너무 길어서 수화기 저편에서 지나가는 자동차 소리가 들리지 않았다면 전화가 끊겼다고 생각했을 것이다. 타일러는 열린 창가에 서 있는 게 틀림없었다.

"나도 사랑해." 타일러가 말했다. 목소리가 알아들을 수 없을 만큼 작았다.

아서의 대기실 문이 살짝 열렸다. "5분 남았습니다." 무대감독이 말했다. 아서는 대답 대신 알았다고 손을 흔들었다.

"아들, 이제 끊어야 돼." 그가 말했다.

"아빠, 영화 찍고 있어?"

"오늘 밤엔 아니야, 아들. 무대에 올라가야 돼."

"알았어. 안녕." 타일러가 말했다.

"안녕. 다음 주에 뉴욕에서 보자." 아서는 전화를 끊고 몇 분간 홀로 앉아 있었다. 대기실 거울 속에 비친 자신의 눈을 바라보는 것도 힘들었다. 너무 피곤했다.

"각자 위치로." 무대감독이 말했다.

—

〈리어 왕〉 공연의 무대는 참으로 아름다웠다. 무대 뒤쪽에 높은 연단이 세워졌는데 우아한 기둥이 있는 발코니처럼 보이게 페인트칠이 되어 있었다. 앞쪽은 돌로, 뒤는 합판으로 만든 거였다. 제1막에서 연단은 노쇠한 왕의 서재였다. 아서는 관객들이 객석을 채우는 동안 옆얼굴을 보여주면서 왕관을 들고 보라색 안락의자에 앉아 있어야 했다. 그가 연기하는 것은 과거만큼 명민하지 않아서 재난 같은 왕국의 분리에 대해 고민 중인, 통치 말기의 지친 국왕이었다.

아래쪽 주무대에서는 어린 소녀 세 명이 부드러운 조명 속에서 손뼉 치기 놀이를 했다. 그러다가 무대감독이 큐 사인을 보내면 일어서서 왼쪽 끝으로 걸어가 무대 뒤로 사라졌고 극장 객석의 조명이 어두워졌다. 이것은 아서가 일어서서 퇴장해야 한다는 신호였다. 그는 어둠 속에 있는 왼쪽 윙으로 걸어가서 손전등을 든 무대 담당자의 인도를 받으며 무대 뒤로 사라졌다. 동시에 켄트와 글로스터와 에드먼드가 오른쪽 윙에서 무대로 나왔다.

"이해가 안 가요." 언젠가 아서가 연출자에게 말한 적 있었다. 연출자의 이름은 쿠엔틴인데, 아서는 개인적으로 그를 별로 좋아하지 않았다. "내가 왜 저 위에 앉아 있어야 하죠?"

"글쎄요." 쿠엔틴이 말했다. "리어는 권력의 갑작스러운 변동을 구상하고 있어요, 그렇죠? 영국의 분리를 고민 중이라고요. 말하자면, 퇴직연금을 어떻게 굴릴까 고민하고 있는 거예요. 제 말 믿으세요. 나가서 앉아 있는 게 좋은 시각적 효과를 거둘 거니까."

"그러니까 보기에 좋을 것 같다. 그러니 나가서 앉아 있어라. 그겁니까?"

"너무 심각하게 생각하지 마세요." 쿠엔틴이 말했다.

그러나 생각하는 것 말고 저 위 연단에서 달리 무엇을 할 수 있단 말인가? 시사회 첫날 밤 관객들이 들어오는 동안 아서는 왕관을 두 손에 들고 앉아서 관객들이 그를 알아보고 속삭이는 소리를 듣고 있었다. 그때 그는 너무도 불안한 느낌이 들어서 내심 놀랐다. 예전에도 이런 일을, 관객이 들어오는 동안 무대에서 어정거리는 일을 한 적이 있었다. 마지막으로 이런 일을 했던 게 스물한 살 때였다. 그땐 이런 일이, 연극이 시작되기 전에 먼저 연극 속 세상에서 사는 일이 도전처럼 느껴져 즐거웠지만, 지금은 조명이 너무 가깝고 너무 뜨거워서 땀이 등줄기를 타고 비 오듯 쏟아졌다.

첫 번째 결혼생활을 할 때 그와 미란다가 골든글로브 파티에 간 적이 있는데, 파티가 끝나갈 때 예상치 못한 일이 벌어졌다. 칵테일을 자기 주량보다 한 잔 더 마신 데다 하이힐에 익숙하지 않았던 미란다가 카메라 플래시 세례를 받으면서 파티를 떠나다가 발을 헛디뎌서 발목을 삐었다. 아서는 좀 멀리 떨어져 있어서 도움이 되지 못했다. 그는 그녀가 넘어지는 것을 보면서 그녀가 타블로이드 신문의 기삿거리가 될 것임을 알았다. 당시 그는 중독 치료와 이혼이라는 암울한 반감기로 접어들면서 일을 중단한 배우들을 두세 명 알고 있어서, 타블로이드의 기삿거리가 되어 삶이 속속들이 까발려지는 것이 한 인간에게 얼마나 잔인한 일인지 잘 알고 있었다. 자동차에 탄 그는 주로 죄책감 때문에 미란다에게 잔소리를 했고 가시 돋친 말을 주고받았다. 집에 도착하자 그녀는 아무 말도 하지 않고 먼저 쑥 들어가버렸다.

나중에 열린 화장실 문 앞을 지나가던 아서는 미란다가 화장을 지우면서 스스로에게 하는 말을 들었다. "난 아무것도 후회하지 않아." 그녀가 거울에 비친 자신에게 말하고 있었다. 그는 돌아서서 그 자리를 떠났지만, 그 말은 그의 가슴속에 남았다.

여러 해가 지난 후 토론토에서, 〈리어 왕〉 세트장의 합판으로 만든 높은 연단에서 생각난 그 말은 문제의 핵심을 잘 보여주었다. 그는 자신이 거의 모든 것을 후회하는 사람이라는 것을, 빛 속으로 뛰어드는 불나방들처럼 후회할 일들이 그의 주위로 몰려든다는 것을 깨달았다. 이것이, 후회의 총량이 스물한 살과 쉰한 살의 주된 차이점이라고 그는 결론지었다. 그는 부끄러운 일도 많이 저질렀다. 미란다가 할리우드에서 그렇게 불행했는데, 왜 그녀를 그곳에서 빼내주지 않았을까? 그리 힘든 일도 아니었을 텐데. 그는 엘리자베스를 위해 미란다를, 리디아를 위해 엘리자베스를 버렸고, 리디아가 다른 남자를 몰래 만나도록 방치했다. 돈이나 명예나 불멸, 혹은 그 세 가지 모두를 좇으면서 평생을 보냈다. 유일한 형제에게조차 무관심했다. 얼마나 많은 우정을 무시해서 그냥 시들어 없어지게 만들었을까? 시사회 첫날 밤 이런 생각으로 괴로워진 그는 무대에서 힘겹게 퇴장했다. 두 번째 밤에는 전략을 가지고 연단에 올라갔다. 그는 왕관을 물끄러미 바라보면서 자신에게 일어난 모든 좋은 일들을 하나하나 떠올려보았다.

로스앤젤레스 집 뒷마당에 있던 자목련.

야외 콘서트. 소리가 하늘로 올라가던 것.

두 살배기 타일러가 욕조에서 거품 목욕을 하면서 까르르까르르 웃던 모습.

두 사람이 한번 싸워보기도 전인 결혼 초기, 밤에 수영장에서 수영하던 엘리자베스의 모습. 그녀가 조용히 물속으로 다이빙을 하면 수면에 있던 두 개의 달이 부서져 산산조각 났다.

열여덟 살 때 클라크와 춤추던 일, 주머니 속에 들어 있던 가짜 신분증, 반짝이는 조명 아래 언뜻언뜻 비치던 클라크의 모습.

미란다의 눈, 그녀가 스물다섯 살이고 아직도 그를 사랑하고 있었을 때 그를 바라보던 그녀의 눈길.

아침마다 집 뒤쪽에 있는 테라스에서 요가를 하던 세 번째 아내 리디아의 모습.

그가 묵는 호텔의 길 건너편에 있는 카페에서 파는 크루아상.

와인을 음미하는 타냐, 그녀의 미소.

아홉 살 때 아버지의 제설기를 탔던 일. 아서가 농담을 하면 아버지와 남동생은 웃음보를 터뜨렸고, 그럴 때면 그는 순전한 기쁨을 느꼈다.

타일러.

—

그의 마지막 공연 날 밤, 아서가 좋았던 일의 목록을 절반밖에 떠올리지 못했을 때 큐 사인이 떨어져서 퇴장해야 했다. 그는 흰 테이프 화살표와 무대담당자의 플래시 라이트를 따라서 무대 오른쪽으로 내려갔다. 무대 맞은편 끝에서 타냐가 어린 소녀 셋을 대기실로 몰고 가는 것이 보였다. 그녀가 그를 보고 웃으면서 키스를 보냈다. 그도 답례로 키스를 보냈고—안 될 게 뭐란 말인가?—무대 뒤쪽에서 들리는 수군거림을 못 들은 척했다.

—

나중에 의상팀 스태프가 그의 머리에 화관을 얹어주었다. 그는 실성한 장면을 연기하기 위해서 넝마 옷을 입고 있었다. 다시 무대 저편에 타냐가 보였다. 조지아 독감은 너무도 가까이 와 있어서 그녀는 벌써 생애의 마지막 주로 접어들고 있었다. 무대담당자가 커스틴의 손을 잡고 그의 곁을 지나갔다.

"안녕하세요." 커스틴이 속삭였다. "그 만화책 재밌어요."

"벌써 다 읽었어?"

"처음 부분만 읽었어요. 시간이 별로 없었거든요."

"내 큐 사인 나왔어." 그가 속삭였다. "나중에 얘기하자." 그는 음향효과가 만들어낸 폭풍우 속으로 비틀거리면서 걸어 나갔다.

"그런데 저자는 누군가?" 에드거 역을 하는 남자가 말했다. 그는 나흘 후에 독감으로 죽을 운명이었다. "정신이 멀쩡한 사람이라면 저렇게 옷을 입지 않을 텐데."

"아니, 그들은 내가 동전을 위조했다고 체포하진 못할 것이다." 아서는 대사를 잘못 말했다. 집중해, 그는 혼잣말을 했다. 정신이 산만했고 약간 어지러웠다. "내가 바로 왕이다."

"오, 이 얼마나 애끓는 광경인가!" 에드거가 말했다. 글로스터는 손을 들어 붕대로 가린 두 눈을 만졌다. 7일 후 그는 퀘벡의 고속도로에서 독감으로 생을 마감했다.

숨을 고르기가 힘들었다. 일렁이는 물결 같은 하프 음악이 들리더니 아이들이 나타났다. 공연 시작 때 그의 딸들 역할을 했던 어린 여자아이들이 이젠 환영이 되어, 작은 유령들이 되어 등장했다. 그중 둘은 다음 주 화요일에, 하나는 아침에, 하나는 늦은 오후에 독감으로 사망하게 될 것이다. 나머지 한 아이 커스틴이 몸을 확 돌려 기둥 뒤로 가서 숨었다.

"허리 아래로는 켄타우로스야." 아서가 말했다. 바로 그때였다. 그는 날카로운 통증을, 가슴을 쥐어짜는 듯하고 무거운 돌로 누르는 듯한 통증을 느꼈다. 그는 비틀거리면서 가까이 있는 합판 기둥을 잡으려고 손을 뻗었지만, 거리를 잘못 판단해서 나무에 손을 세게 부딪쳤다. 그는 손을 오므려 가슴에 댔는데, 예전에 똑같은 행동을 해본 것처럼 익숙한 느낌이 들었다. 그가 델라노 섬에서 살던 일곱 살 때, 그와 남동생은 해변에서 다친 새 한 마리를 발견했다.

"굴뚝새도 그 짓을 한다." 아서가 그 새를 떠올리며 말했지만, 자신의 귀에는 목이 막혀서 말이 안 나오는 것처럼 들렸다. 에드거는 그로 하여금 내가 또 대사를 망쳤나 하는 생각이 들게 만드는 눈초리로 그를 쳐다보았다. 이젠 너무 어지러웠다. "굴뚝새……."

객석 맨 앞줄에서 한 남자가 일어났다. 아서는 새를 안듯 손을 오므려서 가슴에 대고 있었다. 지금 자신이 어디 있는지 알 수 없었다. 어쩌면 동시에 두 곳에 있는 것인지도 모른다. 그의 귓가에 해변의 파도 소리가 들렸다. 무대 조명이 예전에 혜성이 그랬던 것처럼 어둠 속에서 기다란 빛줄기를 그리고 있었다. 그가 10대였을 때 친구 빅토리아의 집 밖의 흙길에 서서 하늘을 올려다보았을 때, 히야쿠타케 혜성이 추운 하늘에 손전등처럼 걸려 있었다. 일곱 살 때 해변에서 새를 발견했던 날에 대해 그가 기억하는 것은 그의 손바닥 안에서 그 새의 심장이 멈췄다는 사실이었다. 파닥거림이 불안정해지더니 완전히 멈춰버렸다. 앞줄에서 일어선 남자가 뛰어오고 있었다. 아서도 움직이고 있었다. 그는 기둥에 몸을 대고 스르르 미끄러져 내려갔다. 눈이 조명등 불빛을 받아 반짝이며 내렸다. 그는 그 모습이 이제까지 본 것들 중에서 가장 아름답다고 생각했다.

54

『닥터 일레븐 1권 2호: 추격』에서 닥터 일레븐은 언더시의 암살자에게 죽임을 당한 로너건 선장 유령의 방문을 받는다. 미란다는 그림 시안을 열다섯 장이나 버리고 나서야 원하던 유령 그림을 얻었다. 그로부터 여러 해가 지난 후 인생의 마지막 순간에 말레이시아의 텅 빈 해변에서 바다 새들이 하늘을 오르락내리락하고 수평선에 떠 있는 배들이 희미하게 보일 때 생각난 것이 바로 이 그림이었다. 선장은 닥터 일레븐 사무실의 희미한 불빛 아래 서 있는 반투명한 옆모습으로 그렸고 은은하게 수채물감으로 색칠했다. 닥터 일레븐의 사무실은 책상 위에 놓인 스테이플러 두 개까지 모두 리언 프리밴트의 토론토 사무실을 그대로 옮겨놓았다. 리언의 사무실 전경이 온타리오 호수라면, 닥터 일레븐의 사무실 창밖으로는 도시와 바위섬들과 아치형 다리들이 보인다는 점만 달랐다. 포메라니안 루리는 프레임 한구석에서 몸을 웅크리고 자고 있다.

닥터 일레븐: 마지막은 어땠습니까?

로너건 선장: 마치 꿈에서 깨어나는 것 같았어.

55

9월의 어느 화창한 날 아침 유랑악단은 공항을 떠났다. 5주간 공항에 머물면서 휴식을 취하고 마차를 수리하고 저녁마다 셰익스피어 극을 공연하거나 연주회를 열던 유랑악단이 떠난 뒤에도 음악과 연극의 여운은 오래도록 남았다. 그날 오후 개릿은 밭에서 일하면서 브란덴브루크 협주곡을 흥얼거렸고, 돌로리스는 중앙 홀 바닥을 쓸면서 셰익스피어의 대사를 읊조렸으며, 어린아이들은 나뭇가지로 칼싸움을 했다. 클라크는 박물관으로 갔다. 그는 깃털로 전시품들 위에 쌓인 먼지를 떨어내면서 셰익스피어와 무기와 음악을 가지고 해안을 따라 가고 있을 유랑악단을 생각했다.

어제 커스틴이 『닥터 일레븐』 만화책 한 권을 그에게 주었다. 그녀는 그 책과 이별하는 것을 힘들어했지만, 유랑악단이 잘 알지 못하는 지역을 지나갈 예정이라 혹시라도 길에서 문제가 생길 경우에 한 권이라도 안전하기를 바랐다.

"내가 아는 한, 당신들이 가는 방향은 절대적으로 안전해." 클라크가 커스틴에게 말했다. 며칠 전 지휘자에게도 같은 말을 해서 안심시켰다. "가끔 그쪽에서 상인들이 와서 알아."

"우리가 자주 가던 곳이 아니라서요." 커스틴이 말했다. 유랑악단이 중앙홀 A에 머물면서 밤마다 연주회나 셰익스피어 연극 공연을 했던 지난 수 주 동안 클라크가 그녀에 대해서 조금이라도 알게 되지 않았다면, 그녀의 목소리에서 흥분을 감지하지 못했을 것이다. 그녀는 전력망이 있는 먼 남쪽 마을을 보고 싶어 안달이 났다. "다음에 다시 올 때 이 책을 가져가고 다른 책을 놔두고 갈게요. 그런 식으로 하면 적어도 한 권은 항상 안전할 테니까요."

———

이른 저녁, 클라크는 문명 박물관에 있는 애장품의 먼지를 떨어내는 일을 마치고 좋아하는 안락의자에 앉아서 촛불 옆에서 닥터일레븐의 모험 이야기를 읽기 시작한다.

그는 스테이션 일레븐에서 열린 디너파티 장면에서 잠시 멈춘다. 왠지 모르게 익숙한 느낌이 든다. 각진 안경을 낀 여자가 지구에서의 삶을 회상하고 있다. "전쟁 전에 세계여행을 한 적이 있어요." 그녀가 말한다. "체코공화국에서 머문 적이 있었죠, 프라하에서⋯⋯."

클라크의 눈에 눈물이 맺힌다. 갑자기 그는 그 디너파티를 기억해낸다. 그도 거기에 있었다. 그는 그 여자와 그녀가 끼고 있던 안경과 허세를 기억해낸다. 그녀 옆에 앉아 있는 남자는 클라크 자신과 비슷하다는 생각이 든다. 만화책 속 식탁의 맨 끝에 앉아 있는 금발 여성은 엘리자베스 콜튼이 분명하고, 그녀 너머 그늘 속에 있는 남자는 아서를 좀 닮은 것 같다. 언젠가 클라크는 로스앤젤레스에서 그들 모두와 함께 전깃불로 밝힌 식탁에 앉아 있었던 적이 있다. 책 속에는 미란다만 보이지 않는다. 그녀 자리에는 닥터 일레븐이 앉아 있다.

닥터 일레븐은 가슴께 팔짱을 끼고 앉아 대화를 듣지 않고 골똘히 무언가를 생각하고 있다. 웨이터들이 서빙을 하며 와인을 따르던 기억이 난다. 그는 모두에게, 웨이터들과 집주인 부부와 손님들에게, 망신스럽게 행동하고 있는 아서와 구릿빛으로 그을린 피부를 가진 아서의 변호사와 '프라그'가 아니라 '프라하'라고 발음하는 여자와 유리문을 통해 안을 들여다보는 개에게조차도 애정을 느낀다.

기억 속에서 미란다는 잠깐 실례하겠다고 말하고 자리에서 일어서고 클라크는 그녀가 어두운 마당으로 나가는 것을 지켜본다. 그녀에게 호기심이 있고 그녀를 더 잘 알고 싶었던 그는 다른 사람들에게 담배 한 대 피우고 오겠다고 말하고 그녀를 따라 나간다. 미란다는 어떻게 되었을까? 오랫동안 그녀를 잊고 있었다. 이 모든 유령들이라니. 미란다가 해운 회사에 들어갔던 걸로 그는 기억한다.

클라크는 고개를 들어 비행장에서 진행되는 저녁 활동과 20년째 땅에 발이 묶여 있는 비행기들과 창유리에 비친 반짝이는 촛불을 바라본다. 그의 생전에 비행기가 다시 하늘로 날아오르는 것을 보게 될 거라는 기대는 전혀 들지 않는다. 하지만 어딘가에서 배가 항해를 시작하는 것은 가능하지 않을까? 다시 가로등을 밝힌 마을이 있다면, 악단과 신문이 있다면, 이 서서히 깨어나는 세계가 다른 것들도 갖고 있지 않을까?

어쩌면 바로 지금 배들이 출발해서 그를 향해 오고 있거나 그에게서 멀어지고 있을지도 모를 일이다. 지도와 별에 대한 지식으로

무장한 선원들이 키를 잡고 있을지도, 필요나 단순한 호기심에서
항해를 시작한 배들이 있을지도 모른다. 세상 다른 편에 있는 나라
들은 어떻게 되었을까? 적어도 그 가능성을 생각해보는 것은 즐거
운 일이다. 그는 배들이 눈에 보이지 않는 다른 세상을 향해 바다
를 건너가고 있을 거라고 생각하며 흐뭇해한다.

감사의 글

알림

43장에서 뱀파이어와 격리된 북아메리카 등의 내용이 나온 책이라고 언급된 책은 저스틴 크로닌의 『패시지(The Passage)』다.

선두 마차에 적혀 있고 커스틴의 팔에 문신으로 새겨져 있는 "생존만으로는 충분하지 않다"라는 문구는 1999년 9월에 첫 방송된 로널드 D. 무어 극본의 〈스타 트렉: 보이저〉 122화에 나온 것이다.

이 책에 나온 말레이시아 배경의 장면들은 2009년 9월 28일 《데일리메일》에 실린 사이먼 패리 기자의 "싱가포르 동해안에 정박한 경기 불황의 유령 함대"라는 기사에서 많은 영감을 얻었다.

이 책에서 묘사된 〈리어 왕〉의 토론토 상연은 부분적으로는 2007년 뉴욕 시 퍼블릭 극장에서 상연된 제임스 라핀 감독의 작품을 바탕으로 한다. 라핀 감독의 〈리어 왕〉에서는 독특하게도 세 명의 여자아이가 리어 왕 딸들의 어린 시절 역할로 무대에 올라 대사 없는 연기를 펼쳤다.

감사의 마음을 담아

내 멋진 에이전트인 캐서린 포셋과 커티스브라운에 근무하는 그녀의 동료들에게,

유나이티드에이전츠의 애나 웨버와 그녀의 동료들에게,

지칠 줄 모르는 열정적인 작업으로 이 책을 훨씬 더 멋진 책으로 만들어준 편집자들, 알파벳 순으로 노프의 제니 잭슨, 피카도르 UK의 소피 조너선, 하퍼콜린스 캐나다의 제니퍼 램버트에게,

노프, 피카도르, 하퍼콜린스와 세계 여러 출판사에서 이 책의 출판 작업에 참여한 모든 분들께,

내 북 투어 일정을 너무도 편안하게 조정해주신 소하일 타바조이에게,

아낌없이 지원하고 관대함을 보여준 언브라이들드의 그레그 마이켈슨, 프레드 래미와 그 동료들에게,

초고를 읽고 평을 해준 미셸 필게이트와 피터 가이어에게,

이 작품에 대단한 열의를 보여주었고 매우 유용한 의견들을 제시해준 파멜라 머리, 새러 맥라클란, 낸시 밀러, 크리스틴 코프라치, 캐시 포리스, 매기 릭스, 로라 퍼시아세프, 안드레아 슐츠에게,

인류학적인 도움을 준 리처드 포셋에게,

매키너 다리에 대한 정보를 준 존 로스턴에게,

그리고 항상, 모든 일에 있어서 내 곁에 있어준 케빈 맨델에게,

진심으로 감사드립니다.

옮긴이 한정아

서강대학교 영문학과와 한국외국어대학교 통역번역대학원 한영과를 졸업했다. 한양대학교 국제어학원에서 재직했으며 현재 전문 번역가로 활동 중이다. 주요 번역서로는 『소피의 선택』 『무죄추정』 『속죄』 『클로저』 『미시시피 미시시피』 『줄리언 웰즈의 죄』 『철로 된 강물처럼』 등이 있다.

스테이션 일레븐

초판 1쇄 발행 2016년 7월 11일
초판 3쇄 발행 2023년 2월 1일

지은이 에밀리 세인트존 맨델 | **옮긴이** 한정아 | **펴낸이** 신경렬

상무 강용구 | **기획편집부** 최장욱 송규인
디자인 박현경 | **마케팅** 신동우
관리 김정숙 김태희 | **제작** 유수경

펴낸곳 (주)더난콘텐츠그룹
출판등록 2011년 6월 2일 제2011-000158호
주소 04043 서울시 마포구 양화로 12길 16, 7층 (서교동, 더난빌딩)
전화 (02)325-2525 | **팩스** (02)325-9007
이메일 longest@thenanbiz.com | **홈페이지** www.thenanbiz.com

ISBN 979-11-5879-040-0 03840